KB271938

古文新繹

爲正　申瑛澈　著

韓國學資料院

世솅宗종御ᅌᅥᆼ製졩訓훈民민正졍音ᅙᅳᆷ

製졩ᄂᆞᆫ 글 지슬 씨니 御ᅌᅥᆼ製졩ᄂᆞᆫ 님금 지스샨 그리라 訓훈은 ᄀᆞᄅ칠 씨오 民민ᄋᆞᆫ 百姓이오 音ᅙᅳᆷ은 소리니 訓훈民민正졍音ᅙᅳᆷ은 百姓 ᄀᆞᄅ치시논 正졍ᄒᆞᆫ 소리라

國귁之징語ᅌᅥᆼ音ᅙᅳᆷ이

나랏말ᄊᆞ미

異ᅌᅵᆼ乎ᅘᅩᆼ中듕國귁ᄒᆞ야

中듕國귁에 달아

文문字ᄍᆞᆼ와로 서르 ᄉᆞᄆᆞᆺ디 아니ᄒᆞᆯᄊᆡ

이런 젼ᄎᆞ로 어린 百姓이 니르고져 홇 배 이셔도 ᄆᆞᄎᆞᆷ내 제 ᄠᅳ들 시러 펴디 몯 ᄒᆞᇙ 노미 하니라

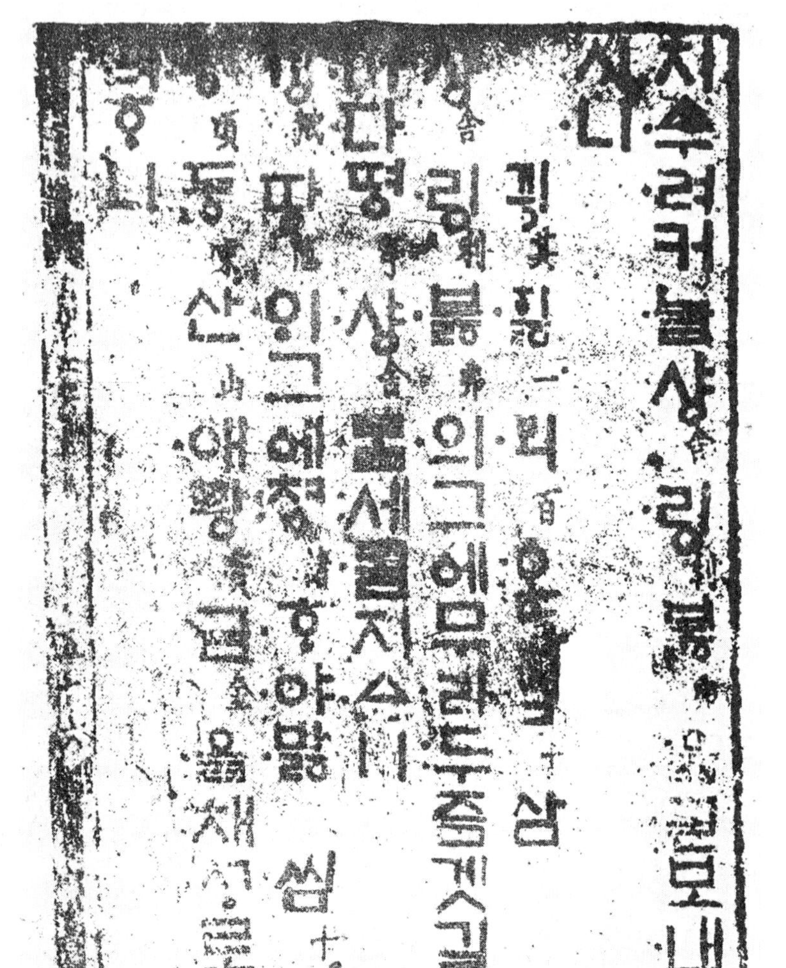

월인천강지곡

月印千江之曲 第二十三

釋譜詳節 第二十一

其四百十二

帝釋이 世尊ㅅ긔 請ᄒᆞᅀᆞᄫᅡ
忉利天에 가샤 ᄆᆞ니ᅀᆞᄫᆞ쇼셔

文殊ㅣ 摩耶ㅅ긔 셰존

두보의 모습

顏色少稱遂ㅣ니 此는 옷과 밥과에 ᄠᅳ디 마쳐 이베 맛디 아니ᄒᆞ야 거ᄅᆞᆯ머리 아니 브ᄒᆞ도미오 遠作率苦行順從衆오

慈ᄒᆞᆫ 사ᄅᆞ미 브ᄃᆞᆯ며 從ᄒᆞ놋다ᄂᆞ니 내 舟楫無根ᄒᆞ야 그 니가 몯 짓ᄂᆞᆫ 디라

詼龜好爲繁ᄂᆞᆫ 無報ᄒᆞᄂᆞᆫ 言易危也ㅣ라ᄒᆞ니라

況兼水賊繁特戒風飆駛ᄂᆞᆫ 兼ᄒᆞ야 水賊이 ᄒᆞ미조ᄎᆞ니 特別히 警戒ᄒᆞ라

崩騰戒 馬際往往殺長吏ᄂᆞᆫ 戎馬ㅅ ᄀᆞ애 長吏ᄅᆞᆯ 주규미 ᄅᆞ리며

于于衆諸侯勤勉防縱恣ᄂᆞ니라 諸侯ᄃᆞᆯ히 東녁 ᄀᆞ애 勤ᄒᆞ야

깃발은 피에 젖어

"한글 반포 500주년 기념날 부른 노래"

오백 해 겪은 풍파 옛일로만 여길테냐
오늘도 부는 바람 마음 어이 놓을소냐
피묻은 한글의 깃발 지키는 이 몇이뇨!

×　　　　　　×

철창 찬 마루에 발꿀이 굽어질 제
서리친 유리 위게 익혀 그린 한글 공부
눈물도 얼어 피어서 꽃무늬를 그렸네!

×　　　　　　×

앵무새 아니언만 남의 말 남의 소리
헐벗고 굶주리며 아첨의 혀 배우다니
가시관 쓰고 가오신 임의 자취 보느냐!

×　　　　　　×

아아! 한글의 깃발은 피에 젖어
우리의 가는 앞길 하늘 높이 휘날린다
한글에 한글 나라에 자유 영광 빛나라

×　　　　　　×

잠깨인 친구들아! 한길로만 달렸으라
이 깃발 빛난 앞길 어둔 강산 두루 밝혀
한글의 겨레 힘차게 쏜살 같이 내닫세.

이 작은 책을 삼가

민족 혁명을 위하여

그 평생을 용감히 투쟁하시다가

함흥 적옥(敵獄)에서

순절(殉節)하신

윤사(恩師) 환산(桓山) 이 윤재(李 允宰)

스승님 하늘 위의 얼 앞에

올리어 그 학은(學恩)을

기리나이다.

책 을 내 며

이마에 얹힌 조국의 가시 면류관은 오직 민족 대중의 이 국토와 이 인민에게 대한 뜨거운 사랑과 피눈물의 투쟁만으로 벗길 수 있으니, 이 투쟁력은 민족 생명의 핏줄이며 조국 발전의 동력(動力)인 국어를 통하여 맺어지는 문화공동체(文化共同體)로서의 운명 인식(運命認識)의 자각(自覺)에서만 샘솟는다.

언어의 공유(共有)는 민족의 개성(個性)이니 언어 문화의 창조(創造), 전승(傳承), 발전(發展)없이 민족 문화의 향상 발전은 없다.

따라서 민족 문화의 자위인 국어의 역사적 연구와 과학적 건설을 꾀하려 할진대 고전(古典)에 대한 정확한 인식과 연구를 필요로 하는 것이다.

우리 나라는 동방 아세아의 문화적 선구자였으나 삼국(三國) 이래 대륙 한문 문화의 침공(侵攻)과 집권(執權)계급의 한화(漢化)주의는 삼한 갑족(三韓甲族)의 역대(歷代) 진신(縉紳)으로 하여금 국토 민생을 바치어 사대(事大) 숭외(崇外)의 제물(祭物)을 삼게 하였다.

그리하여 세종 임금 정음 창제의 혁명적 영단에서 이루어진 모든 고전(古典)은 진토(塵土)에 묻힌채 유교 편중(儒敎偏重)의 교화 정책과 일본의 침략으로 우리 국어는 자유로운 발전을 누리지 못하였던 것이니, 완전 자주 독립 국가의 건설을 부르짖는 우리는 마땅히 깊이 묻힌 고전의 구슬을 찾아내어 그 본바탕과 빛을 갈아 써 새로운 과학적 국어 건설의 값있는 거리를 삼아야 할 것이다.

이제 이 책을 냄에 자못 감개(感慨) 깊으니, 원래 이 책의 초고(草稿)는 출판을 피하여 적은 것이 아니다.

조국이 이방인(異邦人)의 발에 밟히고 민족 문화가 거의 파멸(破滅)의 위국(危局)에 들매 노도(怒濤)와 같이 솟으며 화산(火山)처럼 터지는 가슴의 시름을 달래기 위해 스스로 향학 정진(向學精進)하던 한 조 기록에 지나지 못하니, 국어에 대한 발심(發心)의 기연(機緣)과 자취를 돌아보건대 한줌 더운 눈물을 참지 못한다.

제국주의 동화 정책은 우리 인민 대중을 착취 압박하고 우리 민족 문화를 모욕 파괴하였다.

진실로 하늘 아래 망국민(亡國民)의 슬픔보다 더함이 없음을 뼈에 사무쳐 느끼었다.

스러져가는 조국의 옛 모습, 허물어져가는 민족의 향기, 꺼져기는 인민의 살림 속엔 허전한 36년의 해와 달이 뜨고, 잠겼을 뿐이매, 이스라엘의 백성 아닌 우리에게는 오직 헤언서와 율법(律法)대신 조종(祖宗)의 숨결 스며 흐르는 모어(母語)만이 마음의 고향이었다.

구성진 한 가락의 민요(民謠)에 눈물을 숨기며 좀먹은 고전의 먼지를 털어 끝없는 수심을 날리었다.

그러나 이 나라를 근심하며 이 민족을 생각하는 모든 정성은 항상 모욕과 박해(迫害)로 갚아졌으며 조국의 주권을 찾고 민족의 문화를 되살려 인민의 자유를 돌이키고자 하는 온갖 보람은 기한(飢寒)과 철창(鐵窓)으로 나타났다.

경진(庚辰)의 새 봄, 나 아우보다 먼저 출옥(出獄)하매 아버지는 이미 유명(幽明)을 달리하고 초당(草堂) 한 떨기의 설매(雪梅) 의연(依然) 풍물(風物)이 애끓는 듯하였다.

먼저 내 영어(囹圄)에 잡히매 숙매(琡妹)는 중요 서책을 천정에 감추었더니, 이제 그는 이미 4 남매의 어미 되었고,

나 놓이어 다시 원고를 숨어 적으매 아내는 이를 꽃방석 속에 간직하여 압수를 면하게 하였다.

옛 사람 일렀으되 "인생은 쉬이 늙되 공업(功業)은 어렵다" 하였더니, 청춘은 하마 빨리 저물고 인생의 번듯한 보람은 없으니 옛 사람의 한탄을 거듭함이 어찌 부끄럽다 아니하리오!

다만 수차의 가택 수색에서 겨우 살아난 카아드의 먼지를 털어 이를 지음은 동국 문화사의 청함을 따라 애오라지 학도들의 벗을 삼고자 함이니, 행여 이 책을 보는 이 나랏말의 바른 길을 찾기에 조그마한 도움이라도 얻는다면 다행이라고 생각한다.

모자라는 곳은 두고 두고 고치고자 하노니 평생을 진리 탐구에 바침은 나의 지극한 염원인 것이다.

끝으로 피눈물로 조선어 학회의 철성(鐵城)을 사수(死守)한 우리 겨레의 소금이신
서 빛나는 구슬로 책 머리를 꾸며 주심은 더함없는 영광으로서 깊이 감사의 뜻을 올리는 바이다.

1 9 4 6 년 1 2 월 3 일
조선어 학회 창립 2 5 주년 기념날
회관 연구실에서

위정 신 영 철 적음

일 러 두 기

1. 이 책은 "고시조 신석(古時調新釋)"의 자매편(姉妹篇)임

2. 이 책은 우리 나라의 고전(古典)에 대한 국민적 교양(敎養)을 높이기 위해 우선 가장 어려운 옛글을 추리어 새기었음.

3. 이 책의 맞춤법은 원전(原典)대로 하였으나 인쇄 형편으로 사성(四聲)부호의 점은 모두 달지 않았음.
   곧, "나·랏:말ᄊᆞ·미"는 "나랏말ᄊᆞ미"로 인쇄하였음.

4. 글자의 모양도 원전과 모주리 똑 같게는 할 수 없었음. 곧, "ᅀᅮᇂᄎᆞ"—이런 글자가 '월인석보(月印釋譜), 두시(杜詩), 원간(原刊)의 모양이나, 중간(重刊)책들엔 모두 "ᄃ ᄅ ᅙ"—이렇게 아랫 점이 달라졌으므로 인쇄 형편을 따라 섞어 쓰게 되었음,
   이 밖에
   "ㅈ, ㅊ, ㅅ,"—이런 글자도
   "ㅈ, ㅊ, ㅅ,"—이런 글자와 섞어 찌었으나 원전의 모양은 통일되어 있음.
   원전의 글자 모양을 알리기 위해 책머리에 사진을 보였음.

5. 어귀 새김에 종요로운 귀절은 ☆표를 달아 거듭 그 쓰인 보기(例)를 들고 아울러 원전과 정수(丁數)를 보였음.
   그 원전의 이름은 대개 줄인 이름으로 하였음.
   곧 "龍飛御天歌 十章"은   "龍 歌 10" 으로
   　　"金剛經國解 上卷 5丁"은   "金剛經上 5" 로
   　　"杜工部詩諺解 十卷一丁"은 "杜 詩 10:1" 로
   적었음.

6. 이 책 옛글의 맞춤법은 원전대로이므로 읽기가 거북하고 또 잘못 읽기 쉬우므로 그 글자의 읽는 소리를 다음에 보임.
   ① "ᄀ, ᄂ, ᄃ, ᄅ,"의 "ㆍ"는 "ㅏㅗ"의 사잇 소리인데, 우선 편의를 따라서 습관대로 "가 나 다 라"로 읽기로 함.
   따라서 "ᄀᆡ 익, ᄲᆡ"는 "개, 애, 째"로 읽음.

② ᄝ. ᄫ. ᅗ," —이 소리들은 "훈민 정음" 주해에 말한 대로 "입술가벼운소리" 이므로 "ㅁ, ㅂ, ㅍ" 들보다 가볍게 읽기로 함.

③ "하ᄂᆞᆳ가온ᄃᆡ" "눉므리"—이런 것은 이른 바 "중간 시옷"이 올려 붙은 것이므로 조심하여 읽어야 됨.

④ "ᄭᅭ, ᄶᅡ, ᄶᅵ,"—이런 것은 오늘날의 된소리보다는 좀 가볍게 소리낸 것인 듯함.

⑤ "스스ᅌᅵ" '업스레ᅌᅵ다" 이런 것은 "스승이" "없으렝이다"로 읽음.

곧 "ᅌ"소리는 "ng" 소리 비슷하게, 일본말의 된 "ガ"의 닿소리 비슷하게 냄.

⑥ "가ᅀᆞᆯ" "ᄆᆞᅀᆞ미"—이런 것의 "△"은 "Z" 소리 비슷하게, 일본말 "ザ"의 닿소리 비슷하게 냄.

⑦ "ᄠᅳᆮ, ᄢᅴ, ᄯᅩ, ᄤᅢ"—이런 것은 "뜯, 끠, 또, 깨"로 읽음

7. 옛글은 모두 띄어 쓰지 않았으므로 원전은 대단히 읽기 어려우나 우선 몇 개는 띄어서 쓰고 대부분은 원전대로 하였음.

이는 좀 익히어 원전을 보아도 막히지 않게 하기 위하여서임.

8. 옛글 띄어 쓰기는 엄격(嚴格)하지 않은 곳도 있으나 "훈민 정음 주해 와 "금강경 국해 들의 옛글은 힘써 말본에 맞도록 띄었음. 이는 낱말의 띄어 쓰기가 절대로 필요함을 깨치고자 한 것임.

9. 옛글 가운데는 불교(佛敎). 유교(儒敎)에 관련한 고사숙어(故事熟語)가 많아서 대개 간단히 설명하였으나 때로는 독자의 취미를 위해 군소리도 붙였음.

10. 이 책은 우리 옛말의 새김을 위주한 것이므로 불교나 유교의 문귀나 한문 귀절에 사로잡히지 말아야 하며 가르치는 분이나 배우는 이는 이 점 확실한 인식을 필요로 함.

11. 옛글의 국문학으로서의 감상(鑑賞) 음미(吟味) 그 내용에 대한 비판(批判)은 아니하였음.

고 문 신 석 차 례

(부록) 옛글 연구 참고서

엣 글 찾 기

ㄱ

훈민 정음(訓民 正音) 주해(註解) 책에 대해

훈민 정음은 조선 4 대 세종 대왕(1419, A, D,―1450, A, D,) 께서 일대의 온 정력을 기울이시어 지으신 조선 민족 만대의 영광스러운 보배다.

훈민 정음이 창제 (創制) 된 때는 세종 25년 계해(癸亥) (1443, A, D,) 12월이니, 세종 실록(實錄) 계해년 12월 조(條) 에 "이달에 임금께서 몸소 23자를 지으셨다 (是月 上 親制 二十八字…) 한 것이라던지 또 훈민 정음에 실린 정 인지 (鄭 麟趾)의 서문에 "계해년 겨울 우리 마마께서 새로 28 자를 지으시고 그 해례(解例)를 들어 보이시니 이것을 이 름지어 훈민 정음이라 하느니라. 모양을 본뜨되 글자를 옛 날 전서(篆書)에 비슷하게하고 목소리를 말미암음에 소리를 일곱가락에 맞추었으니 삼극 (三極＝天, 地, 人)의 뜻과 이기 (二氣＝陰陽) 의 묘합이 다 이속에 싸혀 있지 않음이 없 도다(癸亥 冬 我 殿下 創制 正音二十八字 略揭例義以示之 名曰 訓民正音 象形而字倣古篆 因聲而音叶七調 三極之義 二 氣之妙 莫不該括…)한 것으로 보아 의심할 여지 없다.

곧 임금께서는 우리 나라의 글자가 없으므로 인민이 고 생하며 한문 배우되 끝내 자유롭게 생각을 나타내지 못하 는 사실을 아시고 새 글자를 만들기로 결심하시어 궁중(宮中)에 집현전(集賢殿)을 베풀고 왕 세자(뒤의 文宗), 진양대군 (晋陽大君＝首陽大君)은 물론이오 성 삼문(成 三問) 신 숙주 (申 叔舟) 최 항(崔 恒) 박 팽년(朴 彭年) 이 선로(李 善 老) 이 개(李 塏) 강 희안(姜 希顔)들 여러 학자와 함께 온 정성과 힘을 다 쏟아 이 역사적 대 사업을 완성하신 것이다.

더구나 정음이 다 된 이듬해인 세종 26년 갑자(甲子) 2월

20일 경자(庚子)엔 집현전 부제학(副提學) 최 만리(崔 萬理) 따위의 과격한 반대 상소(上疏)가 있고 맹렬한 사대 주의자(事大 主義者)들의 반동이 있었음에도 움직이지 않고 절대적인 학문적 자신을 지니시고 그달 운회(韻會)를 번역하게 하시고, 다시 용비 어천가 (龍飛 御天歌)를 짓게 하셨다.

이는 세종 실록(實錄) 갑자(甲子) 2월 병신(丙申) 조(條)에 '집현전 교리 최 항, 부교리 박 팽년, 부수찬 신 숙주 이 선로, 이 개, 돈녕부 주부 강 희안들에게 명하사 의사 청에 나와 운회를 정음으로 번역하게 하셨다(命 集賢殿 校理 崔 恒, 副校理 朴 彭年, 副修撰 申 叔舟, 李 善老, 李 塏, 敦寧府主簿 姜 希顔等 詣 議事廳 以正音譯韻會…) 한 것과 또는 정통(正統)10년 세종 27년 을축(乙丑) 여름 4월에 쓴 정 인지(鄭 麟趾) 근서(謹序)에 "삼가 백성들 사이에 도는 칭송하는 말을 모아서 노래 귀글 125장을 추려 엮었나니, 우선 옛 임금 자취를 적고 다음에 우리 조정 조종의 일을 말 했도다…

(謹採 民俗 稱頌之言 撰 歌詩 一百 二十 五章 先叙 古昔 帝王之迹 次述我朝祖宗之事……) 한 것으로 세종 임금께서 얼마나 세밀한 실험을 하셨던가를 짐작할 수 있다. 이리하여 훈민 정음이 완성되고도 3년을 이렇게 응용 실험한 뒤에 과학적인 증명을 파악하고 세종 28년 (1446.A.D.) 9월에 이를 인민에게 반포하신 것이다.

훈민 정음을 그처럼 고심 침담하시며 제정한 이유는 본문에 나오는 임금 말씀으로 잘 알 수 있듯이 ①민족 자주 정신 ②민주 주의 ③문화 주의 세 큰 이유를 들 수 있다.

그런데 "훈민 정음" 이라고 부르는 책은 오늘날 서너가지 있다.

곧 이 책에 넣는 주해 희방사(喜方寺) 책과 "한글 맞춤법 통일안"에 맹렬히 반대한 고(故) 박 승빈(朴 勝彬)의 가졌던 주해 책, 일본 궁내성(宮內省)에 있는 책, 조선어 학회에서 한글 반포 500주년 기념으로 출판한 영인 원본, 〔원본은 전 형필(全 鎣弼)씨 소장(所藏)〕 들이다.

그중 이 희방사 책은 경상도(慶尙道) 풍기(豊基) 소백산(小伯山) 그 절에 아직도 그 귀한 목필(木板)이 그대로 남아 보존되어 있는데 이것은 월인 석보(月印 釋譜)의 책 머리에 붙인 열 다섯장으로 된 훈민 정음의 해석이다.

이 책 첫 머리엔 "세종 어제(世宗 御製) 훈민 정음(訓民正音)"이라 적히고 "융경(隆慶) 2년 무진(戊辰) 10월 경상도 풍기 소백산 짓방사 (池叱方寺) 개판(開板)" 이라고 연대가 분명하게 나타나 있다.

물론 훈민 정음을 연구하려면 원본(곧 해례본)과 주해본 둘 다 보아야 한다.

이곳에 주해 본을 실은 까닭은 원본은 한문으로 되었기 때문에 옛날 조선말 소리대로 적히지 않았으나 주해본은 정음으로 적었기 때문에 우선 옛 글을 배우기 위해 주해본 글을 인용하는 바이다.

따라서 이곳에서는 어학적인 설명은 다 제외하고 단순히 해석만을 붙이는 것이므로 훈민 정음의 학문적 연구는 따로 해야 할 것임을 알아야 한다.

그런데 이 원문 ★표 다음의 몇 구절은 원래 해례 책에는 없는 대문인데 이것은 석보를 낼 때 덧붙여 설명한 것으로 인정된다.

한 책인 석보 상절(釋譜 詳節)의 서문 (序文) 끝에 "정통 12년 7 월 25일(正統 十二年 七月 二十五日) 수양군(首陽君) 휘(諱) 서(序)하노라" 한것으로 이해가 세종 29년(1447,

A. D.) 임을 알겠고 또 세조의 어제(御製) 월인 석보(月印 釋譜) 서(序) 끝에 천순(天順) 삼년 기묘(己卯) 7 월 7 일(七月七日) 서(序)라" 한 것을 보아 1460, A. D. 세조 5년임을 알게되니 이 글은 실로 500 년 가까운 옛날의 조선 글임을 확인할 수 있는 것이다.

> 나랏 말ᄊᆞ미 中듕國귁에 달아 文문字ᄍᆞᆼ와로 서르 ᄉᆞᄆᆞᆺ디 아니ᄒᆞᆯᄊᆡ 이런 젼ᄎᆞ로 어린 百빅姓셩이 니르고져 홇배 이셔도 ᄆᆞᄎᆞᆷ내 제 ᄠᅳ들 시러펴디 몯홇 노미 하니라.
>
> 내 이ᄅᆞᆯ 爲ᄒᆞ야 어엿비 너겨 새로 스믈 여듧字 ᄍᆞᆼᄅᆞᆯ ᄆᆡᇰᄀᆞ노니 사ᄅᆞᆷ미다 ᄒᆡᅇᅧ 수ᄫᅵ 니겨 날로 ᄡᅳ메 便뼌安한킈 ᄒᆞ고져 홇 ᄯᆞᄅᆞ미니라.

※ 이 글은 세종 임금께서 "훈민 정음" 을 반표(頒布)하실 때에 내리신 말씀이다.

새김

우리 나라 말이 중국과 달라서 한문자와는 서로 사무치지 아니하니, (트어 쓰지 못하니)

이런 까닭으로 어리석은 백성이 말하고자 하는 것이 있어도 마침내 제 뜻을 얻어펴지 못할 사람이 많은지라.

내가 이 사람들을 위하여 딱하게 여겨 새로 스물 여덟자를 만드노니 사람마다 하여금 쉽게 익히어 날마다 부리어 쓰기에 편안하게 하고자 할 따름이다.

> ㄱᄂᆞᆫ 엄쏘리니 君군ㄷ字ᄍᆞᆼ 처ᅀᅥᆷ 펴아나ᄂᆞᆫ 소리 ᄀᆞᄐᆞ니 글ᄫᅡ쓰면虯끃ㅸ字ᄍᆞᆼ 처ᅀᅥᆷ 펴아나ᄂᆞᆫ 소리 ᄀᆞᄐᆞ니라

새김

ㄱ은 어금니(牙齒) 소리니 "군(君)" 자 처음 펴 내는
(기역)
(發하는) 소리 같으니, 나라니 쓰면(並書하면) "뀨(蚪)" 자
처음 펴내는 소리 같다.

※ 오늘 날에는 "蚪" 는 "뀨" 라고 소리 내나 훈민 정음
반포 당시에는 오늘날의 된 소리(硬音) ㄲ에 가끼운 소
리를 냈던 것이다.

> ㅋ는 엄쏘리니 快퀭ᇹ字쫑 처섬 펴아나는 소리 ᄀ
> 트니라.

새김

ㅋ은 어금니소리니 "쾌(快)" 자 처음 펴내는 소리같다.
(키윽)

> ㆁ는 엄쏘리니 業업字쫑 처섬 펴아나는 소리 ᄀ트
> 니라.

새김

ㆁ은 어금니소리니 "엽(業)" 자 처음 펴 내는 소리
(옛 이응)
같다.

> ㄷ는 혀쏘리니 斗둫ᄫ字쫑 처섬 펴아나는 소리 ᄀ
> 트니 갈방쓰면 覃땀ㅂ字쫑 처섬 펴아나는 소리 ᄀ트
> 니라.

새김

ㄷ은 혓소리(舌音)니 "두(斗)" 자 처음 펴내는 소리 같
(디귿)
으니 나라니 쓰면 "땀(覃)" 자 처음 펴내는 소리 같다.

> ㅌ는 혀쏘리니 呑톤ㄷ字쫑 처섬 펴아나는 소리 ᄀ
> 트니라.

새김

　　ㅌ은 혓소리니 탄(呑)자 처음 펴 내는 소리 같다.
（터읃）

> 　　ㄴ는 혀쏘리니 那낭ㅎ字쫑 처엄 펴아나는 소리 マ
> 트니라.

새김

　　ㄴ은 혓소리니 나(那)자 처음 펴내는 소리 같다.
（니은）

> 　　ㅂ는 입시울쏘리니 彆볋字쫑 처엄 펴아나는 소리
> マ트니 갈봐쓰면 步뽕ㅎ字쫑 처엄 펴아나는 소리マ트
> 니라.

새김

　　ㅂ은 입술소리(脣音)니 별(彆)자 처음 펴내는 소리 같
（비읍）
으니 나라니 쓰면 보(步)자 처음 펴내는 소리 같다.

> 　　ㅍ는 입시울쏘리니 漂푱ㅸ字쫑 처엄 펴아나는 소리
> マ트니라.

새김

　　ㅍ은 입술소리니 표(漂)자 처음 펴내는 소리 같다.
（피읖）

> 　　ㅁ는 입시울쏘리니 彌밍ㆆ字쫑 처엄 펴아나는 소리
> マ트니라.

새김

　　ㅁ은 입술소리니 미(彌)자 처음 펴내는 소리 같다.
（미음）

> 　　ㅈ는 니쏘리니 卽즉字쫑 처엄 펴아나는 소리 マ트
> 니 갈봐쓰면 慈쫑ㆆ字쫑 처엄 펴아나는 소리 マ트니
> 라.

새김

ㅈ은 잇소리(齒音)니 즉(即)자 처음 펴내는 소리 같으
(지읒)
니 나라니 쓰면 자(慈)자 처음 펴내는 소리 같다.

> ㅈ는 니쏘리니 侵침ㅂ字쫑 처섬 펴아나는 소리 ㄱ
> 특니라.

새김

ㅊ은 잇소리니 침(侵)자 처음 펴내는 소리 같다
(치읓)

> ㅅ는 니쏘리니 戌슗字쫑 처섬 펴아나는 소리 ㄱ특
> 니 갈밣쓰면 邪샹ㆅ字쫑 처섬 펴아나는 소리 ㄱ특니
> 라.

새김

ㅅ은 잇소리니 술(戌)자 처음 펴내는 소리 같으니 나
(시읏)
라니 쓰면 사(邪)자 처음 펴내는 소리 같다.

> ㆅ는 목소리니 挹흡字쫑 처섬 펴아나는 소리 ㄱ특
> 니라.

새김

ㆆ은 목구멍소리(喉音)니 읍(挹)자 처음 펴내는 소리 같
(된 이응)
다.

> ㆅ는 목소리니 虛헝ㆆ字쫑 처섬 펴아나는 소리 ㄱ
> 특니 갈밣쓰면 洪뽕ㄱ字쫑 처섬 펴아나는 소리 ㄱ특
> 니라.

새김

ㅎ은 목구멍소리니 허(虛)자 처음 펴 내는 소리 같으
(히읗)

니 나라니 쓰면 홍(洪)자 처음 펴내는 소리 같다.

> ㅇ는 목소리니 欲욕字쫑 처섬 펴아나는 소리 ᄀᆞᆮ
> 니라.

ㅇ은 목구멍소리니 욕(欲)자 처음 펴내는 소리 같다.
(이응)
※ ㅇ은 "한글 맞춤법 통일안"에 "이응"으로 부르게 결정
되어 오늘날 받침으로 쓰이나 원래는 "ㆁ" 받침을 씀이 옳
다. 곧 반포 당시 "ㅇ" 받침은 한문자 소리를 적을 때
홀 소리(母音) 아래에서 목 구멍을 열은채 끝맺는다는 표
로 쓰인 것이다.

> ㄹ는 半 혀쏘리니 閭령ㅎ字쫑 처섬 펴아나는 소리
> ᄀᆞᆮ니라.

ㄹ은 반 혓소리니 려(閭)자 처음 펴내는 소리 같다.
(리을)

> △는 半 니쏘리니 穰샹ㄱ字쫑 처섬 펴아나는 소리
> ᄀᆞᆮ니라.

△은 반 잇소리니 양(穰)자 처음 펴내는 소리 같다.
(반 시옷)

> •는 呑튼ㄷ字쫑 가온딧 소리 ᄀᆞᆮ니라.

•는 탄(呑)자 가운테의 소리 같다.

> ㅡ는 即즉字쫑 가온딧 소리 ᄀᆞᆮ니라.

ㅡ는 즉(卽)자 가운데의 소리 같다.
(으)

> ㅣ는 侵침ㅂ字쫑 가온뒷 소리 ㄱ트니라.

새김

ㅣ는 침(侵)자 가운데의 소리 같다.
(이)

> ㅗ는 洪뽕ㄱ字쫑 가온뒷 소리 ㄱ트니라.

새김

ㅗ는 홍(洪)자 가운데의 소리 같다.
(오)

> ㅜ는 君군ㄷ字쫑 가온뒷 소리 ㄱ트니라.

새김

ㅜ는 군(君)자 가운데의 소리 같다.
(우)

> ㅓ는 業업字쫑 가온뒷 소리 ㄱ트니라.

새김

ㅓ는 업(業)자 가운데의 소리 같다.
(어)

> ㅛ는 欲욕字쫑 가온뒷 소리 ㄱ트니라.

새김

ㅛ는 욕(欲)자 가운데의 소리 같다.
(요)

> ㅑ는 穰샹ㄱ字쫑 가온뒷 소리 ㄱ트니라.

새김

ㅑ는 양(穰)자 가운데의 소리 같다.
(야)

> ㅠ는 戌슗字쫑 가온뒷 소리 ㄱ트니라.

새김

ㅠ는 술(戍)자 기운데의 소리 같다.
(유)

> ㅓ는 業ᅌᅥᆸ字쫑 가온딧 소리 ᄀᆞᆮ니라.

새김

ㅓ는 별(彆)자 가운데의 소리 같다.
(여)

> 乃냉終즁ㄱ소리는 다시 첫소리를 쓰ᄂᆞ니라.

새김

받침 소리는 다시 첫소리를 쓰는 (用) 것이다.

> ㅇ를 입시울쏘리 아래 니ᅀᅥ쓰면 입시울가ᄇᆡ야ᄫᆞᆫ소
> 리 두외ᄂᆞ니라.

새김

ㅇ을 입술소리 아래 이어쓰면 (連書) 입술가벼운소리가
(이응)
되는 것이다 (※ ㅱ, ㅸ, ㆄ)

> 첫 소리를 어울워 ᄡᅳ디면 골ᄫᅡᄡᅳ라.
> 乃냉終즁ㄱ소리도 ᄒᆞᆫ가지라.

새김

첫소리를 합해 쓸려면 (用) 나라니 쓰라(書), 내중소리도
한가지다.

> ᆞ와 ㅡ와 ㅗ와 ㅜ와 ㅛ와 ㅠ와란 첫소리 아래 브
> 텨쓰고.

새김

ᆞ, ㅡ, ㅗ, ㅜ, ㅛ, ㅠ, 와는 첫소리 아래 붙여 쓰고

ㅣ와 ㅓ와 ㅏ와 ㅑ와 ㅕ와란 올흔녀긔 브텨쓰라.

새김

ㅣ, ㅏ, ㅓ, ㅑ, ㅕ, 와는 옳은 녘(右便)에 붙여 쓰라

믈윗字쫑ㅣ 모로매 어우러아 소리 이ㄴ니.

새김

무릇 글자가 반드시 어울러야 소리를 이루나니

왼녀긔 흔點뎜을 더으면 뭇노푼소리오.

새김

왼 녘에 한 점을 더하면 맨높은소리요 (去聲)

點뎜이 둘히면 上쌍聲셩이오.

※ 上聲＝처음이 낮고 끝소리는 높은 소리

새김

점이 둘이면 상성이요.

點뎜이 업스면 平뼝聲셩이오.

새김

점이 없으면 평성이요.

入십聲셩은 點뎜 더우믄 흔가지로디 샐ㄹ니라.

※ 入聲＝빨리 끝을 닫는 소리

새김

입성은 점 더 붙이기는 한 가지지만 빠른 것이다.

★. 中듕國귁 소리옛 니쏘리는 齒칭頭뚱와 正졍齒칭쾌 굴희요미 잇ㄴ니.

새김

중국 소리의 잇소리는 치둣소리와 정첫소리와의 가림이 (구별이) 있나니.

> ㅈ ㅊ ㅉ ㅅ ㅆ 字쫑는 齒칭頭뚱ㅅ소리예 쓰고

※이 소리는 우리 나라 소리에선 엷으니 혓끌이 윗 잇머리에 닿는다.

새김

ㅈ ㅊ ㅉ ㅅ ㅆ 자는 치둣소리에 쓰고 (用)

> ㅈ ㅊ ㅉ ㅅ ㅆ 字쫑는 正정齒칭ㅅ소리예 쓰ᄂ니

※이 소리는 우리 나라 소리에선 두터우니 혓 끌이 아랫 잇몸에 닿는다.

새김

ㅈ ㅊ ㅉ ㅅ ㅆ 자는 정첫소리에 쓰나니 (用)

> 엄과 혀와 입시울와 목소리옛字쫑는 中듕國귁 소리예 通통히 쓰ᄂ니라.

새김

어금니소리, 혓소리, 입술소리, 목구멍소리의 글자는 중국 소리에 통털어 쓰인다. (用)

월인 석보 (月印 釋譜)

월인 석보를 말하려면 먼저 월인 천강지곡 (月印 千江之曲) 과 석보 상절(釋譜 詳節)을 말해야 한다.

세종 대왕은 돌아간 소헌 왕후(昭憲 王后)(沈氏)의 명복을 빌기 위하여 수양 대군(首陽 大君)을 시키어 석보 상절을 짓게 하사 그것이 다 된 것이 세종 29년〔정통(正統)12년〕인데 그 올린 글을 보고 몸소 월인 천강지곡을 지으신 것이다.

이 일은 본문을 읽으면 알 것이어니와 이 책은 한문(漢文)이 줄거리를 이룬 것이 아니고 정음(正音)이 줄거리인 것을 알겠으니, 그것은 석보 상절이 다른 번역 격식과 달라 원한문(原漢文)을 늘어놓지 않고 대뜸 내용을 조선말로만 적은 것이다.

곧 한글을 독립적으로 부리어 지은 저술이다. 그 글도 한문 냄새 없는 말체(會話體)로 되었고 한문·숙어가 몹씨 적은 것으로 보아 세종께서 얼마나 한글에 대해 온 정성을 기울였던가를 알 수 있다.

그런데 석보 상절과 월인 천강지곡은 세종 31년(정통14년—명나라) 임이 명백하며 이 책에 풀이하는 석보 상절은 세조가 즉위하여 월인 천강지곡은 본문을 삼고 그에 맞는 내용의 석보 상절을 주석(註釋)처럼 붙여서 월인 석보 라는 이름으로 간행한 것이다.

이 책을 보면 첫권 머리에 "月印千江之曲 第一" 이라 적히고 다음 줄에 "釋譜詳節 第一" 이라고 적혀 있다. 그리고 이 책 서문 끝에 "天順三年" 이란 연호는 명 나라 연호며 세조 5 년에 해당한다. (세조 4 년이라 함은 잘못)

월인 석보는 원래 30권 가깝게 간행된 듯한데 원본이 아직 다 나타나지 못하였다.

석보 상절은 6. 9. 13. 19. 의 교정본이 겨우 남아 있을 뿐이고 (이것은 국립 도서관에 있음) 월인 천강지곡은 아직 나타나지 않았으니 남은 것이 있는지 없는지 궁금하다.

다만 석보 상절 교정본 사이에 "月印千江之曲上" (釋譜第六卷의 第五. 十二. 十五. 十六丁의 다음 마다 찍혀 있음) "月印千江之曲中" (釋譜 第九卷 第二十丁 다음에 찍혀 있음)이라고 책 사이에 끼워 있는 것으로 겨우 "月印千江之曲"은 上中下가 있었던 것과 나타나는 권수 숫자(卷數 數字)로 30권 가깝게 그때 함께 따로 간행되었으리라 미루어 알 뿐이다.

이제 남아 있는 월인 석보는 제 1. 2. 두권은 경북(慶北) 영주군(榮州郡) = (옛豊基) 희방사 (喜方寺)의 장판 (藏版) 인데 판 뒤에 융경 이년 무진 시월 일 경상도 풍기지 소백산 池叱방사 개판 (隆慶二年 戊辰 十月 日 慶尙道 豊基地 小伯山 池叱方寺 開板) 이라 있으니 선조(宣祖) = (1568.A D--1608.A.D) 원년인 1568.A D. 임을 알 수 있다. 일본인 고(故) 소창 진평 (小倉 進平)이 가졌던 제 13. 14. 권은 알 수 없으며, 이 종만 (李 鍾萬)씨가 세웠던 대동 출판사(大東 出版社)에서 간직했던 제8권은 지금 아마 이씨가 간직하고 계시리라 생각되며, 제 7권은 "전 조선 총독부 중추원 참의" 최 남선(崔 南善)이 지니고. 제21권은 경북(慶北) 안동군 광흥사 (安東郡 廣興寺) 와 충남(忠南) 논산군(論山郡 = 옛 恩津) 쌍계사(雙溪寺) 장판의 두가지가 있는데 쌍계사 장판엔 경흥(慶興) 삼년 = 선조2년 (1569. A.D.)의 개판기(開板記) 가 있고 광흥사 장판엔 "가정 (嘉靖) 21년 임인 (壬寅) 3월 일 (三月 日) 경상도 안동 하가산 광흥사 개판 (慶尙道 安東 下柯山 廣興寺 開板) 이라고 적혀 있으므로 이는 〔중종 (中宗) 37년 = (1542 A.D.)〕의 개판임을 알 수 있다.

끝 이것이 지금까지 나타난 가장 오랜 판이다. 이제 이 책에 박려 넣는 글은 위의 희방사 판과 괭흥사 판이다.

이 희방사 판은 아직도 판목(板木)이 그 절에 남아 있으므로 십여년전부터 더러 수십부(數十部)씩 찍어다가 나누어 가진 일도 있다. 그런데 제1권에는 넉장이 없어지고 제2권은 두장이 없어지고 제21권은 서른 여덟장이 없어졌다.

제1권 첫 머리에 훈민 정음 전문이 있다는 것은 훈민 정음 설명에서 말한바며, "月印千江"의 뜻은 "부처가 백억 세계(百億 世界)에 화신(化身)하여 교화(敎化)함이 마처 달빛이 즈믄(千) 가람(江)에 비치는 것과 같다' 함이다.

월인 석보는 참으로 조선 문학상으로나 한글 연구상으로나 조선 어학 연구상으로나 용비 어천가와 함께 가장 으뜸되는 귀중한 보물인데 아직까지 그 전질이 나타나지 못한 것은 조선 문화상 크게 원통한 일이다.

짓 밟혀 허물어진 천년의 쓸쓸한 문화 유산속에 몇권의 책이나마 오히려 남아 나서 그윽한 향기를 피우고 있음을 다행이라 할 것인가?

거칠은 수풀 속에나마 한 떨기 꽃 포기가 필때 있듯이 월인 석보 전질이 그 어디쯤서 문득 나타난다면 자키나 좋으라만 흘러가는 즈믄 가람과 함께 사라진 역사의 자취는 날로 아득할뿐, 차라리 이나마 하늘 아래 되 살아난 우리 오늘날의 세월이 다시금 느껍다고나 할까.

×   ×

×   ×

釋譜詳節序

부뎨 界옛 尊이두외야겨샤 衆生을너비齊度ᄒ시ᄂ니 그지
업서 몯내혜ᅀᆞᆲ 功과德괘
사ᄅᆞᆷ들콰하ᄂᆞᆯ돌히내내기리ᅀᆞᆸ디몯ᄒᅀᆞᆸ논배시니라

①삼계＝욕계(欲界), 색계(色界), 무색계(無色界) ②중생, 일
체의 목숨 있는 것 ③제도＝살려 건너 줌, 중생을 고해
(苦海)에서 건져 상락(常樂)의 나라로 건너줌, 사람의 번
뇌를 풀어 깨닫게함.

새김

부처가 삼계의 구제자가 되어 계시어 중생을 넓이 제
도 하시나니 그지없어 이루 헤여볼 수 없는 공과 덕과
글 사람들과 하늘들이 내내 기리옵지 못하옵는 바시다.

世間에부뎻道理ᄇᆡ호ᅀᆞᄫᅵ리부톄나아ᄃᆞ니시며
ᄀᆞ마니겨시던처엄ᄆᆞ츠믈알리노니

①셰간 ②도리＝진리 ③배호사바리＝배우실 사람 ④노니＝
적으니

새김

상에 부처의 도리를 배우실 사람이 부처가 나아
다니시며 가만이 계시던 처음과 끝마침을 알 사람이 적
으니

※ 윗글에 "알리노니"를 "알리나니"로 해석하면 잘못이다.
"대장 접에 식칼이 논다"는 속담 말도 "칼이 젹당"는 뜻
이다.

또 윗글 풀이한 <u>월인 석보</u> 글 속에 "젹당"를 "콩빙ᆡ
잇디 안타" 한 것이 있다.

> 비록알오져ᄒᆞ리라도ᄯᅩ八相ᄋᆞᆯ넘디아니ᄒᆞ야셔마ᄂᆞ니라①

①팔상=무솔 내의(兜率 來儀), 남비 강생(藍毘 降生), 사문 유관(四門 遊觀), 유성 출가(逾城 出家), 설산 수도(雪山 修道), 수하 항마(樹下 降魔), 전법 쌍림(轉法 雙林), 열반(涅槃). 석가 성도 입적까지의 여덟 계단.

새김

비록 알고자 하는 사람이라도 또한(역시) 팔상을 넘지 아니하고 마는 것이다.

> 近間애① 追薦ᄒᆞᇙ보믈② 因ᄒᆞᅀᄫᅡ 이저긔 여러經에③ 글 히여내야 各別히ᄒᆞᆫ그를밍ᄀᆞ라④ 일홈지허ᄀᆞ로ᄃᆡ 釋譜詳 節이라ᄒᆞ고⑤

①근간 ②추천=죽은 사람의 복을 빌기 위해 좋은 일을 함. 죽은 사람이 좋은 곳에 가서 나도록 불공(佛供) 드리는 일. ③경=부처의 글 ④각별 ⑤석보 상절.

새김

요 즈음에 추천하시음을 말미암사와 이것 저것 여러 부처의 글에서 가려내여 따로 한 글을 만들어 이름 지어 말하기를 석보 상절이라 하고

※ 윗 글은 소헌 왕후(昭憲 王后)의 추천을 말한 것이며, 아랫 글은 "석보 상절" 뜻을 풀이한 글이다. 끈 본문이 아니라 중간에 끼인 글이다.

> 釋은 釋迦시니라 譜ᄂᆞᆫ 平生앳처섬乃終ㅅ이를 다쓴글와 리라 詳은조ᅀᆞᆫᄫᅵ말간子細히다쓸씨라 節은조ᅀᆞᆸ디 아 니ᄒᆞᆯ말란더러쏠씨라.

세존

　釋은 <u>석가시다</u>. 譜는 **평생의** 처음부터 **나중까지의** 일을 **다** 쓴 글월이다. 詳은 종요로운(아주 긴요한) 말은 자세히 **다** 쓴다는 말씨다. 節은 종요롭지 아니한 말은 털어서 쓴다는 말씨다.

> 　ᄒ마次第ᄒ야, 밍ᄀ론 바ᄅᆞᆯ브터 世尊ㅅ道일우샨 이린 양ᄌᆞᆯ 그려일우숩고

①차데　②세존＝세계에서 가장 높은 분, 구제자.　③도, 부처의 법

새김

　이미 차례를 세여 만들은 바를 따라서 세존의 도(道)를 이루신 일의 모양 자취를 그림에 그려 다 이루시옵고

> 　ᄉᆞ도正音으로써 곧 因ᄒ야 더 翻譯ᄒ야 사기노니 사ᄅᆞᆷ마다수ᄫᅵ아라 三寶애니ᅀᅡ가 븓ᄌᆞᆹ고ᄇᆞ라노라.

①적음　②인　③번역　④삼보＝부처, 부처법, 중

새김

　또 정음으로써(以) 곧 말미암아 더 보태어 새기노니 (해석하노니) 사람마다 **쉽게** 알아 삼보에 **나아가** 붙기를 바라는 것이다.

※ 나아가 붙음은 귀의(歸依`의 뜻이다.

　이글 끝에

"正統十二年七月二十五日에　首陽君諝序ᄒ노라" 하였다. 정통 12년은 <u>세종</u> 29년 (1447. A.D.) 이다.

　"正統"은 물론 당시 **명**(明)나라 연호(年號)다. 이상(以上)이 <u>수</u>양군이 올렸던 글이며 아래의 글이 뒤에 **세조**(世祖)가 되어 다시 붙인 서문이다.

御製月印釋譜序

① ②　　　　　　③
眞實ㅅ根源이　뷔여괴외ᄒ고　性智묽고　괴외ᄒ여

④
靈ᄒ光明이ᄒ오ᅀᅡ빗나고　法身이샹녜이셔

⑤　　　　　　　　　　　⑥
色相이ᄒ가지로　업스며　能所다업스니

①진실 ②근원 ③성지 ④법신=부처 몸 ⑤색상=빛과 모양,
눈에 보이는 모든 현상. ⑥능소=능동(能動)과 수동(受動)

새김

　참된 근본이 비어(空) 고요쓸쓸하고 법성 지혜가 맑고
고요하며 히한한 빛이 홀로 빛나고 부처몸이 항상 머물
러 있어 색상이 한번에 없어지며 능동과 수동이 모두 사
라지니

ᄒ마나며 업수미업거니 엇뎨가며오미이시리오.

새김

　이미 나며 죽음이 없거늘 어찌 가며 옴이 있으리오.

①　　　　　　　　　　　　　②
오직妄量앳ᄆᅀᆞ미믄득니러나ᄫᆞᆯ브트면　識境이닌겻뮈여나
거든

①망량=잘못된 생각 ②식경=인식(認識)하는 주관(主觀)

새김

오직 되지못한 망녕의 마음이 벼란간 일어남을 알면 속
마음이 다투어 움직여 흔들리거든

①　　　　　　②　　　　　③
緣을묻둥기야가져　著ᄒ야　長常業報애미여

①연=물건 나타남을 돕는 꼬투리, 연지(緣知) 마음이
외경(外境)을 인식(認識)함.　연유(緣由).　②착=붙음

—[20]—

③장상업보, =한 노릇에 대한 대갚음.

새김

　환경(還境)을 맞 당기어 가져 번뇌에 집착(執着)하여 항상 업보에 매여

※ 윗 글의 뜻은 원숭이가 나무를 이리 오르고 저리 뛰며 쉴새 없이 움직임과 같이 사람이 환경때문에 마음이 흔들리어 교요할 때 없음을 말한 것이다.

> 眞實ㅅ覺을 긴바밀어듭게ᄒ여 知慧ㅅ누늘 긴劫에 멀워

새김

　참된 지각을 긴 밤에 어둡게하며 지혜의 눈을 긴 세월에 멀게하여

> 여슷길헤횟도녀잢간도 머므디몯ᄒ며 여듧受苦애봇겨 能히벗디몯홀쎠

①여섯길=六道, 六趣, 중생이 업을 따라 가서 사는 곳. 지옥취(地獄趣), 아귀취(餓鬼趣), 축생취(畜生趣), 수라취(修羅趣), 인간취(人間趣), 천상취(天上趣). ②八苦, 열반경(涅槃經)에 나옴. 생(生), 노(老), 병(病), 사(死), 애별이고 (愛別離苦), 원증회고(怨憎會苦), 구부득고(求不得苦), 오음성고(五陰成苦).

새김

　여섯 길에 휘돌아(轉廻) 잠깐도 머물지 못하며 여덟 괴로움에 볶여 능히 벗어나지 못하니

> 우리부텨 如來 비록 妙眞淨身이 常寂光土애사르시나

①여래, ②묘진 정신=청정 법신(淸淨 法身) ③상적광토=사교 사토(四敎 四土)의 하나, 본유 상주(本有 常住)한 진리(眞理)=(寂)과 이를 증명하는 지혜(光)와 일치한 부처

가 보는 세계, 깨달은 사람이 보는 우주, 차별 없는 평등 일치된 더러움 없는 세계.

〔삼강〕

우리 부처 여래가 비록 깨끗한 법신이 상적광토에 살으시나

> ①   ②   ③   ④
> 本來ㅅ悲願으로 無緣慈를 뮈우샤 神通力을 나토샤

①본래   ②비원＝중생을 구원하고자 큰 자비심(慈悲心)에서 세우는 맹세와 원. ③무연자＝심상(心想)을 없애고 분별 연관(分別 緣觀)함이 없는 대무량심(大無量心), 연관 수습(緣觀 修習)하는 삼관(三觀) 소비(小悲)에 대해 무연의 대비(大悲)를 말함. 이 대자비심 속에 중생연(衆生緣), 법연(法緣), 무연, 의 셋이 있다함. ④신통력＝신변 불가사의(神變不可思議)하여 자유 자재한 힘.

〔사강〕

본래의(지닌) 비원으로 무연자를 움직이시어 신통력을 나타내시어

> ①   ②   ③
> 閻浮에ᄂ려나샤   正覺일우샤ᄅ뵈샤 일후미 天人師시며
>   ④   ⑤   ⑥   ⑦
> 일큫ㅈ보미 一切智샤 큰 威光을펴샤 魔兵衆을 ᄒ야ᄇ리시고

①염부, 범음(梵音)은 "Jambū," 인도 나라 간곳 마다 있는 큰 나무 이름. 4, 5월쯤 꽃이 피고 질은 자젓빛 열매를 맺음. 염부제(提)＝수미산(須彌山) 남쪽에 있음. 16의 큰 나라, 500의 중간 나라, 10만의 작은 나라가 있다 함. 부처를 만나 법 듣기는 이곳이 제일이라하여 여러 부처는 오직 이 나라에서만 나타난다 함. ②정각＝바른 깨달음, 부처의 깨달음. ③천인사＝부처는 육도(六道)의 스승이니 하

늘과 사람은 능히 그길로 들어 유익함을 누리므로 인천 사라 함. ④일체지 ⑤위광 ⑥마병중＝악마의 무리 ⑦하야 ＝해 내어, (破)

새겸

염부에 내려 탄생하시어 정각을 이루심을 보이시어 이름이 천인사이시며 일컫자옴이 일체지라 하사 큰 위엄 있는 빛을 펴시어 마병 부리를 해내어 버리시고

> 三乘을크게여르시며 八敎를너비부르샤 六合애저지시며
> 十方애저지샤 말씀마다그지업슨 微妙흔뜨들모도자ㅂ시고
> 句마다 恒沙法門을 머구므샤

①상승＝乘은 운재(運載)의 뜻, 세가지 사람, 또는 성문(聲聞), 연각(緣覺), 보살(菩薩)의 삼승, 또는 대승, 소승, 중승 ②팔교＝八正道支, 정견(正見), 정사유(正思惟), 정어(正語) 정업(正業)＝삼과(三過) 곧 살(殺), 도(盜), 음(婬)을 떠남 정명(正命), 정정진(正精進), 정념(正念), 정정(正定) ③육합 ＝천지 사방 ④시방＝천지 팔방 ⑤미묘 ⑥구 ⑦항사 법 문＝항하(인도 恒河＝gandes江)의 모래 같이 많은 법문

새겸

삼승을 크게 열으시며 팔교를 넓이 부르시어 육합에 적 시시며 시방에 흠뻑 스미게 하시어 말씀마다 그지없는 미묘한 뜻을 모두 잡으시고 말귀마다 항사 법문을 먹음으시어

> 解脫門을 여르샤 淨法海예 드리시니 人天을 거려내
> 시ㄱ 四生을거려 濟度ㅎ신功德을 어루이긔여기리ㅅㅂ려

①해탈문 ②정법해 ③인천 ④사생＝四種死生, 잡아함경（雜阿含經）에 나옴, ㈠어둠（現世）에서 어둠（後世）으로, ㈡어둠에서 밝음으로, ㈢밝음에서 어둠으로, ㈣밝음에서 밝음으로 ⑤제도 ⑥공덕 ⑦찬송하사올 것이라

새김

　해탈 문을 열으시어 정법해에 들이시니 인천을 걸러 바쳐（濾）내시며 사생을 걸러 바쳐 제도하신 공덕을 가히 이기어 기리사올 것이냐（이루 헬 수 없이 그지 없는 공덕이다）

> 　①　天龍이 ②誓願ᄒᆞ샤 ③流通ᄒᆞ시논배시며 ④國王이 ⑤付囑받ᄌᆞ방
> ⑥擁護ᄒᆞ논배니

①천룡＝하늘, 용. ②서원＝四弘誓願, 불교에서 꼭 이루려고 맹세하는 네가지 원. 衆生無邊誓願度, 煩惱無盡誓願斷, 法門無量誓願知, 佛道無上誓願成, ③유통＝불법（佛法）이 널리 퍼짐. ④국왕 ⑤부촉＝법을 가르쳐 그 펼침을 맡김 ⑥옹호＝지키어 보호함.

새김

　하늘과 미리가 서원하시어 유통하시는 배시며 나랏 임금이 부촉받자와 보호하는 배니

> 　네 ①丙寅年에이셔 ②昭憲王后 ③榮養을썰리ᄇᆞ려시ᄂᆞᆯ ④셜버슬
> ⑤ᄡᅳᄫᅥ매이셔 ᄒᆞ욣바ᄅᆞᆯ아디몯ᄒᆞ다니

①병인년 ②소헌 왕후＝세종 임금의 왕비. ③영양＝영화（榮華）로운 공양（供養） ④아파 ⑤슬프오매

새김

　지나간 병인년에 있어 <u>소헌 왕후</u>가 이 세상을 급작스럽게 버리시거늘 아프고 슬픔에 잠겨 할 바를 아지 못했더니

　①世宗이 날두려 니루샤디 ②追薦이 ③轉經곧ᄒ니 업스니 ④네釋譜를 밍ᄀ라 ⑤翻譯호미맛당ᄒ니라ᄒ야시ᄂᆞᆯ

①세종　②추천　③전경＝불경의 첫머리, 중간. 끝을 읽어 뛰어 읽음. ④석보　⑤번역

새김

　<u>세종</u> 임금께서 나더러 말씀하시기를 "추천" 이 전경만한 것이 없으니 그대는 석보를 만들어 번역함이 마땅하다 하시어늘

　내①慈命을 받ᄌ바더욱 ②ᄉ랑호믈너비ᄒ야 僧祐道宣두律 ④師ㅣ各各⑤譜밍ᄀ로니잇거늘 시러보디詳略이ᄒ가지아니어늘

①자명　②생각　③승우. <u>도선</u>＝중국 <u>남제</u>(南齊)의 율사 <u>승우</u> 와 당(唐)율사 <u>도선</u>. <u>승우</u>＝445.A.D.—518.A.D 율종 (律宗), 전업(建業)사람, 성(姓)은 <u>유</u>(兪)씨, 어려서 건초사(建初寺) 에 들어 뒤에 율학(律學)의 거장(巨匠)인 법영(法頴)에게 배와 크게 정통함. <u>양</u>(梁) 무제 (武帝)가 깊이 높여 가마 타고 전안에 드나들게 했다. 천감(天監) 7년 5월 <u>건초사</u>에서 입적 (入寂). 수 (壽) 74, 석가보 (釋迦譜), 홍명집 (弘明集), 법원기(法苑記)들의 저서가 있음.　　　<u>도선</u>(道宣)＝<u>남산</u>(南山) 율종(律宗)의 시조(始祖). 중국 <u>단도</u>(丹徒) 사

람. 혹은 장성(長城) 사람이라고도 한다. 속성(俗姓)은 전(錢) 씨. 열 다섯살때 지관율사(智顗律師)의 문하생이 되고 다음 해 출가(出家)하여 대업(大業) 11년(615A.D.) 지수율사(智首律師)로부터 구족계(具足戒)를 받아 율전(律典)을 배웠다. 무덕(武德) 7년(624A.D.) 종남산(終南山) 방장곡(倣掌谷)에 들어가 백천사(白泉寺)를 열고 계(戒)를 엄수하고 선(禪)을 닦았다. 인하여 남산율사(南山律師)라 일컫는다. 그 후 경조(京兆)의 숭의사(崇義寺) 종남(終南)의 풍덕사(豊德寺) 정업사(淨業寺)등에 역주(歷住)했으나 정관(貞觀) 19년 (645A.D.) 현장(玄奘)이 귀조(歸朝)하여 홍복사(弘福寺)에서 역경 사업(譯經事業)을 일으키자 자진하여 그의 감문가(勘文家)가 되어 수 백권의 율부(律部) 전기(傳記)를 내었다. 그중 특히 사분율종(四分律宗)을 대성하여 소위 남산 율종(南山 律宗)을 이르켰다. 당(唐) 건봉(乾封) 2년(667A.D.) 10월 입적(入寂)하다. 72세 때의 일이다. 의종(懿宗)의 함통(咸通) 10년(869A.C.) 징조(澄照)라는 칙시(勅諡)를 받았다. 저서(著書)에는 속 고승전(續高僧傳) 광흥명집(廣弘明集) 대당내전록(大唐內典錄) 사분율 행사초(四分律 行事鈔)등 20 여권이 있다.

④율사＝덕망이 높은 중 계율(戒律)을 지녀 승니(僧尼)를 통솔하는 승관(僧官) ⑤각각, 보, ⑥상략＝자세함과 단촐함.

세림

내가 자애로운 시키시는 말씀을 받자와 더욱 생각하기를 넓이하여 승우, 도선 두 율사가 각각 보를 만든 것이 있거늘 얻어 보되 상략이 서로 한가지 아니어늘

> 두글워를 어울워 釋譜詳節을 밍ᄀ라일우고 正音으로
> 翻譯하야사ᄅᆞᆷ마다수비알에ᄒᆞ야

새김

두 글월을 이울러 석보 상절을 만들어 이루고 한글로
번역하여 사람마다 쉽게 알게하여

> 進上ᄒᆞᅀᆞᆸᄫᅥ니① 보믈주ᅀᆞ오시고 곧讚頌②을 지ᅀᆞ샤일후믈
> 月印千江③이라 ᄒᆞ시니이제와이셔 尊奉④ᄒᆞᅀᆞᆸᄫᅳᆯ엇뎨누기리
> 오

①진상=올림 ②찬송 ③월인천강 ④존봉=높이 모심

새김

진상하사오니 봄을 주사오시고 (賜覽)곧 찬송을 지으시어
이름을 월인 천강이라 하시니 이제와 있어 존봉하사옴을
어찌 느추겠는가.

> 近間①에家厄②을맛나 ᄆᆞᆯ아ᄃᆞ리즐어엽스니 父母ᄠᅳᆮ天性에
> 根源③ᄒᆞᆫ디라 슬픈ᄆᆞᅀᆞᆷ뮈유④미엇뎨오라며갓가ᄫᆞ매다ᄅᆞ리오

①근간 ②가액 ③근원 ④움직임이

새김

요즈음에 집안 액을 만나 맏아들이 일찍 죽으니 부모
뜻은 천성에 근원한지라 슬픈 마음 흔들림이 어찌 세월
의 오래며 가까움에 다르겠는가.
※맏아들은 도원군(桃源君)이니 뒤에 덕종(德宗)으로 추존
(追尊)된 분이다

> 내ᄉᆞ랑호ᄃᆡ三途ㅅ受苦애열오져ᄒᆞ며① 나여희ᅀᆞᆸ道ᄅᆞᆯ求코져
> 홈딘댄이ᄇ리고어듸브트리오

① 삼도 수고=지옥(地獄), 아귀(餓鬼), 축생(畜生)의 괴로움

새김

　내가 생각하되 삼도의 고생에서 열고자하며 소아(小我)와 헤어질 길을 구하고자 할진댄 이것을 버리고 어디 의지하리오

　　了議를轉ᄒ며일우미비록ᄒ마하나　念호디이月印釋譜ᄂᆞᆫ先考지ᅀᆞ산거시니依然ᄒ야　霜露애애와뎌더욱슬허ᄒ노라

① 요의=결단(決斷)하여 사무친 뜻이니 대승교(大乘敎)를 이른 것이다. ② 선고=돌아간 아버지 ③ 의연=여전 ③ 상로= 서리와 이슬. 바뀌는 세월.

새김

　참된 이의(理義)를 돌려 이룸이 비록 이미 많지만 깊이 생각하건대 이 월인 석보는 돌아가신 아버님 지으신 것이니 지난 날과 다름없는 이슬과 서리에 (자연과 세월 바뀜을 바라보니) 뼈저리게 애타 더욱 슬퍼한다.
※다음 글은 중간 설명문이다.

　　ᄀᆞ술히霜露와草木이　이울어든　슬픈ᄆᆞᅀᆞ미나ᄂᆞ니時節이 글어든어버ᅀᅵᄅᆞᆯ일흔ᄃᆞᆺᄒ니라

새김

　가을에 이슬 서리와 초목이 이울면은 슬픈 마음이 나는 것이니 시절이 갈리면은 어버이를 잃은 듯한 것이다

　　울워러書追를　ᄉᆞ랑ᄒᆞ건댄　모로매일ᄆᆞᆺ　일우ᅀᆞᆸ몸몬져홈디니　萬幾비록하나　엇뎨겨르리업스리오　자디아니ᄒ며飮食을니저　히다ᅌᅵᆷ며나ᄅᆞᆯ니ᅀᅥ

—〔 2 8 〕—

①율추=가신 어버이 뜻을 뒤조차 효도함 ②만기=幾는 조
각, 만 조각의 뜻으로 임금의 일이 무척 바쁨을 뜻함
③음식=먹고 마심.

새김

　우러러 율추를 생각하건댄 모름지기 (끼치신)일을 마주
이루사옴을 먼저 할지니 임금 일이 비록 많으나 어찌 겨
를이 없으리오

　잠을 자지 아니하며 밥먹기 물마시기를 잊어가며 한해
해가 다하도록 날을 이어서

　우흐로 父母仙駕를 爲ᄒᆞ숩고 亡兒를조처爲ᄒᆞ야섈리智
慧ᄉ구루믈ᄐᆞ샤 諸塵에미리나샤 바ᄅᆞ自性을ᄉ뭇이ᄅᆞ샤 覺
地를 믄득證ᄒᆞ시게ᄒᆞ리라ᄒᆞ야

①부모선가=돌아가신 어버이 ②망아 ③지혜 ④제진 ⑤자
성=스스로의 성지 ⑥각지=부처의 지위 ⑦징=나타남

새김

　위로 돌아가신 부모님을 위하삽고 죽은 아들을 쪼차 아
울러 위하여 빨리 지혜의 구름을 타시어 제진에서 멀리
나오시어 바로 곧 자성을 사무쳐 아르시어 각지를 대바
람에 나타내시게 하겠다하여

　녯글워레 講論ᄒᆞ야 ᄀᆞ다ᄃᆞ마ᄃᆞᆫ게 至極게ᄒᆞ며 새밍ᄀᆞ
논글워레고텨다시ᄃᆡ어

①강론=의론 ②지극=그지 없음

새김

　옛 글월게 의론하여 가다듬어 다닫게 지극히 하며 (자
세히 갈아 닦아 연구하여) 새로 만드는 글월에다 다시
고쳐 덧붙여

①집이부 수다라=모든 성교 (聖敎)의 총칭 (總稱)十二部經
"수다라"는 범음(梵音) sūtra 法本, 契經, 直說 ②끼친(遺)
③다ᄋ말=다함을(盡) ④닐욿ㄱ장=이루기까지, ㄱ장=(究,
(尊), (極), 〔盡〕

【새김】

집 이부의 수다라에 출입하되 일찍(曾) 끼친 힘이 없
으면 한 두 글귀를 더하며 (또는)털어버리며 쓰되(用)마
음 다함을 이루기까지 기약하여

①의심 ②다뱅=된 ③빈드시

【새김】

의심된 곳이 있으면 반드시 널리 물음을 붙여〔자문(資
問)하여〕

※ 윗글에 널리 자문(資問)하였다 한 것은 혜각 존자 신미
(慧覺尊者, 信眉)와, 판 선종사 수미(判 禪宗事 守眉)와, 판
교종사 설준(判 敎宗事 雪峻)과, 연경 주지 홍준(衍慶 住
持 弘濬)과, 전 회암 주지 효운(前 檜菴 住持 曉雲)과, 전
대자 주지 지해(前 大慈 住持 智海), 전 소요 주지 해초
(前逍遙 住持 海超),대선사 사지(大禪師 斯智), 학열(學悅)
학조 (學祖), 가정 대부 동지중추원사 김 수온 (嘉靖大夫
同知中樞院事,金 守溫) 들을 가리킴이다.

—〔30〕—

①일승＝一佛乘, 권대승(權大乘)의 삼승(三乘)각별의 법에 대하여 실대승(實大乘)의 일체 중생으로 하여금 모주리 성불(成佛)시키는 법. "권대승"이란 "권대승교"인데, "실대승교"로 들어가는 방편으로 가르치는 설법(說法)이다. "삼승"이란 법화경(法華經)에 풀이한 대백우거(大白牛車)는 삼거(三車)가운데 우거(牛車)와 같다 하는 논자(論者), 곧 불교는 성문승(聲聞乘), ＝(羊車) 연각승(緣覺乘), ＝(鹿車), 보살승(菩薩乘)＝(牛車)의 삼승(三乘)의 가르침이니, 따로 대백우거(大白牛車)에 배당(配當)될 가르침은 없다고 주장하는 논이다. ②미묘, ③도리 ④만법＝모든 가르침 진리. ⑤근원

새김

　멀고 끝없는 뿌리를 구하여 다듬어 일승의 미묘한 뜻을 펴 궁구하며 도리의 구멍(理窟)을 갈아닦아(가다듬어)만법의 깊은 근원을 사무치게 하고자 바라노니,

> 글워리經이아니며　經이부톄아니라　道理닐온거시이經이오　道理로몸사무시니이부톄시니

새김

　글월이 불경이 아니며 불경이 (또한)부처가 아니다. 도리를 갖추어 말한 것이 이야말로 불경이요. 도리로 몸을 삼으신이가 이야말로 부처시니

> 이經닐긃사ᄅᆞᆷ光明을두르혀　제비취요미貴ᄒᆞ고　숀가락자ᄫᅵ며　筌두미ᄀᆞ장슬ᄒᆞ니라

①경　②광명　③켜　④귀　⑤전＝고기 잡는 대(竹)로 만든 그릇. 가리.

새김

이 불경을 읽을 사람은 광명을 두루 켜서 스스로 비취옴이 귀하고 손가락 잡으며,(또는 고기를 잡고) 가리를 내버려 둠이 가장 꺼리는 것이다.

※ 손 가락을 잡는다 함은 불경에 있는 말로 달밤에 달을 보라고 손 가락으로 가리키면 달을 보아야 할 것인데 손 가락만 보고 달은 안본다는 뜻이요 가리를 내버린다 함은 고기 잡는 사람이 고기를 잡고 고기에게만 마음이 팔려서 고기 잡는 그릇인 가리를 잃어버림을 말함이다.

곧 윗 글의 뜻은 사람이 불경의 글귀에만 매여 정말 수양을 게을리 하여서는 못쓴다는 말이다.

> 西天ㄷ字앳經이 노피사햇거든볼사르미오히려 讀踊을어려빙너기거니와 우리나랏말로옮겨써 펴면드를사르미 다 시러키울월리니

①서천＝인도, 梵, ②쌓였거든 ③독송＝읽어 오임 ④키＝크게

새 김

인도 글자의 불경이 높이 쌓였거늘 볼 사람이 오히려 읽어 오이기를 어렵게 여기거니와 우리 나랏 말로 옮겨서 써 펼 것 같으면 들을 사람이 모두 얻어 크게 우럴을 것이니. (모두 마음에 알아차려 크게 쳐다 볼 것이니)

> 그럴씨 宗親과 宰相과 功臣과 아숩과 百官四衆과 發願ㅅ술위를 석디아니호매미며 德本을 그지업소매심거

①종친＝임금 집안 ②재상 ③공신 ④친척 ⑤백관 ⑥사중
＝비구(比丘), 비구니(比丘尼), 우파새(優婆塞), 우파이 (優婆夷), 四輩, 四部衆, 四部弟子, 라고도 함, 부쳐의 제자. "우

—〔32〕—

파새”＝淸信士, “우파이”＝淸信女. ⑦발원＝중생을 제도하고 자원을 세음 ⑧수레(車) ⑨썩지(朽)

【세김】

그러므로 종친과 재상과 공신과 친척과 백관 사중과 발원의 수레나무를 썩지 아니함에 매며(結) 덕본을 그지없음에 심어(植)

> 神靈이 便安ᄒᆞ시고 百姓이 즐기며 나랏ᄀᆞ시 괴외ᄒᆞ고 福이 구드며 時節이 便安ᄒᆞ고 녀르미 드외며 福이 오고 厄이 스러디과뎌 ᄒᆞ노니

①신령 ②편안 ③백성 ④시절＝춘하추동, 우로상설(雨露霜雪)

【세김】

(모든)신령이 편안하시고 백성이 즐기며 나랏 변방이(國境이) 고요하고 복이 굳으며 시절이 순조롭고 열매가 되며 복이 오고 액운이 스러졌으면 하고 바라노니.

> 우희 닐온요ᄉᆞᅀᅵ예 ᄒᆞ욘功德으로 實際예도ᄅᆞ혀 向ᄒᆞ야 一切有情과 菩提彼岸애 ᄲᆞᆯ리가고져 願ᄒᆞ노라

①공덕＝좋은 일을 한 값 ②실제＝진여 실상(眞如 實相)의 이성(理性). 무여 열반(無餘 涅槃) ③일체 유정＝범음(梵音) “sattva’의 번역, 살타(薩埵), 정식(情識)을 가진 모든 생물 중생 ④보리＝(옛날엔 “보데”로 읽었음) 범음(梵音) “Bodhi”의 번역, 지혜(智), 길(道), 깨달음(覺)이라 번역함. 正覺.
⑤피안＝도피안(到彼岸), 범음(梵音)의 “Pāramitā’의 번역.

【세김】

위에 이룬 요사이에 닦은(修)공덕으로 실제에 도리켜 향하여 모든 중생과 함께 보리피안에 빨리 가고자 속깊이 바란다. (天順三年己卯七月七日序)

月印千江之曲　第一

> 　부톄百億世界예 化身ᄒ야 敎化ᄒ샤미 ᄃ리즈믄 ᄀᆞᄅᆞᆷ매 비취요
> 미ᄀᆞᆮᄒ니라

①백억세계＝온　세계　②화신＝부처가 때를 따라 모양을 바꾸어 나타남. 부처가 몸을 나누어 나타난 보살.　③교화＝가르쳐 착하게 만들음　④千　⑤가람에★

★ ᄀᆞᄅᆞᆷ흘루는소리업고묽도다.

　　　　　（江流泯泯淸）　　　（杜詩10：4）

묏눈깨ᄀᆞᄅᆞᆷ어르메드르히서늘ᄒ니

　　　　　（山雪河水野蕭瑟）　（杜詩 4：4）

ᄀᆞᄅᆞᆷᄀᆞ셔孫楚를보낼저긔

　　　　　（江邊送孫楚）　　　（杜詩21：16）

프른ᄀᆞᄅᆞᆷ 흰말과물의찻ᄂᆞ니

　　　　　（靑江帶白瀨）　　　（杜詩21, 3）

ᄀᆞᄅᆞᆷ서리예부비웃넙고

　　　　　（江湖漂　褐）　　　（杜詩21：1）

ᄀᆞᄅᆞᆷ매비업거늘

　　　　　（河無舟矣）　　　（龍歌　20）

ᄀᆞᄅᆞᆷ강（江），ᄀᆞᄅᆞᆷ호（湖），ᄀᆞᄅᆞᆷ하（　）

　　　　　　　　　　（訓蒙上　4）

【譯】

　부처가 백억 세계에 몸을 나타내시어 교화하 이
달이 천의 강(가람)에 비취음 같으니라.
※윗 글은 "月印 千江"의 해석을 첫 리에 말한 것이다
아래의 글은 월인천강지곡 其一 인데 첫 마디 글(。)
한 구절임은 용비어천가"와 같은 형식이다.

其 一

巍巍釋迦佛無量無邊功德을
劫劫에어느다솔ᄫᆞ리

①외외=높고 큰 모양　②석가불=부처님　③무량부변=그지없고 끌없음　④공덕=좋은 일한 대갚음　⑤겁겁=끌없는 미래의 세상, 범음 "kalpa" 劫波⑥여ᄧᆞ리★

★ 말ᄊᆞ롤 솔ᄫᆞ리 ᄒᆞ디

　　　　　　　　(獻言雖衆)　　　　(龍歌　13)

올흔이롤 솗ᄂᆞ하ᄂᆞᆫ 길히 곧도다
★

　　　　　　　　(獻可天衢直)　　　(杜詩 5：53)

ᄀᆞ 엽스실씨 오눌 몯ᄉᆞ뇌
　　　　★

　　　　　　　　　　　(月印釋譜 2：45)

샹 ᄉᆞ이 (上白是) (吏讀)

※ 솔ᄫᆞ→솔오, 솔ᄫᅡ→술와.

풀이

　높고 큰 부처님의 그지없고 갓없는 공덕을 길이길이 뒷 세상 끝없이 어찌 다 말하겠는가?

其 二

世尊ㅅ일솔ᄫᆞ리니萬里外ㅅ일이시나

눈에보논가너기ᅀᆞᄫᆞ쇼셔

①세존=부처님　②만리외　③녀기시오소서★

★ 我后를 기드리ᅀᆞᄫᅡ
　　　★

　　　　　　　　(爰後我后)　　　　(龍歌　10)

東인너거든 西夷ᄇ리ᅀᆞᄫᆞ니
　　　　★

(西夷苦後)　　　(龍歌　33)

아ᄉᆞ방되 나ᅀᅡ오니
　　★
　　　　(知亦進)　　　(龍歌　51)

至德을 우숩ᄂᆞ니
　　　★
　　　　(至德感涕)　　　(龍歌　56)

일후믈 저ᄊᆞ바ᄂᆞᆯ
　　★
　　　　(厥畏名號)　　　(龍歌　61)

其一

　부처님의 일을 말하오리니 만리 밖의 일이시지만 눈앞에 보는 것 같이 여기시오소서(여기십시오)

> 世尊ㅅ말ᄉᆞᆯ 보리니 千載上ㅅ말이시나
> 귀예듣논가너기ᅀᆞᄫᆞ쇼셔

①세존＝세상에서 가장 높은 어른 "Bhagavān"의 번역 ②천재상＝천년 옛날

其二

　부처님의 말씀을 여쭈오리니 천년전 옛 이야기시지만 바로 귀에 듣는 것 같이 여기시오소서(여기십시오)

其　三

> 阿僧祇前世劫에님금位ㄹ ᄇᆞ리샤
> 精舍애안쟷더시니.

①아승기＝범음(梵音) "Asamkhya" 인도의 셈수, 그지없는 수효. 阿僧企耶. ②전세겁＝아득한 옛날 전생(前生) 시절 ③위＝지리 ④정사＝정려(精廬)라고도 함. 범음 "Vihāra" 의 번역, 지혜와 덕을 깊게 닦은 수도자(修道者)의 사는 집 또는 절, 수양하는 집.

해결

　　이루 헬 수 없는 아득한 옛날 전생에 석가가 임금의 자리를 버리시어(중이되어) 정사에 앉어 있으셨더니

※이 글의 뜻을 알려면 중허마하제경（衆許摩訶帝經）속의 다음 이야기를 잘 알아야 한다

곧 석가모니가 전생 때에 감자씨（甘蔗氏）의 일족 一族 가라나왕（迦羅拏王）＝(Karnika) 의 맏 아들로 태어났는데 이름을 구담（瞿曇）＝(gautama)이라 하였고 아우를 바라드바자（婆囉捺嚩惹）＝(Bharadvāja) 라 하였다.

　　둘째 아들이 왕궁（王宮）을 사랑하고 임금 자리를 탐내어 노냥 생각하기를 "세상을 잘 다스리어 왕사（王事）를 행하리라" 하였다.

　　한편 구담 왕자는 "중생（衆生）이 죽고 살며 삼도（三塗）에 뜨고 잠기는 구나! 이들을 구제해야겠다" 생각하였다.

　　드디어 아버지 임금께 여쭈어 출가（出家）하여 중이 되었으니 산중의 신선 훌리슬나페파야노（訖哩瑟拏吠波野努）＝(krsnavarna) 를 찾아 수도를 하다가 아버지 (가라나왕) 이 죽고 아우 바라드바자가 왕이 된 소식을 듣고 성중에 들어 주지（住止）하기를 스승께 청하였다.

　　스승은 성중에 들어가지 말고 보다락가성（補多落迦城）가까운 조용한 곳에 암자를 짓고 수도하라 하였다.

　　그대로 실행하고 있다가 오백전생 (곧 석가모니 전생의 또 오백 전생) 원수들 때문에 억울하게 죄인으로 몰리어 다음 글에 나오는 사건이 일어나 봉변하고 자기 아우인 임금 명령으로 죽게 되는 것이다.

　　이때까지를 소구담이라 하고 다시 이승에 태어 남을 대구담이라 한다.

五百前世怨讎ㅣ 나랏쳔일버사

精舍룰다나아가니

①오백전세＝오백번 옛날의 전세 ②원수 ③쳔＝돈☆ ④홈
치어☆

★ ③쳔＝"쳔량"☆옛말 "쳔량"의 줄은 말.

布施ᄂ 쳔랴을퍼아내야ᄂ줄씨라 　　(月印釋譜 1：12)
쇼로 쳔사마 흥졍ᄒᄂ니라 　　　　(月印釋譜 1：24)
쳔량보배 그지 업더니

　　　　　　　(財寶無量) 　　　　(月印後序 1：46)

賄 쳔량줄 회 　　　　　　　　　(訓 蒙 下 　21)
賂 쳔링줄 뢰 　　　　　　　　　(訓 蒙 下 　21)

★ ④그ᄃᆡ냇 무른 金을 일벗디 아니ᄒ리라

　　　　　　　(公貜不偸金) 　　(杜 　詩21：35)

서르 일버우믈 ᄒᆞᆯ씨 　　　　(月印釋譜 1：45)
常住룰 일버스며 　　　　　　　(月印釋譜21：40)

오백번 옛날의 전세 원수가 나랏 돈을 홈치이 (구담이
수도하는) 정사를 지나가니

※윗 글 ③이 원본엔 "나릿쳔" 으로 되었으나 이것은 "나
랏쳔" 의 판각한 획이 흐려진 것이리라.

其 四

兄님을도룰씨발자쵤바다남기뼈여

性命을ᄆᆞ츠시니

—[3 8]—

① 남개＝나무에　② 께여＝꿰어 (貫), 꿇러★　③ 셩명＝목숨
★ 山두놀이흔사래　뻬니
                 ★
　　　　　（二鹿一箭俱徹）　　　（龍歌　43）
                                        ★
흰　므지게　히예　뻬니이다
              ★
　　　　　（白虹橫貫于日）　　　（龍歌　50）
                                ★
ᄯᅩ너비　비화　뻬뎌
           ★
　　　　　（又博學以貫之）　　　（楞嚴經 1：28）
                                ★
뷘기르마애두사리뻬엿도다
         ★
　　　　（空鞍双貫箭）　　　　（杜詩 4：35）
       ★

형님을 몰ᄅᆞ므로 (도적) 발 자취를 따라가 (애�97은 **구담**
을) 나무에 꿰이어 드디어 **구담**은 목숨을 마추시니
※ 임금은 제 형님인 줄 모르고 죽이라고 한 것이다.

> ①　　　　　　　　②
> 子息업스실씨몸앳피뫼화그ᄅᆞ세담아
> ③
> 男女ᄅᆞᆯ내ᅀᆞᄫᅵ니

①자식　②모아　③남녀

자식이 없으시ᄆᆞ로 몸의 피를 모아 그릇에 담아 남녀
를 내사오니
※ 윗 글은 **구담**의 스승(대구담)이 **구담**의 죽은 뒤 그 피
를 모아 남녀를 만들은 이야기다.

<h2 style="text-align:center">其　　五</h2>

> ①　　　　②
> 어엿브신命終에甘蔗氏니ᅀᆞ샤ᄆᆞᆯ
> ②
> 大瞿曇이일우니이다

①명종　②감자씨＝범음(梵音) "Iksuvāku," 懿摩, 伊摩, 또는 日種, 善生, 이라고도　함. 석가 종족의　조상, 인도강의　하류(下流)　부타락성(浮陀洛城)에　도읍하여　복덕(福德)으로　천하를　통일한　임금의　종족. 사탕 수수를　심어 직업을 삼은 듯하다. 부타락성은　보다릭가성이라고도　함. (36p.※)
③대구담＝범음(梵音) "gotama" 또는 "gāutama" 喬答摩, 석가　일족(一族)의　성(姓), 이 글에서는　석가 전쟁의　스승.

풀이

　가여우신(소구담) 목숨이 끝 마친 다음 감자씨의 혈통을 잇게 하심을 대구담이 이루어 주었습니다.

> 이 둘ᄒᆞᆫ 後^①世예 釋迦佛^② ᄃᆞ외^③싫 둘
> 普光佛^④이 니ᄅᆞ시니이다

①후세　②석가불　③줄☆　④보광불＝넓은　광명의　부처라는　뜻이니, 이 부쳐가　나실 때 몸 가상이에서 빛이 난 까닭이다. 錠光佛, 燃燈佛.

★ 萬法이 空寂ᄒᆞᆫ 둘　아롤ᄯᅵ니
★
　　　　(了萬法空寂)　　　(金剛經上 25)

풀이

　아득한 뒷 세상에 석가불 되실 줄 보광불이 말씀하셨습니다.

其　　六

> 外道人^① 五百이 善慧人 德^② 닙ᄉᆞᄫᅡ
> 弟子^③ㅣ ᄃᆞ외^④야 銀돈^⑤ᄋᆞᆯ 받ᄌᆞᄫᆡ니

①외도인＝부처의　도리를 모르는 사람　②선혯덕＝선혜의 덕

선혜는 석가 전생 때 이들 ③제자 ④은 ⑤바치오니☆

☆獻 받즈올 헌　　　　　　　　　(訓蒙下　　　 15)

奉은 바들씨라　　　　　　　　　(月印釋譜序　13)

혼소ㄴ로 받고　　(一 手 擎)　　(蒙山法語　　　)

慶爵을 받즈ᄫᅵ니이다

　　　　　　　　　(共献慶爵)　　(龍　歌　　 63)

외도인 오백명이 선혜의 덕을 입사와 제지가 되어 은
돈을 바치오니(올리오니)　(드리오니)

> ①
> 賣花女俱夷善慧ㅅ뜯아ᅀᆞᄫᅡ
> ②　　　　③
> 夫妻願으로고즐받ᄌᆞᄫᅵ시니

①매화녀 구이 ②부처원＝내외가 되기를 바라는 원 ③꽃
을★

★ ᄆᆞᅀᆞᆯ고지 드리엣고
　　★
　　　　　　　　(乖 秋 花)　　　(杜詩 1： 3)
　　　　　　　　　　★
다숫 곶 두고지　　　　　　　　(月印 1： 4)
　★　　★
곶 됴코 여름 하나니
★
　　　　　　　　(有灼其華)　　　(龍歌　　 2)
　　　　　　　　　　★
곳바리　　　(華　鉢)　　(楞嚴經 7：14)
★
어즈러운 고지　(亂　華)　　(楞嚴經 8： 1)
　　　★　　　　　　★
如빗곳 爲梨花　(訓民正音　終聲解)
　★　　　★
花ᄂᆞᆫ 고지오 葉은 니피라　　　　(月印 8：10)
　　　★
※ 곳→꽂→꼿→꽃

꽃 파는 시악씨 구이가 선혜의 마음을 아사와(아시어)

내외가 되기를 간절히 바라는 마음으로 꽃을 바치오시니 (드리오시니)(올리시니)

其 七

다ᄉᆞᆺ 곳 두고 지空中에 머믈어늘
天龍八部 | 讚嘆ᄒᆞᆸ니

①공중＝하늘 가운데　②천룡 팔부＝팔부의 귀신, 곧 천, 용 아차(夜叉)＝용전(勇健). 전딜바(乾闥婆)＝심향신(尋香神). 아수라(阿修羅)＝비천(非天). 가루라(迦樓羅)＝금시조(金翅鳥), 진나라(緊那羅)＝의신(疑神). 마후라가(摩睺羅伽)＝대망신(大蟒神)의 일컬음　③기리고 느꺼워함.

새김

다섯 꽃과 두 꽃이 하늘 가운데 머물거늘 천룡 팔부의 모든 귀신이 기리어 느껴하사오니

옷과 마리를 路中에 펴아시늘
普光佛이 ᄯᅩ 授記ᄒᆞ시니

①노중＝길 가운데　②보광불　③수기＝부처님이 수행자(修行者)의 미래(未來)를 구별하여 미리 예언함

새김

옷과 머리털을 길 가운데다 펴시거늘 보광불이 또 수기하시니

※ 이 글의 뜻은 제 옷과 제 머리 털을 풀어 땅에 펴고 깔아 그 위를 부처가 밟고 가도록 정성을 나티낸 것을 말함이다. 오늘날도 인도나 빌마에서는 여자들이 제 머리를 풀고 땅에 엎디어 덕 높은 중이 밟고 가게하는 풍속이 남아 있다

其　八

닐굽고줄因ᄒᆞ야信誓기프실ᄊᆡ ①
世世예妻眷이ᄃᆞ외시니 ②

①신서　②처권

세김

일곱 꽃을 인연삼아 믿고 맹세함이 깊으시므로 세세로 무궁하게 아내가 되시니

다ᄉᆞᆺ꾸믈因ᄒᆞ야授記ᄇᆞᆯᄀᆞ실ᄊᆡ ① ② ③
今日에世尊이ᄃᆞ외시니

①인＝말미암아　②수기　③밝아

세김

다섯 꿈을 말미암아 수기하심이 밝으시므로 오늘날에 부처님이 되시니

※ 위의 "其八"까지의 월인천강지곡 내용 이야기는 다음의 석보상절로 더 자세히 알 수 있다. 원본에는 석보상절 줄기는 좀 작은 글자로 찍혀 있다.

녯阿僧祇劫時節에ᄒᆞᆫ菩薩이 ①
王이ᄃᆞ외야겨샤

①보살＝보리살타(菩提薩埵)　보리＝부처의 도리, 살타＝중생 보살은 부처 도리로 중생을 제도하는 사람.

세김

옛날 아득한 헬 수 없는 그 시절에 한 보살이 왕이 되어계시어

나라ᄒᆞᆯ아ᅀᆞ맛디시고道理ᄇᆡᄒᆞ라나아가샤 ① ②
瞿曇婆羅門을맛나샤 ③

①아우(弟) ②도리 ③구담 파라문＝구담은 성(姓). 파라문은 범음 ``Brahmana'' 淨行, 淨裔, 라 변역함. 인도 사성(四姓)의 최고위(最高位)에 드는 종족. 중의 계급이다. 늙으면 산림(山林)에 들어 깨끗한 생활을 함. 이 곳에서는 먼저 (36p) 설명한 "홀리슬나페파야노 선인"이니 석가 전생의 스승이다.

새김

나라를 아우 맡기시고 도리 배우러 나아가시어 **구담** 파라문을 만나시어

> 주걋오ᄉ란밧고瞿曇의오ᄉᆞ니브샤
> ① ② ③
> 深山애드러果實와믈와좌시고坐禪ᄒ시다가

①심산 ②과실＝먹는 열매 ③좌선＝앉어서 깊은 도리를 생각함

새김

자기의 옷은 벗고 **구담**의 옷을 입으시어 깊은 산에 들어가 과실과 물과 자시고 좌선하시다가

> ①
> 나라해빌머그라오시니다몰라보ᅀᆞᆸ더니
> 小瞿曇이라하더라

①빌어 먹으러, (乞食하러)

새김

나라에 빌어 먹으러 오시니 다들(나랏 사람이) 몰라보옵더니 (석가 전생의 이름을) 소구담이라 하였다.

> ① ②
> 菩薩이城밧甘蔗園에精舍밍글오ᄒᆞ오ᅀᅡ
> 안자잇더시니

—〔4 4〕—

①감자원＝사탕 수수 밭. ※ 윗 글의 "보살"은 물론 소구담을 기리킴이다. ②하오사＝홀로☆

☆ 호오사 호獄이　　　　　　　　　　(月印釋譜21：41)

　호오사 블구피라 펼쓰시예　　　　　(月印釋譜21： 4)

　호봉사 니사 가샤

　　　　　　　　　　(輕騎獨詣)　　　(龍　歌　　35)

　호봉사 믈리조치샤

　　　　　　　　　　(挺身陽北)　　　(龍　歌　　35)

　호오사 無爲예 마즈며

　　　　　　　　　　(獨契無爲)　　　(永嘉集　下40)

佛身을 호오사 알ㅣ　　　　　　　　(月印釋譜21：34)

卒伍ㅣ衣와 裳패 호오지러라

　　　　　　　　　　(卒伍衣裳同)　　(杜　詩 1‥53)

　호오아 자니　　(獨　宿)　　(杜　詩 6：15)

　호오의 잇는 거시니

　　　　　　　　　　(卓然而獨存)　　(圓覺經序　　2)

單은 호오새라　　　　　　　　(永嘉集下　　98)

※ 호봉△→호옹→호옷→홋→홀(單)
　　　　　→혼→홀(獨)

세김

　　보살이 성 밖 사탕 수수 밭에 수도(修道)하는 집을 만들고 홀로(혼자) 앉어 있으셨더니

　　　　도족五百이 그윗거슬일버서精舍겨트로디나가니
　　　　그도즈기菩薩ㅅ怨讐ㅣ러라

①도적　②공공의(公共의), 관청의☆③훔쳐서

★ 그윗 일로 녀물 當호야

(官事當行)　(法　華 4：37)

公案은 그윗 글와리니　(法　語　：6)

구윗 둙튜메 稻梁을바티니

(官鷄輸稻梁)　(杜　詩 2：42)

묏 허리옛 그윗 지븐

(山腰官閣)　(杜　詩 4：34)

오히려 그위를 두워 듸희우며

(尙置官居守)　(杜　詩 6： 2)

公 구위 공 (訓蒙中 1) 구의 공 (石峰 千字文23)

구위ᄒ고갓더라　(二倫 文嗣 十世條)

구의도 앗디말며 (官不得奪)(三綱, 郭巨 埋子條)

※ 구의, 구우, 구위, 그시, 그위.

선건

　도적 오백(놈)이 관청 것을 훔쳐서 정사 곁으로 지
가니 그 도적이 보살의 전생 때 원수였었다.
※ **구위실** = 官吏
　네百姓은 그위실 ᄒ리와 녀름지스리와
　성냥바지와 흥정바지왜라

(四民 士農工商)　(楞嚴經 3：88)

　子息이 그위실 ᄒ닐

(兒子從官者)　(內　訓 3：26)

　즉재 구시를 더디고 도라온대

(卽日棄官歸家)　(三綱, 黔婁嘗糞條)

구실 ᄒ노라 이셔
★
　　　　　　　　（爲 官 在）　（杜　　詩　9 : 27）
　　　　　　　　　　　　★
구위실→구실

※ "구실"은 公事, 官事, 公職, 官職의 뜻인데 오늘날은 職分
職責의 뜻으로 바뀌었다.

이틄나래나라해이셔도지기자최바다가아
그菩薩을자바남기모ᄆᆞᆯᄢᅵᄉ밝뒷더니

【새김】

　　이튼날에 나라에서 도적의 자취를 따라가 그 보살을
（도적인 줄 잘못 알고） 잡아서 나무에 몸을 꿰（사와） 뒀더니

大瞿曇이天眼ᄋ로보고虛空애ᄂ라와묻ᄌᆞ보디
그디子息업더니므슷罪오

①대구담 ②천안＝하늘 눈 ③허공＝빈 하늘 ④고대★ ⑤
자식＝아들 딸 ⑥죄

★ 그더 ＝그듸 ＝그디
그딋 가시 두외아지라　　　　　　（月印釋譜 1 : 11）
★
그딋 櫪上앳 追風馬를 타 가고져 求ᄒ노라
★
　　　　　　　（須公櫪上追風驃）　（杜詩 1 : 11）
　　　　　　　　　　★
그듸 能히 ᄀᆞᄂᆞᆫ 돌ᄒ로 거를 맹ᄀᆞᄂᆞ니
★
　　　　　　　（子能渠細石）　（杜詩 7 : 17）
　　　　　　　　　★
그듸를 對ᄒ야셔 이 뷘비 ᄢᅦᄂᆞᆫ가 疑心ᄒ노라
★
　　　　　　　（對君疑是泛虛舟）　（杜詩 9 : 12）
　　　　　　　　　★
불ᄀ 그듸 ᄒ오ᅀᅡ 져믄 나히로다
　★
　　　　　　　（明公獨妙年）　（杜詩21 : 7）
　　　　　　　　　★

세김

   대구담이 천안으로 보고 허공에 날라와 론자오되 (물으
시기를) 그대가 무슨 죄로 이 지경이 되었나? 죽으면 자
식도 없는데 어쩌하나?

   菩薩이 對答ᄒᆞ샤ᄃᆡ ᄒᆞ마주글내어니 ①
   子息을 議論ᄒᆞ리여 ② ③

①매답 ②의논＝서로 이야기함 ③하리까

세김

   보살이 대답하시되 이미 죽을 내어니 (이몸인데) (새삼
스러이) 자식을 의논ᄒᆞ리까

   그王이사름브려쏘아주기ᅀᆞᄫᆞ니라

세김

   그 나라의 왕이 사람을 시키어 쏘아 죽이시오니라
※ "그 나라의 왕"이란 소구담(곧 석가 전생의 몸)이 살
던 나라의 왕이니, 소구담의 아우다. (36p. 참고)

   大瞿曇이슬허ᄢᅳ리여棺애녀ᅀᆞᆸ고 ① ②
   피무든ᄒᆞᆯᄀᆞᆯ파기져淸舍애도라와 ③

①ᄢᅳ리어, ᄡᅥ서★ ②모시ᅀᆞᆸ고☆ ③ᄒᆞᆯ을※ᄒᆞᆰ爲土 (正音合字解)
★ ①크ᄆᆞ론 밧업시 ᄢᅳ리고 (大包無外) (蒙山法語 51)
擁ᄋᆞᆫ ᄢᅳ릴씨라 (楞嚴經 5：55)
合ᄋᆞᆫ ᄢᅳ려 자블씨오 (〃〃 4：76)
☆ ②舍利를 녓ᅀᆞᆸ고 (安舍利) (金剛經, 事實.4)

세김

   대구담이 슬퍼하여 ᄡᅡ안아서 관에 넝사옵고(모시옵고)

피 묻은 흙을 짜가져 정사에 돌아와

원녁피닫담고올흐녁피닫댜마두고닐오디 ①

이 道士精誠이 至極ᄒᆞ단디면

하ᄂᆞᆯ히당다이 이피를사ᄅᆞᆷ두외에ᄒᆞ시리라 ②

①달리 담고, ★ ②마땅히★

①★닫—— "다르(異)"의 옛말

나ᄆᆞ넌 닫닐옴ᄀᆞᆮᄒᆞ니
★

　　　　　　　　　（餘如別說）　　　　（永嘉集下68）

샹녯 사ᄅᆞᆷ과 닫사ᄂᆞ니　　　　　　（月印21.218）
　　　　　　★

別은 닫닐옴 ᄀᆞᆮᄒᆞ니　　　　　　（月印釋譜, 序4）
　　　★

아ᅀᅵ 세간ᄂᆞ호아 닫사로려커늘
　　　　　　　　★

　　　　　　（弟求分財異居）　　（三綱, 薛包）
　　　　　　　　　　　★
★②지비 당다이 절로 和하리라
　　★

　　　　　（家當自和）　　　（內訓2：140）
　　　　　　　★
모ᄃᆞᆫ 당다이 아디 몯ᄒᆞ리로다
　　★

　　　　　（身ᄋᆞᆫ合非覺이로다）　（楞嚴經 1：61）
　　　　　　★
괴오호ᄆᆞᆫ 당당이 버믜굼긔니 셋도다
　　★

　　　　　（靜應連虎穴）　　　（杜詩7：31）

몬져 당다이ᄂᆞ출보려니ᄯᅩᆫ
　★

　　　　　（先合見面이어니ᄯᅩᆫ）　（楞嚴經 64）

[새김]

왼쪽 피를 따루 가려 담고 오른쪽 피를 따루 가려 담고

말하기를 이 도사의 정성이 지극하던 것이면

하늘이 마땅히 이 피를 사람이 되게 하실 것이다(했다)

> 열도마내윈녁피ᄂᆞ男子ㅣ 드외오
> 올흔녁피ᄂᆞ女子ㅣ 드외어늘 姓을
> 瞿曇氏라ᄒᆞ더라

열달 만에 윈녁 피는 **남자가 되고**
오른녁 피는 여자가 되거늘 성을 **구담**씨라 하더라

> ①
> 일로브터子孫이니ᅀᅳ시니瞿曇氏다시
> 니러나시니라

①니ᅌᅳ시니★

★ 連은 니ᅀᅳᆯ씨라   (正音 12)
★
니ᅀᅥ 쓰면 (連書) (正音 12)
★
承 니ᅀᅳᆯ승, 續니ᅀᅳᆯ속, 繼 니ᅀᅳᆯ계, 紹 **니ᅀᅳᆯ쇼**,
★   ★   ★   ★
(類合下9. 12, 43)

이때로부터 자손이 이ᅀᅳ시니 구담씨도 다시 일어나시었다

> ①
> 普光佛이世界예나거시ᄂᆞᆯ그ᄢᅴ善慧라ᄒᆞᆯ仙人이
> 五百外道의그르아논이ᄅᆞᆯ ᄀᆞᄅᆞ쳐고텨시ᄂᆞᆯ

①그ᄢᅵ＝그때★

★ 그ᄢᅴ 世尊이 (爾時世尊) (金剛經 3)
★
그ᄢᅴ (爾時) (阿彌 5),, (佛頂上 1)
★   ★

보광불이 세계에 나시거늘 그때 선혜라 하는 신선이 오백
외도의 그릇 아는 사람을 가르쳐 고쳐 주시거늘

그五百사른미弟子ㅣ 두외아지이다 ᄒᆞ야
①②
銀돈ᄒᆞ낟곰받ᄌᆞᄫᆞ니라

---

① "낟"의 옛말 ②곰＝"곰"이 풀이씨 (用言) 아래 붙을 때
는 뜻을 세게하고 말 소리를 고루는 토씨가 된다.

★ 뼈곰 그 어디디 몯ᄒᆞᆯ 사름을 경계 ᄒᆞ라
★
(以警其不能者) (呂約 5)

시러곰 어드운ᄃᆡ ᄀᆞ초와
★
(得暗藏) (杜詩8：70)

ᄃᆞᆯ하 노피곰 도ᄃᆞ샤 어긔야 머리곰 비취오시라 (井邑詞)
☆ ☆

즈믄 ᄒᆡ를 외오곰 녀신ᄃᆞᆯ (樂章, 西京別曲)
☆

다시곰 자 (再宿) (杜詩 2：3 2)
☆

鳥雀은 바믜 제여곰 자리예 가ᄂᆞᆯ
☆
(鳥雀各夜歸) (杜詩1：38)

"시러금" "하여금"은 "시러곰" "하여곰"에서 온 말이다.

※ 이름씨 밑에 "곰"이 오면 말ᄯᆞᆯ 하나씩, 둘씩의 "씩"의
뜻이 된다

★ 四方애 닐굽거름곰거르시니 (月印釋譜2：37)
☆

두어곰 ᄆᆞᆯ타활혀구희여 ᄃᆞ이ᄂᆞ다
☆
(數騎彎弓敢馳突) (杜詩 4：4)

千萬億은 百倍곰ᄒᆞ니ㅡ千이라 (月印釋譜2：54)
☆

ᄒᆞ되곰먹고……ᄒᆞᄙᆞᆯ곰 니퍼며
☆ ☆
(食米一升, 衣綵一匹)(二倫, 雍正 庚戌 重刊)

ᄒᆞᆫ나라해 호 須彌山곰 이쇼ᄃᆡ (月印釋譜 1：22)
☆

四方애 여듧곰버러 잇거든 (月印釋譜 1：31)
☆

十齋日마다 흔번곰 닐그면　　　（月印釋譜21：99）

큰것과 져근것괘 둘콤 ᄂᆞᆺ다
　　　　　（大小雙翔）　　（杜詩8：6）

돌마다 흔사ᄅᆞᆷ곰돌여　　（月輪一人）　　（呂約2）

ᄆᆞ장먼사ᄅᆞᆷ은 흔ᄒᆡ예 흔번곰 두번곰 와도 므던ᄒᆞ니라
　　　　　（又遠者歲一再至可也）　　（呂約37）

새김

그 오백 사람이 제자 되어지이다(되고 싶습니다) 하여 은 돈 한 낱씩을 바치니라 (바치었다)

그저귓燈照王이普光佛을請ᄒᆞᅀᄫᅡ
　①　　　　　　　　　②
供養ᄒᆞ리라ᄒᆞ야나라해出令ᄒᆞ되
　③　④　⑤
됴ᄒᆞᆫ고ᄌᆞ란ᄑᆞ디말오다王ᄋᆡ게가져오라

①공양＝부처, 법, 중, 또는 죽은 사람의 영혼에게 몸(身) 입(口) 마음(意)의 세 가지 방법으로 물건을 올리어 복을 비는 일,

　경공양(敬一)＝당사(堂舍)를 장식함,
　이공양(利一)＝음식 의복을 올림,
　행공양(行一)＝송성 예찬을 올림,

②출령＝명령 내림　③꽃　④ㄹ랑(토씨)★⑤팔지★

★④제ᄫᅡᆫ ᄆᆞ초고 ᄂᆞ미것 서르 일버ᅀᅮ믈홀씨
　　　　　（月印釋譜 1：45）

글란 ᄉᆡᆼ각마오 미친이리 이셔이다

　　　　　（松江歌辭　續思美人曲）

德이란 곰븨예 받ᄌᆞᆸ고 福으란 림븨예 받ᄌᆞᆸ고
　　　　　（樂學軌範 5：8）

—〔５２〕—

어버이 살아신제 섬길 일란 다후여라
☆
                                    （松江, 時調）

아ᅌᆞ와 아들을란 두고　　　　　　　　　　（二倫行實）

☆ ⑤술ᄑᆞᆯᄂᆞᆫ짓 壚를 爲하야 얻노라
☆
                          （爲覓酒家壚）　（杜詩2：8）

고기 ᄑᆞ라 제사ᄂᆞ닐　　　（販肉自活）　（法華5：27）
☆

새김

그 시절의 <u>등조왕</u>이 보광부처를 청하사와（모셔다가） 공양
을 올리리라하여 （온）나라에 명령을 내리기를 좋은 꽃을
랑 팔지 말고 다 왕께 가져오라 하였다,

※ 이 아래의 몇 구절 <u>선혜</u>와 <u>구이</u>의 만나는 이야기는 대
단히 재미있는 대목이니, <u>선혜</u>는 석가의 전생이오. <u>구이</u>는
석가의 태자 때 부인 <u>야수타라</u>（耶輸陀羅）의 전생이다,

곧 <u>석가</u>와 야수타라의 혼인（婚姻）은 전생에서의 인연 （因
緣） 으로 맺어진 아름답고 거룩한 "로맨스"의 윤회（輪廻）
인 것이다,

우리는 <u>선혜</u>가 구이에게 꽃을 사고자하여, <u>구이</u>가 "무엇
에 쓰세요?" 물었을 제 "부처님께 바치겠소" "부처님께
바치어 무엇하시려고……?"

"일체 종종의 지혜를 이루어 중생을 제도 할려고……"
하는 대목에 이르러 황홀한 영감（靈感）과 향기로운 감격
에 가슴이 설레임을 느끼게 되나니, 아! 이 얼마나 높고
크고 씩씩하고 아름다운 두 사람의 대비원 （大悲願） 인가?
진달래 피는 조선의 힘세고 아름다운 젊은 청춘들은 모
름지기 이 같은 동지애와 이상 （理想） 을 함께하는 연분
으로 구원 완성（久遠完成）으로 향하는 무한 정전 （無限征戰）
의 축복 받은 인생 행로를 개척해야 할 것이다,

> 善慧드르시고츠기너겨곳잇ᄂ따홀ᄀ가가시다가 ①
> 俱夷ᄅᆞᆯ맛나시니 ②

①츠기너겨＝불상히여겨, 괴롭게여겨, 오뇌(懊惱)하여, ②갇가
＝가까스로, ③구이＝밝은 여자라는 뜻. 대가(大家)에 봉사
하는 여자, "因果經" 엔 "靑衣" 라 적힘,

【제강】

선혜가 들으시고 오뇌(懊惱)하여 꽃 있는 땅을 겨우 애써
서 찾아가시다가 구이를 만나시니

> 곳닐굽줄기를가져겨샤ᄃᆡ王ㄱ出令을저ᄊᆞᆞ밨 ①
> 瓶ㄱ소배ᄀᆞ초아뒷더시니善慧精誠이至極ᄒ
> 실ᄊᆡ고지소사나거늘 ②

①저ᄊᆞ와＝고리어, 悘, 무서워하여 ②소배＝속에

【제강】

꽃 일곱 줄기를 가지고 계시되 왕의 명령을 무서워하여
병 속에 감춰 두셨더니 선혜의 정성이 지극하시므로 꽃이
솟아 나거늘 (꽃이 정성에 감응(感應)하여 병 속에서 솟
아나오거늘.)

> 조차블려사아지라ᄒᆞ신대俱夷니ᄅᆞ샤ᄃᆡ
> 大闕에보내ᅀᆞ밨부텻긔받ᄌᆞ롷고지라몯ᄒᆞ리라 ①

①대궐＝왕 있는 집

【제강】

쪼차가 불러(그 꽃을) "사고 싶소" 하셨는데 구이 말하시되
"대궐에 보내사와 부처님께 바치올 꽃입니다, 그러니 못 합
니다"

善慧니ᄅ샤ᄃᆡ五百銀도ᄂᆞ로다ᄉᆞᆺ줄기ᄅᆞᆯ사아지라

선혜가 말하시되 (말하시기를) "오백 은 돈으로 다섯 줄 기를 사고 싶소"

俱夷몯즈ᇰ샤ᄃᆡᄆᆞ스게ᄡᅳ시리
善慧對答ᄒᆞ샤ᄃᆡ부텻긔받ᄌᆞᄫᅩ리라

①用, ※ᄡᅳ다(用)와 쓰다(書)가 구별되어 있었다.
★   ★

구이 묻자오시되 (물으시기를) "무슨 것에 쓰실려고 그리 세요"
선혜 대답하시되 (대답하시기를) 부처님께 바치오리다 (바치 려 하오)"

俱夷ᄯᅩ묻즈ᄫᅡ샤ᄃᆡ부텻긔받ᄌᆞᄫᅡᄆᆞ슴ᄒᆞ려ᄒᆞ시ᄂᆞ니
善慧對答ᄒᆞ샤ᄃᆡ一切種ㅅ智慧를일워
衆生ᄋᆞᆯ濟度코져ᄒᆞ노라

구이 또 묻자오시되 "부처님께 바치어 무슨 일을 하려고 하 세요" 하시니, 선혜 대답하시되 일체 종종 지혜를 이루어 중생을 제도하고자 하는 것이오!"

俱夷너기샤ᄃᆡ이男子ㅣ精誠이至極ᄒᆞᆯᄊᆡ
보ᄇᆡᄅᆞᆯ아니앗기놋다ᄒᆞ야니ᄅᆞ샤ᄃᆡ

①앗기놋다＝아끼노다, 아끼나다, 아끼는구나★
★衆生애 만히 饒益ᄒᆞ놋다   (法華經7：112)
알ᄒᆞ며 ᄯᅩ 피를흘리놋다   (呻吟更流血) (杜 詩 1：2)
남ᄀᆞᆫ 구루믈 ᄲᅦ티놋다   (樹拂雲) (杜 詩 15：10)

구이가 속 생각에 여기사되 "이 남자가 정성이 지극하기
에 보배를 (돈을) 아니 아끼는 구나" 하여 말하시되

내이고졸나소리니願흔돈내生生애
그딋가시드외아지라

①나소리니＝드리리니, ★②가시＝아내(妻), 계집(女), ★
★ ①進, 나솔 진,   (訓蒙, 下26)
就 나사갈 취   (類合 下36)
ᅙᅳᆼ벙사나사가샤   (獨 詣) (龍歌 35)
進賜, 나으리＝堂官通稱 (古今釋林, 新羅, 高麗吏讀)
 , 나으리＝堂下官多稱
        나으리＝"나슈리"의 바뀐 소리니 "나아가 뵐 사람"
僕從들히 녀 수이 나사오디 몯ᄒᆞ고
                    (僕夫行不進) (杜諺 1：41)

나사오뎬뎐 목숨 기트리잇가
                    (如其進犯 性命奚遺) (龍歌51)

★ ③妻는 가시라   (月印釋譜 1：12)
가시＝각시
고ᄫᆞ니로 여듧 각시를 골히샤   (月印 8：91)
氏 각시 시   (訓蒙, 上32)
뎨가는 뎌 각시 본듯도 ᄒᆞ뎌이고
                    (松江歌辭, 思美人曲)
稱李爲咸陽加氏 ※註 俗號姬妾爲加氏 (睿宗實錄 元年條)
가시 아비(丈人), 가시 어미(丈母),   (咸鏡道 方言)
가시 집(妻家),   (咸鏡道 方言)

※ “가시 내”의 “내”는 가리는 말끝(語尾)이니,
사내, 아내, 의 “내”다,
어떤 분은 “가시네”의 “네”는 대이름씨(代名詞)의 겹셈
(複數)을 나타내는 “네”라 하여 “자네네” “아무네”의
“네”라 하기도 한다, 그런데 “가시내”를
①임진 왜란(壬辰倭亂)때 이 순신 (李 舜臣) 장군이 통경 (統
營) 싸움에 여자 병정 곧 강사내 (假사내＝男)를 썼으므
로 “가시내”는 “가사내”다 함이요, (芝峰類說)
② “가시내”는 “嫁僧兒” 니 신라 때 여자 아이를 시집 보내는
시늉으로 꾸미어 놀은 풍속이 있었으므로 그렇다, 함이요,
③형처 “(荊妻)”의 “荊”의 뜻 ‘가시’에서 나온 말이다, 함이요,
④가산아(嫁産兒), 가사아(假斯兒), 에서 나온 말이다, 함 같
은 것이다, 이렇게 주장하는 사람도 있으나 도무지 제 논
에 물대기(我田引水)요, 과학적 증명이 못될뿐 아니라 한
문광(漢文狂)들의 잠꼬대들이다, ①도 임진 왜란 있기 훨씬
전인 월인석보에 “가시”라는 말이 또렷이 적히고 “가시는
妻라” 있으니, 여러 말 할 것 없이 순 조선 말 “아내” “妻,Wife
ツマ)”. 의 뜻이다,

새김

내가 이 꽃을 드리겠으니 원하전댄 나의 (목숨이 후세) 생
생 몇 거듭 날지라도 당신의 아내가 되어지이다, (되고 싶
습니다)

善慧對答ㅎ샤ㄷㅣ내조ㅎ힝뎌글닷가일업슨道理롤

求ㅎ노니죽사릿因緣은듣디몯ㅎ려다

①맑은 행적＝(修梵行) (修淨行) ②일없은＝無爲 涅槃
③죽고 살이＝生死★

★ 須彌山 배운이론 죽사리롤 버서날 느지오(月印釋譜1:17)
★
선혜

선혜 대답하시되 "내가 깨끗한 행적(行績)을 닦아서 무위
(無爲)의 철리(哲理)를 구하고 있으니 죽고 사는 인연은
들어 주지 못하겠소,

※ 아래의 글은 윗 글을 주석(注釋)한 글이다,
　　　　　　　×　　　　　　　　　　　　×

> ①
> 因緣은젼치니前生앳이리젼츠룰因緣이라ᄒ고
> 그이룰因ᄒ야後生애ᄃ외요룰果報라ᄒᄂ니
> 果ᄂ여르미오報ᄂ가풀씨라

①까닭, 인연,

인연은 "까닭" 이니 전생의 일의 까닭을 인연이라 하고 그
일을 말미암아 후생에 됨을 "과보" 라 하는 것이니 "과"는
열매 열음이요, "보" 는 갚을 말씨다,

> ①
> 됴ᄒᆞᆫ씨심거든됴ᄒᆞᆫ여름여루미前生앳이리因緣으로
> 後生애됴ᄒᆞᆫ몸ᄃ외어나구즌몸ᄃ외어나호미ᄀ룰씨
> 果라ᄒ고後生애ᄃ외요미前生因緣을가포밀씨
> 報라ᄒᄂ니라

①씨＝씨, 種子★
★ 種ᄋ 씨라혼 마리니　　　　　　　　(月印釋譜2：56)
☆
쩝이 모다 씨일시　(積習成種)　　　　(円覺經　7：2)
☆
稷 씨 두풀 우　　　　　　　　　　　　(訓蒙　下 5)
☆
선혜

좋은 씨 심으면 좋은 열매가 열음이 전생의 일의 인연

으로 후생에 좋은 몸 되거나 궂은 몸 되거나 함이 같으므로 “과”라 하고 후생에 됨이 전생 인연을 갚음이므로 “보”라 하는 것이다

夫妻ᄒ야사로ᄆ힝뎌기조티몯ᄒ야輪廻ᄅᆞᆯ벗디못ᄒᄂ
根源일씨죽사릿因緣이라ᄒ니라
①
夫는샤오이오妻는가시라

①사용＝남편★

★ “사오”는 요세 말로 “사위”로 딸의 남편을 기리키는 말이나 옛말엔 “남편”의 뜻으로 “샤용” “샤오”하였음을 알겠다

壻 사회 셔, 又妻謂夫亦曰사회　　　　　（訓蒙 上 32）
　　　　　　　　　★　　☆
自稱其夫曰沙會　　　　　　　　　　（鷄林類事）
　　☆
夫 샤용부　　　　　　　　　　　　（訓蒙 上 31）
　★
샤용 아니어러서 고온 양ᄌᆞᄅᆞᆯ 앗기노라
★
　　　　　　（不嫁惜嫂婷）　　　（杜詩24：7）

내외가 되어 살음은 행적이 맑지 못하여 윤회를 벗지 못하는 근원이므로 죽고 사는 인연이라 하는 것이다, “부”는 “사용” 이요, “처” 는 “가시” 다 (“아내”다) (※56)

①　　　　　　　　　　②
輪廻ᄂᆞ술윗ᄠᅢ횟돌씨니부텨는煩惱ᄅᆞᆯᄇᆞ려ᄇ리실씨죽사릿
③
受苦ᄅᆞᆯ아니ᄒ거시니와샹녯사ᄅᆞᆷ운煩惱ᄅᆞᆯ몯ᄇᆞ려ᄇ릴씨이
④
生애셔後生因緣을지ᅀᅥ사ᄅᆞ미ᄃᆞ외락별에ᄌᆞᆼ싱이ᄃᆞ외락ᄒ
야長常주그락살락ᄒ야受苦호ᄇᆞᆯ輪廻라ᄒᄂ니라

①수레(車)의 띠(바퀴)　②떨어 (落)★　③보통, 항상, ★
④벌레(蟲)

★ ②抖㗆두. 擻㗆수　　　　　　　　（訓蒙　下　23）
두리예㗆딜ᄆᆞᄅᆞ'　　　　　　（橋外隕馬）（龍歌87）
　★
外道애㗆려디여　　　　　　（墮落外道）（楞嚴經10：19）
　★
프른머귀ᄂᆞᆫ　낫과바ᄆᆡ　㗆러디놋다
　　　　　　　　　（靑梧日夜凋）　（杜詩 5：15）

地獄애㗆러디여　　　　　　（墮地獄中）（佛頂　上3）
　★
凋　㗆려딜　됴,落　㗆러딜　락　　（類合　下　55）
　★
★ ③中國은……우리나라　常談에　江南이라　ᄒᆞᄂᆞ니라
　　　　　　　　　　　　　　（正音　1）

이　샹해　사ᄅᆞ미　효되라
　★
　　　　　　（此庶民之孝也）（正俗諺解22）

法身이　샹녜이셔
　★
　　　　　　（法身常住）（月印釋譜　後序7）

샹녯　法이　檀座ᄅᆞᆯ　펴실ᄊᆡ
　★
　　　　　　（常儀敷施檀座）（金剛經上 5）

샹녜　서르　모다
　★
　　　　　　（每相聚會）（圓覺經 7：7）

龍익　삿기ᄂᆞᆫ　스싀로　샹녯사ᄅᆞᆷ과　다ᄆᆞᆺ　다ᄅᆞ니라
　　　　　　　　　（龍種自與常人殊）（杜詩8：2）

〔註〕

"윤회"는 수레의 바퀴의 돌(廻)말ᄶᅵ니 부쳐는 번뇌를 떨어버리시므로 죽고 사는 고생을 아니 하시거니와, 보통의 평범한 사람은 번뇌를 못 떨어버리므로 이 세성에서 후생 인연을 지어 사람이 되었다가 벌레 중생(衆生)이 되었다가 하여서 길이 길이 끝없이 죽었다가 살았다가 하여서 고생하는 것을 "윤회"라고 하는 것이다.

×   ×

※ 위 설명이 끝난 다음 원문이 다음 같이 계속되어 있다.

> 俱夷니르샤디 내 願을 아니 從ᄒᆞ면 고즐 몯 어드리라
>
> 善慧니르샤디 그러면 네 願을 從호리니

새김

구이 말하시되 "나의 원을 안 좇으시면 (들으시면) 꽃을 못 얻으실 걸요"

선혜 말하셔되 "그러면 너의 원을 들어줄 것이니,"

> ①
> 布施를 즐겨 사ᄅᆞᆷ ᄠᅳᆮ 들 거스디 아니 ᄒᆞ노니
>
>   ②
> 아뫼어나 와 내 머릿 바기며 눈ᄌᆞᅀᆞ며
>
> ③   ④
> 骨髓며 가시며 子息이며 도라 ᄒᆞ야도

①보시 = 재산 보배를 펴서 남에게 주는 일

②눈의 자위★ ③골수 = 뼈 속의 기름, 이 곳에서는 "뼈와 뇌수 (腦髓)" ④달라

★ 瞳之子 謂之曰 盰, 或謂之楊, 本細技, 謂之筴, (方言 1)

눈ᄌᆞᅀᆞ 뮈디 아니 ᄒᆞ면   (眼睛不動)   (法語 25)

桔 믈자애길, 楎 믈자애고,   믈자애록 (訓蒙中 15)

두 눈ᄌᆞᅀᆞ를   (月印釋譜) (21：218)

睛 눈ᄌᆞᅀᆞ 청   (訓蒙 上 5)

"核 ᄌᆞᅀᆞ   (內訓 9)

★ ᄌᆞᅀᆞ → 자ᄉᆞ → 자ᅀᅵ → 자위

"자위"는 돌아가는 속 알맹이 물건의 이름이다.

"눈 자위" "흰 자위" "검은 자위" "노란 자위" 또는 누에 고치(繭)에서 명주 실을 뽑는데 쓰는 대로 만든 도구를 "자위'라 하는데, 지금도 여러 지방에서 '자새"라 한다, 이것

은 "자쉬"에서 온 말임을 증명하는 것이다.

세2

보시를 즐겨 사람의 뜻을 거슬리지 아니하니 아무개나 나
에게 나와 내 머릿바기며 눈알맹이며 뼈와 뇌수며 아내
(妻)며 자식이며(를) 달라고 하여도

> 네거륨뜯ᄒ야내布施ᄒ논ᄆᅀᆞᆲ를허디말라
>
> 但夷니르샤딕그딋말다히호리니
>
> 내겨지비라가져가디어려블씨두줄기를
>
> 조쳐맛디노니부텻긔받ᄌᆞ바生生애
>
> 내願을일티아니케ᄒ고라

①거추장거려 ★ ②헐지, 망가뜨리지, ③가디＝가기,

★ 蹶 거틸 궐, 跌 거텨딜 딜,　　　　　（訓蒙 下27）

세3

"네가 거추장거려 (앞을 막아) 내가 보시하는 마음을 헐지
말아야 한다, (헐지말라!)

구이　말하시되 "그대의(당신의) 말대로 하겠으니, (하겠는데)
나는 여자의 몸인지라 가져가기 어려우므로 두 줄기를 청
(請)하여(부탁하여) 맡기니 (내 대신) 부처님께 바쳐와 (올
리와) 세세 생생에 (헤어지지 않으리라 하는) 나의 원을 잃
지 아니하게 (마음속에 꼭 간직하게 부처님이 잘 돌봐 주
시도록) 하여 주옵소서!"

> 그ᄢᅢ燈照王이臣下와百姓과領코種々供養가저　城의나아부
> 텨를맛ᄌᆞ바저ᅀᆞᆸ고일훔난고졸비터라

①그ᄢᅢ＝그때★　②등조왕 ③신하 ④백성 ⑤영＝거느림 ⑥종종
공양＝여러 가지 공양 ⑦성 ⑧맞어 ⑨절하고★ ⑩뿌리더라★

— [6 2] —

★ ① 그쁴 善慧부텻긔가아 出家ᄒ야
　★
　　　　　　　　　　　　　　　（月印釋譜 1 : 17）

붊ᄆ애가　두서쁠　디내요ᄃᆡ　　　　　（佛頂）
　　　★
不進饍이현 쁴신ᄃᆞᆯ알리
　　　★
　　　　　　　　　（絕饍知幾時）　（龍歌 113）
　　　　　　　　　　　　　　　　★
그엣宮殿과諸天쾌　흔쁴냇다가절로흔ᄞᅴ업ᄂᄂ니라
　　　　　　　★　　　　　☆
　　　　　　　　　　　　　（月印釋譜 1 : 50）

흔쁴　　　　　　　（圓覺經上 1 : 81. 110,）
★
주구믈　흔쁴ᄒ고져　ᄒ노이다　 一死同時）（內訓 2 : 35）
　　★　　　　　　　　　★
그쁴 ′ 世尊이　　　　　（爾時世尊）　（金剛經 3）
★　　　　　　　　　　　★
時, 쁴니 시　　　　　　　　　（訓蒙上 2）
　★
더운구르미쁴니엽시나고
　　　　★
　　　　　　　（火雲無時出）　（杜詩13 : 6）
　　　　　　　　　　★
★ ⑨千餘人쾌　흔쁴저ᅀᆞᆸ고
　　　　★
　　　　（一千餘人同時作禮）　（六祖法寶壇經18）
　　　　　　　　　　　☆
★ ⑩ᄢᅵ 비ᇙ져긔　　　　（月印釋譜 2 : 12）
　　★
諸天이곳비터니　　　　　（月印釋譜 2 : 36）
　　☆
부텻우희　빗ᄉᆞ오니　（以散佛上）　（法華經 7 : 141）
　★　　　　　★
울밋　陽地　편의　외ᄢᅵᄅᆞᆯ　쎄혀두고
　　　　　　　　　　★
　　　　　　　　　（松江歌辭, 星山別曲）
撒　種　ᄢᅵᄋᆡᄃᆞ　　　　　（訓蒙　下 5）
　　★

새김

　그때 둥조왕이 신하와 백성과를 거느리고 여러 가지 공
양을 가져 왕성에서 나와서 부처님을 마중하여 절하고 이
름난(좋은) 꽃을 뿌리더라.

> 녀느사르미供養ᄆᆞᄎ거늘善慧다ᄉᆞᆺ고즐비ᄒᆞ시니
>
> 다空中에머므러곳臺두외는後에두줄기를비ᄒᆞ니
>
> ᄯᅩ空中에머므러잇거늘王이며天龍八部①과ᄒᆞ야②
>
> 녜업던이리로다ᄒᆞ더니

①천룡 팔부＝불교의 여덟 귀신, ②과ᄒᆞ야＝칭송하여

〔새김〕

　여느 사람이 공양을 마치거늘 선혜가 다섯 꽃을 뿌리시니 모두 공중에 머물러 꽃 대(臺)가 되거늘 뒤에 두 줄기를 뿌리니 또 공중에 머물러 있거늘 왕이며 천룡 팔부가 칭송하여 참 "옛날엔 없던 일이로군!" 하였는데

※ 아랫 글은 "八部" 설명이다.

> 八部는여듧주비①니天과龍과夜叉와乾闥婆와阿修羅와伽樓羅
>
> 와緊那羅와摩睺羅迦왜니

①주비＝"部" 의 옛말☆

★ 須陁洹ᄋᆞᆫ　聖人ㅅ주비예　드다혼ᄠᅳ디라

　　　　　　　　　　　　　　(月印釋譜 2：19)

道士이주비를　道家ㅣ라　ᄒᆞᄂᆞ니라

　　　　　　　　　　　　　　(月印釋譜 2：50)

※ 서울 "六分塵" 을 "六注比塵" 이라　함은 "六矣塵" 에서　온 것이니, "大矣塵" 의 "矣" 는　옛말 "주비" 를 나타낸 맞춘 글자(借字)다.

〔새김〕

　팔부는　여덟　주비니　천, 용, 야차, 건달바, 아수라, 가루라, 긴나라, 마후라가, 왜어니,

※ 천(天)은　범음 "Deva"

— [6 4] —

龍ᄋᆞᆫ고기中에위두ᄒᆞᆫ거시니ᄒᆞᆫ모미크락져그락ᄒᆞ야神霊혼變
化ㅣ몰내 거시라

①爲頭＝위주, 으뜸。 ②신기 ③변화 ④못내

새겨

　용은 고기 가운데에 위주되는 것이니 한 몸이 커졌다
작아졌다하여 신기한 변화가 이루 알 수 없는 것이다.
※ 용(龍)은 범음 "Nāga"

夜叉ᄂᆞᆫ놀나고모디다혼ᄠᅳ디니하ᄂᆞᆳ풍류ᄒᆞᄂᆞᆫ神靈이니하ᄂᆞᆯ해
이셔풍류호려ᄒᆞᆶ저기면이神靈이香내맏고올아가ᄂᆞ니라

새겨

　야차는 "날래고 모지다" 하는 뜻이니 하늘의 음악(音樂)
을 하는 신령이니, 하늘에 있어서 음악을 하려할 적이면
이 신령이 향내를 맡고(嗅) 올라 가는 것이다.
※ 야차는 범음 "Yaksa"

阿修羅ᄂᆞᆫ하ᄂᆞᆯ아니라ᄒᆞ논ᄠᅳ디니福과힘과ᄂᆞᆫ
하ᄂᆞᆯ과ᄀᆞ토ᄃᆡ하ᄂᆞᆳ힝뎌기업스니嗔心이
한젼치라

①진심＝성내는 마음 ②많은

새겨

　아수라는 '하늘 아니라' 하는 뜻이니 복과 힘과는 하늘
하고 같으되 하늘의 행적(行績)이 없으니 골내는 마음이
많은 까닭이다.
※ 아수라는 범음 "Asura"

> 迦樓羅는金놀개라혼ᄠ디니두놀개씌三百三十六萬里오모
> ① 긔如意珠ㅣ잇고龍을밥사마자바먹ᄂ니라

①여의주　※가루라는　범음 ‘garuda”

새김

　가루라는 “금　날개” 라는　뜻이니　두　날개　사이가 3.6만
리요, 목에　여의주가　있고　용을　밥삼아　잡아　먹는　것이
다.

> ①　②
> 緊那羅ᄂ疑心ᄃᄫᅵᆫ神靈이라혼ᄠ디니사ᄅᆷᄀ토디쓰리이실씨
> 사ᄅᆷ민가사ᄅᆷ아닌가ᄒᆞ야疑心ᄃᄫᅵ니

①의심　②다뷘＝뒨★
※ 긴나라는　범음 “Kinnara”
★ 化ᄂ　ᄃᆞ욀씨라　　　　　　　　　（月印釋譜 1：15)
　後世예　釋迦佛ᄃᆞ외싫돌　普光佛니ᄅᆞ시니이다
★
　　　　　　　　　　　　　　（月印釋譜 1：3)
　山ᅌᅦ草木이　軍馬ㅣᄃᆞ외니이다
★
　　　　　　（山上草木　化爲兵衆）（龍 歌 98)
　疑心ᄃᄫᅵᆫ　고디잇거든　（有所疑處）（月印釋譜序20)
★
※ ᄃᆞᄫᅵᆫ→ᄃᆞ외→도외→되

새김

　긴나라는 “**의심**된(의심스러운)　신령이라” 하는　뜻이니　사
람　같으되　뿔이　있으므로　**사람인가　사람** 아닌가 하여　의
섬되니 (의심　스러우니)

> 놀애브르ᄂ神靈이니부텨說法ᄒᆞ신디마다
> 다能히놀애로브르ᄉᆞᆸᄂ니라

옮김

　노래 부르는 신령이니 부처 설법하실 적마다 모두 능
히 노래로 부르옵는다.

> 摩睺羅伽는큰비바다ᅌᆞ로긔여ᄒᆞ니ᄂ다혼ᄠᅳ디니큰ᄇ얌앗神靈
> 이라

①뱃 바당으로(腹底로) "발 바당" "손 바당"의 바당과 같
다.　②하니ᄂ다＝다니다★　③바얌의＝뱀(蛇)의
★ ㉖出은 나아 ᄒᆞ닐씨라　　　　　　（釋譜詳節序 2）
저조업슨 사ᄅᆞ미 天下애ᄒᆞ니면
　　　　　　　　（無才者行天下）　（金剛經 2：15）
社稷乙危亡爲只爲作謀爲行臥乎事
　　　　　　　（謂謀危社稷）　（大明律直解1：4）

새김

　마후라가는 "큰 뱃 바닥으로 기어 다닌다" 하는 뜻이니
큰 뱀(蛇)의 선령이다.
※ 마후라가는 범음 "Mahoraga"

> 普光佛이讚歎ᄒᆞ야니ᄅ샤ᄃᆡ
> 됴타네阿僧祇劫을디나가
> 부톄ᄃᆞ외야號를釋迦牟尼라ᄒᆞ리라

①찬탄　②아숭기겁＝끝 없는 수효　③석가모니불

옮김

　보광불이 느껴 기리어(칭찬하여) 말하시되 좋다! 너는
끝없는 세월이 지나간 뒤 부처가 되어 이름 삼아 부르
키를 "석가모니"라 할 것이다.

> 釋迦ᄂ어딜며눔어엿비너기실ᄊᆡ니
> ①
> 衆生爲ᄒ야世間에나샤ᄅᆞᆯ숣고
> 牟尼ᄂ괴외줌줌홀ᄊᆡ니智慧ㅅ根源을
> ②
> 숣ᄒ니釋迦ᄒ실ᄊᆡ涅槃애아니겨시고
> 牟尼ᄒ실ᄊᆡ生死애아니겨샤니라

①세간 ②열반＝범음(梵音) "Nirvana" 의 번역. "滅度, 無爲, 無作, 無生" 으로도 번역됨. 미망(迷妄)을 버리고 진리를 깨달아 불생(不生) 불멸(不滅)의 법신(法身) 진증(眞證)에 들아감. 부처의 깨달음.

번역

석가는 어질며 남을 불상히 여기신다는 말씨니 중생을 위하여 세상에 나심을 말씀하고 "모니" 는 고요잠잠할 말씨니 지혜의 근원을 말씀함이니, 석가라고 하시므로 열반에 안 계시고 "모니" 라고 하시므로 죽고 사는 일에 안 계시는 것이다.

※ "釋迦牟尼"는 (범음 "Sākyamuni"의 번역)불문("佛門")에선 "서가모니" 로 읽음. "釋迦" 는 "能" 이라고 번역하고 "牟尼" 를 "瑞應本起經" 엔 "儒" 라고 번역하였다. "修行本起經" 엔 "仁"이라고 번역하니 이를 합해서 "能儒" 또는 "能仁" 이라 하는 것이다.

그런데 "慧苑音義" 에 "牟尼" 를 "寂默" 이라고 한 것은 잘된 번역이라 한다.

그 뒤에 "釋迦牟尼"를 "能仁寂默"이라고 의역(義譯)하여 능인(能仁)의 자비(慈悲)가 있으므로 열반에 매이지 않고 적묵(寂默)의 지혜가 있으므로 살고 죽고함에 매이지 않는다고 해석함에 이르른 것이다, 이것은 보살의 부주(不住)

—〔63〕—

열반의 사상으로써 석존(釋尊)을 잡은 것이니, 어학상(語學上)으로 따진다면 좀 맞지 않는 점이 있으나 그런대로 곧잘 번역되었다고 하는 것이다.

부처 이름은 열 가지가 있으니 참고로 적어 둔다 (로마자는 범음)

①여래(如來)=(Tathāgata)
②응공(應供)=(Arhat)
③정변지(正遍智)=(Samyaksambodhi)=(三貌三菩提)
④명행족(明行足)=(Vidyā-caranasampanna)
⑤선서(善逝)=(Sugata)
⑥세간해(世間解)=(Lokavid)
⑦무상사(無上士)=(Anuttara)
⑧조어장부(調御丈夫)=(Purusa-damya-sārahti)
⑨천인사(天人師)=(Deva-manusya-sastr)
⑩불(佛)=(Buddha)
　세존(世尊)=(Bhagavat)

①②③

授記다 ᄒᆞ시고 부텨가 시논다히 즐어늘
善慧 니버잇더신 鹿皮 오 솔바 사다해 ᄭᆞᆯ르시고

①수기=기별(記別), 부처의 예언(豫言)　②질거늘, 淤泥,
③녹비=사슴 가죽　※ "녹피"라고 안읽음

세김

수기를 다 하시고 부처가 가시는 땅이 질거늘 선혜가 입고 계시던 사슴 가죽 옷을 벗어 **땅**에 깔으시고
　※ 윗 글의 "부처"는 보광여래(普光如來)이니 선혜는 석가의 전생 모양이다. 사처스러운 사슴 가죽 옷을 벗기기 위하여 땅을 보광여래가(재주부려) 진창을 만드니, 선혜가 "부

쳐님을 어쩌 진창으로 밟고 가시도록 하오리" 생각하여 자기 옷을 벗어 덮도록 하였다,
그리 하였으나 그래도 진 땅을 모두 덮지 못 하였으므로 엎드려 자기 머리 털로 진 땅을 덮으니, 부처(보광 여래)가 밟고 지나가며 기리어 "네가 아득한 뒷 세상 석가모니로 태어 나리라고 예언을 내렸던 것이다,

> 마리를퍼두퍼시놀부톄볼밟다나시고
> ㅅ도授記ᄒ샤ᄃᆡ네後에부톄ᄃ외야
> 五濁惡世예天人濟度호믈걸비아니ᄒ미당다ᅵ나곤ᄒ리라

①퍼=풀어 ②오탁 악세,=다섯 가지 더러움의, 궂은 세상 =〔①겁탁(劫濁) ②견탁(見濁) ③ 번뇌탁(煩惱濁) ④ 중생탁(衆生濁) ⑤명탁(命濁)〕③천인 제도 ④걸비=어렵게 ※"꺼리어"가 아니다, ⑤당딩이=반드시, 마땅히 ※"堂ㅅ히"가 아니다

(月印釋譜8:94)

★ ④므스기 걸보리잇고

※ 무슨 것이 어려우리까,

★ ⑤모ᄃᆞ당다이아디몯ᄒ리로다

(身은合非覺이로다) (楞嚴經1:61)

본져당다이ᄂ출보려니ᄯᆫ

(先合見面이어니ᄯᆫ) (楞嚴經1:64)

괴외ᄒᆞᄆᆞᆫ당다이버믜굼긔니셋도다

(靜應連虎穴) (杜詩7:31)

지비 당다이 절로和ᄒ리라

(家當自和) (內訓2:140)

새김

머리를 풀어 덮으시거늘 부처가 밟아 지나시고 또 예언

하시되 "네가 뒤에 부처가 되어 오탁 악세에 천인 제도함
을 어렵게 아니함이 반드시 나 같을 것이다"

※ 이미 여러번 예(例)가 나온 것으로 조심하여 여기까지
본 사람은 "부텨" "부톄"의 달리 쓰인 곳이 있음을 알았
을 것이다, 이것은 "부텨"는 "부처"요, "부톄"는 "부처이"
(부처가)의 줄은 모양이다, 이와 같이 "너"와 "네"는 다
르니 윗 글에서도 "네"는 옛말로 하면 "너이"니 이 말은
요샛말의 "너희(汝等)" 아니라 "너가"="네가"의 뜻이다,

※ 아랫 글은 "오탁"의 설명문이다,

> 濁은흐릴씨오惡은모딜씨라五濁은劫濁見濁煩惱濁衆生
> 濁命濁이니本來뫁근性에흐린ᄆ음니러나미濁이라

새겨

"탁"은 흐릴(흐리다는)말씨요, "악"은 모질(모질다는)말씨다
오탁은 겁탁, 견탁, 번뇌탁, 중생탁, 명탁이니, 본래 맑은 성
에 흐린 마음 일어남이 "탁"이다,

> 劫은時節이니時節에모단이리만ᄒ야흐리워罪業을니르
> 바들씨라 ,

새겨

"겁"은 시절이니 시절에 못된 일이 많아 흐리게 하여 죄
업을 이르워(致)줄 (오도록 한다는) 말씨다

> 見은빗근보미라煩은만홀씨요惱ᄂ어즈릴씨라주그머살
> 뎌ᄒ야輪廻호미衆生濁이다목수믈몯여희유미命濁이니
> 命은목수미라

① 비뚜루★ ② 헤매일, 昏迷할, ★

★ ①빗근남글 나라나마시니
　　　　　　(于彼橫木, 又飛越兮) (龍歌86)

一枝紅의 빗근笛吹 위 듣고아 좀드러지라
　　　　　　　　(樂章歌詞, 翰林別曲)

고든氣運이 乾坤애 빗졋더라
　　　　　　(直氣橫乾坤) (杜詩8：8)

흐르는 므른 脉々히 빗겟도다
　　　　　　(津流脉々斜) (杜詩3：26)

斜, 橫 빗글 샤 빗글 횡, 　　　　(訓蒙 下17)
고히끝고누니빗도다 　(鼻直眼橫) (金剛經2：11)

★ ②이젯사르미몰로미 오라
　　　　　　(今之人迷來久矣) (牧牛子 修心訣2)

엇뎨……아는中옛어료믈 잡는다
　　　　　　(云何認悟中迷) (楞嚴經2：18)

ᄠᅳ디오히려 어즐ᄒᆞ도다 　(意猶迷) (杜詩2：4)

갈方所를 ᄅᆞ즐호니 　　　(迷方) (杜詩3：27)

제김
"견"은 비뚤어지게 봄이다, "번"은 많을(많다는) 말씨요,
"뇌" 는 헤매일(헤맨다는) 말씨다,
죽으며 살며 하여 윤회함이 "중생탁"이다,
목숨을 못 떼어치움이 "명탁"이니 "명"은 목숨이다,
※ 아랫 글은 선혜가 출가(出家)하여 사문(沙門)이 되어
"선혜 비구(比丘)"가 된 뒤의 이야기다,

그ᄢᅴ善慧부텻긔가아出家ᄒᆞ샤世尊긔솔ᄫᆞ샤ᄃᆡ내어저쎄
다ᄉᆞᆺ가젯구믈꾸우니

①출가

세겨

그때 선혜가 부쳐(보광여래)에게 가서 출가하시어 세존께
여쭈시되 내가 어저께 다섯 가지의 꿈을 꾸우니
※ 윗 글의 "세존"은 "보광여래"를 부르는 말이다,

    ①
ᄒᆞ나흔 바ᄅᆞ래 누븨며 폴ᄒᆞᆫ 須彌山 을 베며

세흔 ᄀᆞᆷ히 내 몸 안해 들며 네흔 소 내히를 자ᄇᆞ며

    ③
다ᄉᆞᆺ소ᄂᆞᆫ 내 ᄃᆞ를 자보니 世尊하 날 爲ᄒᆞ야 니ᄅᆞ쇼셔

①바랄에＝바다에★　②수미산 (前註)

★ ①내히 이러 바ᄅᆞ래 가ᄂᆞ니
　　　　★
　　　　　　(流斯爲川, 于海必達)　(龍歌 2)

★ ③聖者하　　　　　　　　　　　　(月印釋譜21：37)
　　★

聖母하　　　　　　　　　　　　　(月印釋譜21：30)
　★

님금하 아ᄅᆞ쇼셔　　　　　　　　(龍歌　125)
　★

아소 님하 도람드르샤 괴오쵸서
　　★
　　　　　　　　　　　　(樂學軌範　三眞勺)

누릿 가온디 나곤 몸하 호올로 녈셔 (〃〃, 動々)
　　　　　　　　　　★
돌하 노피곰 도ᄃᆞ샤 어긔야 머리곰 비취오시라
　★
　　　　　　　　　　　　(〃〃〃〃 井邑詞)

月下伊底亦　　　　　　　　　　　(願往生歌)
　★
帝河予何言乎里叱古　　　　　　(書經, 益稷縣吐)
　★
世尊下月可令熱〜爾　　　　　　　(佛遺敎經,)
　　★
龜何　　　　　　　　　　　　(三國遺事2, 駕洛國記)
　★

※ "하,'는 불름토써 "아"의 옛말로서 대개 모두 존경의 뜻
을 나타낸 곳에 썼다,

존경의 뜻이 없는 곳에까지 "하"를 쓴 것은 말의 습관이다,

해설

하나는 바다에 누우며 둘째는 <u>수미산</u>을 베며(枕)
셋째는 중생들이 내 몸안에 들며, 네째는 해(太陽)를 잡
으며 다섯째는 손에 달을 잡으니(잡았으니) 세존님이시
여! 나를 위하여(이 꿈 풀이를 하여)말씀하소서,

> 부톄니ᄅ샤딕바ᄅ래누본이ᄅ네죽사릿바ᄅ래
> 잇논야이오須彌山베윤이ᄅ죽사리ᄅ버서날느지오
> 衆生이모매드로뜬衆生의歸依ᄒ다히ᄃ욀느지오

①양기오=모습이요 ②느지=징조, 兆, 徵, 祥瑞★

★ 定홀느지르샷다   (始定之徵)   (龍歌100)

해설

부처가 말씀하시되 **바다에 누운** 일은 네가 죽고 사는 바
다에 (生死苦海) 있는 모습이요, <u>수미산을</u> 벤(枕)일은 죽고
살음에서 벗어날 징조요, 중생이 몸에 들음은 중생의 귀
의할 땅이 될 징조다,

> 히ᄅ자보뜬智慧너비비쵤느지오
> 드ᄅ자본이ᄅ묽고간다본道理로
> 衆生을濟度ᄒ야더본煩惱ᄅ
> 여희의홀느지니

①맑고 ②간다반, 간다안=시원한 ③더본, 더은=더운, 뜨거
운, ④여히게, 떠나게,

해설

해를 잡아봄은 지혜가(지혜의 빛이) 넓이 〔법계(法界)〕를 비
칠 징조요, 달을 잡아본 일은 맑고 시원한 도리로(법으로)

중생을 제도하여 불타는 피로움을 떠나게 할 징조니

> 이ᄭᅮ믜因緣은네쟝ᄎᆞ부텨드욇用이로다
> 善慧듣줍고깃거ᄒᆞ더시다

이 꿈의 인연은 네가 장차 부처될 상(相)이다,
선혜 다 듣고 기빼하시었다,

×   ×

> 娑竭羅ᄂᆞᆫ뜬바다히라혼ᄠᅳ디니사ᄂᆞᆫᄯᅡᄒᆞ로일홈지ᄒᆞ니라

①사갈라　②짠(鹹)

"사갈라"는 짠 바다라 하는 뜻이니 사는 땅으로 이름 지으니라

> 즘게남글樹王이라ᄒᆞᆫ뜻ᄒᆞ야아모거긔도
> 제ᄲᅮ레위두흔거슬王이라ᄒᆞᄂᆞ니라

①植物, 草木, ②거긔＝그어기, 거긔, 其處

★ 브야미 가칠므러 즘겟가재연ᄌᆞ니
　　　　（大蛇銜鵲　實樹之揚）　　　（龍歌 7）

우룸 쏘리 즘게 나마가며　　　（月印釋譜 1 : 27）

無憂는 나못 일후미니 시름업다ᄒᆞᄂᆞᆫᄠᅳ디니

긔 菩薩나싫제 夫人자바겨시던 남기라 樹는 즘게라

……一切 즘겟 神靈이 다 侍衛ᄒᆞᅀᆞᆸ더라 （月印釋譜 2 : 33）

그르메 업슨 즘겟 머리에

　　　　（無影樹頭에）　（三家解 2 : 20）

즘게 樹……산 나무를 (權 悳奎 先生, 語文經緯72)

★ "ㅈ, ㄱ" 相通은 羅語뿐 아니라 句麗語에도 있다.

우선 "神, 王"의 古語 "곰, 검"은 羅, 句麗語에 "즘" 으로 音轉되었다.

祗磨尼叱今 一作祗味   (三國遺事, 王曆)
★   ★

東明聖王 諱 朱蒙   (三國史記. 13. 句麗 1)
          ★

惟昔 如祖 鄒牟王之創基也   (廣開土王碑)
          ★

"祗磨, 祗味" 는 "금, 즘" 相通의 記寫요,

"祗味" 는 바로 "君" 의 日本訓 "キミ"……

朱蒙, (鄒牟,……)은 "금" 의 轉音 "즘" 에 不外한다
                    (梁 柱東 敎授 古歌研究 160)

"나는 이 말이 神木, 聖樹의 意가 아닌가 한다"
          (田 蒙秀氏 古語研究 한글 丁丑 8號 7)

※ 以上으로 보건대 "즘게" 는 "神樹" 라는 뜻에 가깝다고 봄이 옳을 듯도 하지만 나는 그렇게 생각하지 않는다. 앞의 여러 古文例로 보나 그 문장의 연락으로 보아 "植物" 이라고 봄이 가장 타당하다.

곧 앞의 용비어천가 (7章)의 주석에 "樹者, 木之總名也" 라한 것만 보면 "樹" 는 "나무" 로 생각하기 쉬우나 淮南子의 原道訓에 "萍樹根于水 木樹根于土" 라 한 것으로 "植物" 의 뜻임을 알 수 있다. 더구나 說文에 "樹=生植物之總名" 이라 있음에랴.

만약 "즘게" 를 그대로 "나무" 라는 뜻이라 하면 위의 셋째 예(例)

"無憂는 나못 일후미니……겨시턴 남기라 樹는 즘게라" 한 구절에 왜 "나모" "낡" 이란 말을 쓰고 다시 "樹는 즘게라" 설명할 필요가 있는가. 이것은 "樹는 나무라" 는 뜻

이 아니라 "樹는 植物(草木)이라" 는 뜻이다. "樹" 가 "나무" 면 "나모" 라고 적었을 것이다.

"우룸 쏘릭 즘게 나마가며" 도 "울음 소리에 草木이 넘어가며" 의 뜻이니, 만약 이것도 "나무" 라고만 새기면 "울음 소리에 나무가 넘어가며" 는 말이 되지만 "즘게 남골 樹王이라…… " 는 위의 본문은 어떻게 새겨야 하는가?

"나무 나무를 樹王이라……" 고는 말이 안될 것이다.

그러므로 이것도 "草木 속에서 나무를 樹王이라……" 로 새김이 옳다.

그렇다면 "즘게" 를 "神樹" 라 함이 옳다 할지 모르나 "神樹" 가 왜 "樹王" 이 되는가? "神" 과 "王" 은 다르다. "神樹 나무를 樹王이라……" 이렇게 겹쳐 새겨서 뜻이 통할까?

더구나 "一切 즘겟 神靈이 다 侍衛ᄒ숩더라" 는 어떻게 새기는가, "一切 神樹의 神靈이……" 라고 하면 말이 되는가. 윗글의 예로 "神樹" 는 "樹王" 이라 하면 "神樹" 가 얼마나 많기에 "一切 즘겟" 이라고 "一切" 라하며, "樹王" 이면 "하나" 일 터인데 "一切 樹王" 이란 말이 안된다.

그러므로 이것도 "一切 草木의 神靈이……" 로 새김이 옳다.

위에 든 說文의 "樹＝生植物之總名" 이라 한 것을 중시(重視)하여야 하며 "一切즘겟 神靈이라 ……" 의 분문이

"모딘 즁생이 흐쁴慈心을 가지며

아기 나ᄒ리 다 아ᄃ롤 나ᄒ며

온 가짓 病이 다 됴ᄒ며

一切 즘겟 神靈이다 侍衛ᄒ숩더라"

로 되어 있는 것으로 이 "즘겟" 은 문장 구성상 "즁생" 에 대등의 자리를 차지하고 있는 연귀(連句)이니 즁생＝

(動物)에게 대한 즘게＝(植物)를 내 세운 것이다. 중생과 즘게는 동물과 식물이다.

"즘게" 는 "나무" 라는 뜻도 아니고 "산 나무들" 이란 뜻도 아니고 "神樹, 聖樹" 라는 뜻도 아니다. "즘게" 는 "식물(植物) 초목(草木)" 의 뜻이라고 나는 믿는다.

새김

식물 가운데 나무를 수왕(樹王)이라 하듯이 아무 것에도 제 무리 속에 위주한(으뜸된) 것을 왕이라 하느니라(한다)

> 瞿陁尼ᄂᆞ쇼쳔량이라혼ᄠᅳ디니그어긔
> 쇠하아쇼로쳔사마훙졍ᄒᆞᄂᆞ니라

①**구타니**＝**수미산** 서 쪽에 있다는 곳 ②소(牛) ③거기

새김

구타니는 소 재산이라 하는 뜻이니 거기는 소가 많아 소로 재산(돈) 삼아 팔고 사고 하느니라(한다)

> 光明이희ᄃᆞᆯ두고더으니王ㅅᄆᆞᅀᆞ매아모ᄃᆡ나가고져ᄒᆞ시면그
> 술위절로그우러아니한ᄉᆞᅀᅵ예天下를다도ᄅᆞ시ᄂᆞ니그술위보ᅀᆞ
> ᄫᆞᆫ나라ᄒᆞ降服ᄒᆞᅀᆞᆸ나니라

①보다도 ②더하니 ③사이 ④항복

새김

광명이 해, 달보다도 더하니 왕의 마음에 아무데나
가고자 (생각만) 하시면 그 수레(車)가 저절로
굴러서 오라지 않은 사이에 천하를 모두
돌으시니 그 수레 보사온 나라는 항복하옵나니라 (한
다)

玉女寶는玉ᄀ론겨지비니모미겨스렌덥고녀르멘ᄎᄀ이베서 靑蓮花ㅅ香내나며모메서栴檀香내나며차바ᄂᆞᆯ머거도自然히스러‥‥‥‥‥

①옥녀보 ②계집(女)이니 ③겨을엔 ④청련화(Utpala) ⑤전단향(candana)향나무. 붉은 빛, 흰 빛, 자주 빛이 있는데 이 나무는 싻이 조금 나와도 추목(臭木)〃이란(伊蘭)의 수풀도 악취가 스러진다 함.

새김

옥녀보는 옥 같은 계집이니 몸이 겨을(冬)엔 덥고 여름엔 차고 입에서 청련 꽃의 향내가 나며 몸에서 전단향내가 나며 음식을 먹어도 저절로 소화(消化)되어

마릿기리몸과ᄀᆞᆯᄫᅡ며킈뎍도크도아니ᄒᆞ고ᄉᆞᆯ히지도여위도아니ᄒᆞ니라

①갈바며＝並, 서로 나란함

새김

머리 털 길이가 몸과 서로 나란하며 키는 작지도 크지도 않고 살은 쩌지도 말르지도 아니 하였다.

栴檀香ᄋᆞ모매ᄇᆞᄅᆞ면ᄇ레ᄃᆞᆯ오도ᄇ리몯ᄉᆞᆯ며諸天ᄃᆞᆯ히阿修羅와싸홈저긔갈해헌다홀栴檀香ᄇᆞᄅᆞ면즉자히암ᄒᆞᄂᆞ니라

①갈＝칼(劍)(刀)★ ②즉자히＝즉시★

★①白帝 홀갈해 주그니

       （白帝劍戮） （龍歌22）

두 갈히 것그니

       （兩刀皆缺） （龍歌36）

며른 亭子 가온디 갈홀 지엿도다
　　　　　（倚劍短亭中）　（杜詩20：7）

블로 솔며 갈흐로 버효매
　　　　　（火燒刀研）　（楞嚴經30：60）

저므니해 글스기와 갈쓰기와 비호니
　　　　　（壯年學書劍）　（杜詩7：15）

갈　爲刀　　　　　　　　（訓民　正音　合字解）

②즉자히　각시브르샤　이런　긔벼를　王끠
　　　　　　　　（月印釋譜2：29）

즉자히　文珠와ᄒᆞ샤　世尊끠　오나시ᄂᆞᆯ
　　　　　　　　（月印釋譜21：7）

어믜병이　즉제　됴ᄒᆞ니라　（三綱，叔謙，訪藥）

光目이　듣고　즉재　돗온거슬　ᄇᆞ려
　　　　　　　　（月印釋譜21：17）

즉재　밥머긇ᄢᅴ　믿나라해　도라와
　　　　　（即以食時에還到本國ᄒᆞ야）　（阿彌17）

즉재　도라가　어버이　孝養ᄒᆞ리
　　　　　　　　（三綱，臯魚，道哭）

即　즉제　즉　　　　　　　（石峯　千字31）

ᄉᆞᆫ써　즉제　도라니거늘　　　　　（王郞傳　2）

※ 즉자히→즉자이→즉재→즉제
　그러나 "자히＝재" 는 아니다.

몰둔 자히 건너시니이다　　　　　（龍歌34）

ᄯᅩ 일흿자히ᅀᅡ　　　　　　（月印釋譜 2：66）

안존 자히 겨샤디　　　　（月印釋譜7：52）

　위의 "자히" 는 "ㅈ＋ㅎ＝ㅊ" 과 "아―이" 소리의 낱말
이 "애" 로 바뀐 것과 같이 "채" 로 바뀐 것으로 본다.
그러므로 "자히" 는 "즉자히" 와는 관계 없는 "말 탄채.'
　　　　일해 (二年) 채"
　　　"앉은 채
의 "채" 다.

세김

　전단향은 몸에 바르면 불에 들어도 불이 못살르며 (불
타지 않으며) 여러 하늘 귀신들이 아수라와 싸울 적에
칼에 베인 자리를 전단향을 바르면 대바람에 암으나니라.
(암근다)

主兵寶ᄂᆞ兵馬ᄀ ①숑안臣下 l 니 王이

一千이여一萬이여無數히얻고져

②ᄒ샤도아니한ᅀᅵ예다일워내ᄂᆞ니

①많은, 넉넉한, 기멸한, ②사이(間)
★ 가ᅀ멸며 싁싁ᄒ야 므싁여보며
★

　　　　　　　　　　　　　　　(月印釋譜 2：23)

富 가ᅀ멸 부　　　　　　　　　　　(訓蒙　下26)
★
아ᄎᆞᆷ 가ᅀ면 짗 送葬을 맛보니
　★
　　　　　　　　　(朝逢富家葬)　(杜詩 2：70)
　　　　　　　　　　　★
富가ᅀ멸 부　　　　　　　　　　　(石峯　千字22)

★ ②石壁이　ᄒᆞ잣ᅀᅵᆫ들
　　　　　　★
　　　　　　　(愛有石壁　間不容尺)　(竜歌31)
　　　　　　　　　　　★
湘水ㅅ곳　ᅀᅵ이예　ᄇᆞᄅᆞᆷ를　避호라
　　★
　　　　　　　(避風湘渚間)　(杜詩 2：22)
　　　　　　　　　★

蓮ㅅ줄기옛 실 그츨ᄊᆞ시라 (南明集上 9)
★
그츤 ᄉᆞ치 업거늘 (無間斷) (南明集上13)
★ ★
엇뎨 미히 王侯ㅅ ᄉᆞ이예 오래 이시리오
★
(豈可久在王侯間) (杜詩25：55)
★

새김

"주병신보"는 **병마** 넉넉한 **신하니** 왕이 일천이든지 일만이든지 무수히 **얻고자** **하셔도** **얼마** 안되는 사이에 다 이루어내니

× ×

> 비치볼가ᄑᆞ라코갈기예구스리ᄢᅦ엿거든①
> 솔로빗기면놀ᄂᆞᆫ구스른ᄡᅥ러디고②즉자히
> 새구스리나며

①꿰어 있는데(★38P※) ②ᄡᅥ러디고=떨어지고★

★ 時節에 ᄡᅥ딜가 저프니 (恐後時) (杜詩 4：26)
★ ★
ᄃᆞ리예 ᄡᅥ딜 ᄆᆞᄅᆞᆯ (橋外隕馬) ((竜歌87)
★ ★
邪見에 ᄡᅥ러디디 아니ᄒᆞ리라
★
(不隨邪見) (圓覺經上 2：189)
★
프른 머귀는 낫과 바믜 ᄡᅥ러디놋다
★
(靑梧日夜凋) (杜詩 5：15)
★
外道애 ᄡᅥ러디어 (隨落外道) (楞嚴經10：19)
★ ★
地獄애 ᄡᅥ러디여 (隨落地獄中) (佛頂上 3)
★ ★
憣 ᄡᅥ러딜 분 (訓蒙下18)
凋 ᄡᅥ러딜 됴 (類合下55)
落 ᄡᅥ러딜 락 (〃)
彫 ᄡᅥ러딜 됴 (石峯 千字33)

새김

　빛이 발가스름하게 파랗고 갈기에 구슬이 꿰어 있는데 솔로 빗기면 낡은 구슬은 떨어지고 대바람에 새 구슬이 생겨나며

✕　　　　　　　✕

> 므를걷나샤도므리뮈디아니ᄒ고바리젓디아니ᄒᄂ니^①

①움직이지

★ ᄇᆞᄅᆞ매 아니뮐씨　　　　　（風亦不扤）　（竜歌 2）

元良ᄋᆞᆯ 무우리라　　　　　（欲搖元良）　（竜歌71）

軍兵의 소리ᄂᆞᆫ 이재 니르리 뮈놋다

　　　　　　　　（軍聲動至今）（杜詩 3：18）

動 뮐동　　　　　　　　　　（訓蒙下 3）

새김

　물을 건ᄂᆞ서도 물이 움직이지 아니하고 발이 젖지 아니하ᄂ니

※ 아랫 글은 "지옥"의 설명인데 월인 석보 원문이 아니라 어귀 주해다.

地　　　　獄

> 獄ᄋᆞᆫ罪지ᅀᅳᆫ사ᄅᆞᆷ가도ᄂᆞᆫ따히니따아랫獄일씨
> 地獄이라ᄒᄂ니라굴근地獄이여들비니
> 活地獄과黑繩地獄과合地獄과叫喚地獄과
> 大叫喚地獄과熱惱地獄과大熱惱地獄과
> 阿鼻地獄괘라

※8 지옥 내용은 아래에 나온다

새김

옥은 죄 지은 사람 가두는 땅이니 땅 아래의 옥이니까 지옥이라고 한다. 큰 지옥이 여덟이니 활 지옥, 흑승 지옥 합 지옥, 규환 지옥, 대규환 지옥, 열뇌 지옥, 대열뇌 지옥, 아비 지옥, 과이다.

> 活은살씨니제손토비쇠두외야제모믈
>
> 뻐야벼려죽고져호딕몯ᄒᄂ니라

새김

활 지옥은 산다는 말씨니 제 손톱이 쇠가 되어 제 몸을 째어버려 죽고자 하되 못하느니라.

> 黑繩은거믄노히니 ① 못처씨피더믄블로모믈
>
> ② ③ ④ ᄉ라셜버드위텨디게ᄒ고더믄쇠노ᄒ로
>
> ⑤ 시울ᄒ키고더믄돗귀와톱과로바히ᄂ니라 ⑥

①맨처음게　②살라, 불태워　③아파서★　④뒤쳐지게, 둥개게★

⑤묶어매고★　⑥바히느니라＝베인다 (切割)

★③痛은 셜볼씨라　　　　　　　(月印釋譜序10)

셜버 슬ㅆ보매이셔　　(痛言在疚)　(　〃　)

左右ㅣ슬ㅆ밤 (左右傷止)

悲는 슬흘 씨오　　　　　　　(月印釋譜 2：22)

듯거운 따희 더우믈 셜워 우놋다

　　　　　(慟哭厚地獄)　(杜詩12：9)

※ 悲→슬ㅎ

哀, 痛→셜ᄫ

★④ᄎᆞᆺ바당 드위혀며셔쪄른니　　　(楞嚴經 4：16)

하늘히 時節에 드위뼈며　（天反時）（楞嚴經7：59）

★ ⑤弦　시울　현（石峯　千字）

새김

　　"흑승"은　겁은　노끈이니　맨처음애　뜨거운　불로　몸을
불살라　아파서　둥개게　하고　뜨거운　쇠　사슬로（쇠　노끈
으로）　묶어　매고　（시울처고）　뜨거운　도끼（斧）와　톱（鋸）파로
걸라（割）　베나니타.

---

①
　　合은어울찌니두큰불뎃가온딕녀코두山이어우러ᄀ라ᄀ
리두외ᄂ느라

---

①어울＝합할（合할）★

★ 믈읫　字ㅣ모로매　어우러사　소리　이ᄂ니

　　　　　　　（凡字必合而成音）　（訓民正音　註解13）

諸佛入智行을　어울우신　後에사

　　　　　　　（合諸佛智行）　（法華經7：156）

※ "얼"은 ·"合"의　뜻에서　다시　"交, 完, 全, 專, 嫁, 淫, 凝, 氷"
의　뜻으로　두루　쓰였다.

어늬　오로　通達ᄒ리오　　　　　　　　　（豈專達）

믈읫　얼운　사름으로　더불어　말솜홈애

　　　　　　　（凡與大人言）　（小學諺解 2 明倫）

솔알이　아희들아　네　얼운　어딕가뇨

　　　　　　　（蘆溪集·採藥洞）

嫁　얼일　가　　　　　　　　　　（訓蒙　上　33）

나히　열여스세　남진　어렷더니

　　　　　　　（年十六而嫁）　（三綱行實·陳氏）

룡담ᄒᆞ야 남진 어르기를 ᄒᆞ며
★
(月印釋譜 1：44)

ᄯᆞᆯ 나하 오히려 시러곰 이우제 얼이려니와
★
(生女猶得嫁比鄰) (杜詩 4：3)

샤옹 아니 어려서 고온 양ᄌᆞᄅᆞᆯ 앗기노라
★
(不嫁惜嫂婷) (杜詩 24：7)

편상 우희 ᄆᆡ야두고 어루려커늘
★
(縛於牀簀之上將凌之) (三綱行實•崔氏見射)

겨지블 ᄃᆞ려다가 구틔여 어루려커늘
★
(引其婦 强欲淫之) (三綱行實. 都彌妻)

ᄀᆞᄅᆞ매 ᄇᆡ 업거늘 얼우시고 ᄯᅩ 노기시니
★
(河無舟矣 旣氷又釋) (竜歌20)

凝은 얼월씨라
★
(月印釋譜 21：2)

凌陰＝얼음 녕어 두는 곳,
★ ★
얼러붙다, 얼럭 집 (초가와 기와집이 섞인 집),
★ ★

새김

"합 지옥은 어우를 (어우른다는) 말씨니 두개의 큰 불메 (火
山) 가운데다 넝고 두 산이 어울러 깔아 가루가 된다,

啝喚 온우를씨니쇠城ㅅ가온ᄃᆡ
①
고ᄅᆞᆫ브리어든그ᅦ드리텨든
우르ᄂᆞ니라

① 뺄건 불 ※ 土黃馬→고라ᄆᆞᆯ (老乞大 下8)
★
"고ᄅᆞᆫ" 은 "土黃" 의 뜻인 듯한데

"고ᄅᆞᆫ불" 은 "土黃火" 곧 "뺄건 불" 의 뜻인가 여겨진다.

새김

규환은 울을(운다는) 말씨니 쇠 성의 가운데 뻘건 불인데
거기다 들여뜨리니 운다(泣)

大叫喚은더우믈씨라熱惱ᄂ더빙
설볼씨니罪人ᄋ글ᄂᆞ가마애드리티ᄂᆞ니라

새김

대규환은 더 울을(운다는) 말씨다, 열뇌는 더위(뜨거움이) 아
플(아프다는) 말씨니 죄인을 끓는 가마에 들여뜨린다

大熱惱ᄂ熱惱더을씨라阿鼻ᄂ
열ᄊᆞᅀᅵᆸ다ᄒᆞ논마리니東西南北
과네모쾌아라우히다큰브리어든
罪人을그에드리티ᄂᆞ니라

새김

"대열뇌"는 열뇌를 더할(더한다는) 말씨다 "아비"는 쉴 사
이 없다 하는 말이니 동, 서, 남, 북, 의 네모와 아래 위가
모두 불인데 죄인을 거기에 들여뜨린다,

×　　　　　　　　　×

西天은부텨나신나라히니中國으로
西ㅅ녀길씨西天이라ᄒᆞᄂᆞ니라
中國은가온딧나라히니우리나라
常談애江南이라ᄒᆞᄂᆞ니라

①상담＝보통 이야기 ②강남

새김

"서천"은 부처 나신 나라니 중국으로 부터는 서쪽이므로
서천 이라 한다,

"중국"은 가운데의 나라이니 우리 나라 보통 이야기에는
"강남"이라고 한다,

> 中國에션中國을하ᄂᆞᆫ 가온ᄃᆡ라ᄒᆞ고
> 부텻나라ᄒᆞᆯ西ㅅ녁ᄀᆞ싀라ᄒᆞ야西天이라
> ᄒᆞ거든부텻나라해션부텻나라ᄒᆞᆯ하ᄂᆞᆫ
> 가온ᄃᆡ라ᄒᆞ고中國을東녁ᄀᆞ싀라ᄒᆞ야
> 東土ㅣ라ᄒᆞᄂᆞ니土ᄂᆞᆫ따히라

새김

중국에선 중국을 하늘의 가운데라 하고 부처의 나라를 서
쪽 가장이라 하여 "서천" 이라고 하는데 부처의 나라에서
는 부처의 나라를 하늘의 가운데라고 하고 "중국" 을 동
쪽 가장이라 하여 "동토.' 라고 하니 "토" 는 땅이다,

× ×

> 最後身ᄋ①ᄆᆞᆺ後ㅅ모미니ᄂ외②ᄌᆞᆨ사리아니ᄒᆞ야부텨ᄃᆞ외실
> 씨라

①최후신 ②다시 거듭

★ ᄂ외야 머리터럭마도 업서도

(更無毫髮許) (南明集 下 4)

ᄂ외 ᄒᆞ려 疑惑업스니(無復諸疑惑)(法華經1:248)

ᄂ외 나사 닥고미 업고 (無復進修)(楞嚴經2:18)

ᄂ외 즐거ᄫᆞᆯ ᄆᆞᅀᆞ미 업스례이다 (月印釋譜2:5)

ᄂ외야 生死ㅅ果報에 타나티 아니ᄒᆞᆯ씨라

(月印釋譜2:19)

ᄂ외야 사ᄅᆞᆷ업슬씨 일후미 上座라 (月印釋譜7:4)

—[8 8]—

百千萬劫에 느외야 女人모물 受티아니호리라

(月印釋譜21：87)

느외야 俗論이 업스시면(無復俗論) (法華經5：37)

느외야 더 너무니 업수미

(更無加過名) (般若心經61)

幽閒 景致는 견홀딕 노여업닉 (蘆溪集, 獨樂堂)

이 무음 이 스랑 견졸딕 노여 업다

(松江歌辭, 思美人曲)

느외다시 드지아니릇호니라 (月印釋譜21：120)

느외麤호므거운前塵ㅅ그리멧이리업서

(無復麤重호塵影事호야) (楞嚴經10：1)

새김

　"최후신"은 아주 뒤의 몸이니 또 다시 죽고 살음을 아니하여 부처되실(되신다는) 말씨다.

× ×

느미지손거슬아사제즐기느니긔魔王이라

새김

남이 지온(지은) 것을 빼앗어 제가 즐기나니 그것이 마왕이다.

× ×

現은니롤씨니물곤거우루근호야
여러가짓양즈룰잘나톨씨라

①거우루＝거울★
★두려운 거우루는 ★

(圓鏡은) (楞嚴經7：14)

거우뤼 비취욤 붉둣ᄒᆞ야
★
　　　　　（如鏡鑑明ᄃᆞᆺᄒᆞ야）（楞嚴經10∶ 1）
　　　　　　　　★

거우룻 中엣像곧ᄒᆞ리니
★
　　　　　（如鏡中像）　（圓覺經下二 1∶21）
　　　　　　　★

鏡 거우루 경
　★
鑑 거우루 감　　　　　　　　　　　　（訓蒙中　　14）
　★

想

“想”은 나타벌(나타낸다는) 말씨니 맑은 **거울** 같아서 여러 가지의 모양을 잘 나타벌(나타낸다는) 말씨다.

　　　　　　×　　　　　　　　　×

┌─────────────────────────────────┐
受蘊은受苦른비며즐거보며受苦룹도
즐겁도아니호믈바들씨오
└─────────────────────────────────┘

受蘊

“수온”은 수고로우며 즐거우며 수고롭지도 즐겁지도 아니함을 받을(받는다는) 말씨다.

　　　　　　×　　　　　　　　　×

┌─────────────────────────────────────┐
乃終내젼뒷엽수미스쵸미아니니잇ᄂᆞᆫ 둣ᄒᆞ딕
①　　　　　　②
잇디아니호미스쵸미아니오엽슨 둣ᄒᆞ딕엽디
　　　　　　　㈁
아니호미스쵹아뇨미아니라
　　②
└─────────────────────────────────────┘

①짐짓 ★　②생각함이, 想
★ ①이기잃 算을 **짐줏** 엽게ᄒᆞ시니
　　　　　　　★
　　　　　　（酒故齊之）（龍　歌　　64）
　　　　　　　　★

★ ②가시야 幽深흔 ᄯᅡ흘 스쳐
　　　　　　　★
　　　　　　（更想幽期處）（杜　詩 9∶11）
　　　　　　　★

새김

　내중내 점짓 우정）（故意로）없음이 생각이 아니니 있는 듯하되 있지 아니함이 생각이 아니요, 없는 듯하되 없지 아니함이 생각 아님이 아니다.

　　　　　　　×　　　　　　　　　×

色을니른왇ᄂᆞ니經에닐오ᄃᆡ菩薩ㅅ고해 ①
無色界옛香을마트시다혼말도이시며

①고＝코.★

★ 고해 도ᄒᆞ내 맏고져 ᄒᆞ며　　　　　（月印 1：32）

고히 곧고 누니빗도다
★
　　　　　（鼻直眼橫ᄒᆞ도다）（三家解 2：11）

고햇 수긔 희에ᄃᆞ뇌어늘
★
　　　　　（鼻息成白거늘）（楞嚴經 5‥56）

鼻　고비　　　　　　　　　　（訓蒙上　26）
★

새경

　색을 일으켰나니 경에 말하되 보살의 코에 무색계의 향을 맡으시다 한 말도 있으며

　　　　　　　×　　　　　　　　　×

四王天목수미人間앳쉰히를ᄒᆞᄅᆞ옴헤여五百히니 그우히漸 ① ②
漸하아四禪天에가면 ᄆᆞ져근목수미ᅀᅡ一百스믈다ᄉᆞᆺ大劫이오 ③ ④

①인간＝세상 ※“사람”이라 함은 잘못 ②곰＝…… 씩 ③사선천ᄂᆞᆫ색계（色界）의 하나 ④대겁＝방고（方高）120리（里）의 성·안에 겨자（芥子）를 가득하게 하고 3년에 한 알씩 없애서 그 겨자가 다 없어지는 동안.

새김

“사왕천” 목숨이 사람 세상의 천 해를 하루씩 세어 오백 해니 그 위로 점점하여 (올라가) “사선천”에 가면 가장 척 적은 목숨이라사 백 스물 다섯 대겁이요

※ 이 아래의 몇 구절 이야기는 중허마하제경 (衆許摩訶帝經) 에 있는 것이다.

석가불의 조상 세상에서의 그 행적(行績)의 가지 가지를 이야기한 대목건련 (大目犍連) 의 설법 속의 몇 구절이다.

곧 아래 글에서부터 찰리(刹利)를 세우는 대목까지다.

×　　　　　　×

<table>
<tr><td>① ② ③ ④
남진겨지비업고노푸니놋가봉니엄더니
· 모다世界예와날씨일후믈衆生이라흐니라</td></tr>
</table>

①남진＝남자★　②겨지비＝계집이★　③노파니＝높은 이★
④낫기바니＝천(賤)한 이

★①男子는　남지니라　　　　　　　　(月印釋譜 1： 8)

겨집 남진 얼이며 남진 겨집 얼이며

　　　　　　(嫁女婚男)　(佛頂上　3)

健壯흔 남지는 도라오믈 게을리 미룰디어다

　　　　　　(健兒歸莫懶)　(杜　詩 4：19)

남진과 겨집괘 글희요미 이시며

　　　　　　(男女有別)　(內　訓 1： 3)

奴 남진 종 노　　　　　　　　(訓蒙上 33)

머리터리를 민자 남진 겨지비 두외요니

　　　　　　(結髮爲夫婦)　(杜　詩 8：67)

★②女子는　겨지비라　　　　　　(月印釋譜 1： 8)

마치 열다ᄉᆞ신 져믄 겨지븨 허리ᄀᆞ도다

　　　　　　（恰似十五兒女腰）　（杜　詩10：9）

善女人ᄋᆞᆫ 이든 겨지비라　　　　（阿彌陀經　　17）

情欲ᄒᆞᆫ 사람이 겨지비 ᄃᆞ외야　（月印釋譜 1：43）

妻　겨집쳐　　　　（新增類合上19）　（訓蒙上　　31）

婦　겨집부　　　　　（〃　　　　　2）

女　겨집녀, 嬭　겨집데　　　　　　（訓蒙上　　31）

姬　겨집희, 姜　겨집강　　　　　　（訓蒙下　　33）

女子曰　漢吟　女兒寶姐　　　　　　　（鷄林類事）

婢　겨집죵 비　　（訓蒙上　33）（新增類合上20）

★　③去聲은 뭇노픈 소리라　　　（訓民正音　註解13）

尊은뭇노ᄑᆞ신 부니시니라　　　　（月印釋譜序　1）

바미 기프니 지비 놉고

　　　　　　（夜深殿突兀）　（杜　詩 9：20）

城　놉고　　　　　　（城之高矣）　（龍　歌　34）

牛길 노핀들 녇기 디나리잇가

　　　　　　（雖牛身高　誰得能度）　（龍　歌　48）

獨眼이 노프시니　　（獨眼最大）　（龍　歌　49）

★　④上聲은 처ᅀᅥ미 ᄂᆞᆺ갑고 乃終이 노픈 소리라

平聲은 뭇ᄂᆞᆺ가본 소리라　　　　（訓民正音註解　13）

　　　　　　　　　（〃　　　　　〃）

높 비춘 노픈ᄃᆡ ᄂᆞᆺ가온ᄃᆡ업거늘

　　　　　　（春色은無高下ᄒᆞ거늘）　（三家解　12）

뫼햇 ᄌᆕ이 노픈ᄃᆡ ᄂᆞᆺ가온ᄃᆡ 사ᄂᆞᆺ다

（山僧高下居）　（杜　詩 9：98）

뫼햇　늘그늬　짒　다미　놋가오나　도른혀　이　집이로다

（野老墻低還是家）　（杜　詩10： 7）

지비　가난ᄒ야　벼스리　놋가오믈　苦로이　너기놋다

（家貧苦宦卑）　（杜　詩21：31）

새김

　　남자　여자　없고　높은　사람　낮은　사람이　없더니　모두
세계에　와서　태어나니까　이름을　중생이라　하였다.

①
그저긔땃마시뿔ㄱ티돌오비치히더니

그衆生이머거보고맛내너겨漸漸머그니

모매光明도업스며느라둔뇸도몯ᄒ고

만히머그닌양지셩가시더니

①뿔＝꿀（蜜）★　②가새더니＝달라지더니★

★①하ᄂᆞᆯ히　서늘커ᄂᆞᆯ　뿔지셋ᄂᆞᆫ　버릐　지블　버히노라

（天寒割蜜房）　（杜　詩10：32）

고순　수리　뿔ㄱ티　ᄃ녈　노티　아니ᄒ리라

（不放香醪如蜜柑）　（杜　詩10： 9）

고지　더우니　뿔젓는　버리　수ᅀᅳ놋다

（花暖蜜峰喧）　（杜　詩21： 6）

비러엣　ᄲᆞ른　소나못　고지　닉고

（崖蜜松花老）　（杜　詩21：34）

뿔牛되　　　　　　　　（蜜牛升）　（楞嚴經 7：16）

毒ᄒᆞᆫ　ᄲᅳᆯ　더러　ᄇ리고

（除去毒蜜）　（楞嚴經 8： 1）

—[9 4]—

蜜 꿀 밀 (訓蒙中22), 蜜跪同訓(皆云꿀)(雅言覺非 1)
石蜜鄕云石淸 一名 石飴. (鄕藥採取月令)
白淸. 淸蜜. 黃淸의 이름이 있음.

★ ②ᄒᆞᆯ며 ᄯᅩ 荊州ㅣ 賞玩호미 가시야 새로외요ᄆᆞᄯᅢ녀
　　　　　　　(況復荊州賞更新) (杜 詩21：4)

가시야 幽深혼ᄃᆞ홀 스쳐
　　　　　　　(更想幽期處) (杜 詩 9：11)

블근 性이 가시디 아니ᄒᆞ야 　　(月印釋譜 1：50)

그 樂을 가시디 아니ᄒᆞᄂᆞ니
　　　　　　　(不改其樂) (內 訓 3：50)

님向흔 一片丹心이야 가실줄이 잇ᅵ랴

　　(向主一片丹心寧有改理也歟) (鄭 圃隱 時調)

새김

　그 때에 땅의 맛이 꿀 같이 달고 빛이 희더니 그 중
생이 먹어보고 만나다고 생각하여 점점 먹으니 몸의 밝
은 빛도 없어지며 날라 다니기도 못하게 되고 너무 많
이 먹은 사람은 모양과 성질이 달라지더니.

<table>
<tr><td>그後에사외니올ᄒᆞ니이긔니계우니홀이리나니라</td></tr>
<tr><td>그後에삿마시업고열본ᄯᅥᆨᄀᆞᄐᆞᆫ닷거치나니비치누르고</td></tr>
<tr><td>마시香氣젓더니그머근後에ᄂᆞ서르ᄂᆞᆸ엽시울이리나니라</td></tr>
</table>

①誤, ②正, ③勝, ④못 이기니, 敗, 負, ★
★ 藥이 하ᄂᆞᆯ 계우니 　　　　(藥不勝天) (龍歌9：43)
우리옷 계우면 큰 罪를 닙ᄉᆞᆸ고 (月印釋譜2：72)
이긔며 계우는 ᄆᆞᅀᆞ미 업스며
　　　　　　　(無勝負心) (金剛經 下151)

새김

　그 뒤에야 잘못이니 옳으니 이기니 지니 할 일이 생겼다,
　그 뒤에 땅 맛이 없고 엷은 떡 같은 땅 겉이 생기니
빛이 누르고 맛이 향기롭더니 그것을 먹은 뒤에는 서로
남을 업신여기는 일이 생기었다,

> 짯거치엽거늘짯솔히나니그머근後에는
>
> 여러가짓샹두뷘이리나니라
>
> 짯솔히엽거늘짯기르미나니 미시수을곧더라 ①

①술(酒)　　※　수볼→수을→술　★　酒曰　酥孛（鷄林類事）

새김

　땅 겉이 없어지니 땅 살이 나니 그것을 먹은 뒤에는
여러 가지의 모양 된 일이 생겼다,
　땅의 살이 없거늘 땅의 기름이 나오니 맛이 술(酒)같
았다,

> 짯기르미엽거늘버거너추렛여르미나니 ①
>
> 버혀든뿔ᄀᆞ든지니흐르더라

①너출＝넝쿨, 林藤, 범음 "Vanalata" 바나나？

★　너추츨 자바 머흔딕 본져 오르고
　　　★
　　　　　　　　　　（捫蘿澁先登）　（杜詩9：13）
　　　　　　　　　★
흟너추렌 흥마 이스리 해앳도다
　★
　　　　　　　　　　（草蔓已多露）　（杜詩9：14）

프른 시리 너추렛 느툿ᄒᆞ도다
　　　★
　　　　　　　　　　（蔓靑糸）　（杜詩9：15）

葛藤　츩너출　　　　　　　　　　（訓蒙　上9）
　　　★

藤 너출 둥　　　　　　　　　　　（訓蒙 下 4）
★
새김

　땅의 기름이 없어지고 다음에 넝쿨에 열매가 나니 배
었더　꿀 같은 진(물)이 흐르더라

> 버ㄹ두가지움가진葡萄ㅣ나니마시①
> 쓰드더니그머근後에우숨우싀나니라

①움, =짤른 자리에서 나오는 새 순　※欇=새로 나오는 눈

새김

　다음에 두 가지 움을 가진 포도가 나니 맛이 또 달더
니(甘) 그것을 먹은 뒤에 웃음을 웃었다 (웃게 되었다)

> 葡萄업거늘粳米나듸한됴흐마시다ㄹ더니①
> 거플업고기리닐굽치러니

①갱미, "香稻"로 적기도 함, 범음 "sāli", 이　범음 "sāli"는 우
리 말 "살이(生)"와도 통하여 "쁠"＝米"쌀"과도 관련이 있
다, 곧 "鷄林類事"에 "米曰菩薩"**한 것도** 인도 불교와 관련
이 있다고 생각된다,

새김

　포도가 없어지고 멥쌀이 나되 많은 좋은 맛이 모두 같
더니 꺼풀 없고 걸이는 일굽치더니
※ 윗글의 갱미는 "바나나"같은 것을 말한 듯하다,
　　　　　　　　×　　　　　　　　　　　　×

> 밥가져다가머기고자바니르혀니①
> 그後로夫妻라혼일홈이나니

①켜니 引, 點火, ★

★ 光明을 두루 혀 제 비취요미 貴호고

（取貴廻光以自照） （月印釋譜序23）

然은 블 혈씨라 （月印釋譜1：8）

雲臺에 모롯남글 혀가는 둣도다

（雲臺引棟梁） （杜詩24：10）

토부로 혀주기니 （鋸殺之） （三綱, 張興）

二月ㅅ보로매 아으 노피 현 燈ㅅ블 다호라

（樂學軌範, 動動）

三藏寺에 블 혀라 가고신딘

그뎔社主ㅣ 내 손모글 주여이다

（樂章歌詞, 雙花店）

관솔의 현불로 日月明을 도올는가

（蘆溪集, 莎堤曲）

燈 현불등（訓蒙中15） 혀＝爲引（訓民正音 合字解）

무든 가마로 켜가든（引至埋釜ㅣ어든）（煮硝方諺解）

새김

밥 가져다가 먹이고 잡아 일으키니 그 뒤로 사내
와 아내라 하는 이름이 생기니

×　　　　　　　　　×

그저긔粳米를아춤뷔여든ㅅ도나[①]

나조희닉고나조희뷔여든ㅅ도나[②]ᄎ미닉더니[③]

①갱미＝멥쌀 ②저녁★ ③가득하매

★ 기픈 수픐 나좌희 （深林晚） （杜詩15：56）

즈믄 묏 나조희 ᄆ룰 셔옛고

（立馬千山暮） （杜詩14：29）

一[9 8]一

一時예 오늜나칫 會集이여 ★

　　　　　　　　　　　　（一時今夕會）　（杜詩15：52）

힌므리나조히東녀그로흘러가ᄂ니 ★

　　　　　　　　　　　　（白水暮東流）　（杜詩4：5）

나조히河陽ㅅ드리예올아가라 ★

　　　　　　　　　　　　（暮上河陽橋）　（杜詩5：30）

나조힌므래가자ᄂ니 ★　　（暮歸水宿）　（楞嚴經9：34）
夕나죄셕 ★　　　　　　　　　　　　（訓蒙　上2）
夕나죄셕 ★　　　　　　　　　　　　（石峯　千字3）

새김

그 때에 멥쌀을 아침에 베면 또 생겨서 저녁에 익고(熟)
저녁에 베면 또 생겨서 가득하게 익더니

> 게으른호ᄂ미서로ᄀ르쳐사나ᄋᆞ머구릴
> 　　　　　　　　①
> 뷔여오니그粳米거플도나며이운그르히
> 잇거늘衆生돌히슬ᄒᆞ울오………

①말라 죽은★
★이운 나모 ᄅᆞ고　　（同枯木）　（永嘉集　下19）★
이븐 남기★　　　　　　　　　（枯樹）　（龍歌84）★

새김

　계으른 한 남이 (사람이) 서로 가르쳐주어 3, 4일 먹
을 것을 베어오니 그 멥쌀이 꺼풀이 생기고 말라 죽은
그루(株)가 있거늘 중생들이 슬퍼서 울고……

> 　　　①
> 그제사낫바도ᄅᆞᄒᆞ니그럴씨일후믈
> ②
> 刹利라ᄒᆞ니라

①나가시＝세금, ★ "나가시"의 준말, ②찰리

★ 낙술 주손 지이더니라,

　　　　　　　　(鐲袒布三世) （三綱•潘綜孝行條）
　　　　　　　　　　★
稅났쾌　　　　　　　　　　　　　（石峯　千字）

세김

그제야 세금 빈기를 하니 그러므로 이름을 찰리라고 하였다,

※ "찰리"는 **범음** "sāliksetra" 논 임자 왕이다, 찰제리 (刹帝利) 니 인도 사성(四姓)중 옛날에는 둘째였으나 석가 탄생 시대에는 셋째의 자리를 차지했었다,

　　　　　　×　　　　　　　　　　　×

八萬나라해ᄆᆞ술히盛ᄒᆞ야ᄃᆞᆯ기소리
서르들여흐ᄀᆞ애니 셋고天下애病이업서
사ᄅᆞ미나히고지업시오라더니 ……

①마ᄋᆞᆯ,＝마을 洞里,※ 里 ᄆᆞ술리, 村 ᄆᆞ술村, （訓蒙中3）
　　　　　　　　　★　　　　★

세김

팔만 나라에 마을이 (동네가) 홍성하여 닭의 소리 서로 돌려 한 갓에(一邊) 이었고 (계속되고) 온 세상에 병이 없어 사람의 나이 끝 없이 오래더니 ……

부텨向ᄒᆞᇢ밧손고초샤흐ᄆᆞᇢ므로
밤낫닐웨ᄅᆞᆯ굽ᄌᆞᆨ도아니ᄒᆞ야보ᄉᆞᇦ시며
偈로讚歎ᄒᆞᇦ샤ᄃᆡ하ᄂᆞᆯ우하ᄂᆞᆯ아래
부텨ᄀᆞᄐᆞ시니업스시며

①계＝범음 "gāthā",
"伽陀"로 번역됨, 구부교(九部敎)의 하나, 십이부경(十二部經)

의 하나. "노래하다"의 말뿌리(語根)"gai"에서 온 말로, 풍송(諷誦), (諷頌) 계송(偈頌), 조송(造頌), 고기송(孤起頌), 송(頌)이라고도 한역(漢譯)됨,

가요(歌謠) 성가(聖歌)들의 뜻이다, 근래에는 산문체(散文體)의 경문(經文)의 한 구절 총결(總結)의 끝에 마디를 고루어(調) 잘 꾸민 말을 늘어놓은 운문(韻文)을 "계"라 한다, 또 "계"를 고기겨(孤起偈) 부중송계(不重頌偈)라고도 함은 본문(本文)의 내용을 거듭한 중송(重頌＝祇夜)에 대하여 본문과 똑 같지 않은 눈가(韻歌)라는 뜻이다.

○○

제2강

부처를 향하사와(하시어) 손을 바로하고 (합장하고) 한 마음으로 밤낮 이레(七日)를 꼼작도 아니하여 보사오시며 계로 찬탄하사오시되 하늘 위 하늘 아래 부처 같으신 이 없으시며

> ①　　　　　②
> 十方世界예도ᄯᅩ가줄버리엽스시니
> 世界예잇ᄂ거즐내다보디 一切부텨
> ᄀᆞᄐᆞ시니 엽스샷다

①시방　②가잘버리→가잘불 사람, ＝견줄 사람,

★ 利益ᄒ시ᄂ 智를 가줄비시고 (圓覺經 上2：65)

외오 楊雄의 집과 가줄비ᄂ니 (錯比楊雄宅) (杜詩7：1)

圓滿ᄒᆞ를 가줄비니 이두 가줄봄드로ᄯᆞ (圓覺經 上2：112)

如來 니르샨 金剛 가줄뵤ᄃᆞ

(如來所說金剛喩者) (金剛經上序 7)

녯 샤ᄅᆞᆷ도 가줄비디 몯ᄒ리소니 (古莫比) (杜詩16：32)

後ㅅ가줄뵤ᄃᆞ 오직 證ᄒ야 일우미니라

(圓覺經2：113)

세긴

　시방 세계에 또 견줄 사람이 없으시니 세계에 있는 것을 내다보아도 일체 중생이 아무도 부처님 같으신 분이 없으시었다.

月印千江之曲　第二　釋譜詳節　第二

迦毗羅國淨飯王ㅅ ᄆᆞᆮ아ᄃᆞ니ᄂᆞᆫ釋迦如來시고 ①

아ᅀᆞ아ᄃᆞ니ᄂᆞᆫ難陁ㅣ라 ②

淨飯王ㅅ아ᅀᆞ니ᄂᆞᆫ白飯王斛飯王과甘露飯王이라

①가비라국＝석가　탄생한 나라, 迦毘羅衞, 迦維衞, 迦夷, ②다음　아들, 석가의　이모제(異母弟) 'Nanda'

★ 아ᅌ이 모딜오도　無相猶矣실ᄊᆡ

　　　　　　　　(弟雖傲矣　無相猶矣)　(龍歌103)

모든 앗보치들히 （群從子）（二倫行實　文嗣十世）

아촌 설날（除夕）　　　　　（〃〃〃〃 彦霄析籍）

伯叔　皆曰　了査秘, 叔伯母　皆曰　了子彌, 孫曰　了村了姐

　弟曰　了兒　　　　　　　　　　　　　（鷄林類事）

舅, 伯, 叔 아ᄌᆞ비 嫂, 孀, 姈, 姨 아ᄌᆞ미　（訓蒙上31）

冤讐와 아ᅀᆞᆷ과 묻디 아니ᄒᆞ야

　　　　　　　（不問冤親）（金剛經 下 100）

아ᅌᆞ와 아촌아ᄃᆞᆯ왜 비록 이시니 （弟姪雖存）（杜詩11：13）

ᄆᆞᆺ아자비, 아ᅌᆞ아자비,　아ᅌᆞ누의, 아ᅌᆞᄃᆞᆯ히 이대 잇던가

（伯父, 叔父, 妹子, 兄弟們都安樂好麽）（三乞大 諺解下3）

※윗 글들로 "앗"은 "앚, 앛"으로도 갈린 것을 짐작할 수 있고 더 나아가

　　　／①아ᅀ—앗—아ᅀᆞ—아ᅌᆞ 아으—아우.　弟）

（아ㄷ）　—②아ㅈ—앚—아ᄌᆞ—아자 아즈—아주.　（叔）

　　　—③아ㅊ—앛—아ᄎᆞ—아차.　　　　（叔）

　　　＼④아ㄱ—악—아ᄆ—아ᄀᆞ—아기.　（兒）

①은 명백하고, ②도 "아ᄌᆞ이 아재, 아자씨 아즈버니 아주

머니,, 룰로 명백하고, ⑧은 "아촌 아들"로 헤아릴 수 있

는 바요., ④는 자못 끊어 말 하기 어려운 듯하나 이는

가져가디 어려볼씨 　　　　　　　(※ 61p. 上③)

조처 맛디노니 　　　　　　　　　(〃 〃 〃 〃 . 〃)

閼智 卽 鄉言 小兒之稱也 (三國遺事1 金 閼智條)

들로 "ㄷ→ㄱ"의 바꿈을 헤아릴 수 있다.

그리고 "아들(子)" 도 "아ㄷ을→아돌→아달→아들" 이 아닌가

생각된다.

"아가, 아가, 어서 오너라"의 "아가"는 "아기야"가 줄어서

된 말로는 생각지 않는다. "나비, 나비 어서 오너라" 와 같이

"아가" 는 한 낱말이고, "악아 악아"는 "아기야, 아기야"의

옛 모양이므로 그대로 적음이 옳다.

그러므로 "小, 弟, 叔, 伯, 兒, 次孫의 원말은 "아ㄷ" 이라

생각하며 위의 "了查秘" 는 "了＝아 查＝슈 秘＝비, ∴아슈비,

"了子彌" 는 "了＝아　子＝즈, 彌＝미,· ∴　아즈미

"了村了姆"은 아촌아들.

"시앗 (妾)"의 원말도 "가시앗"에서 온 말인가 한다.

새김

　　가비라국 정반왕의 맏 아드님은 석가여래시고 다음 아

드님은 난타이다.

정반왕의 아우님은 백반왕과 곡반왕과 감노반왕이다.

白飯王ㅅ몟아ᄃᆞ른調達이오아ᅀᆞ아ᄃᆞ른阿難이라
斛飯王ㅅ몟아ᄃᆞ른摩訶男이오아ᅀᆞ아ᄃᆞ른阿那律이라
甘露飯王ㅅ몬아ᄃᆞ른娑婆ㅣ오아ᅀᆞ아ᄃᆞ른跋提오
아ᄃᆞ른甘露味라如來ㅅ아ᄃᆞ니ᄆᆞᆫ羅睺羅ㅣ라

새김

백반왕의 맏 아들은 조달이요, 다음 아들은 아난이다.
곡반왕의 맏 아들은 마하남이요, 다음 아들은 아나율이다.
감노반왕의 맏 아들은 사바요, 다음 아들은 발제요, 딸은
감로미다. 여래의 아드님은 나후라이다.

淨飯王ㅅ우흐로온뉘짜히鼓摩王이러시니

①온뉘=百世, 百代, ②짜히=째

새김

정반왕의 위로 백댓 째가 고마왕이셨는데

鼓摩王ㄱ위두흔夫人ㅅ아ᄃᆞᆯ長生이사오납고
녀느夫人냇아ᄃᆞᆯ네히照目과聰目과調伏象과
尼樓와다어디더니

①爲頭, 으뜸 ②못나고 ③니루=정반왕 조상

새김

고마왕의 본부인의 아들 장생이 못나고 다른 부인네의
아들 넷이 조목, 총목, 조복상, 니루,가 모두 어질었는데

夫人이새와네아ᄃᆞ를엽게호리라ᄆᆞ장빗어
됴ᄒᆞᆫ양ᄒᆞ고조섬ᄒᆞ야돌녀고이맛드러갓가ᄫᅵ
ᄒᆞ거시놀술보ᄃᆡ情慾앳이른ᄆᆞᅀᆞ미즐거ᄫᅥᅀᅡ
ᄒᆞᄂᆞ니나ᄂᆞ이제시ᄅᆞ미기퍼념난ᄆᆞᅀᆞ미업수니
흔願을일우면져그나기튼즐거ᄫᅮ미이시려니와
내말옷아니드르시면ᄂᆞ외즐거ᄫᅩᆫᄆᆞᅀᆞ미업스래이다

①ᄆᆞ장빗어=좋게빗어(梳), 단장하여★　②기튼=끼친★

★①ᄆᆞ장 져믄 ᄆᆞᆯ이라 (十分壯的馬) (老乞大下 7)

二十낫 ▽장 술진 羊을 사되
★
　　　　　　　　　（買二十箇好肥羊）　（朴通事1：1）
　　　　　　　　　　　　　　　　　★
★② 宗臣의 기틴 얼구리　　　　（宗臣遺像）　（杜詩3：32）
　　　　　　★
목숨 기트리잇가　　　　　　　　（性命奚遺）　（龍歌51）
　　★　　　　　　　　　　　　　　　★
遺ᄂᆞ 기튼씨라　　　　　　　　　（月印釋譜序19）
　　★
感遇ㅣ기튼編이 잇ᄂᆞ니라　　（感遇有遺編）　（杜詩3：65）
　　　★　　　　　　　　　　　　　　★
오히려버뷔ᄂᆞ功夫ㅣ기 도다　（猶殘積稻功）　（杜詩7：65）
　　　　　　　★　　　　　　　　　★
藥디탄 ᄃᆞ틀이 기텃고　　　　　（餘搗藥塵）　（杜詩9：5）
　　　　　★　　　　　　　　　　　★
오히려 시러곰 기튼 보ᄆᆞᆯ 보리로다
　　　　　　★
　　　　　　　　　（猶得見殘春）　（杜詩21：4）
　　　　　　　　　　　　　　　　　★
젼녜여 기롬 업스샤ᄆᆞᆯ 술오듸 普ㅣ오
　　★
　　　　　　　（濟無遺曰普）　（圓覺經上1之2：68）
　　　　　★

새김

　부인이 샘을 내서 네 아들을 없게 하리라 하고 아주 힘껏 꾸미어 좋은 모양을 하고 조심하여 드나들어 왕이 맘에 들어 가까이 하시거늘 여쭙되 사랑은 마음기 즐거워야만 하는데 나는 지금 근심이 깊어 이에 넘는(딴)마음이 없으니 한 가지 원을 이루면 적으나마 끼칠 즐거움이 있으려니와 내 말만 안 들으시면 다시 또 즐거운 마음이 없겠나이다.

　　　　　　①
王이盟誓ᄒᆞ야드로리라ᄒᆞ진대夫人이
술보듸뎌내아ᄃᆞᆯᄂᆞᆫ어딜어늘
　　　　　　　　　　　　　②
내아ᄃᆞ리비록몯디라도사오나ᄫᆞᆯ씨
　　　③　　　　　　　　　　④
나라ᄒᆞᆯ앗이리니王이네아ᄃᆞ를내티쇼셔

①맹세　②못났으므로★③앗이리니＝빼앗으리니, 가지리니,★

③내티쇼셔=내치소서, (斥)

★ ②互 사오나올 대, 歷사오나올 특, （訓蒙 下31）

좀사오나올 부 (類合 下 19)

★ ③東寧을 ᄒᆞ마 아ᅀᆞ샤　　　　　　（東寧旣取）(龍歌42)

ᄂᆞᄆᆡ 지은 것을 아ᅀᅡ 제즐기나니 (月印釋譜1：32)

저려 아ᅀᆞ며　　　　　　　（劫奪）（永嘉集　下122）

ᄂᆞ토며 ᄲᅢ아ᅀᆞ며 두려이 노가

　　　　　　　（形奪圓融）（圓覺經　　上1之2：62）

城을 앗고져 ᄒᆞ놋다　　　　（欲奪城）　（杜詩5：48）

奪 아ᄋᆞᆯ 탈　　　　　　　　　　　　　（訓蒙　下25）

主人이 잔을 아ᅀᅡ 친히 싯거든

　　　　　　　（主人取杯親洗）（呂氏鄕約24）

图

　왕이 맹세하여 들어주마 하셨더니 부인이 사뢰되(여쭙되)
저 네 아들은 어질지만 내 아들이 비록 맏이라도 못났
으므로(暗愚) 나라를 빼앗으리니 왕이 네 아들을 내쫓으
소서

　　　　　　　　①
王이니ᄅᆞ샤딘네아ᄃᆞ리孝道ᄒᆞ고
　　　　　　②
허믈업스니어드리내티료

①효도　②어드리=어디 ★

★ 이ᄇᆞ리고 어듸브트리오　（捨此何信）（月印序15）

어드러 가리라 ᄒᆞᄂᆞ뇨　　　（欲何適）（杜詩1：28）

昭陽江 ᄂᆞ린믈이 어드러로　듣단말고

　　　　　　　（松江歌辭，關東別曲）

새김

　왕이 말하시되 네 아들이 효도하고 허물이 없으니 어
디 내쫓겠는가？

※ 위의 ②"어드리"는 "어디로"의 뜻보다는 "어떻게, 어찌"
의 뜻이 더 많다. 단순한 "어듸"의 옛말이나 "어드러" "어
드러로"의 다른 모양이라고만 생각되지 않는다.

> 夫人이솔보듸나랏이룰분별ᄒ야ᄉ노니
> 네아ᄃ리어디러百姓의ᄆᅀᆞᆯ모도아
> 黨이ᄒ마이러잇ᄂ니

새김

　부인이 사뢰되 (여쭙되) 나라의 일을 걱정하여 여쭈오니
네 아들이 어질어 백성의 마음을 모아 당파가 벌써 생
겨나 있으니

> 서르드토아싸호면나라히ᄂ미그ᅌᅦ가리이다

새김

　서로 다투어 싸우면 나라가 남에게 가리이다, (남의 손
에 나라가 들어 갈 것입니다)

> 王이네아ᄃᆞᆯ블러니ᄅ샤듸너희디마니 ①
> 혼이리잇ᄂ니ᄲᆞ리나가라

①디마니＝등한(等閒)히.

　왕이 네 아들을 불러 말씀하시기를 "너희가 등한히 한 일
이 있으니 빨리 나가거라"

> 네아ᄃ리各各어마님내뫼ᅀᆞᆸ고누의님내더브러즉자히나
> 가니力士와百姓돌히만히조차가니 라

새김

네 아들이 각각 어머님네 모시옵고 누이님네 함께 곧 나가니 힘 센 사람과 백성들이 많이 좇아갔다.

> 따히원ᄒᆞ고됴ᄒᆞ고지하거늘그에셔사니 ①
> 百姓이져재가ᄯᅩ모다가셔너횟ᄉᆞᅀᅵ예 ② ③
> 큰나라히드외어늘

①하거늘=많거늘 ②져재=저자(市), 장마당. ③ᄉᆞᅀᅵ=사이(間)

새김

땅이 넓고 좋은 곳이 많거늘 그곳에서 살으니 백성이 져자(市)가는 듯이 모두 가서 네해 사이에 큰 나라가 되거늘

> 王이뷔으처블리신대디마니호이다 ①
> 하고다아니오니라
> 王이ᄒᆞ샤ᄃᆡ내아ᄃᆞ리어딜쎠ᄒᆞ시니
> 글로ᄒᆞ야釋種이라ᄒᆞ니라

①호이다→홍이다=했습니다. ★

★ "이다"는 존대 토씨 그침법(終止法)이다.

聖孫을 내시이다   (龍歌 8)

問罪江都를 느치리엇가   (龍歌17)

내 佛性을 보이다   (牧牛子 修心訣 6)

셜버이다 救ᄒᆞ쇼셔   (月印釋譜2：52)

어마님을 뵈ᅀᆞ링이다   (二倫行實, 范張死友)

ᄌᆞ셔히 엿ᄌᆞ오링이다   (捷解新語)

모딘 도ᄌᆞᄀᆞᆯ 믈리시니이다

(維彼勍敵　逐能退之)　(龍歌35)

모딘　도즈글　자바시니이다
★
(維此凶賊　逐能獲之)　(〃〃〃)

새김

　왕이　뉘우쳐　불르셨는데 "등한히　했읍니다"하고　모두　오지　않았다.

왕이　말씀하시되　내　아들이　어질구나(어질시여!　여질시고)하시니　그로　말미암아　석종(어질은　씨)이라한　것이다.

×　　　　　　　　×

> 　　　　　　　　　④
> 비雪山애흔鸚鵡ㅣ이쇼딕어시다
> 　　　　　②
> 눈멀어든果實따머기더니그저긔흔
> ③　　　④　　⑤
> 받님자히써비흠저긔願호딕즁싱과
> 여우러머구리라ᄒ야늘鸚鵡ㅣ그
> 　　　⑥
> 穀食을주서어시룰머기거늘

①어시＝어버이☆　②따＝따(摘)　③받＝밭☆　④써＝씨　⑤비흠지긔→비홀　적에＝뿌릴　때에,　⑥주서＝줏어

★아버님도　어이　어신　마르는　　　　　　(思母曲)
　　　　★
　쥬시의　어이　쫄　ᄀᆞᄅ쳐　닐오딕
　　★
　　(指朱氏母子曰)　(三綱　烈女朱氏懼辱)
　　　　　★
臣隱愛賜尸母史也　　　　　　　　　　(安民歌)
　　　　○○
母曰了秘(鷄林類事)＝丫彌의　잘못?
　○○　　　　　　○○
어이　딸이　삯　절구질　하듯　한다
★
세　어이딸　두부　앗듯　　　　　　　(平北,　속담말)
宽讐와　아ᄉᆞᆷ과　묻지　아니ᄒ야　(不問宽親)(金剛經. 下100)
　　★　　　　　　　　　　　★
"아버지"　압엇이→아버시→아버이→아버니
　　○○

　　　　　　　　　　　→아버지→아버이

“어머니”엄엉이→어머ᄉᆡ→어머이
　　　○○
　　　　　　　　　　　→어머이→어머니

“엄’은 “엄지(雄)”의 뜻으로 모계 중심(母系中心)의 원시 군혼 시대(群婚時代)엔 자연 여자가 으뜸되어 아이를 키웠으므로 “엄 엉이”가 되었을 것이다
　　　　　○　○○

☆ ③밭 이러미 東西없게 가렛도다 (隨畝無東西)(杜詩4：2)
　☆
밭룰 다ᄉᆞ리며 (治田) (呂氏鄕約4) 田 밭뎐 (千字 27)
☆　　　　　　　　　　　　　　　　　　☆
壟 밭두듥 롱, 畈 밭두듥 판, 畛 밭두듥 딘, (訓蒙. 上7)
　☆　　　　　☆　　　　　☆
墾 밭 닐와둘 근, (類合. 下41). 田曰 田 (鷄林類事)
☆　　　　　　　　　　　　　　　☆

【해】

　옛날 설산에 한 앵무가 있었는데 어버이가 다 눈이 멀었기에 풀 열매를 따다 먹이더니 그 때 어떤 밭 임자가 씨를 뿌릴 적에 원하되 “중생과 함께 어울러서 먹어야겠다”고 하였는데 앵무가 그 곡식을 줏어다가 어버이를 먹이는 것을

※ 설산은 히마라야산,(Himālaya) 범음 “Himava.”

> 밭님자히怒ᄒᆞ야그물로자븐대鸚鵡ㅣ닐오듸
>
> 눔 죽쁘디이실ᄊᆡ가져가니엇뎨잡ᄂᆞ다 ①
>
> 밭님자히부로듸눌爲ᄒᆞ야가져간다 ②
>
> 대답호듸눈먼어ᄉᆡ를이받노라 ③

①잡ᄂᆞ다＝잡느냐☆　②가져간다＝기져가느냐, ★ ③이받노라＝봉양한다★

★ ①②“ᄂᆞ다→는다’.는 “느냐” 의 옛 모양이다.
靑草우거진 곳에 자는다 누웠는다
　　　　　★　　　　★

紅顔은 어디두고 白骨만 묻쳣ᄂ다 (林　白湖, 時調)
★
빅내여 노흐다 샤공아　　　　　　　　　(西京別曲)
★
★ 어버일 이바도딕 오직 저고맛 위안쑬이오
　　　　　　(養親唯小園)　〔杜詩21：33〕
★

새김

　밭 임자가 골을 내고 그물(網)로 잡았는데 앵무가 말하되 "남을 줄 뜻이 있오므로 가져 가는데 어찌하여 잡는가？"

　밭 임자가 묻되 "누구를 위하여 가져 가는가？"

　대답하되 "눈 멀은 어버이를 봉양(奉養)한다"

> ①
> 밭님자히과ᄒ야즁싱도孝道홀쩌
> ②
> 일록後에疑心마오기져가라ᄒ니
> 그鸚鵡ᄂ如來시고밭님자흔舍利弗이오
> 눈먼어싀ᄂ淨飯王과摩耶夫人이시니라

①탄복하여,★　　　②이로부터※

★ 奇才를 괴ᄒᅀᄫ니　　　　　　(奇才是服)　(龍歌57)
★
義士를 올타과ᄒ샤　　　　　　(深獎義士)　(龍歌106)
★
金人샤ᄃ미 튱셩을 과ᄒ야
★
　　　　(金人數其忠)　　(三綱. 劉韐捐生條)
★
天龍八部 과ᄒ야　　　　　　　　(※63p. 上)
★

새김

　밭 임자가 탄복하여 "짐승도 효도하는지고！ 이로부터는 의심 말고 가져 가라" 하였으니

※윗 글 "일록"의 "ㄱ"은 뜻을 세게 하는 "ㄱ"이다.

불휘를엿ᄂ 더위 잡곡 살드ᄂ 돌해 오르ᄂ려 가도다
　　　(攀援懸根木, 登頓入矢石)　(杜詩19：27)

工夫를ㅎ약 모슬몌　　　　　　　　　（蒙山法語略錄 3）

東녀크로 ᄃ라 鶴가던디 다 가곡 南녀크로 녀 쇠로기

ᄠᆞ든늬 다 가리라

　　　　　（東走窮歸鶴・南征盡跕鳶）（杜詩20：13）

네 子細히 ᄉ랑ㅎ약 哀慕ᄅᆞᆯ 乔히말라

　　　　　（汝諦念ㅎ약　無乔哀慕ㅎ라）（楞嚴經2：53）

새김

　그 앵무는 여래시고 밭 임자는 사리불이고 눈 먼 어버이는 정반왕과 마야 부인이셨다.

　　　　　×　　　　　　　　　　　×

```
                    ①
살면모디죽고어울면모디버으는거시니 一切ㅅ이리 長情
ᄒᆞᆫ가지몯디욀씨 寂滅이사 즐거븐거시라
```

①버으는＝빼글어지는, 헤어지는★

★ ᄀᆞᄅᆞ매 ᄃᆞᆰ 비츤 사름의게 버으로미 오직 두어 재이오

　　　　　（江月去人只數尺）（杜詩 2：21）

河버으로미 먼따해　　　　（去河遙處）（楞嚴經3：87）

褪벙글 돈,　　　　　　　　　　　　（訓蒙下20）

옷 벙으다　　　　　　　　　（衣褪）（訓蒙下91）

兵戈이 걸히 벙으러 그출시 ᄀᆞᄅᆞᆷ ᄀᆞᅀᅵ와 늙노라

　　　　　（兵戈阻絕老江邊）（杜詩2：1）

새김

　살면 모두 죽고 어울르면 모두 떨어져 헤어지는 것이니 모든 일이 그대로 오래 한 가지로 못되므로 "적멸"이야말로 즐거운 것이다.

※윗 글은 "生者必滅，會者定離"를 말함이다,

　　　　　×　　　　　　　　　　　×

寂滅은사도아니ᄒᆞ며죽도아니ᄒᆞᆯ씨니중ᄉᆡᆼ은煩惱를몯ᄡᅳ
러ᄇᆞ려이리이실ᄊᆡ됴ᄒᆞᆫ일지ᅀᅳᆫ因緣으로後生애됴ᄒᆞᆫ몸ᄃᆞ외
오머즌일지ᅀᅳᆫ因緣으로後生애머즌몸ᄃᆞ외야살락주그락ᄒᆞ
야그지업시受苦ᄒᆞ거니와부텨는죽사리업스실ᄊᆡ寂滅이ᄌᆞᆯ
겁다ᄒᆞ시니라

①지은 ★②머즌 일, 궂은 일, 나쁜 일, ★③ᄒᆞ야=하야=하여

製ᄂᆞ 글 지슬씨니 (正音.1)　지ᅀᅮᆷ 업거시니(無作)(楞嚴經1：8)

法身이　善을　지ᅀᅳ면　　　(法身作善)　(金剛經　31)

ᄆᆞᅀᆞᄆᆞᆯ　브터　業을　지ᅀᅩᆫ感이라

　　　　(由心造業之所感)　　(圓覺經上2之1：29)

ᄌᆞ내　날爲ᄒᆞ야　뎌를　지ᅀᅩ려　ᄒᆞᆯᄊᆡ

　　　　(僧等爲我欲創伽藍)　(上院寺　勸善文)

노ᄑᆞᆫ 빙애想을 지ᅀᅥ(作懸崖之想) (牧牛子修心訣　11)

造 지을 조 (訓蒙.下1)　農녀름지을 농 (訓蒙.中3)

★ ②災禍ᄒᆞ 머즐씨라　　　　　(月印釋譜　1：49)

됴ᄒᆞᆫ　일란　내게　보내오　궂은　일란　ᄂᆞ미게　주ᄂᆞ니

　　　(好事歸己　惡事施於人)　　(金剛經上21)

惡은　모딜씨라　　　　　　　(月印釋譜1：16)

兄이　모딜오도　　　　　　(兄雖悖矣)　(龍歌　103)

惡 모딜악　　　　　　　　　(訓蒙下31)

三惡道ᄂᆞ 셰구즌 길히니　　　(阿彌陀經11)

새김

　적멸은 살지도 않으며 죽지도 않을 말씨니 중생은 번
뇌를 못 쓸어 버리어 행실이 있으므로 좋은 일 지은 인연
으로 후생애 좋은 몸 되고 나쁜 일을 지은 인연으로

후생에 나쁜 몸 되어 살고 죽고 하여 그지없이 고생하거니와 부처는 죽고 사는 일이 없으므로 적멸이 즐겁다 하신 것이다.

×　　　　　　　　×

七月ㅅ열다쐣날沸星도둛時節에여슷엄가진

白象ᄐᆞ샤회ᄐᆞ샤兜率宮으로서ᄂᆞ려오싫저긔

世界예ᄎᆞ放光ᄒᆞ시고諸天이虛空에ᄀᆞᄃᆞ기쎼

좃ᄌᆞᄫᅡ오며풍류ᄒᆞ고곳비터니

①불성, 이십팔수(二十八宿) 가운데의 귀성(鬼星). 상서(祥瑞)스런 별 ②백상, 흰 코끼리 ③두솔궁, ④끼어★

★ 사롤 쎄셔 漢ㅅ드래셔 소ᄂᆞ다
　　　　　　　　　　（挾矢射漢月）　（杜詩　4：12）

官軍이 盜賊의 城壕를 쁴롓도다
　　　　　　　　　　（官軍擁賊壕）　（杜詩　5：2）

豫章남기희ᄃᆞ롤 쎘더니
　　　　　　　　　　（豫章夾日月）　（杜詩16　4）

희롤 쎼
　　　　　　　　　　（夾日）　（內訓2：27）

새김

　칠월, 열 닷샛 날 불성이 돋을 시간에 (보살이) 여섯 어금니(六牙)를 가진 흰 코끼리를 타시어 햇빛을 타시어 <u>두솔궁</u>으로부터 내려 오실 때에 온 누리에 가득히 빛이 차게 비치시고 제천 부처들이 하늘 가운데 가득하게 끼어 좇아 오며 음악을 울리고 꽃을 뿌리더니

※ 코끼리는 <u>인도</u> 서는 용(龍)과 함께 훌륭한 것의 상징 (象徵)으로 여섯 어금니의 코끼리는 가장 뛰어난 것을 뜻한다. "보요경(普曜經)"은 보살 스스로 흰 코끼리로 태중

(胎中)에 들었다고 하여 토끼, 말, 코끼리의 세 짐승이
강 전념을 삼승(三乘)에 견주고 코끼리는 보살인 뜻을
나타내고 있다. 곧 코끼리를 정신적으로 해석한 것이며,
이야기는 물론 석가 탄생전 전생의 이야기다.

그날 摩耶夫人ㅅ 숙메 그야ᇦ로ᄒᆞ샤 올ᄒᆞ
녀브로드르시니, 그르메 밧긔 ᄉᆞᄆᆞᆺ 뵈요미
瑠璃 ᄀᆞᆮ더라

①마야부인, 석가모니의 어머니, ②그야ᇦ로＝그양으로 ③그
르메＝그림자★ ④ᄉᆞᄆᆞᆺ＝사뭇★ ⑤유리 ⑥같더라★

★③룡 그림제 眞實ㅅ돌 아니로미 (月印釋譜. 2:55)

前塵ㅅ 그르멧 일이 (前塵影事)(楞嚴經. 10:1)

그리메 ᄀᆞᆮᄒᆞ야 (如影)(圓覺經. 1之2:140)

그르메 업슨 (無影)(三家解. 2:20)

影 그르메 영(類合. 下1) 影 그르메 영(訓蒙. 上 29)

★④서르 ᄉᆞᄆᆞᆺ디 아니홀ᄊᆡ (不相流通)(訓民 正音 序)

流通ᄋᆞᆫ 흘러ᄉᆞᄆᆞᆾ 씨라 (〃 〃 〃)

ᄀᆞᄂᆞᆯᄒᆞᆫ 답힌 믌안해ᄉᆞᄆᆞ 챗고 (陰通積水內) (杜詩 6：45)

바ᄅᆞ 自性을 ᄉᆞᄆᆞᆺ 아ᄅᆞ사 (直了自性) (月印釋譜序18)

ᄉᆞᄆᆞᆺ 보며 머리드르며 (月印釋譜 2：71)

★⑤시혹 ᄀᆞᆮᄒᆞ여 ᄀᆞᆮ디아니ᄒᆞ며 (或同或非) (楞嚴經 3：95)

혓相이 ᄀᆞᆮᄒᆞ니라 (舌相如之)(楞嚴經 4:111)

虛空 ᄀᆞᆮᄒᆞ야 (猶如虛空)(〃〃〃 10： 1)

이ᄀᆞᆮᄒᆞᆫ 사ᄅᆞᆷ (如是之人)(佛頂, 上3)

눈 ᄀᆞᆮ더니이다 (如　雪) (龍歌 50)

새김

그 날 마야 부인 꿈에 (보살이) 그 모양으로 하시어 오른 옆구리로 들어오시니 그림자가 밖으로 사무쳐 똑똑히 보임이 유리로 보는 것 같이 환하였다.

> 이틋나래王ㅚ그ꗦ믈솔ㅸ시ㄴㄹ王이占ㅎㄴ사ㄹ믈 ①
> 블러무르시니다솔ㅸ딕聖子ㅣ나샤輪王이ㄷ외시리니 ②
> 出家ㅎ시면正覺을일우시리소이다 ②

①점쟁이 수도자=선상바라문(善相波羅門). ②윤왕, 전륜성왕(akravartirūja). 일천(一天) 사해(四海)를 휘두르는 이상적 왕자(王者). ③정각=부처되는 큰 깨달음.

새김

이튼 날에 왕께 그 꿈을 말씀하시니 왕이 점치는 사람을 불러 물어 보시니 다 여쭙기를 거룩한 아드님이 나시어 전륜 성왕(轉輪 聖王)이 되시리니 중이 되시면 정각을 이루실 것입니다.

其 十 六

> 三千大千이ᄇᆞᆯ ꭐ며樓殿이일어늘 ①
> 안좀걷뇨매어머님모ᄅᆞ시니
> 諸佛菩薩이오시며天과鬼왜들ᄌᆞᆸ거늘
> 밤과낮과法을니ᄅᆞ시니

①三千大千世界, 해(日), 달(月), 수미(須彌), 사천하(四天下) 육욕천(六欲天), 범세천(梵世天)을 합하여 한 세계로 함, 한 세계×1000=소천 세계, 소천 세계×1000=중천 세계, 중천 세계×1000=대천 세계, 대천 세계×3000=삼천 대천 세계.

새김

　삼천 대천 세계가 밝으며 다른 집에(보살이 뱃속에서) 일어나 앉기도 하고 걷기도 하매 어머님은 모르시니 여러 부처와 보살이 오시며 하늘과 귀신과 법을 듣자옵거늘 밤과 낮과 (가리지 않고) 법을 말씀해 가르치시니

<h2 style="text-align:center">其 十 七</h2>

날돌이ᄎ거늘어머님이毗藍園을보라가시니

祥瑞하거늘가바님이無憂樹에ᄯ도가시니

①비람원＝남비니(藍毗尼) 라는　천녀(天女)가　왔다　갔다는 동산, ‘Lumbini” 가비라성(迦毗羅城)동쪽 15영리(英里), **석가** 탄생한　꽃　동산. ②상서＝좋은 일, ③무우수＝범음, Aṣoka, 阿輸迦, 나무　이름, **석가는** 이　나무　밑에서　탄생함.

새김

　아이 날 달이 차거늘 어머님이 비람원을 보러 가시니 좋은 일 많거늘 아버님이 무우수 아래로 또한 가시니

노ᄑ며ᄂᆽ가ᄇᆯ디업스며곳비오며모딘즁ᄉᆡᆼ이

흔ᄢᅴ慈心을가지며아기나ᄒᆞ리다아ᄃᆞᆯ

나ᄒᆞ며온가짓病이다됴ᄒᆞ며一切즘겟

神靈이다侍衛ᄒᆞ숩더라

①자심　②식물(植物)의, 초목(草木)의, ③신령, ③시위

새김

　높으며 낮은데 없으며 꽃 비가 내리며 나쁜 짐승이 한 때에 자비심을 가지며 아기 낳는 이는 모두 아들을 낳으며 온갖 병이 모두 나아 버리며 모든 초목의 신령이 모두 둘러 서서 지키어 모시옵더라

其 十 九

無憂樹ㅅ가지굽거늘어머님자ᄇ샤
右脇誕生이四月八日이시니

①무우수 ②우협 탄생 ③사월 파일

석겸

　무우수의 가지가 굽어지거늘 (무우수 꽃을 꺾으려고) 어머님이 잡으시어 오른 쪽 옆구리로 탄생하신 것이 사월 파일이시니

蓮花ㅅ고지나거늘世尊이드되샤
四方向ᄒ샤周行七步ᄒ시니

석겸

　연 꽃이 피어 나거늘 세존이 발로 디디시고 사방을 향하시어 일곱 발 걸음을 걸으시니

其 二 十

右手左手로天地ᄀᄅ치샤
ᄒ오사내尊호라하시니

석겸

　오른 손으로 하늘을 왼 손으로 땅을 가리키시어 "홀로 내가 높다" 하시니

溫水冷水로左右에ᄂ리와
九龍이모다싯기ᅀᆞᄫᆞ니

석겸

　더운 물, 찬 물로 왼 쪽 오른 쪽으로 하늘에서 내리와 (모시고) 아홉 용이 모두 몸을 씻기사오니(씻어 드리니)

×　　　　　　　　×

四月八日히도디예摩耶夫人이雲母寶車타시고　①
東山구경가싫제三千國土ㅣ六種震動ᄒ거늘　②
四天王이술위그스ᇫ고梵天이길자바無憂樹　③
미틔가시니

①운모 보거=돌 비늘로 만든 보배 수레　②육종 진동
③범천　④사천왕=사왕천(四王天)에서 불법(佛法)을 지키는
네 왕.

새김

사월 파일 해 돋을 시간에 마야 부인이 "운모 보거"를
타시고 꽃 동산 구경을 가실 제 삼천 국토가 여섯 가
지로 진동하고 사천왕이 수레를 끌으삽고 (끌어 모시고) 범
천이 길을 인도하여 무우수 밑으로 가시니

諸天이곳비터니無憂樹ㅅ가지절로굽어오ᄂᆞᄂᆞᆯ　①②
夫人이올흔소ᄂᆞ로가질자ᄇᆞ샤곳것고려ᄒᆞ신대
菩薩이올흔녀브로나샤큰智慧옛光明을펴샤　②③④
十方世界를비취시니그저긔닐굽줄깃七寶蓮花ㅣ　⑤
술위ᄢᅥᆫᄒᆞ니나아菩薩ᄋᆞᆯ받ᄌᆞᄫᆞ니라

①제천=모든 신령　②무우수=Aśoka, 빨간 아름다운 꽃이
피는 관목(灌木), ③보살　④지혜　⑤광명　⑥칠보 연화

새김

모든 신령들이 꽃을 뿌려 흩으니 무우수의 꽃 가지가
저절로 굽어 오거늘 부인이 오른 손으로 가지를 잡으시
어 꽃을 꺾으려고 하시니 (뱃속) 보살이 오른 옆으로 나오시어
큰 슬기의 빛을 펴시어 시방 세계를 (천지 사방을) 비치시니

그 때에 일곱 줄기의 일곱 보배로운 연꽃이 수레 바퀴 만큼 큰 것이 피어 나서 보살을 비쳐들었다(支)

> 菩薩이굿나샤자ᄫ 리엽시四方애닐굽거름곰거르시니
>
> 自然히蓮花 ㅣ 나바롤받즙더라

새김

　보살이 갓 나시어 붙잡는 사람 없이 사방에 일곱 걸음씩 걸으시니 저절로 연꽃이 피어 솟아나 발을 아래서 바쳐들였다.

　※ 사방에 일곱 걸음씩을 걸은 것은 불교에서 다음 같이 설명한다 곧 중허마하제경(衆許摩訶帝經) 3 권을 보면 "① 동쪽은 열반 최상(涅槃最上) ②남 쪽은 군생 이요(群生利樂" ③서 쪽은 생사 해탈(生死解脫) ④북 쪽은 윤회 영단(輪廻永斷)을 뜻함이라" 하였다.

　또 부처 탄생 시대는 불멸(佛滅)을 대체 480,B,C,로 보는 일반설(一般說)을 따르면 부처의 한뉘(一生, 一代)를 80 년으로 꼽아 560,B,C,가 되는데, 어떤 학자는 565,B, C,로 주장하기도 한다. 그리고 생년월일도 한역(漢譯)은 4월 8일로 되어 중국, 조선, 일본, 모두 그렇게 알고 있으나 범장본(梵藏本)엔 적혀 있지 않고, 서역기(西域記)엔 패사 구월 후반 파일(吠舍 九月 後牛 八日), 곧 3월 8일 또는 후반 십오일(後牛十五日) 곧 3월 15일로 적혔다.

> 올흔소ᄂᆞ로하놀ᄀᆞ른치시며왼소ᄂᆞ로따ᄀᆞᄅ치시고
> 　①
> 獅子목소리로니르샤ᄃᆡ하놀우콰하놀아래나ᄲᆞᆫ
> 　②
> 尊호라三界다受苦ᄅᆞ뷔니내便安케호리라

①사자　②존＝훌륭합

새김

오른 손으로 하늘 가리키시며 왼 손으로 땅을 가리키시고 사자 같은 우렁찬 목소리로 말하시기를 하늘 위와 하늘 아래에 오직 나 뿐이 훌륭하다. 삼계가 다 수고로우니 내가 편안하게 하겠다.

※ 윗 글의 이야기는 <u>석가</u> 탄생 당시의 이야기다.

사자(獅子) 목소리라 함은 이른 바 "사자후(獅子吼)"다, 이것은 사자가 두려움 없는 큰 목소리로 부르짖으면 일체(一切)의 짐승을 숨 죽이어 엎드리게 한다는 비유다. 불경에서는 <u>석가</u> 설법의 소리에 비긴다. 흔히 <u>석가</u>의 한 첫 말이라 하여 "천상 천하 유아 독존(天上天下唯我獨尊)" 이라 함은 위의 이야기다.

태자 탄생까지는 "보살" 이라고 부르고 탄생 이후는 "태자"라 한다, 어떤 불경엔 성도(成道) 이전은 그대로 "보살" 이라고 적혀 있다.

> 四天王이하놇 기ᄇ로안ᅀᆞ바金几우희연ᄌᆞᆸ고 ①②
> 帝釋은盖받고梵王ᄋᆞᆫ白拂자바두녀긔셔ᅀᆞᇦ며 ③④
> 帝釋梵王이여러가짓香비흐며아홉龍이香므를
> ᄂᆞ리와菩薩ᄋᆞᆯ싯기ᅀᆞᇦ니

①깁으로＝비단으로★　②금궤③제석＝석제(釋提)환인(桓因)＝(śaka-devānām-Indra)인(因)은　제(帝), 제천(諸天)의 임금.

④백불＝불자(拂子) 짐승의 털 또는 삼(麻)들을 묶어 여기 자루를 대어 모기, 파리 따위를 쫓는 데 쓰는 물건.

※ 솔히 힌 깁 ᄀᆞᆮᄒᆞᆯ 다시 돌여 보내라 ★

　　　　　(再輾肌膚如素練)　(杜詩 10：1)

錦官城에 기블 무로라 가놋다 ★

　　　　　　　　　　　　　　　（問絹錦官城）　（杜詩　16：8）
　　　　　　　　　　　　　　　　　　★

ᄀᆞ룞비치 깁 ᄅᆞᆫ고
　　　　　　★

　　　　　　　　　　　　　　（江如練）　（杜詩20：28）
　　　　　　　　　　　　　　　　　★

絹曰及（鷄林類事）깁爲繪（訓民　正音　合字解）紈　깁환, 綺
　★　★　　　　　　　　　★　　　　　　　　　　　　　　★
깁기. 絹 깁견. 綃 깁쵸.　　　　　　　　（訓蒙中：31）
★　　　★　　　★

새김

　사천왕이 하늘 비단으로 （깁으로） 안사와（抱） 금상 위
에 얹어 모시고 석제 환인은 보개（寶蓋）를 손에 잡고
대범천왕은 백불을 쥐어 두 옆에 서사오며 제석이 여러
가지의 향을 뿌리며 아홉 용이 향물을 내리어~ 보살을
씻기사오니 （씻어드리니）

> 므리윈녀긘뎝고올ᄒᆞ녀긘ᄎᆞ더라
> 　　　　　　　　①
> 싯기ᅀᆞᆸ고天衣로ᄢᅳ리ᅀᆞᄫᆞ니라

①ᄢᅳ리→ᄭᅳ리＝ᄡᅡ（包）

새김

　물이 왼 녘엔 뎝고 오른 녘은 차더라 씻기옵고 하늘
옷으로 ᄡᅡ사오니라（包）（ᄡᅡ드렸다）

> 太子ㅣ셜흔두相이시고셜흔두相ᄋᆞᆫ밠바당이平ᄒᆞ샤ᄃᆡ
> ᄯᅡ히놉ᄂᆞᆺ가비업시흔가지로나ᄒᆞ시며밠바당가운ᄃᆡ
> 　　①
> 즈믄술위삣그미겨시며솑가라기ᄀᆞ놀오기르시며
> 발츠기두려ᄫᆞ시며밠드이노[illegible]ᄑᆞ시며손바리보ᄃᆞ라ᄫᆞ샤미
> 　　②　　　　　　　　　　　　　　③
> 兜羅綿ᄀᆞᆮᄒᆞ시며밠솑가락ᄉᆞᅀᅵ예가치니�그려긔
> 발ᄀᆞᆮ시며허튓비漸漸ᄀᆞ놀오두려ᄫᆞ샤미사ᄉᆞᆷᄀᆞᆮ시며

①천（千）　※온（百）　즈믄（千）　②두라면＝（Tāla）초목의　꽃
솝　③가치→쟞이＝살가죽이★

옛의갗爲孤皮　　　　　　　　　　(訓民　正音　終聲解)
★
鹿皮ᄂᆞᆫ 사ᄉᆞᄆᆡ 가치라　　　　　　(月印釋譜　1：16)
　　　　　　　　　★
짯가촌 조티 몯ᄒᆞ거시라
★
　　　(地皮未淨也)　　　　　　　(楞嚴經21：18)
　　　　★
거믄 가ᄎᆞ로 밍ᄀᆞ론 几이실ᄊᆡ
　　★
　　　　　　　　　(黑皮几在)　(杜詩21：5)
　　　　　　　★
皮 갓피, 革갓혁,　　　　　　　　(訓蒙中12)
★　　　　★
皮曰　渴翅　　　　　　　　　　　(鷄林類事)
　○○

태자가 서른 두(三十二)상이시고 서른 두 상은, 발 바당
이 평평하시되 땅이 높고 낮음이 없이 한 가지로 낳으시며
　발 바당의 가운데 천(千) 수레(車)의 바퀴 금이 (千輻
輪綱) 계시며

　손 가락이 가늘고 길으시며 발 축이 보기 좋으며 발
등이 높으며 속 발이 보드라우심이 두라면 같으시며 손
발 가락 사이에 가죽(갗)이 잇다서(連) 기러기 발 같으
시며 장딴지가 점점 가늘고 둥구심이 사슴 같으시며

　　　　　×　　　　　　　　　　×

八功德水ᄂᆞᆫ 여듧 가짓 功德이 ᄀᆞᄌᆞᆫ 므리니
ᄆᆞᆯᄀᆞ며 ᄎᆞ며 ᄃᆞᆯ며 보ᄃᆞ랍ᄫᅳ며 흐웍ᄒᆞ며 便安
ᄒᆞ며 머긇제 빗골픔과 목ᄆᆞᄅᆞᆷ과 一切옛 시르미
다 업스며 머근 後에 모미 充實홈괘라

①괘라→파이라

　팔공덕수는 여덟 가지 공덕이 갖추어진 물이니, ①맑으

며(澄淨) 차며(淸冷) ②달며(甘美) ③보드라우며(輕輭)
④흐먹하며(潤澤) ⑤편안하며(安和) ⑥먹을 때 배 고픔과
목 말름과 ⑦모든 근심 걱정이 다 없어지며(除患) ⑧먹
은 뒤에 몸이 충실함과 이렇게 여덟이다.

其 二 十 六

①
祥瑞도하시며光明도하시나

②   ③
ᄀᆞᆯ업스실씨오ᄂᆞᆯ몯ᄉᆞᆲ뇌

④
天龍도해모ᄃᆞ며人鬼도하나

數업슬씨오ᄂᆞᆯ몯ᄉᆞᆲ뇌

①상서 ②갓(邊), (界), (限), (盡) ③"노이다"의 "다"가 줄
은 말, "새" "쇠" "뇌"따위 처럼 말 마친 데 쓰인 옛
노래의 그침법(終止法) ④많이

※ ②漆沮ᄀ샛 움흘 後聖이 니ᄅᆞ시니
★
(漆沮陶穴 後聖以矢) (龍歌 5)

네 ᄀᆞᇫ시 便安ᄒᆞ야 (四域寧謐) (上院寺 勸善文)
★
ᄀᆞᄅᆞᆷᄀᆞᆯ 아니말이샤 밀므를 마ᄀᆞ시니
★   ★
(不禁江沙 酒防潮濤) (龍歌 68)
★
ᄀᆞᄅᆞᇝ ᄀᆞᇫ시셔 孫楚를 보낼저긔
★
(江邊送孫楚) (杜詩 21:16)
★

새김

좋은 징조도 많으시며 밝은 빛도 많으시지만 끝간 데
없으므로 오늘날 (한 마디로는) 말하지 못하겠나이다. 천
용도 많이 모이며 인귀도 많으나 수효가 무척 많으므로
오늘날 (한 마디로는) 말하지 못하겠나이다.

※ 위에서 보는 바와 같이 "하(多)에 "ㅣ"가 덧붙어 "해"

로도 바꿔어 쓰였다.

方國이 해 모두나　　　　　　(方國多臻) (龍歌 11)

머리를 도라 브라완디 쳐엄 뜯과 해 어긔도다

　　　　　　　　　(囬首意多違) (杜詩 5：17)

해 사르미 이셔　　　　　　　　(多有人) (法語 6)

이제는 해 닐오디 (近來 多道) (蒙山法語 略錄 43)

> 그나래諸釋이모다五百아들나ᄒ며
> 象과ᄆᆞᆯ왜힌삿기를나ᄒ며쇼와羊괘
> 五色삿기를五百나ᄒ며ᅡ해무뎃던
> 보비절로나며

①힌→ᄒᆡᆫ＝흰(白)

힌 므지게 희예 뼈니어다

　　　　　　　(維時白虹 橫貫于日) (龍歌 50)

白ᄋᆞᆫ 힐씨라　　　　　　　　(月印釋譜 1：22)

구루미 희오 뫼히 프른 (雲白山靑) (杜詩11：11)

白曰 漢 白米曰 漢菩薩　　　　　(鷄林類事)

힌믌겨리ᄂᆞ솟고　　　　(銀浪湧) (梵音集 49)

白힌빅, 素힌소, (訓蒙中：29)　　素힐소 (千字 29)

그 날에 여러 셕씨(釋氏)들이 모두 오백의 아들을 낳
으며 코끼리와 말과가 흰 사끼를 낳으며 소와 양과가
오색의 사끼를 오백씩 낳으며 땅에 묻쳤던 보배가 저절
로 나오며

龍이두외야기픈믈아래잇다니여러히
녯워여가무니모시홀기두외어늘내모미
①
하커수물꿈기엽서더븐벼티우희펴니
②
솔히텹고안히답깝거늘

①꿈기＝구멍이　②더븐→더븐→더운(熱)

새김

　용이 되어 깊은 물 아래 있었더니 여러 해 연기어(連) 가무니(旱) 못(池)이 흙이 되거늘 내 몸이 커서 숨을 구멍이 없어 더운 별이 위에 쪼이니 살(肉)이 텹고 속이 따겁거늘

비늘싼시마다효근벌에나아모물셀씨
①
셜버受苦ᄒ다니홀ᄅ른아ᄎ미서늘하고하ᄂᆞᆶ光明이
믄득번ᄒ거늘보니五色구루미虛空ᄋ로
다나기거ᄂᆞᆯ그가온ᄃᆡ瑞相이겨시더니

①효근＝작은★

★　小王ᄋᆞᆫ　혀근　王이니　　　　　　　(月印釋譜 1：20)

묏果實ㅣ　★혹뎌근거시하니 (山果多瑣細) (杜詩 1：3)
　　　　　　★
말 비호ᄂᆞᆫ 효근 아희 니ᄅ르리 姓과 일후믈 아ᄂᆞ다
　　　　　　　　★
　　　　　　(學語小兒知姓名) (杜詩 5：40)

두려운 蓮은 효근 니피 ᄠᅦᆺ고
　　　　　　　★
　　　　　　(圓荷浮小葉) (杜詩 7：5)
　　　　　　★
ᄌᆞ조 효근 나라해 가ᄆᆞᆯ 놀라노니
　　　★
　　　　　　(頻驚適小國) (杜詩 7：32)
　　　　　　　　☆

물 효근 사르미 하로미 能히 깁도다

　　　　　　　　(群小謗能深)　(杜詩 21：35)

諸小王은 여러 혀근 王이라　　　(月印釋譜 13：13)

區區는 혀근 양이라　　　　　　　(三家解 2：57)

ᄭᅮ메 혀근 ᄂᆞᄂᆞᆫ 벌에 (夢有小飛虫)　(內訓 2：40)

ᄆᆞ장 햐근 이리라도　　　(至微細事)　(飜譯小學 6)

橙 효근귨등　　　　　　　　　　(訓蒙上11)

머리를 ᄂᆞ지기ᄒ야 효근 盤을 스수라

　　　　　　　　(低頭拭小盤)　(杜詩 3：31)

大曰 黑根 小曰 胡根　　　　　　(鷄林類事)

黑根→흑근

胡根→효근—이렇게 읽을 것이다.

위의 "黑根"은 일본인 전간 공작(前間 恭作)씨는
"鷄林類事 麗言考"에서 "큰"이라고 읽었으나,

"그 논에 물이 흑근하다　　　　(平安道·方言)

그 뱀이 흑근하다　　　　　　　（　〃　）

밥을 흑근 먹었다　　　　　　　(濟州島·　〃　）

로 쓰임과 또 "효근"(胡根)의 실례(實例)로 보아 "黑根"도
"흑근→흑근"으로 읽음이 옳다.

[직역]

비늘 사이마다 조그만 작은 벌레가 나와 몸을 빨아
먹으므로 아파서 고생하였더니 하루는 아침이 서늘하고
하늘의 밝은 빛이 문득(忽) 환!하기에 보니 오색 구름
이 하늘 가운데로 지나 가는데 그 가운데 상서로운 모양

이 계시더니

> 감포론마리모르샤딩銅螺ㅅ비치시고 ① ②
> 金色모야히드닚光이러시다 ③
> 뫼햇神靈이며므렛神靈이며
> 萬萬衆生돌히머리좃습고기쑫밧 ④
> 讚歎ᄒᆞᆸ롫소리天地드러치며

①모라샤되=몰리어 나부끼시되 ②젼라=자개 ③다님=달님★
④기뻐하시와☆

★ ③"ㄹ" 받침이 "ㄴ, ㅅ, ㄷ, ㅈ," 소리 앞에서 벗어난 것이다.

하놀님→하ᄂ님→하나님→하느님.
아돌님→아ᄃ님→아다님→아드님.
뿔 님→뚤 님→ᄄ 님→따 님.
믈지게→므지게→부지게→(虹) (※믈→물).
※ "믈지게" 는 "水戶, 水門 의 뜻으로 곧 "虹"이다.
믈자쇠→믈자ᄉᆡ→믈자이→물자위→부지위.
믈 쇠→므 쇠→무 쇠.
블 삺→브 삺→부 삺.
믈 소→무 소→마 소(馬牛).
활 살→화 살, 솔나무→소나무,

★ 히디나며 돌파   (經年累月) (佛頂, 中 7)
소내드를 자보니   (月印釋譜) (※72p, 上)
月 돌월   (訓蒙, 上 1)
月暈 돌모로   (訓蒙, 下 1)
曜 히돌별요   (類合, 下12)
∴드님=달님.

★ ④遼左ㅣ 깃ᄉᄫ니　　　　　(遼左 懌之)　(龍歌 41)

ᄯᅩ 故人이 오롤깃노니　　　(又喜故人來)　(杜詩21:7)

衆生깃규믈　爲혼젼ᄎᆞ로　(爲悅衆生故)　(法華經6:111)

欣　깃글흔,　　　　　　　　　　　　(類合，下13)

ᄯᅩ 깃거호미 몯하리라

　　　　　　　　　(却不得歡喜)　(蒙山法語略錄12)

王이 깃그샤　　　　　　　　(王悅)　(內訓 2:21)

새김

　감푸른(碧) 머리 털이 몰려 나부끼시는데 자개 빛이시고 금 빛 모양이 달(月)님의 빛이시었다.

　산의 신령이며 물의 신령이며 만만 짐승들이 머리 조아리고 기뻐하와 찬탄하사올 소리 천지를 진동하며

※ 윗 글 "모ᄅᆞ샤ᄃᆡ"를 '몰리어 나부끼시되'로 새긴 까닭은 다음과 같다.

"모ᄅᆞ"는 "不知"의 뜻으로:

天命을 모ᄅᆞ실ᄊᆡ　　　　　(天命靡知)　(龍歌 13)

金人이 모ᄅᆞ니　　　　　　(金人莫料)　(龍歌 94)

이렇게 쓰였는데 이 말은:

　걷고←걸으니(步), 묻고→물으니(問), 붇고→불으니(潤)

　듣고→들으니(聞), 닫고→달으니(走), 깨닫고→깨달으니(悟)

와 같은 '벗어난 풀이말,(變則用言)로 "모ᄅᆞ"의 원말은 "몯"으로 봄이 옳을 것이다. 곧 "不知, 不能,"의 "不"의 뜻으로 쓰인:

東征에 功이 몯이나 所掠을 다노ᄒᆞ샤

　　　　　　　(東征無切, 盡放所掠)　(龍歌 41)

뜯 몰라 몯나니　　　　　　(莫測不出)　(龍歌 60)

오늘 몯 숨뇌   (月印千江之曲 26)

둘로 "모른"의 원말이 "몯"임과 "모른"의 바뀐 말이 "몰
르"임이 증명된다. 그런데 여기서 다시:

四方諸侯ㅣ 몯더니   (諸侯四合) (龍歌 9)

스스로 뼈러딘   대거프른 모닷도다
                              (蕭城寒籜聚) (杜詩 1:20)

부텨의 사룸 모도믈 法會라 ᄒᆞᄂᆞ니라
                              (月印釋譜 2:16)

들의 예로 "集" "合"의 원말도 역시 "몯"임과 "몯우, 몯
임, 몯우어, 몯고지, 몯내, 몯은"의 원말이 다 "몯"임을 알
게 된다.

이에 "몯"은 "不, 集, 合,"의 원말임을 알았고 그 바뀐
말 "모른"도 또한 그 두 가지 뜻이 있음이 명백해졌다.

그러면 윗 글에서 "마리 모른샤딕"를 "머리 몰르시되(不
知)"로 새길 수 있는가? 없다. 뜻이 통하지 못한다.

"몰리시되(集)"로 새기어 비로소 뜻이 통한다.

더구나 "과거현재인과경(過去現在因果經)" 석가의 점상(占相)

삼십이상(三十二相)속의 십이(十二) 십삼(十三)에:

"毛上向靡 靑色柔軟 右旋"

이라 한 것 또는 "중허마하제경(衆許摩訶帝經)" 제3 겸에:

"太子身 諸毛孔 各生一毛 紺靑旋轉,

太子髮毛 端直靡上 金色毈身…… 한 것으로

"몰리어 나부끼시되"의 뜻임을 더욱 확인할 수 있다, 한
문자 "靡"도 역시 "不, 莫, 旋轉,"의 여러 뜻으로 쓰였
음을 알겠으니:

〔楊子方言〕 私 小也 秦晋曰靡, 註 靡 細好也。

司馬相如上林賦〕 靡曼美色於後，註 張揖曰 靡 細也

〔史記 淮陰侯傳〕 燕從風而靡，

〔易中孚〕 我有好爵吾子爾靡之，註 靡 散也 分散而共之
靡 壞也 散也 （三音聲彙 上17） （全韻．下61）

들로 명백하다. 이것들은 “龍歌13”의 “天命靡知,”와 아울
러 일본말 “ナビク(靡)” 국어의 “나부낌”과 같이 세 나라
의 언어 연락을 헤아리게 하는 재미있는 거리다.

하눓 香이섯버므러곧곧마다ᄣ 비치나더라
나도머릴울어러셜버이다 救ᄒ쇼셔
비ᅀᆞ보니 萬靈諸聖이다날ᄃ려니르샤ᄃᆡ

①아픕니다★

★ 셜버 슳ᄸ보매　　　（痛言在疚）（月印釋譜序 10）
悲ᄂᆞᆫ 슬흘 씨오　　　　　　　　　（月印釋譜 2：22）
痛ᄋᆞᆫ 셜볼씨라　　　　　　　　　（〃 〃 〃 序 10）

새김

　하늘의 향기가 섞어 버무리어 곳곳마다 봄의 빛이 나
더라, 나도 머리를 쳐들어 보며 “아픕니다. 살려 주십시
오!” 비사오니 만 가지 여러 성신(聖神)이 다 나더러 말
하시되

모딘ᄠᅳᆮ들내혀ᄂᆞ미그에怒를옮걸ᄊᆡ
그罪業이갑ᄉᆞ로果報겻구미次第러니
이제다시뉘으처버서나고져ᄒᄂᆞ니
네이제도ᄂᆞ외야ᄉᆞ도ᄆᆡ븓ᄠᅳ들둘띠
ᄒ야시ᄂᆞᆯ내至極ᄒ말ᄊᆞᆷ블든ᄌᄉᆡ보니

①내혀→내켜★   ②끄블→끄븐↘미운★
‘내혀’는 “내혀’의 원말이니 “내켜”로 바뀐 것이다.
이것은 “ᇮ→→→ᄽ’의 국어 말 소리 변천의 법칙으로 볼 때
→ᅙ
명백하다. 곧

룰흔 道中을 얼후미 혀내ᄂ 佛性이오
               ★
      (二ᄂ 道中名 引出佛性이오) (般若心經 41)
              ★

두리예 ᄲᅥ딜ᄆᆞᆯ 넌즈시치혀시니
                 ★
             (橋外隄馬 薄言掣之) (龍歌 87)

됴흔 ᄡᅥ 내혀ᄂ니   (月印釋譜 2：73)
         ★

토ᄫᅩ로 혀 주기니   (鋸殺之) (三綱行實, 張興條)
       ★

雲臺에 ᄆᆞᄅ 남글 혀 가ᄂ 둣도다
        ★
             (雲臺引棟梁) (杜詩 24：10)
                ★

雲霧인 남근 녀가매 서로 혀고
                    ★
             (霧樹行相引) (杜詩 5：5)
                      ★

光明을 두루 혀   (月印釋譜 序23)
           ★

빈슬흘 ᄲᅡ혀며 사흘며 버히며   (月印釋譜21：43)
          ★

이룰 혀니ᄅ샤ᄆ   (引此言者) (金剛經 下138)
      ★

술를 노ᄒ며 블혀고 빗난 차반을 뵈야ᄂ다
                ★
             (置酒張燈促華饌) (杜詩 15：45)
                   ★

引 혈인   (石峰 千字 41)
    ★
※ 혀다→켜다   (引火) (引, 斷)
  ○○ ○○
     →혀다

ᄷᅵ혀며 ᄃᆞᆫ온 ᄆᆞᅀᅵ 니르와다
    ★
             (起憎愛心) (金剛經 83)
                  ★

사ᄅ미게 ᄀᆡᅇᅩᆫ고돌 올ᄀ 자보리니
       ★

(捉敗得人憎處) (法語 2)

(南明集, 下5)

믜며 닷논 모으미

믜리도 괴리도 업시 마자셔 우니노라

(樂章歌辭, 靑山別曲)

※ 위의 "믜은"은 "믜이온"의 줄은 말이니 :

간대로 愛想이 매은다시 (妄纏愛想)(楞嚴經 1:43)

희여 수비 니겨　　　　　(正音, 3)

와 같다.

[새김]

나쁜 뜻을 내켜 남에게 노여움을 옮기므로 그 죄업의 값으로 과보 겪음이 차례더니 이제 다시 뉘우쳐 벗어나고자 하니 네가 이제도 또 다시 남을 미워하는 뜻을 (마음 속에) 둘터이냐? 하시거늘 내가 지극한 (그) 말씀을 듣자오니

> ① 모으미블가안팟기원ᄒ야虛空로더니
>
> ② 내모블도라ᄒ니즉자히스러디고
>
> ③ 男子ㅣ두외야灌頂智를得ᄒ야
>
> ④ 부텨믜歸依ᄒᅀᆞᄫᆞ라ᄒ더라

①허공 ②도라＝달라★ ③관정지＝범음, Abhiseka, 천축(天쓰) 국왕 즉위할 때 바다 물을 머리에 부어 축하의 뜻을 표함. 부처가 큰 자비(慈悲)의 물로 보살의 머리에 부어줌. 크나큰 자비의 지혜, ④귀의＝믿고 따름,

★ ④가시며 子息이며 도라ᄒ야도 (月印釋譜 1:13)

수를 달라ᄒ야　　　　　(索酒)(杜詩 25:52)

— (134)—

밥 달라ᄒ야 門ㅅ東녀킈셔 우ᄂ다

(索飯啼門東)　(杜詩 25：52)

凡呼取物皆曰　都羅　　　　　　　　（鷄林類事）

도라(달라)(慶南 사투리)

새김

　마음이 맑아 안팎이 (內外가) 훤하여 빈 하늘 같더니 내 몸을 달라고 하니 대바람에 없어지고 남자가 되어 관정지를 얻어 브처님께 귀의하사오려 하더라.

※ 아래의 글은 후한(後漢) 명제(明帝) 때 반불교(反佛敎) 패의 진정서(陳情書)가운데의 한 귀절과 도가(道家)와 불가(佛家)의 경쟁하던 이야기다.

　전설을 따르건대 명제가 꿈에 큰 금 사람을 만났다. 그 머리 위에는 해와 달 빛이 빛나고 있었다. 이튼날 신하들에게 그것을 물으니 태사(太史) 부의(傅毅)가 "서쪽에 신령이 있으니 그를 부처라 하오, 그는 큰 몸집이니 임금이 꿈에 본 사람이 그 분이오" 하였다, 이에 임금은 채음(蔡愔)이란 사람을 서쪽 대월씨(大月氏)에게 보내 불교를 구하게 하였다. 2년이 지나서 채음은 가섭마등(迦葉摩騰) 축법란(竺法蘭)의 두 중을 데리고 부처 입상(立像)과 수많은 불경을 흰 말에 싣고 돌아 왔다, 때는 67.B.C, 석가 성도한지 거이 600년, 우리 나라 고구려 소수림왕(小獸林王) 2년(372, A.D,)불교 전래보다 638년 전이며, 일본에 들어 가기 거이 500년 전의 일이다.

　명제는 다음 월인 석보에 실린 것·같은 경위을 지나 이듬해 서문 밖(西門外)에 절을 세우고 백마사(白馬寺)라고 이름 지었다.

×　　　　　　×

① ② ③
根源을ㅂ리고그틀조초샤敎化를西域에가
④
求ㅎ샤셤기시논거시胡神이오닐온마리中國에
⑤
븓디아니ㅎ니願ㅎ든우리罪를쇼ㅎ샤뎌와
겻구아맛보게ㅎ쇼셔

①근원 ②끌을★ ③서역 ④호신＝되놈의 귀신 ⑤쇼ㅎ샤＝용셔하지어

※ "그틀"은 "귿흘"로 되었어야 할 것이다.

★ 梢 귿 쵸 (訓蒙.下4) 標 나못귿 표, 末 귿 말, 尖 귿 썔 첨, 端 귿 단 (類合.下53)

새김

근원을 버리고 끌을 좇으시어 교화를 서녘 나라에 가서 구하시어 섬기시는 것이 호신이요, 이르는 말이 중국에 따르지 아니하니 원하옵전대 우리 죄를 용서하지어 저(彼)와 경쟁하여 시험하게 하여 주옵소서

우리諸山앳道士들히수못보며머리드르며
經을만히아라수못모르는듸업스며시혹
브레드러도아니술이며시혹므를볼바도
아니쩌디며시혹나직하늘해오르며

새김

우리 여러 산의 도사들이 사뭇 보며(見) 멀리(遠) 들으며(聞) 경서를 많이 알아 사뭇 모르는 데 없으며 때로는 불에 들어 가도 아니 살리며(불타지 않으며) 때로는 물을 밟아도 아니 꺼지며(빠지지 않으며) 때로는 낮에 하늘에 오르며

> 시혹몯얻기수므며術法이며藥材ᄒᆞ기니르리
> 다몯ᄒᆞ논일업스니願ᄒᆞᆫ든뎌와ᄌᆡ조ᄅᆞᆯ겻구면
> ᄒᆞ녀고론陛下ㅅ뜨디便安ᄒᆞ시고둘차힌
> 眞實와거즛이ᄅᆞᆯ글히시고세자힌큰道理一定
> ᄒᆞ고네자힌中國風俗을흐리우디아니ᄒᆞ리니

【새김】

　때로는 찾지 못하게 숨으며 술법이며 약재하기 (제약하기)에 이르기까지 이루 다 못하는 일 없으니 원하옵건대 저(彼)와 재주를 경쟁하면 한 옆으로는 폐하의 속 마음이 편안하시고 둘째엔 참된 것과 거짓 일을 가리시고 (분간하시고) 세째엔 큰 도리가 일정하고 네째엔 중국 풍속을 흐리우지 아니하오리니,

> 우리옷계우면큰罪ᄅᆞᆯ입ᄉᆞᆲ고ᄒᆞ다가이긔면①
> 거즛이ᄅᆞᆯ더ᄅᆞ쇼셔ᄒᆞ야ᄂᆞᆯ明帝니ᄅᆞ샤ᄃᆡ
> 이ᄃᆞᆳ열다쐣날白馬寺애모드라ᄒᆞ시니
> 道士ᄃᆞᆯ히셰壇을밍ᄀᆞᆯ오스믈네門내오

① ᄒᆞ다기→하다가＝만약에,

【새김】

　우리만 지면 큰 죄를 입삽고 만약에 이기면 거짓 일을 덜으소서 (제쳐 내쫓으소서) 하거늘 명제 말하시되 "이 달 보름날 백마사에 모여라" 하시니 도사들이 세 단을 만들고 스물 네 문을 내고……

> 道士六百아흔사ᄅᆞ미各各靈寶眞文①과太上玉訣②와
> 三元符③等五百아홉卷을자바西ㅅ녁壇우희엱고
> 茅成子④와許成子⑤와老子⑥等三百열다ᄉᆞᆺ卷으란

가온딧壇우희엱고됴흔차반밍ᄀ라버려百神이
바도ᄆ란東녁壇우희엱고威儀를ᄀ장쉭ᄭ기ᅀ구미고

①영보진문 ②태상옥결 ③삼원부 ④모성자 ⑤허성자 ⑥노자
※이상은 모두 도가의 경전 이름.

새김

도사 육백 아흔 사람이 각각 영보진문과 태상옥결과
삼원부등 오백 아홉 권을 잡아 서쪽 단 위에 얹고 모성자
와 허성자와 노자등 삼백 열 다섯 권은 가운데의 단 위
에 얹고 좋은 음식을 만들어 차려 놓아 백신이 받는
것은 동쪽 단 위에 얹고 위의를 가장 엄숙하게 꾸미고

부텻舍利와經과佛像과란 값西ㅅ녀긔노ᄉᆞᆸ고
道士들히沈香쵀받고제經연ᄌᆞ壇을돌며
울오닐오ᄃᆡ우리들히大極大道元始天尊긔와
衆仙百靈긔읻줍노니이제되中國을어즈리거늘
天子ㅣ耶曲흔마를올히드르시ᄂᆞ니

①사리="奢利"라고도 씀, 범음 sārika, 물새 이름. 부처 또는
성자(聖者)의 뼈, 범음, sarira, ②첨향 ③대극 대도 원시 천존
=도가의 떠받드는 귀신 ④중선 백령=많은 신선과 온갖
신령 ⑤읻줍노니="일르옵노니"의 원말★

★이 말은 "니르(云)"의 원말. "닏"의 바뀐 소리 "읻"이다.
긷(汲)→기르, 듣(聞)→들으, 돋(走)→드르, 닫(異)→다르,
흗(流)→흘르, 몯(不, 集, 合)→모르, 닏(云)→니르
　　　　→흘　　　　　　　　　　　　→닐오
"ㄷ→ㄹ"의 법으로 명백하다.

재김

  부처의 뼈와 경과 부처 상과는 길의 서쪽에 놓삽고 도사들이 침향 홰를 불뎅기고 제 경을 얹은 단을 돌으며 울고 말하되 "우리들이 대국 대도 원시 천존께와 중선 백령께 여쭈오니 이제 되놈이 중국을 어지럽게 하거늘 임금이 사톡하고 굽은 말을 옳게' 들으시니

正흔敎化ㅣ길흘일허貴흔風俗이그처디릴씨
우리들히블로效驗을내여모둔ᄆᅀᅳᄆᆞᆯ여러뵈야
眞實와거즛이롤글히에코져ᄒᆞ노니우리道理의
널며믈어듀미오ᄂᆞᆲ나래잇ᄂᆞ니이다ᄒᆞ고브를
브티니道士의經은다ᄉᆞ라지ᄃᆞ외오

재김

  바른 교화가 길을 잃어 귀한 풍속이 그처지려 하므로 우리들이 불로 효험을 내어 모든 마음을 열어 보이어 참됨과 거짓 일을 가려 내고자 하오니 우리 도리의 일어나며(興) 물러짐이(廢) 오늘날에 있나이다" 하고 불을 붙이니 도사의 경은 다 불타서 재가 되고

부텻經은그저겨시고舍利虛空애올아五色放光ᄒᆞ샤
혓光을ᄆᆞ리여시니그光明이두려ᄫᅥ모든사ᄅᆞᆷ다
두프시고摩騰法師ㅣ虛空애소사올아神奇흔
變化롤너비뵈오하ᄂᆞᆯ해셔보비옛곳비오고하ᄂᆞᆰ
풍류들여사ᄅᆞᄆᆡ뜨디感動힐씨

①둥글어★ 드릐 두려우며 (月 圓) (金剛經2:6)
두려운 거우루(圓鏡)(楞嚴經, 7:14)
圓 두려울 원. (類合. 下48). 圓 두렫 원(千字.35)

—(139)—

새김

　부처의 경은 그저 계시고 사리는 하늘 가운데 올라가 다섯 가지 빛을 내시어 햇 빛을 가리시니 그 밝은 빛이 둥글어서 모든 사람을 다 덮으시고 마등 법사가 하늘 가에 솟아 올라 신기한 변화를 널리 보이고 하늘에서 보배의 꽃비가 내리고 하늘의 음악이 들려 (듣는) 사람의 뜻이 느끼어 움직이게 하므로

> 모든사ᄅᆞ미 다깃거다 法蘭法師[①]의 圍繞[②]ᄒᆞ야
> 說法ᄒᆞ쇼셔ᄒᆞ야ᄂᆞᆯ 法師ㅣ 큰 淸淨ᄒᆞᆫ 소릴
> 내야 부텻 功德을 讚歎ᄒᆞᅀᆞᆸ고 說法ᄒᆞ고
> 偈[③]지어 닐오ᄃᆡ

①법란 법사=축법란(쯔—), 마등 법사와 함께 중국에 불교를 펴고 불경을 번역했다 함. ②위요=둘러 쌈. ③계

새김

　모든 사람이 모두 기뻐서 죄다 법란 법사께 둘러 싸고 “설법하여 주소서” 하거늘 법사가 큰 맑고 깨끗한 소리를 내어 부처의 공덕을 찬탄하옵고 설법하고 계를 지어 말하되

> 엿이[①] 獅子ㅣ 아니며 燈이 日月 아니며 모시
> 바ᄅᆞ리 아니며 두들기 뫼 아니라
> 法雲이 世界예 펴며ᄂᆞᆫ 됴ᄒᆞᆫ 뻐내혀ᄂᆞ니
> 엽디 몯ᄒᆞᆫ 法을 神通ᄋᆞ로 나토샤 ᄀᆞᆮᄀᆞᆮ마다
> 衆生ᄋᆞᆯ 敎化ᄒᆞ시ᄂᆞ니라

①엿. 영(孤)의 바뀐 말. ※영의갗爲孤皮 (訓民　正音.　終聲解)

새김

  여우가 사자가 **아니며** 둥이 해와 달 아니며 못(沼)이
바다가 아니며 둔덕(丘)이 메가 아니다.

  법운(진리의 **구름**)이 세계에 펴지면은 좋은 씨를 나도
록하니 펼지 못한 **법**을 신통력(神通力)으로 나타내시어 곳
곳 마다 중생을 교화하시는 것이다.

그저긔臣下ㅣ며百姓돌ᅳ千나믄사ᄅᆞ미出家ᄒᆞ고

道士六百스믈여듧사ᄅᆞᆷ도出家ᄒᆞ며大闕ㅅ각시내

二百셜흔사ᄅᆞ미出家ᄒᆞ니褚善信은애와텨죽고
　　　　　　　　　　　　①　　　　　　②

그中에出家아니ᄒᆞᆫ道士ㅣ쉬나믄니러라

①저선신＝도사의 이름. ②분하고 원통하여★

★ 싸호던 ᄯᅡ햇 애와티ᄂᆞᆫ 넉시 밤바다 우ᄂᆞ니
　　　　　　　　　★

　　　　　　　　　　　　(戰場寃魂每夜哭)　(杜詩 4：33)
　　　　　　　　　　★

거믄고햇 烏曲소리 애와쳐ᄒᆞ니 (琴烏曲怨憤)　(杜　3：8)
　　　　　　　　★　　　　　　　　　　　　　★

霜露애 애와텨 더욱 슬허 ᄒᆞ노라　　　　　　(※27P 上)
　　　★

慨ᄂᆞᆫ 애와틸씨라　　　　　　　　　　　　(月印釋譜. 序15)
　　★

나의 날로 애와티논 이리라　　　　　(余之日恨)(內訓. 序5)
　　　★　　　　　　　　　　　　　　　　　★

새김

  그 때에 신하이며 백성들 일천 넘은 사람이 출가하여 중
이 되고. 도사 육백 스물 여덟 사람도 출가하며(중이 되고)
대궐의 여자들 이백 서른 사람이 출가하니 (중이 되니)
저선신은 분하고 원통하여 죽고 그 가운데 중이 되지 않
은 도사가 쉬은(50) 쯤이었다.

※ 윗 글에서 아는 바와 같이 백마사는 중국의 맨 처음 절
인데 이 두 중이 맨 처음으로 번역한 불경은 사십 이장
경(四十二章經)이라 한다.

어떤 학자는 윗 이야기는 모두 꾸민 거짓말이라고 한다.

그런데 서역(西域)의 교통이 열림을 따라 불교가 수입되고 차차 발전했으리라는 것은 누구나 상상할 수 있다.

이리하여 환제(桓帝), 영제(靈帝) 때에는 많은 신도와 경전 번역이 나타났다 한다.

당대(唐代)에 이르러서는 불교는 도교(道敎)와 함께 큰 세력을 갖게 되었었고 페르샤의 국교(國敎)라는 견교(祅敎) 마니교(麻尼敎)=(佛, 耶, 祅을 버무린 교) 경교(景敎)들이 들어 오고 남 중국엔 회교(回敎)가 들어 왔다.

그 중에도 불교가 제일 세력이 늘어 도교를 누르고 다른 세 교의 절을 "삼이사(三夷寺)"라고까지 불렀다.

불교의 융성은 명승(名僧)과 가람(伽藍)을 많이 나타나게 하였고 나아가 불교 문학의 신흥을 자아내어 당나라의 문예 부흥 시대를 열고 이백(李白) 두보(杜甫) 같은 천재 시인들이 나오게 되었었다.

×　　　　　　×

月印千江之曲 第二十一·釋譜詳節 第二十一

其 四 百 十 二

① 帝釋이 世尊쯰 請ᄒᆞ수ᄫᅵᄃᆡ

② ㅿᆔ利天에 가어머님보쇼셔

③ 文珠ㅣ ④ 摩耶쯰 請ᄒᆞ수ᄫᅵ 샤ᄃᆡ

⑤ 歡喜園에가아ᄃᆞᆯ 님보쇼셔

①제석＝석제환인 (釋提桓因) 또는 석가제바인타라 (釋迦提婆因陀羅)라 함. 범음 "śakradevanamindra" 능천주(能天主)라고도 함. 제(帝)는 범음 "Indrd"의 번역, 석(釋)은 "śakra" 수미산(須彌山)의 맨 꼭대기 도리천(忉利天)의 천주(天主)로 선견성(善見城)에 살며 사천왕(四天王) 및 삼십삼천 (三十三天)을 거느리고 불법 귀의(佛法 歸依)의 사람을 지키며 아수라(阿修羅)의 군사(軍士)를 정벌하는 하늘의 왕. 고대 인도의 신화(神話)에서 나온 것이다.

번개(電)의 신격화(神格化)로서 바람 신령 "maruts"의 도움으로 아수라를 정벌했다 함.

②도리천＝삼십삼천(三十三天) 범음 "Trāyastrimśa" 육계 육천(欲界六天)의 둘째. 수미산의 팔만유순(八萬由旬)의 땅에 있다 함, 사방 여덟 성이 있고 제석천의 권속이 살며 중앙에 선견성이 있어 제석천이 그 곳에 산다 함. 부처가 이 곳에 올라가 어머니 마야 부인을 위해 석달 동안 설법하고 삼도보계(三道寶階)를 따라 승가시국(僧伽施國)의 땅으로 하강했다 하는 것이다.

③문수＝만수실리(曼殊室利)라고도 씀, 범음 "manjuśri" "妙吉祥, 妙德, 妙音" 라고 번역한다. 보살 이름, 화엄 삼성 (華嚴三聖)의 한 분, 보현(普賢)과 맞서는 분, 부처님 윈 편에

앉어 지혜(智慧)를 맡아 다스린다 함. 금강산(金剛山) 엔 고려 때의 명승(名僧) 뇌옹 선사(懶翁禪師)가 큰 바위에 이 묘길상을 조각해 놓은 것이 오늘날도 지나는 손의 마음 에 무언의 설법을 하고 있다.

④마야＝석가의 어머니, "māyā" 구리성주(拘利城主) 선각왕 (善覺王)의 누이, 가비라성주(迦毗羅城主) 정반왕(淨飯王)의 후비(后妃). 실다(悉多)태자＝(석가)를 낳고 일주일 만에 돌 아갔다 함.

⑤환희원＝남비니(藍毗尼), "Lumbini" 석가 탄생한 꽃 동산! 윗 글에서는 도리천 가운데에 있는 꽃 동산으로 석가가 석 달 동안 설법한 곳이다.

새김

제석이·부처님께 청하사오되 도리천에 가서 어머님을 만 나 보옵소서

문수가 마야 부인께 청하사오시되 환희원에 가서 아드 님을 만나소서.

※ 윗 글의 두 귀절은 석가가 "도리천" 에 올라가 석달 동안 어머니 마야 부인을 위해 설법한 이야기니, 뒷 귀 절은 마야 부인께 "도리천 환희원" 으로 올라가라고 문수 보살이 청한 이야기다.

其 四 百 十 三

光明이터러기나샤世界예비취시니

고지도다부톄안ᄌ시니

乳汁이이베드르샤世界드러치니①

고지프고②여름여③ᅀᆞᄫᅵ니

①진동(震動)하니　②프고→픠고→뮈고→피고　③열매

새김

　밝은 빛이 털 구멍(마다)에서 내 비치시어 세계에 비
취시니 꽃이 저절로 솟아서 부처가 앉으시니

　젖이 입에 들어가 세계가 진동하니 꽃이 피고 열매가
열으시오니

※ 윗 글 뜻은 여래가 탄생하였을 때 몸의 털 구멍 마다
밝은 빛이 솟아나 비치어 세계를 밝히니 연꽃이 솟아나
그 위에 여래가 앉았다는 이야기요, 뒷 귀절은 여래가
도리천에 올라 갔을 때 문수를 시키어 어머님 마야 부인을
모셔 오라 했더니, 부인이 그 말을 듣고 젖이 흘러 내리
거늘 "참으로 내가 낳은 실달다 왕자거든 이 젖이 그의 입
으로 들어 가라" 하매, 두 젖이 흰 연꽃 같이 솟아나 여래의 입
으로 들어 갔다. 부인이 기뻐하니 온 세계가 진동하고
철 아닌 꽃도 피며 열매도 열어 익었다는 이야기다.

×　　　　　　×

부톄忉利天에겨샤어머님爲ᄒᆞ야
說法ᄒᆞ더시니그ᄢᅴ十方無量世界
不可說不可說一切諸佛와
大菩薩摩訶薩이다와모다겨샤

새김

　부처가 도리천에 계시어 어머님 위하여 설법하시더니 그
때 시방 무량 세계 이루 말할 수 없는 많은 모든 부처
와 대 보살 마하살이 다 와서 모이어 계시어

讚歎ᄒᆞ샤딕釋迦牟尼佛이能히五濁惡世예不可思議옛
大智慧神通力을나토샤剛强衆生을질드리샤苦樂法을
알에ᄒᆞ시놋다ᄒᆞ시고

새김

느껴 기리어 말하시기를 "석가모니불이 잘 오탁 악세에 헤아릴 수 없는 신기한 큰 지혜와 신통력을 나타내시어(現), 굳세고 사나운 중생을 길 들이시어 괴롭고 즐거운 법을 알게 하시는구나" 하시고

各各뫼ᅀᆞᄫᆞ니보내샤 世尊ᄭᅴ安否묻ᄌᆞᇦ시더니 ①
그ᄢᅴ如來우션ᄒᆞ샤 百千萬億大光明雲을펴시니…… ②

①모시는 사람, 待從. ②웃음을 뜨이고,
우숨 우ᅀᅵ나니라 (月印釋譜 1:43)
★   ★

새김

각각 심부름군을 보내시어 세존께 안부를 묻자오시더니 그 때 여래(가) 웃음을 뜨이고 백천 만억의 큰 빛 밝은 구름을 펴시니……

×   ×

가줄비건댄三千大千世界옛잇는
草木叢林稻麻竹葦山石微塵을 ① ②
物마다數마다흔恒河ᄀᆞ고桓河沙
마다몰애마다흔界오

①도마 = 벼와 삼 ②죽위 = 대와 갈대,

새김

. 겨주어 비기건대(譬) 삼천 대천 세계에 있는 초목'수풀, 벼, 삼, 대, 갈대, 산석을(모두) 티끌을 만들어, 한 가지 것 한 가지 수효를 한 개의 항하(간디스 강)를 만들어 한 항하 모래의 한 모래 알을 한 계(界)로 삼고

> 界안마다 드틀마다 흔劫이오 劫안마다
> 모든 드틀 數를 다 劫밍ᄀ라도 地藏菩薩이
> 十地果位證컨디 웃譬喩에셔 즈믄 ᄇ리 倍히
> 하니ᄒ 볼며 地藏菩薩이 聲聞辟支佛地예 이슈미 녀

①드틀＝먼지★

②십지＝보살의 수행(修行) 계위(階位) 두 가지가 있는데 보통 환희지(歡喜地)—법운지(法雲地)를 말함.

③즈믄 ᄇ리＝千割★

④벽지불지＝벽지불의 경지. 삼승(三乘)＝(聲聞, 緣覺, 菩薩)의 둘째 경지(境地)인 "연각"에 해당하는 부처, 범음 "Pratyekabuddha" 음역하여 "발라의가불타(鉢剌翳迦佛陀)" 또는 "필륵지저가불(畢勒支底迦佛)"이라 한다. "벽지가불(辟支迦佛)" 또는 "벽지불"은 약명(略名)이다.

부처님의 가르침을 받지 않고 홀로 깨달아 자유경(自由境)에 이르른 뜻으로 "독성(獨聖)" 또는 "독오(獨悟)" 또는 "독각(獨覺)" 이라고도 한다. "연각(緣覺)" 또는 "인연각(因緣覺)" 이라고도 하는 까닭은 12 인연의 이치를 관찰하여 혼자 깨달았다는 뜻이다.

이 "벽지불"은 조선 불교에서는 특히 위해 온 부처니, 흔히 절에 가 보면 "삼성사(三聖祠)"라 하는 집이 따로 있는데 이 곳은 이 "벽지불"과 산신(山神)과 칠성(七星) 세 분을 모신 곳이라 한다.

★①塵 듣글 딘, 埃듣글 애.　　　　　　(訓蒙. 下18)

듣긇며 겿위디 몯홀쎄라　　　　　　(月印釋譜序 8)

塵은 드트리라　　　　　　　　　　(月印釋譜 2：15)

ᄇ툴과 드트레 머리도라보고

(回首風塵) (杜詩21 : 5)

干戈애ᄒᆞᆯ며 ᄯᅩ 드트리 누네 좃ᄂᆞ니 ★

戈況復塵隨眼) (杜詩21 : 33)

生滅보디 몸 우횟 ★ 듣글ᄀᆞ티ᄒᆞ야

(見生滅 如身上塵) (金剛經後序11)

사호ᄂᆞᆫ ᄯᅡ해 누른 드트리 ★ 잇도다

(戰地有黃塵) (杜詩. 3 : 43)

드트렛 이리 져고블 ★ (少塵事) (杜詩. 7 : 2)

★③브ᄅᆞ며 ★ ᄇᆞ리ᄂᆞᆫ 두 이레 (塗割二事)(永嘉下18)

坤軸을 ᄇᆞ리티ᄂᆞ니 ★

(割坤軸) (杜詩. 6 : 47) ★

새김

한 계(界) 안의 한 알 티끌을 한 겁(劫)을 삼고, 한 겁의 안에 쌓이는 티끌 수효를 모주리 따 겁을 만들어 도 지장 보살이 십지의 과위를 증명한 뒤로부터 이 때까지, (겪어 온 겁은) 위의 비유에서 말한 것보다 천 가지 배나 많으니 하물며 지장 보살이 "성문"과 "벽지불지"를 겪 어 왔음에랴.

> 不可說劫에숟치菩薩이ᄃᆞ외옛ᄂᆞ니라 ①

①산재＝오히려, 상기, 아직,

새김

이주 말할 수 없는 세월에 오히려(尙) 보살이 되었나 니라.

× ×

> 그 ᄯᆞ리 듣고 ᄯᅡ해 모미 다 헐에 디여 느미
> ᄲᅢ드러 오라거ᄼᅡ ᄭᆡ야 虛空에 솔보ᄃᆡ
> 願ᄒᆞᆫ 부톄어 엿비 너기샤 내 어미 간 ᄯᆞ홀
> ᄲᆞᆯ리 니르쇼셔

새김

그 딸이 듣고 땅에(쓰러져) 몸이 온통 다쳐어(損) 남이 끼어 얀아 일으키어 꽤 오래서야 깨어나 빈 하늘에다 대고 말씀 여쭙기를 "바라옵건대 부처님께서 불상히 여기시어 저의 어머니 간 땅을 빨리 알려 주옵소서

× ×

> 邪를 ᄇᆞ리고 正에 가게 ᄒᆞ디 열헤 ᄒᆞ둘히 순지[①]
> 모딘 비[②] ᄒᆞᆫ 새 이실 쎄쏘 分身ᄒᆞ 百億ᄒᆞ야
> 方便을 너비 펴노니……

①순지＝상기, 오히려, 아직도, 이내★

②배핫＝버릇, 습관(習慣)★

★①순지 國王이 ᄃᆞ외야　　　　　　(月印釋譜21：90)

果報로 순지 地獄에 이셔　　　　　　(月印釋譜21：85)

순지 이 分證이어니와　　　　　　(楞嚴經. 7：68)

순지 일훔 사ᄅᆞ미로라 너길ᄉᆡ

　　　　　　(猶謂作人故) (圓覺經　後序47)

보ᄇᆡᆺ藏을 순지 무텨 (寶藏猶藴) (圓覺經 4：101)

순지 親히 ᄉᆞ랑ᄒᆞ더시다　　　　　　(內訓, 2：27)

胡羯ㅣ순지 患難을 일웠도다

　　　　　　(胡羯仍構患) (杜詩 1：13)

★ ②邪호 비호시 흐러워 어즈려
　　★
　　　　　　　　　　　(邪習汨擾)　(法華經 7：175)

디나건 비호시 業과　　　(過去所習業)　(法華經1：22)
　　★
비호샛 氣分이 호마 다아 (習氣巳盡)　(金剛經. 下 121)
★　　　　　　　　　　　　★
俗은 비호시라　　　　　　　　　(月印釋譜 2：72)
　★
身口意業 모딘 비호스로　　　　(〃 　2：68)
　　　　　　★
習 비홀습.　　　　　　　　　(訓蒙.下 32)
　★

[새김]

　굽은 일을 버리고 바른 일로 가게 하지만 열 가지에 하나나 두 가지는 나쁜 버릇이 있으므로 내가 또한 몸을 여러 가지로 바꾸어 나뉘어 천 백 억으로 나타내어 구제하는 방법을 널리 설법(說法)하여 선포(宣布)하고 있으니…

　　　　×　　　　　　　　　　×

그삐諸世界化身地藏菩薩이도로흐모미두외샤

눖믈흘려부텨ᄭᅴ술ᄫᅡ샤ᄃᆡ내久遠劫브터오매부텻

接引을닙ᄉᆞᄫᅡ不可思議神力을어더큰智慧ᄀᆞ게

ᄒᆞ샤내分身이百千萬億恒河沙世界예차ᄀᆞ득ᄒᆞ야……

[새김]

　그 때에 여러 세계로 몸을 바꾸어 나뉘었던 지장 보살이 도루 한몸이 되시어 눈물 흘려(그리어) 부처께 여쭙기를 "제가 아득한 시절부터 이 때까지 부처의 인도를 입사와 혜아릴 수 없는 신기한 힘을 얻어 큰 슬기를 갖게 하시어 저의 바꾸어 나뉜 몸이 백, 천, 만, 억, 깐디스강(江)의 모래 같은 온 세계에 차서(滿) 가득하여……

　　　　×　　　　　　　　　　×

★ ⑤이에 性을 **받느니라**
★

(受性於此) (楞嚴經 1 : 89)
★

하늘 짯 靈혼 긔운을 **받며**
★

(稟天地之靈) (內訓 1 : 2)
★

새김

　도적에게 내가 꺼져 있을 적 시름을 돌려 생각하고 아이가 들레고 수선 피움을 달게 여겨 받는다.

　새로 돌아 와서 (그런대로 우선) 나의 속 마음을 풀어 달래니, 살림살이야 어찌 들어 말할 거이 있으리요.

넘그미 오히려 蒙塵 ᄒ야겨시니　　(至尊尙蒙塵

어느나래아 軍卒 練習호믈말려노　　幾日休練卒

하ᄂᆞᆯ 비치가 시야ᄅ가가ᄂᆞ줄을울워러보고　仰看天色改

妖怪ᄒ 氣運ㅣ훤히업서가믈ᄆᆞ로아노라　旁覺妖氛豁)

①몽진＝임금의 피란(避亂). ②가시야＝새로 ③울워러＝우럴어 ④ᄆᆞ로＝한 옆으로, 함께.

새김

　임금이 아직도 피란하여 계시니, 어느 날에야 군사 조련함을 그만두려노!

　하늘의 빛이 새로 맑아가기는 줄을 우럴어 보고 요괴한 (반란군) 기운이 훤히 없어져감을 함께 안다!

陰風ㅣ西北ᄋ로셔오니　　（陰風西北來

慘澹히回紇을조차오놋다　慘澹隨回紇

그王ㅣ天子ᄅᆞᆯ돕고져願ᄒᄂᆞ니　其王願助順

그風俗은ᄆᆞᆯᄃᆞᆯ요ᄅᆞᆯ즐기ᄂᆞ니라　其俗喜馳突)

①음풍　②참담　③회흘＝"回鶻，高車部," "靈武"의　동북방에
살던　종족. 위글 종족.④ᄆᆞᆯ＝말(馬)★

★ 전　ᄆᆞ리　현버늘　딘돌
★
　　　　　　　　(爰有蹇馬　雖則屢蹶) (龍歌31)
★
ᄆᆞᆯ　ᄐᆞ자히　건너시니이다　　　(乘馬載流) (龍歌34)
★
馬 ᄆᆞᆯ마　　　　　　(訓蒙, 上19) (類合，上13)
★
馬曰 末　　　　　　　　　　(鷄林類事)
★
라미일홈과 ᄆᆞᆯ 일홈괘　(驢名馬字) (三家解2：34)
★
공골 ᄆᆞᆯ(黃馬) 구렁 ᄆᆞᆯ(粟色馬) 가라 ᄆᆞᆯ(黑馬)
★　　　　　　　　　　★
도화졈ᄒᆞᆫᄆᆞᆯ(桃花馬) 고라 ᄆᆞᆯ(土黃馬) (老乞大, 下8)
★
ᄆᆞᆯ을 ᄀᆞᆯ희여 명ᄒᆞ여라
★
　　　　　　　(揀定了馬也) (朴通事, 中 8)
★

새김

　굿은　바람이　서북　편으로　불어　오니, 맵고　**차디차**게
위글 종족의　뒤를　따라　몰아　오는구나!

　그　왕이　천자를　도와　드리겠다고　원하니, **그네**들의 풍
속은　말　달리기를　즐기는　것이었다.

兵卒五千人을보내오　　　　　(送兵五千人
ᄆᆞᆯ一萬匹을모라보내놋다　　　驅馬一萬匹
이무른져거도貴ᄒᆞ니　　　　此輩少爲貴
四方ㅣ다勇決ᄒᆞ욀降服ᄒᆞ나니라　四方服勇決)

새김

위글 종족이　군사　오천　명을　보내고, 말　일만　마리를　보
내노나!

　이　무리들은　젊었어도　귀하게　여기니　사방이　모두　날

새김

늙은 사람 젊은 사람이며 귀한 사람 천(賤)한 사람이며

> 一念쓰시 나삸간머믈오져ᄒ야도몯得ᄒ리니
> 業이다아샤生을受ᄒ리ᄂ뎌니이리니슬씨
> 無間이라일ᄅᄂ니이다

①일념=아주 짧은 시간, 60 찰나(刹那) 또는 90 찰나를 일념이라 함. ②다하여야만(盡) ③뎌니=덜어 제치니, ⑤이을새.

새김

일념 사이(間)나 잠깐(이라도) 머물고자(住)하여도 못 이루리니 업(業)이 다하여야 살음(生)을 받을 사람은 (그 곳에서) 덜어 제치니 이렇게 연속하므로 "무간" 이라고 일컫는(稱) 것입니다.

※ 윗 글에 "업(業)"이라 함은 범음(梵音) 'karma'의 번역인데 몸과 마음과 입의 모든 조작(造作)을 말한다, 곧 10 선업(善業)10 악업(惡業)으로도 나누고 또는 사업(思業) 사기업(思己業)으로도 나눈다.

그런데 보통 악업(惡業)만을 "업"이라 할 때가 많으니 윗 글은 "악업"의 대갚음을 다 받은 뒤에야 살려 내준다는 "무간 지옥"을 설법한 것이다.

> 地藏菩薩이聖母ᄭᅴ술ᄫᅡ샤딕無間地獄을
> 멀뎨니른견댄이ᄅ거니와너비널울뎬地獄
> 罪器ᄃᆞᆯ히일홈과여러가짓受苦ᄉ이를一劫中에
> 몯다니ᄅ리이다

①멀뎨=대강, 멀치, ②지옥 죄기=지옥에서 쓰는 형구(刑具).

새김

　지장 보살이 성모께 여쭙기를 무간 지옥을 대강 말하
건대 이 같거니와 널리 이를진대 지옥 죄기들의 이름과
여러 가지 고생하는 일을 한 겁(劫) 사이에 말하고자 하여
도 이루 다 말하지 못하겠습니다.

> 摩耶夫人이드르시고시름ㅎ샤合掌ㅎ야 ①
> 머리조사禮數ㅎ시고므르시니라 ②

①근심하시어, (愁惱), ②조아리어

새김

　마야 부인이 들으시고 근심 걱정하시어 합장하여 머리
조아리어 절하시고 물러 가시었다.

> 世尊하地藏菩薩이여러劫브터이매
> 各各엇던願을發ㅎ시관디이제世尊ㅅ브즈러니 ①
> 讚歎ㅎ샤믈닙ㅅ누니잇고
> 願호든世尊이어풀니르쇼셔 ①

①부즈러니=간곡히, 은근히(慇懃), ②어풀=줄이어서, 간단
하게

새김

　세존이시여! 지장 보살이 여러 겁부터 이제까지 각각
어떠한 원을 내시었기에 이제 세존의 간곡히 칭찬하심을
입삽나이까? 원하건대 세존이 줄이어서(간단하게) 말씀하여
주소서.

> 그쁴世尊이定自在王菩薩ᄃ려니르샤디
> 술펴드러이대思念ㅎ라 ①
> 내너為ㅎ야골히야닐오리라 ②

①이대＝잘★　②골희야＝가리어, 분간하여

★ 工匠바지ㄴ 이를 이대코져 홀딘댄　　　　　　　　(圓覺經序 80)

이대　救ᄒ샨功이　　　　　　　　　　(善救功) (楞嚴經. 5:38)

諸菩薩ᄋᆞᆯ 이대 付屬ᄒ시ᄂᆞ니 (善付囑諸菩薩)(金剛經. 上 8)

이대　付囑ᄒ시다 슬오니라　(云善付囑也) (金剛經, 上 3)

法니르논 이든工巧ᄒᆞ方便은 (說法善巧方便)(金剛經. 下 151)

죽도록 이대 셤기과뎌 ᄒ시ᄂᆞ ᄠᅳ디니

　　　　　(欲令終身善事也) (三綱行實, 貞婦淸風條)

어버이ᄅᆞᆯ 셤교되 ㄴ출 이대ᄒ며

　　　　　(事親色養) (〃 〃, 王延 躍魚條)

貴ᄒᆫ 모ᄆᆞᆯ 이대 安保ᄒ라　(善保千金軀) (杜詩 8:2)

ᄌᆞ식을 네 이대 길러 (子汝善保護之) (三綱, 王氏經死條)

이대　參究ᄒ야　　　　　　(善參究) (蒙山法語略 52)

녯 버든 이대 ᄀᆞᄅᆞ쵸ᄆᆞᆯ 알어늘 (故人知善誘) (杜詩 2:48)

이대 이대　　　　　　(好麽 好麽) (老乞大諺解. 上 16)

이대 잇던가　　　　　　(安樂好麽) (〃 〃 . 下 3)

이든 우루믈 우러　　　　　　　　　　(月印釋譜 8:14)

【새김】

　그 때 세존이 <u>정자재왕 보살</u>더러 말씀하시기를 살펴 들어 잘 생각하라 내가 너를 위하여 분간하여 해설(解說)하리라

그이웃나랏內예잇ᄂ百姓이한모틴이ᄅᆞᆯ만히졋거늘

두王이議論ᄒ야혜여方便을너비펴흔王ᄋ發願ᄒᄋᆞ딕

佛道ᄅᆞᆯ어셔일워이무를度脫ᄒ야나ᄆᆞᆫ것업게ᄒ려ᄒ고…

--(155)--

새김

그 이웃 나라 안에 있는 백성이 크게 나쁜 일을 많이 짓거늘(造) 두 왕이 의논하여 꾀하여(計) 방편을 널리 베풀어 한편 왕은 원을 내기를 불도를 어서 이루워 이 무리(衆)를 도탈하여 남는 것 없도록 (모두 깨닫게) 하고자 하고……

×   ×

고기와쟈래를즐겨머그며삿기를만히머구디
①
봇그며구버젼곳먹더니數를혜면千萬이
②
고빅니이다

①마음껏, 욕심껏, ★   ②고빅→곱(倍)

★ 伽藍內예 젼곳 淫欲을 行커나   (月印釋譜 21：39)

젼곳 즁이 드러내에   (恣任僧擧) (楞嚴經, 1:29)
★

바불 젼곳 떠먹디말며   (母放飯) (內訓. 1:4)
★   ★

새김

고기와 자래를 즐겨 먹으며 (그)새끼를 많이 먹되 볶으며 구워 욕심껏 먹었으니. 그 수효를 헤어보면 천, 만이라도 또 배(倍)가 되나이다.

×   ×

① ②
죡재돗온저슬ᄇ려佛像을그리ᅀᄫᅡ供養ᄒ숩고
③
ᄯᅩ恭敬ᄆᅀᄆ로슬허우러저숩더니……

①죡자이＝죡시 ②다손＝사랑하는★   ③절하옵더니

★ 愛 두술의   (訓蒙. 下 33)
  ★

돗온 欲을스러ᄇ리고   (消其愛欲) (楞嚴經, 1：17)
★   ★

法相을 두샤   (愛着法相) (金剛經. 上 16)
  ★   ★

션비를 ᄃᆞᇫ실씨   (且愛儒士) (龍歌 80)
          ★   ★
그듸를 ᄃᆞᇫ호몰   (憐君) (杜詩 9 : 11)
      ★   ★

새김

　즉시 애착하던 것을 버리고 부처 초상을 그리와(畵) 공
양하옵고 또 공경하는 마음으로 슬피 울어 절하옵더니…●
　　　　　　　×　　　　　　　　　　　　　×

네어미아니오라네지븨나리니ᄀᆞᆺ비골ᄑᆞ며
처부믈알면즉재말ᄒᆞ리라

①ᄀᆞᆺ＝겨우, 처음, 바야흐로, ★

★ 赤子ᄂᆞᆫ ᄀᆞᆺ난아희라   (楞嚴經 9 : 68)
     ★
興心이 다ᄋᆞ니 ᄀᆞᆺ답가오미 업더니 (興盡縱無悶)(杜詩 3:14)
                      ★
ᄀᆞᆺ 눖두벙 무거볼ᄃᆞᆫ 아라돌   (縱覺眼皮重) (法語 2)
★   ★

새김

　너의 어미가 오래지 않아서 너의 집에 낳으리니 겨우
배 고프며 추움을 알면 곳 말을 할 것이다.
　　　　　　×　　　　　　　　　　　×

내이어미爲ᄒᆞ야發혼廣大誓願을드르소서
　①　　　　　②　　　　③
ᄒᆞ다가내어미三塗와이놀아봄과女人모매
니르리기리여희여긴劫에受티아니ᄒᆞ면……

①하다가＝만약에★②삼도＝三塗 불, 짐승, 아귀, 들에게 고
생 받는 지옥, ③날아봄＝하천(下賤)함.

새김

　나의 어머니 위하여 낸 널고 큰 서원을 들으소서 만
약 나의 어머니가 삼도와 이 하천(下賤)함과 여자 몸에
이르기까지 길이 떠나서(헤어지게 되어서) 긴 겁에 받지

아니 하면……

×   ×

> 太願을發ᄒᆞ샤ᄃᆡ엇뎨이제ᄃᆞ록ⓛ순지
> 度脫호ᄆᆞᆯ몯그쳐다시넙고큰盟誓ᄅᆞᆯ
> 發ᄒᆞ시ᄂᆞ니잇고

ⓛ상기, 오히려, 아직도, （※148p)

새김

큰 원을 내시어도 어찌하여 이제도록 아직 도탈함을 그 처지 못하고 다시 널고 큰 맹세를 내시나이까?

> 四天王아地藏菩薩이殺生ᄒᆞᆯⓛ맛나ᄃᆞᆫ
> 아ᄅᆡᆺ殃ⓜ으로短命報ᄅᆞᆯ니ᄅᆞ고도죽ᄒᆞᆯ맛나ᄃᆞᆫ
> 艱難ᄒᆞ며受苦홇報ᄅᆞᆯ니ᄅᆞ고邪淫ᄒᆞᆯ맛나ᄃᆞᆫ
> 새비두리鴛鴦報ᄅᆞᆯ니ᄅᆞ고惡口ᄒᆞᆯ맛나ᄃᆞᆫ
> 眷屬이싸홇報ᄅᆞᆯ니ᄅᆞ고

ⓛ살생＝산 목숨 죽임 ⓜ묵은, （宿)

새김

사천왕아! 지장 보살이 살생하는 이를 만나거든 묵은 재 앙으로 단명의 보(報)를 설법하고, 도적질 하는 이를 만 나거든 가난하며 고생할 보(報)를 설법하고, 사음을 행하 는 이를 만나거든, 새 비둘기(雀鴿) 원앙의 보(報)를 설 법하고. 욕하는 이를 만나거든 집안이 싸울 보(報)를 설 법하고,

> 허러비우스릴맛나ᄃᆞᆫ혀업고입ⓛ홇報ᄅᆞᆯ니ᄅᆞ고
> 瞋恚ᄒᆞᆯ맛나ᄃᆞᆫ골업스며더럽고隆殘報ᄅᆞᆯ
> 니ᄅᆞ고앗기릴맛나ᄃᆞᆫ求ᄒᆞᆫ이리願에어긇報ᄅᆞᆯ

니르고飮食法업시머그릴맛나든주으리며목ㅁ르며
모기病훙報룰니르고

①헐어 비웃는 이, 훼방(毁謗)하는 사람 ②아끼는 사람, 인색한 사람.

새김

헐어 비웃을 이를 만나거든 혀(舌)없고 입이 헐을(瘡口) 보를 설법하고, 골내는 이를 만나거든 골이 없으며 더럽고 융잔(隆殘)하는 보를 설법하고 인색(吝嗇)한 이를 만나거든 제가(구할 때 그) 구하는 일이 원에 어길 보를 설법하고, 음식을 법도 없이 먹는 이를 만나거든 주리며(飢) 목 마르며 목에 병날 보를 설법하고……

ㅁ숲ㄱ장山行ㅎ릴맛나든놀라미쳐命ㅹ報룰
니르고父母ㅣ悖逆ㅎ릴맛나든天地災殺報룰니르
고山林木술릴맛나든미쳐迷惑ㅎ야주굼報룰니르고

①패역＝도덕에 벗어나고 거역함

새김

마음껏 사냥(狩獵)하는 이를 만나거든 놀라(驚) 미쳐(狂) 목숨 잃을(喪) 보를 설법하고, 부모께 패역하는 이를 만나거든 하늘 땅의 재난에 죽는 보를 설법하고, 산림의 나무를 불살르는 이를 만나거든 미쳐 헤매어 죽을 보를 설법하고

×　　　　　　×

三寶허러비우스릴맛나든눈멀며귀머그며
입버흠報룰니르고法므더니너기며
ㄱ륵좀업시우릴맛나든惡道애오래이숌報룰니르고

①삼보＝불(佛), 법(法), 중(僧)　②부텨니＝가볍게.

새김

　삼보를 헐어 비웃을 이를 만나거든 눈 멀며 귀 먹으며 입이 벙어리 되는(막히는) 보를 설법하고 법을 가볍게 여기며, 가르침(敎)을 업신여기는 이를 만나거든 악도에 오래 있을 보를 설법하고

> ①
> 내노포라ᄒᆞ릴맛나ᄃᆞᆫ놋가비브리욿報롤니르고
> ③　　　　　　　　　④
> 兩舌로싸호릴맛나ᄃᆞᆫ혀업스며온혀가싏報롤니르고
> ⑤　　　　　　⑥
> 邪見ᄒᆞ릴맛나ᄃᆞᆫᄀᆞᆺ다해受生報롤닐어

①내가 높다고 빼기는 자(吾我貢高者)　②낮게 부리킬(卑使下賤) ③말썽으로 싸우는 자 (兩舌鬪亂者)　④혀 없으며 백(온)의 혀를 기질 업보(無舌百舌)　⑤사견＝오견(五見)의 하나, 십혹(十惑)의 하나. 인과(因果)의 도리를 부시(無視)하는 망견(妄見). 인과를 무시하는 망견은 그 허물이 크므로 특히 사견이라 함. ⑥ᄀᆞᆺ다＝변지(邊地).

옮김

　내가 잘났다고 빼기는 사람을 만나거든 낮게 부리킬 업보를 설법하고 말질 말썽으로 싸우는 사람을 만나거든 혀가 없고 (또는) 혀가 백개나 있을 업보를 설법하고 사견하는 사람을 만나거든 아득한 다른 땅에 태어날 업보를 설법하여

> ①　　　②　　　　　　　　　③
> 이트렛閻浮提衆生이身口意業모던비ᄒᆞ스로
> 　　　　　　　　　④
> 果롤ᄆᆡ자百千報應을이제멀뎨로니르노니
> 　　　　　　⑤
> 이트렛閻浮提衆生이業感ᄒᆞᄂᆞᆫ差別을
> 地藏菩薩이百千方便으로敎化ᄒᆞᄂᆞ니

①이들의(如是等)　②염부제＝수미(須彌)　사주(四州)의　하나
범음 "Jambu-dvipa" 예주(穢州), 예수성(穢樹城), 승금주(勝
金州), 호금토(好金土)라고　번역함. 부처가　많이　나는　땅으
로　원래　인도를　이름한　것인데　뒤에　우리가　사는　세계
를 '염부제'라고　하게　되었다. ③배핫으로＝버릇으로, 습관
으로. ④대체로, 추략하여(粗略)　⑤업감＝선악(善惡)의　업인
(業因)으로　고락(苦樂)의　과보(果報)를　받음.

새경

　이런　것들의　이 세상 중생이 몸, 입, 마음 속의 한 일 나
쁜　버릇으로　과를　맺어　백천의　무수한　보응(報應)(받음)
을　지금　대체로　말하니　이런　것들의　이 세상 중생의　업
감하는 가지 가지를　지장 보살이　백　천　가지　방편으로 교
화하니

이衆生들히몬져이트렛報를受코後에地獄애
　　　　①
뼈러디여든다마다劫數를디내야낧그지업스니
　　　　　　②
이럴씨너희사룸護持호야이여러가짓業으로
衆生을迷惑게 말라

①든다마다＝자칫하면, 까딱하면　②호지＝지키어　지님,

새겸

　이　중생이　먼저　이런　따위의　업보를　받고, 그 뒤에 지
옥에　떨어져　자칫하면 헬 수 없는　수효의　세월을　지내
야 살아 나을 기약　없으니 이러므로 너이들 사람을 지
키어　이　여러 가지의　업으로 중생을　어지럽게 하지 말라.
　　　　　×　　　　　　　　　　　　　×
　다음의 귀절은 대승 대집 지장 십륜경 (大乘大集地藏十輪
經)에 있는　것으로, 지장 보살이 부처에게 말 한 가운데
의　한　마디다.

내 過去殑伽沙等佛世尊끠 이 陀羅尼를
親히받ᄌ바受持호니 能히 一切白法을 增長
케ᄒᆞ며 一切種子根鬚芽莖枝葉華果藥穀
精氣滋味를 增長ᄒᆞ며

①응가사등=항하사등(恒河沙等). 항하의 모래 같은 수효의 많고 아득한 시간 ②타라니=범음 "Dhārani" 총지(總持), 능지(能持), 능차(能遮)라고 한역(漢譯)됨. 광대 무량(廣大無量)한 이치(理致)를 지님. 또는 경문(經文) 명호(名號) 주문(呪文)따위. ③백법=희고 깨끗한 법, 착한 법, 중생의 더러움을 깨끗이 하는 법. ④근수=뿌리. ⑤아경=움과 줄기. ⑥지엽=가지와 잎. ⑦화과=꽃과 열매. ⑧약곡=약과 곡식.

새김

내가 지나 간 아득한 옛날 부처님께 이 경문을 친히 받자와(承 지니니 능히 모든 백법을 늘기며 모든 씨, 뿌리. 움, 줄기, 가지, 잎, 꽃, 열매, 약, 곡식, 들의 정기와 맛을 늘기며

雨澤을 增長ᄒᆞ며 有益혼 地水火風을 增長ᄒᆞ며
喜樂을 增長ᄒᆞ며 財寶를 增長ᄒᆞ며 勝力을 增長ᄒᆞ며
一切受用혼資具를 增長ᄒᆞ며 一切智慧를
猛利케ᄒᆞ야 煩惱賊등ᄒᆞ야 브리ᄂᆞ니이다

①우택=비의 혜택. ②자구=자생(資生)한 것, ③맹리=크게 밝힘 ④ᄒᆞ야=쳐부시어, 격파(擊破)하여, 해내서,

새김

비의 혜택을 늘기며 유익한 땅, 물, 불, 바람을 늘기며 기쁨 즐거움을 늘기며 재물 보배을 늘기며 이기는 힘를

늘기며 모든 살림 도구를 늘기며 모든 지혜를 크게 밝게 하여 번뇌의 도적을 쳐부시었습니다.

※월인 석보에는 윗 글 아래에 주문 (呪文) 이 있으나 생략 (省略) 한다.

다음의 마디는 지장 보살 본원경 (地藏菩薩本願經) 에 있는 이야기다.

×   ×

功德과 利益이리엽다ᄒᆞ야시혹니내야웃거나
시혹ᄒᆞ녁도라외다커나시혹ᄂᆞᆫ勸ᄒᆞ야ᄒᆞᆫ가지로
외다호ᄃᆡ시혹ᄒᆞᆫ사ᄅᆞ미외다커나시혹한사ᄅᆞ미
외다커나

새김

공덕과 이익의 일어 없다 하여 혹은 이(齒)를 들어내고 웃거나 혹은 한편으로 돌아서서 그르다 하거나 혹은 남을 권하여 한가지로 그르다고 비방하되. 혹은 한 사람이 그르다고 하거나 혹은 많은 사람이 그르다고 하거나

①혼念을 譏弄ᄒᆞ야허로매니ᄅᆞ러도이ᄀᆞᆮᄒᆞᆫ사ᄅᆞ믄
②賢劫千佛滅度後에니ᄅᆞ러도 譏弄ᄒᆞ야허던
③罪報로손지阿鼻地獄애이셔至極重罪ᄅᆞᆯ受
ᄒᆞ리니이劫디내오ᄉᆞ餓鬼예나

①한 념=아주 잠깐 사이 ②현겁=현재(現在)의 주겁(住劫) 중감(增減) 가운데는 많은 부처의 나타남이 있으므로 칭찬하여 현겁(賢劫)또는 선겁(善劫)이라 함. 과거(過去)의 주겁은 장엄겁(莊嚴劫) 미래(未來)의 주겁은 성수겁(星宿劫)이라 함. ③오히려, 상기.

새김

한 념―아주 잠깐의 사이라도 욕하고 농간 부려 비방 (하는 것에) 이르러서도 이 같은 사람은 이 세상 모든 부처님이 돌아가신 뒤에 이르러서도 욕하고 농간 부려 헐어 뜯던 죄보로 오히려 아비 지옥에 있어 지극히 무거운 죄를 받을 것이니 이런 한 세상을 지내고야 아귀 지옥에 태어나,

---

ᄯᅩ千劫디내오ᅀᅡ畜生애나ᄯᅩ千劫디대오ᅀᅡ

사ᄅᆞ미모ᄆᆞᆯ得ᄒᆞ리니비록사ᄅᆞ미모ᄆᆞᆯ受ᄒᆞ야도
①　　　　②　③

艱難ᄒᆞ며ᄂᆞ아ᄫᆞ며諸根이ᄀᆞᆺ디몯ᄒᆞ야
④

· 惡業이만히와ᄆᆡ자그모미아니오라ᄯᅩ惡道애ᄲᅥ러디리니

---

①간난＝가난하고 괴로움. ②낮고 천(賤)하며 (※119P) ③제근＝육근(六根), 눈, 귀, 코, 혀, 몸, 뜻, 법경(法境)을 인식하는 근본. ④맺어.

새김

또 천겁을 지나고야 축생 지옥에 태어 나고 또 천겁을 지내고야 사람의 몸을 얻을 것이니 비록 사람의 몸을 받아도 괴롭고 가난하며 낮고 천(賤)하며 육근이 고루 갖추지 못하여 〔병신(不具)이 되어〕 나쁜 업보가 많이 와서 (몸에) 맺어 그 몸이 오래지 아니하여 또 악도에 떨어질 것이니,

---

이럴ᄊᆡ普廣아ᄂᆞ미供養ᄋᆞᆯ譏弄ᄒᆞ야허러도

오히려이報ᄅᆞᆯ얻곤ᄒᆞᆯ며各別히모딘보ᄆᆞᆯ
①

내야허루미ᄯᅥ녀

---

①모진 봄을＝악견(惡見), 백법(百法)의 한 가지, 육번뇌(六煩惱)의 하나. 진리에 대해 의혹을 품는 그릇된 심쁘.

새김

　이러므로 보광아, 남의 공양을 기롱하여 헐어도 (욕하여
도) 오히려 이 업보를 얻거든 하물며 남달리 (유난히)못
된 심뽀를 내서 헐어 뜯음에서랴!

×　　　　　　　×

未來世에 衆生들하 시혹ꟁ미어나시혹자거나

鬼神들홀 보디 여러가짓 양지 시혹슬커나

시혹울어나 시혹시름커나 시혹한숨디커나

시혹恐怖커나 ᄒᆞ면

새김

　미래 세상에 중생들이 혹은 꿈꾸며 혹은 잠자며 여러
귀신 들을 보되 여러 가지의 모양이 혹은 슬퍼하거나 혹
은 울거나 혹은 근심하거나 혹은 한숨지거나 혹은 무서
워 하거나 하면

×　　　　　　　×

①惡趣예이셔 여희여나디몯ᄒᆞ야 ②福力으로

苦惱ᄅᆞᆯ 救ᄒᆞ야 ᄲᅡᅘᅧ과뎌 ᄇᆞ랖다히업서

④宿世骨肉더브려 닐어 方便을지어 惡道ᄅᆞᆯ

여희오져 願ᄒᆞᄂᆞ니

①악취＝범음 "Dūrgati", "아파야가저 (阿波耶伽底)"라고 음
역(音譯)함　악(惡)의　동작(動作)이　원인되어　수생(受生)하
는 곳. (Apāyagati)

　★삼 악취(三惡趣)＝지옥(地獄). 아귀(餓鬼). 축생(畜生).

　★사 악취(四惡趣)＝삼 악취에 아수라(阿修羅)를 더함.

　★오 악취(五惡趣)＝삼 악취에 인간(人間)＝("세상"의 뜻)

파 천상(天上)을 더함.

★육 악취(六惡趣)=오 악취에 아수라를 더함.

②여희여=헤어져 ③빼내어 주었으면 ③바라는 땅이 ④숙
세=전생. 무량 전세(無量前世), 범음 'Pūrva"

새김

악취에 (몸과 마음이) 있어 헤어져 나오지 못하여 복력
으로 고뇌를 구해 빼내어 주었으면 하고 바랄 땅(곳)이
없어 전생의 부모 형제에게 말하여 방편을 빼내어 악도
를 떠나고자 (빠져 나오기를) 원하는 것이니

× ×

늘아븐사룸둘히시숙奴ㅣ어나시혹婢어나
①
제ᄆᆞᆷ다비몯ᄒᆞᄂ사룸둘해니ᄃ리아릿業
②
을아라懺悔코져흥사ᄅᆞ미至極흥ᄆᆞᅀᆞᄆᆞ로
地藏菩薩形像을울워려절ᄒᆞ야

①제 마음대로. ②전생의 업, 숙업(宿業).

새김

낮고 천(賤)한 사람들이 혹 남자 종(奴)이거나 여자 종
(婢)이거나 제 마음대로 못 하는 (부자유한) 사람들에게
이르기까지 전생의 업을 깨달아 알아 참회하고자 할 사람
이 지극한 마음으로 "지장 보살" 형상을 우럴어 절(瞻禮)
하여

× ×

世尊하내보딕이閻浮衆生이발들며念뮈우매
①
罪아니니업스니善利를맛나도첫ᄆᆞᅀᆞ매ᄆ르리만ᄒᆞ며
②
惡緣을맛나면念念에더으ᄂ니이ᄆᆞ렛사ᄅᆞᆷ
③
즌흙볼ᄫᅳ며므거븐돌지ᄃ흥야漸々困ᄒᆞ며
④ ⑤

①발들며＝받들며. ②무릎 이. 후퇴(後退)할 사람 ③더욱 많아짐, 증익(增益), ③진흙 ⑤점점

새김

세존이시여! 제가 보니 이 세상 (염부) 중생이 받들며 (擧心) 속 움직이매(動念) 그것이 죄 아닌 바 없습니다. 선리를 만나도 첫 마음에 물를(退) 사람이 많으며 악연을 만나던 염염(念念)에 더 더욱 많아지니 이 따위 무리의 사람은 진흙 밟으며 무거운 돌을 (등에) 지듯 점점 곤하며

漸漸므거버자곡마다깁ᄂ니ᄒ다가善知識을
맛나ᄀ룻바다더러지거나시혹오로지거나ᄒ야ᄃ이
善知識이큰히미이셔ᄯ도서로블드러도ᄒ바롤구디
ᄡ게ᄒ야

①선지식＝부쳐의 설법을 펴서 고해(苦海)를 벗어나게 하는 사람, 부쳐 연분을 맺게 하는 사람. 범음 'kalyānamitra"

새김

점점 무거워져서 발 자국 마다 깊이 빠지니 만약에 "선지식"을 만나 번 갈아 받아 젊어지기를 덜거나 혹은 전혀 (오로) 함께 젊어지거나 하는 바 이 선지식이 큰 힘이 있어 (있으므로) 또 (다시) 서로 붙들어 도와 (주어) 발을 굳게 (튼튼하게) 쓰게(用)하여

平地예나거든모로매모딘길홀술펴ᄂ외
ᄒ나디마롫디니
⊙尊하모딘일니기ᄂ衆生이죠고맛ᄉᆞᅀᅵ롤
브터그지엽수매니르ᄂ니

①모진 ＝나쁜 ②나외＝또다시 ③사이(間)

평평한 땅에 이르르면 모름지기 나쁜 길을 살펴 (밟지 말고) 또 다시 지나지 말을지니

세존이시여! 나쁜 일에 젖은 (익는) (習惡) 중생이 조그만 사이로부터 (가늘고 털 같은 틈 사이로) 그지 없음 (無量) 에 아르는 것이니

이 衆生들히이큰호習이잇거든命終홀제
　　　　　　　①
男女眷屬이爲ᄒ야福을밍ㄱ라
①　　　　③　　　④　　　　⑤
앏길홀도보딕시혹幡蓋들며油燈혀며
시혹尊經을닑거나

①남녀 권속＝사내 계집 일가 친척. ②앞길 ③도보대＝돌보되 ④번개＝번(幡)과 천개(天蓋), "번"은 범음 "Patāka" 파다가 (波哆迦)라고 음역(音譯)하고 증번(繒幡), 당번(幢幡)이라고도 함. 부처와 보살의 위덕(威德)을 보이는 장엄한 도구인 기(旗). 이것을 세우고 복(福)을 빈다. "천개"는 부처의 머리 위에 치고 비 이슬 먼지를 막는 것. 금붙이 또는 나무로 조각한 것이 많음. ⑤켜며.

이 중생들이 같은 버릇이 있거든 목숨이 끝날 때 남녀 권속이 (죽은 사람 위하여 복을 만들어 베풀어) 앞 길을 돌보되 혹은 번과 천개를 달며 기름등을 켜며 혹 높은 경을 읽거나,

시혹佛像과녀나ᄆ聖人ㅅ像을供養ᄒ며
佛菩薩와辟支佛名字룰念호딕
一名一號ㅣ나ᄒ마命終홀사ᄅᄆ
　　　　　　　　　①
耳根애둘이거나시혹本識에둘이면

①본식＝일체(一切) 제법(諸法)의 근본. 제8식이라 함.

새김

　혹 부처 상과 여러 성인의 상을 공양하며 부처 보살
과 벽지불의 이름 자를 외어 한 이름 한 일컬음일지
나 이미 목숨 끝 마칠 사람의 귀에 들이거나 혹 본식
에 들이면

> 　이衆生이지순惡業을果感호믈혜언댄
> 　당다이惡趣예뻐러디리어늘이眷屬이
> 　爲ᄒ야이聖因을닷곤다ᄉ로이ᄀᆞᆮᄒᆞᆫ罪
> 　다消滅ᄒ리니

①과감＝과보의 나타남.

새김

　이 중생의 지은 나쁜 업을 과감함을 헤이건대 반드시
악취에 떨어질 것이어늘 이 권속이 (그 죽은 사람) 위하
여 이 거룩한 일을 닦은 연고(緣故)로 이 같은 죄(가)
모두 사라져 없어지리니

> 　ᄒ다가能히다시爲ᄒ야주근後에
> 　七七日內예여러가짓善을너비지스면
> 　能히이衆生돌ᄒᆞᆯ惡趣예기리여희여
> 　人天에나勝妙樂을受ᄒ며

①만약에　②7×7＝49　③승묘락＝묘하고 훌륭한 즐거움.

새김

　만약에 능히 또 다시 (죽은 사람) 위하여 죽은 뒤 칠칠
일 안에 여러 가지의 착한 일을 널리 지으면 능히 이 중
생들을 악취에서 영원히 떠나게 하여 이 세상과 하늘 세상

에 태어나 묘하고 훌륭한 즐거움을 받으며

×

> ᄒ마命終ᄒᆞ나래殺害ᄒᆞ며惡緣지스며
> ①
> 鬼神절ᄒᆞ야祭ᄒᆞ야魍魎의게求호믈
> ②
> 잠간도말라ᄒᆞ노니

①살해＝죽이고 해침 ②망량＝도깨비 허깨비,

새김

이미 목숨 끝난 날에 (짐승을) 죽이어 해치며 나쁜 인연을 지으며 귀신에게 절하여 제사 지내 도깨비에게 구하는 것을 잠깐도 말라 이르노니

> 엇뎨어뇨ᄒᆞ란딕이殺害ᄒᆞ며祭호미
> 터럭귿만힘도亡人의게利益호미
> 업고오직罪緣을믹자더욱深重케
> ᄒᆞᄂᆞ니비록來世어나시혹現在生애
> 聖分을어뎌人天中에나고도

새김

무슨 까닭인가 하건대 이 죽이며 해치며 제사함이 터럭 끝 만한 힘도 죽은 사람에게 이익함이 없고 오직 죄연을 맺어 더욱 깊고 무겁게하니 비록 저승이거나 혹은 이승에서 거룩한 연분을 얻어 이 세상이나 하늘 세상에 태어나고도

> 이ᄒ마命終ᄒᆞ제眷屬돌히惡因지슨다ᄉᆞ로
> ᄯᅩ이命終ᄒᆞ사ᄅᆞ미殃孽에버므러對하야
> 마초뼈됴흔따해ᄂᆞ지나게ᄒᆞ리니

새김

이 이미 숨 마철 제 가죽들이 나쁜 인연 지은 연고로
또 이 숨 마친 사람이 앙얼(궂은 일)에 버물어 들어
맞춰 헤아려 좋은 땅에 늦게 나게 할 것이니

> ᄒᆞᆯ며命終ᄒᆞᆫ사ᄅᆞ미生애이셔죠고맛善根도
> 업서各各本業을브터제惡趣受ᄒᆞ미ᅌᅵ니잇가
> 엇뎨ᄎᆞ마眷屬이다시業을더으거뇨

새김

하물며 숨 마철 사람이 살아 있어 조그마한 착한 맘
도 없어 각각 제가 한 업보를 따라 제 악취 받음에서
리까?

어찌 참아 가족이 다시 (나쁜) 업보를 더 보탤 것이리
요!

> 가 줄비젼댄사ᄅᆞ미 먼ᄯᅡᄒᆞ로셔와粮食
> 굿젼디사ᄋᆞ리오지윤거시百斤두고더으거든
> 믄득이웃사ᄅᆞ미ᄯᅩ죠고맛거슬더브티면
> 이다ᄉᆞ로더욱므겨困ᄒᆞᆺᄒᆞ니이다

①견주전대(譬喩) ②양식 ③끊은지 ④사흘(三日)이요

새김

견주어 비기전대 사람이 먼 땅으로부터 와서 밥을 굶
기 사흘이요, 짊어지킨 것이 백근을 넘을 지경인데 벼란간
이웃 사람이 또 조그만 것을 더 덧붙여 넜으면 이 연
고로 더욱 무거워 고생하는 것과 같나이다.

> 善男女들히듣고세우제닷ᄀᆞ면分마다
> 오ᄅᆞ어드리라

①세우제＝건강할 제 ②오로＝오로지.

새김

　선남녀들이 듣고 건강(健康)할 제 닦으면 연분마다 오
로지 얻을 것이다.

×　　　　　　　×

①
齋밍쯈저긔ᄠ믈와菜蔬ㅅ니플다해ᄇ리디말며
녀나ᄆᆫ飮食에니르리佛僧ᄭᅴ받줍디몯ᄒᆞ야셔
몬져먹디마로리니ᄒᆞ다가그르먹거나精勤티
몯ᄒᆞ면命終ᄒᆞᆫ사ᄅᆞ미잢간도히믈得디몯ᄒᆞ리라

②재＝시(時)로도 적음. 재식(齋食), 시식(時食). 바른 재식
을 베풀어 중에게 공양(供養)함을 말함.

새김

　재식을 만들 적에 뜨물과 채소의 잎을 땅에 버리지 말
며 여러(諸) 음식에 이르러서도 불승에게 바치지 못하여
서 먼저 먹지 말을 것이니, 만약에 잘못 먹거나 정근 (깨
끗) 하지 못하면 이 숨 마친 사람이 잠깐도 힘을 얻지
못할 것이다.

①
ᄒᆞ다가能히精勤ᄒᆞ야조케ᄒᆞ야佛僧ᄭᅴ받ᄌᆞᄫᆞ면
이命終ᄒᆞᆫ사ᄅᆞ미七分에ᄒᆞ나홀어드리라

①조케＝깨끗하게※

새김

　만약에 능히 정근하여 깨끗이 하여 불승에게 바치오면 이
숨 마친 사람이 칠부에 하나를 얻을 것이다.
※웃 글 "조케"는 "좋게(好)"가 아니고 "潔白"의 뜻이니
"好"의 뜻으로는 "됴케" "됴코" "됴타"　로만 쓰였다.

★ᄆᅀᆞ미 조ᄒᆞ면 졷ᄂᆞ니라 (心淨則淨) (圓覺經. 下12：22)

淨은 조ᄒᆞᆯ씨라 (月印釋譜序. 4)   潔은 조ᄒᆞᆯ씨라 (阿彌陀經.8)

法界를 조케 (梵音集 1)   조ᄒᆞᆫ나라 (淨國)(佛頂.上4)

소니ᄆᆞᅀᆞᆯ 조케ᄒᆞ놋다   (淨客心) (杜詩. 15：53)

淨 조ᄒᆞᆯ 졍 (類合.下48)   潔 조ᄒᆞᆯ 결 (千字. 35)

×　　　　　　　×

> 罪苦衆生을 度脫ᄒᆞ샤잇부믈마디아니ᄒᆞ시ᄂᆞ니 ①

① 곤(困)함을, 피로(疲勞)함을 ★

★ 肝肺를 잇브게ᄒᆞ노니   (勞肝肺) (杜詩 3：49)

ᄒᆞᆫ갓 잇비 말라   (莫徒勞) (杜詩 5：3)

잇블가 ᄒᆞ야 제술위를 그스더니 (三綱行實, 江革)

ᄆᆞ장 잇비勸ᄒᆞᄂᆞ니   (偏勞勸) (杜詩. 9：12)

녯 德을 朝廷ㅅ안해셔 브터 ᄇᆞ라오믈 잇비 ᄒᆞ놋다

(舊德朝中屬望勞) (杜詩 22：16)

늘근 驥馬ㅣ 머리드로믈 이쳐ᄒᆞ며

(老驥倦驤首) (杜詩 22：55)

새그를 海內예셔 流傳호믈 이쳐ᄒᆞ나니

(新詩海內流傳困) (杜詩 22：16)

倦 잇블 권   (類合 19)

困 잇블 곤   (石峯 千字 25)

勞 잇블 로   (〃 29)

※윗 글로 보면 "倦, 困, 勞,"의 뜻이 잇브, 잊브 임을 알 수 있다. 따라서 "이차돈"의 "이차"를 적은

姓朴字厭髑 或作異次, 或云伊處, 方音之別也

譯云厭也, 髑頓道覩獨等 隨書之便　乃助辭也　今譯上不譯下
故云厭髑, 又厭覩等也　　（三國遺事 3. 原宗興法, 厭髑滅身）

“髑, 處, 次”는 “ᄎ”소리, “頓, 道, 覩, 獨”은 “ᄂ”소리를
나타낸 것이니 “잊ー읻”은 다 함께 쓰인 것임을 “方音之
別也” 라고 한 것으로 알 수 있다.

그런데 이 “잊, 읻”으로 쓰인 “厭”의 뜻이 “杜詩諺解” 시
절엔 “아츳”로도 적히고 도리어 “잊→읻→잇”은 “捲ˈ 困, 勞”
로 쓰였음을 보게 된다.

苦를 아쳐러 集굿ᄂ니　　　　　　　（厭苦斷集） （般若心經 51）
ᄀ룺지븨셔 늘잇버드를　아쳔고 （江閣嫌津柳） 〔杜詩 8：39〕
사호맷ᄆᆞ를　아쳔디 아니ᄒᆞ니　　（未厭戎馬） （杜詩 19：30）
몬져 드르샤 아쳗게 ᄒᆞ시고　　　　　　　（般若心經 51）
키 아쳐러 여희요려 호ᄆᆞᆯ내야 （生大厭離）〔楞嚴經. 5：34〕
女人모ᄆᆞᆯ　아쳔고　　　　　　　（厭其女人身） （佛頂. 上. 4）
아쳗로ᄆᆞᆯ　내디아니ᄒᆞ며　　（不生輕厭） （金剛經. 上. 35）
아쳠논 사ᄅᆞᆷ마란 주기더니　　　　　　　（內訓. 序3）

<u>일본</u> 말 “イトウ(厭) イヤ(嫌)”는 위의 “읻”과 관련되는 말
이다. “잇브”는 오늘날엔 “이쁘”（美貌）로 뜻이 또 바꿔었
다.

새김

　죄와 괴로움 속에 있는 중생을 건져 살리시어 고단함
을 마지 아니 하시니

> 性이 剛彊ᄒ야질 드려 降伏히디①어렵거늘

①ᄒᆞ이디→히디→히기 ＝ 시키기

새김

　성질이 거세고 딱딱하여 길들여 항복시키기 어렵거늘
　　　　×　　　　　　　　　　　　　　×

衆生이惡習미조미重ᄒ야굿냇다가①
도로드러이菩薩ᄋ굿고아오래劫數②
디내야度脫ᄋ짓게ᄒᄂ니

①굽방 나왔다가　②가쁘게 하여, 피로하게 하여

새김

　중생이 나쁜 버릇 맺음이 무거워서 악취(惡趣)에서 금
방 나왔다가 곧 도루 들어가 이 보살을 피로하게 하여 오
랜 겁수(劫數)를 지나야 도탈을 짓게하니

迷人ᄋ맛나險道애나ᅀᅡ가려커늘닐오ᄃᆡ
이男子아엇뎐이ᄅᆞᆯ爲ᄒ야이길헤든다
엇뎐다ᄅᆞᆫ術을뒷관ᄃᆡ能히한毒ᄋ이긿다

새김

　헤매는 사람을 만나 험한 길에 나아 가려 하거늘 말하기
를 야! 이 사람! 무슨 일 때문에 이 길에 들어 오
는가? 무슨 다른 재주를 두었기에 능히 많은 독(毒)을
이기겠는가?

그迷人이믄득이말듣고ᅀᅡ險道ᄅᆞᆯ아라
즉재믈리거러이길헤나고져커늘善知識이
손자바險道애내야여러가짓惡毒ᄋ免ᄒ야
됴흔길헤가安樂ᄋ得게ᄒ고닐오ᄃᆡ迷人아
오ᄂᆞᆯ록後에이길흘넓디①말라

①오늘로　※ "록"의　"ㄱ" 받침은　뜻을　세게　하는　"ㄱ".

새김

　그　헤매는　사람이　문득(忽)　이　말을　듣고야　험한　길을　알아　즉시　물러　걸어(退步)　이　길에서　나오고자　바라거늘　선지직(깨달은　사람)이　손을　잡아　흉한　길에서　빼내어　여러　가지의　악독을　면하게　하여　좋은　길에　가　안락을　얻게　하고　말하기를 "헤매는　사람이여！　오늘로부터　뒤로는　이　길을　밟지　마오！"

> 사ᄅᆞ미목수믈ᄀᆞ숨알며 生時死時를내다 ①
>
> ᄀᆞ숨아랫노니내 本願엔甚히크게利益건 ②
>
> 마른 衆生이내ᄠᅳ들몰라 生死에다便安티 ③
>
> 몯게ᄒᄂᆞ니엇뎨어뇨ᄒᆞ란ᄃᆡ

①②말아　다루며, (司)(主)　③말하면

★ 짒 일을　ᄀᆞ숨아라ᄒᆞ샤 （幹理家事）（內訓 2：38）

丈人이宗鄕을　ᄀᆞ숨아라셔 （丈人領宗鄕）（杜詩 8：6）

ᄀᆞ음아ᄂᆞ구의 　　　（官司）（老乞大諺解. 上46）

새김

　사람의　목숨을　쥐어　다루며　낳을　때　죽을　때를　내가　모두　말아　다뤘으니, 나의　본래　원엔　몹씨　크게(사람에게)　이익되게　하고자　하건만　중생들이　나의　뜻을　몰라　살음(生)에나　주검(死)에나　모두　편안하지　못하게　하니　어쩐　까닭인가　말하면

> 사ᄅᆞ미쳐섬낳제男女묻디말오ᄒᆞ마
>
> 낳제오직善事를ᄒᆞ야舍宅을增益게ᄒᆞ면
>
> 土地그지엽시歡喜ᄒᆞ야子母를擁護ᄒᆞ야
>
> 큰安樂을得ᄒᆞ야眷屬을利益게ᄒᆞ리니

새경

사람이 처음 낳을 때 남녀를 물을 것 없이 이미 낳을 때 오직 착한 일을 하여 사택 (사택 신령)을 증익하게 하면 토지 신령이 그지없이 기뻐하여 아기와 어머니를 받들어 지키어 온 안락을 열어 겨레붙이를 이익되게 할것이니

> 시혹ᄒᆞ마나하든 산것 죽이지마롬더어늘
> 어러가짓 鮮味로 産母를이바ᄃᆞ며
> 眷屬단히모도야 ᄂᆞᆯ기머그며
> 풍류홀씨 子母 ㅣ 安樂디몯게ᄒᆞᄂᆞ니

①선미 = 갓 죽인 동물.

새경

혹시 이미 낳거든 산것(生物) 죽이지 말을지어늘 (말 것이어늘) 여러 가지의 가주 죽인 동물을 산모께 이바지 하여 (供給) 겨레붙이들을 많이 모와 술을 마시고 고기를 먹으며 음악(音樂)을 하므로 아이와 애어미가 안락하지 못하게 하니

> 엇뎨어뇨ᄒᆞ란듸 아기나홂제 無數惡鬼
> 비린피를 먹고져컨마른 내볼쎠 舍宅
> ①
> 土地靈祇로 子母를 擁護ᄒᆞ야 安樂ᄒᆞ야
> 利益을 得게ᄒᆞ니

①토지 영기.

새경

무슨 까닭인가 하면 아기 낳을 제 수 많은 악귀가 비린 내 나는 피를 먹고자 하건마는 내가 벌써 미리 사택 토지의 신령들로 하여금 아기와 산모를 받들어 지키게 하여 이익을 얻게하니

이런사른미 安樂을 보란된 福밍ㄱ라 土地롤
가픎디어늘 도른혀산것주겨 眷屬외홀씨
이다ᄉ로 殃을 犯ᄒ야 子母ㅣ다損ᄒᄂ이다

새김

　이런 사람이 안락을 보면(볼진대) 복을 만들어 토지 신령의 덕분을 갚을 것이어늘 (갚는 것이 옳은 일인데도) 도리어 산 것을 죽여 겨레붙이들을 모으므로 이 때문에 앙화(殃禍)를 범하여 아기와 어미가 모두 다치는 (損) 것입니다.

×　　　　　　　　×

大乘經典을 맛나 새란 布施供養ᄒ며
ㅂ라 禮數ᄒ며 讚歎ᄒ며 恭敬合掌
ᄒ고놀 ㄱ니어나 허니롤 맛나도 修補
ᄒ야고툐되

①대승 경전＝대승 불교의 경전

새김

　대승 경전의 새로운 것을 만나 보시하며 공양하며 우렬어 절하며 찬탄하며 공경하며 합장하고 낡은 것이거나 헐어 부서진 것을 만나거든 깁고 보태어 닦아서 고치되

시혹ᄒ오ᅀ사 發心커나 시혹한사른롤 勸ᄒ야
흔가지로 發心ᄒ면 이트렛무른 三十生中에
샹녜 諸小國王이드외오 檀越앳사른 ᄯ
샹녜 輪王이드외야도로 善法으로 諸小國王을
敎化ᄒ리라

①단골＝범음 "Dānapati". 단(檀)(Dāna)은　보시(布施)의

-(178)-

뜻. 시주(施主).※ "단골 집" "단골 손님"

새김

　혹시 혼자 원을 세우거나 혹시 많은 사람을 천하여 함
께 원을 세우면 이와 같은 것들의 무리(輩)는 삼십생 가
운데 보통 제소국 왕이 되고 단골의 사람은 보통 윤왕이
되어 도루 착한 법으로 여러 작은 나라 왕을 교화할 것
이다.

×　　　　　　×

시혹塔寺룰修補거나시혹經典을쑤미거나
　　　　　　　　　　①
흔터럭흔드틀흔몰애흔처둠만ᄒ야도
이ᄀ튼善事로오직能히法界예廻向ᄒ면……

①처둠＝"처지움,"의　옛말, 물　방울(滴), 처진　물.

새김

　혹시 탑과 절을 고쳐 보태거나 혹시 경전을 꾸미거나
한 터럭(一毛), 한 티끌(一塵), 한 모래(一沙), 한 물방울
(一滴)만 하여도 이 같은 착한 할로 오직 능히 법계에
돌아 들어 가면………

×　　　　　×

넘고져ᄒ며외오고져ᄒ야비록불ᄀ근스승을
　　　　　　　　　　①
맛나ᄀ른쳐닉게ᄒ야도닐그며미조차니저
　　　　②
年月이다나딘讀誦몯ᄒ홀사름ᄂ ……

①뒤따라, "밑 좇아" 의 "ㅌ'이 줄은 말. ②읽어 오임.

새김

　읽고자 하며 오이고자 하여 비록 밝은 스승을 만나
가르쳐 익게 하여도 읽으면 알자마자 뒤 따라 잊어버려

해와 달이 지나되 읽어 오이지 못할 사람은………

부톄彌勒菩薩ᄃ려니ᄅ샤ᄃ디내건①

不可思議阿僧祇劫에毗婆尸如來ㅅ像②③

法中에나라히이쇼ᄃ일후미波羅㮈러니④⑤

波羅㮈大王이이ᄃᄅ샤正法으로나라ᄒᆞᆯ

다ᄉᆞ리샤百姓보차디아니ᄒᆞ더시니

①미륵 보살＝범음 “Maitreya”. 대중 보살, “味怛隷野” “梅呾麗耶” 라고도 씀. 인도 바라나국 바라문 집에 낳아 석존의 화도(化導)를 받아 미래(未來) 성불(成佛)의 기별 (記別)을 받음. 석존 멸후 56억 7천만 년을 지나 다시 세상에 나서 석존의 업적을 돕는다 하여 “보처(補處)미륵” 이라고도 함. ②불가사의 아승기겁＝이루 헤아릴 수 없는 이득한 옛 세월. ③비바시 여래＝과거 91겁 때의 부처, 과거 칠불(七佛)의 한 분. ④상법＝삼시(三時)＝(正, 像, 末 의 둘째 시절, 부처 멸후 천년 뒤의 천년간. ⑤법음 ‘Vāraṇasī’ “波羅㮈斨” 라고도 쓰며, “江邊城”이라 번역함. 중 인도 마가다 나라 서북 지방에 있던 나라 이름. 별명 가시 (迦尸＝kasi) 석존 성도 후 삼칠일(三七日)을 지나 이 나라에서 설법하였음. 항하(恒河) 북안(北岸), 아쇼카왕(阿育王)이 돌 기둥(石柱) 둘을 세워 기념했음. 바라나강의 합류점(合流點)이므로 목욕하러 많이 모인다함.

새김

부처가 미륵보살더러 말씀하시기를 지나간 이루 헤아릴 수 없는 이득한 옛 세월에 비바시 여래의 세월 속에 나라가 있었는데 이름이 바라나였더니 ②바라나 대왕이 어질으시어 옳은 법으로 나라를 다스리시어 백성을 못살게

굴지 아니 하시더니

여쉰小國이오八百ᄆᆞ술홀가졏더시니
王이 아두리업스실ᄊᆡ손소神靈을셤기샤　①
열두ᄒᆡ를누흙디아니ᄒᆞ샤子息을求ᄒᆞ더시니　②
第一夫人이아ᄃᆞᆯ나ᄒᆞ시니

①손소＝손수★　②누흙디＝계을리★

★①손소 다 布施커나 사ᄅᆞ므야 주거나 ☆

　　　　　　　　　　　　(月印釋譜　21：139)

손소 일워 供養 布施ᄒᆞ면　(〃　　21：141) ★

손소 마리를 갓더니　(自爲剪髮)　(內訓 2：60) ★

손오 桃李를 심구니 님재 엽순디 아니로다 ★

　　　　　　　(手種桃李非無主)　(杜詩 10：7)

위률이 놀라 손조 아나 이시니 ★

　　　　　(律驚自抱持之)　(三綱行實　蘇武)

★②덕흔 사른미 느음흔 소시 어뎌 ☆

　　　　　(待守者少懈)　(〃　貞婦淸風)

대역

　예순 작은 나라요 팔백 마을을 가지셨더니 왕이 아들이 없으셨으므로 손수 신령을 섬기시어 열 두해를 계을리 아니 하시어 자식을 구하시더니 제일 부인이 아들을 낳으시니

端正ᄒᆞ고性이됴ᄒᆞ嗔心을아니홀ᄊᆡ　①
일후믈忍辱이라ᄒᆞ시니라
忍辱太子ㅣ즈ᅀᆞ라布施를즐기며聰明ᄒᆞ고
衆生을골오어엿비너기더니

① 진심＝성내는 마음.

　단정하고 성미가 좋와서 성내는 일이 없으므로 "인욕" 이라고 이름하였다. 인욕 태자가 자라서 보시를 즐기며 총명하고 중생을 고루 불상하게 여기더니

그 쁴 여슷 大臣이 이쇼딕 性이 모딜오 無道홀 씨
　　　　　　①
百姓이 싀트시 너기더니 여슷 大臣이 힝뎌기
　　②
윈돌 제 아라 太子를 새와 믜여 ᄒᆞ더라

① 싫게, 좋지 않게 　② 잘못된 줄.

　그 때에 여섯 대신이 있으나 성질이 나쁘고 부도하였으므로 백성이 좋지 않게 여기더니 여섯 대신이 행적(행실)이 잘못 된 줄을 제 스스로 알아 태자를 시새워서 〔시기(猜忌)하여〕 미워하였다.

그 쁴 大王이 重흔 病을 어더 겨시거늘
太子ㅣ 臣下돌히게 가 닐오딕 아바닚 病이
기프시니 엇뎨 ᄒᆞ료
臣下돌히 닐오딕 됴흔 藥을 몯 어들 씨
命이 아니 오라시리어다

　그 때 대왕이 큰 병을 얻어 (앓고) 계시거늘 태자가 신하들에게 가서 말하기를 "아버님의 병환이 깊으시니 어찌하면 좋겠소!" 신하들이 말하기를 "좋은 약을 못 얻었으므로 목숨이 오라지 않으실 것입니다."

太子ㅣ듣고것무르①주거다해디엣더라
여슷大臣이議論호디太子를더러②브리디
아니ᄒ면우리乃終내便安티몯ᄒ리라

①까부러쳐 ②떨어졌더라

새김

　태자가 듣고 까부러쳐 죽어 땅에 굴러졌었다 (쓸어졌었다) 여섯 대신이 의논하기를 태자를 떨어 〔제(除)하여〕 버리지 아니하면 우리가 끝내 편안하지 못할 것이다.

혼大臣이닐오디내方便으로더로리라ᄒ고
太子ᄭ가닐오디내요ᄉᆡ예여쉰小國에가
藥을얻디가몯호이다

새김

　한 대신이 말하기를 나의 수단으로 없애 버리겠다 하고 태자께 가서 말하기를 "내가 요사이에 예순 작은 나라에 가서 약을 얻다가 못하였나이다."

太子ㅣ닐오디얻논藥이므스것고
大臣이닐오디나다가며브터嗔心
아니ᄒᄂ사ᄅᆞᆷᄋᆡ눈ᄌᆞᅀᆞ와骨髓①왜니이다

①나면서부터

새김

　태자가 말하기를 "얻어야 하는 약이 무슨 것이요?" 대신이 말하기를 "나면서부터 성내지 아니 하는 사람의 눈의 알맹이(자위)와 뼈 속의 기름과 올씨다."

太子ㅣ듣고닐오ᄃᆡ내모미쎄즛ᄒᆞ도다 ①
내난後로嗔心ᄒᆞ적업소라
大臣이닐오ᄃᆡ太子ㅣ그런사ᄅᆞ미시면
이이리ᄯᅩ어렵도소이다
天下애앗가ᄫᆞᆯ거시몸ᄀᆞᆮᄒᆞ니업스니이다

① 쎄젓하구나. 자격이 있구나.

셋재

태자가 듣고 말하기를 '내 몸이 쎄젓하구나! 내 (이 세상에) 나온 뒤로 성낸 때가 없소'. 대신이 말하기를 "태자가 그런 사람이시면 이 일이 또한 어렵나이다, 천하에 아까운 것이 제 몸 같은 것이 없는 것입니다.

太子ㅣ닐오ᄃᆡ그듸냇말ᄀᆞᆯ디아니ᄒᆞ니
오직아바닔病이됴ᄒᆞ실시언뎡모몰百千디위
ᄇᆞ려도어렵디아니ᄒᆞ니ᄒᆞᄆᆞᆯ며이더러ᄫᆞᆫ모미ᄯᆞ녀

세재

태자가 말하기를 "그대들의 말이 마땅하지 아니하니 오직 아버님의 병이 좋와지실진대 몸을 백천 번 버려도 어렵지 아니하니 하물며 이 더러운 몸이겠는가!"

大臣이닐오ᄃᆡ太子ㅅᄠᅳᆮ다ᄇᆡᄒᆞ리이다
그쁴忍辱太子ㅣ깃거너교ᄃᆡ이藥곳아바닔病을됴ᄒᆞ시게
ᄒᆞ던댄이이ᄅᆞᆯ어셔일워ᅀᅡᄒᆞ리로다코

넷재

대신이 말하기를 "태자의 뜻 대로 하겠나이다' 그 때 인욕 태자가 기쁘게 여기기를 이 약만 아버님의 병을 좋게 ᄒᆞ여 드릴진대 이 일을 어서 더뤄야 하겠다 (생각)하고

> 어마님긔 드러가 솔ㅸ오디 이제 이 모므로
> 아바님 爲ㅎ야 病엣藥을 지ㅅ오려 ㅎ노니
> 목수미 몯이실까 너겨 여희ㅅㅸ라오니
> 願ㅎ든 어마니미 그려 마르쇼셔

새김

어머님에게 들어가 여쭙기를 "이제 이 몸으로 아버님 위하여 병엣 약을 지으려 하오니 목숨이 못 있을까 생각하여 여희사오려 (이별하오려,) 왔사오니 원하옵전대 어머님이 그리워하시지 말으십시오!"

> 어마니미 드르시고 안답ㅅ샤 낫드라 아ㄴ샤
> 것ᄆᆞᄅ 죽거시ᄂᆞᆯ 춘믈 ᄲᅳ려 오라거ᅀᅡ 셔시니라
> 그ᄢᅴ 太子ㅣ 어머님긔 솔ㅸ오디 아바님 목수미
> 아니한 ᄉᆞᅀᅵ시니 어셔 밍ᄀᆞ라 받ᄌᆞᄫᅡᅀᅡ ᄒᆞ리이다

새김

어머님이 들으시고 안타까우시어 냅달아 안으시어 까무러쳐 죽으시거늘 찬물을 뿌려 오랜 뒤에야 깨나시었다. 그 때 태자가 어머님께 여쭙기를 아버님의 목숨이 얼마 사이 아니니 어서 (약을) 만들어 바치어야 할 것입니다.

> 太子ㅣ 大臣과 小國王들ᄒᆞᆯ 블러 大衆中에
> 닐오디 내 이제 大衆과 여희노라 ㅎ야ᄂᆞᆯ
> 大臣이 즉재 栴陁羅 블러 쌔를 그쳐 ①
> 骨髓 내오 두 눈ᄌᆞᅀᆞᄅᆞᆯ 위여 내ᄂᆞ니라

①栴다라＝범음 "Candāla" 백정 "嚴幟," "屠者"라 한역함. 인도 4 종족의 가장 하층 계급. 어렵(漁獵) 수옥(守獄)의 업으로 살음.

새김

태자가 대신과 소국왕들을 불러 대중 가운데 말하기를 "내가 이제 대중과 이별하오" 하였는데 대신이 곧 백정을 불러 (태자)의 뼈를 갈르고 뱃속 기름을 내고 두 눈알을 (눈자위를) 후벼 도려 내었다.

> 이藥밍ㄱ라大王의받ㅈ본대王이좌시고
> 病이됴ㅎ샤무르샤듸너희어듸가이런藥을어든다
> 大臣이솔보듸忍辱太子의일우샨藥이이다

새김

이 약을 만들어 대왕께 받쳤는데 왕이 이 약을 자시고 병이 낳으시어 물으시기를 "너히가 어디 가서 이런 약을 얻었는가?"

대신이 여쭙기를 "인욕 태자의 이루신 약이었습니다."

> 王이이말드르시고놀라ㄱ픈흔소리로
> 臣下드려무르샤듸太子ㅣ이제어디잇ㄴ뇨
> 大臣이솔보듸太子ㅅ모미傷ㅎ야
> 命이머디아니ㅎ시이다

새김

왕이 이 말을 들으시고 놀라서 가만한(고요한) 소리로 신하더러 물으시기를 "태자가 지금 어디 있는가?"

대신이 여쭙기를 "태자는 몸이 상하여 목숨이 멀지 아니 하셨습니다".

> 王이드르시고다해디여목노하우르샤
> 모매본지무러시고니르샤듸내오높
> 實로無情호라엇뎨아드리藥을

머거뇨ᄒᆞ시고太子ㅣ쇠가시니ᄒᆞᆫ마
命終ᄒᆞ거늘

새김

　왕이 들으시고 땅에 **굴러** 목놓아 울으시어 몸에 먼지
를 묻히시고 말씀하시기를 "내가 오늘 참ᄋ로 무정하다, 어
찌하여 아들의 약을 먹었을까?" 하시고 태자께 가시니
이미 숨이 마쳤거늘

王과夫人괘臣下와百姓과無量大衆이　①
앒뒤헤圍繞ᄒᆞ얫더니어마니미太子ㅅ우희　②
업더디여니ᄅᆞ샤ᄃᆡ내前生에여러가짓罪이실ᄊᆡ
아ᄃᆞ리이런受苦ᄅᆞᆯᄒᆞ게콰라

①무량 대중＝수없이 많은 중생.

②위요＝둘러쌈.

제김

　왕과 부인과 **신하**와 **백성**과 그지없이 많은 중생이 앞
과 뒤에 둘러 싸 있었는데 어머님이 태자의 위에 엎더져
서 말하시기를 "내가 전생에 여러 가지 죄가 있었으므로
아들이 이런 고초를 받게 하였구나!"

내모ᄆᆞᆯ엇뎨ᄃᆞ를ᄀᆞ티ᄇᆞᅀᅳ디몯호판ᄃᆡ　①　②
내아ᄃᆞ리목수ᄆᆞᆯ일케ᄒᆞ야뇨ᄒᆞ시더니
그ᄢᅴ父王과小王ᄃᆞᆯ히牛頭栴檀香　③
남ᄀᆞ로太子ㅅᄉᆞᆯ시고七寶塔셰여　④
供養ᄒᆞ더시니라

①티끌(塵)　②바수지(碎)　③우두전단향＝범음 "Goś r̥ṣacanda

na." 적전단(赤栴檀)、마라야산(摩羅耶產)이라고도 함. 인도,
마라야산(摩羅耶山)=(牛頭山)에서 산출되는 향 나무 이름.
붉은 구리빛(赤銅色)으로 전산 가운데 가장 향기 있다 함.
그 향기가 오래 없어지지 않으므로 옛날부터 이 나무로
부처, 전당(殿堂), 기구(器具)들을 만들고 또 그 가루는 때
로 의약의 거리로 쓰이고 그 기름은 향수의 원료가 됨.
④칠보탑=금, 은, 유리, 수정, 흰 산호, 붉은 진주, 보석(에
메랄드)의 일곱 가지 보옥으로 만든 탑.

새김

"내 몸을 어찌하여 티끌 처럼 바쉬 버리지 못하였기에 내
아들이 목숨을 잃게 하였는가"하시더니 그 때 부왕과 소
왕들이 우두전당향 나무로 태자를 불살라(화장하고) 칠보
탑을 세워 공양하셨던 것이다.

※ 윗 글 몇 마디는 석가가 전생 이야기를 지금 설법한 것
이다.

　다음 이야기를 읽으면 명백하다.

世尊이彌勒菩薩ᄃ려니르샤ᄃᆡ善男子等

大衆이알라

波羅㮈大王ᄋᆞ이젯내아바님閱頭檀이시고

어머니ᄂᆞᆫ이젯내어마님摩耶ㅣ시고

忍辱太子ᄂᆞᆫ이젯내모미라

①열두단=정반왕(淨飯王). 석가의 아버지. 범음 "suddhdana"
輪頭檀, 首圖駄耶, 將頭, 白淨王의 여러 가지로 적음.
　구리성주(拘利城主) 선각왕(善覺王)의 누이동생 마하마야
(摩訶摩耶)를 비(妃)로 했다가 석가 탄생 후에 돌아갔으므
로 그 누이동생 마하바자바데(摩訶波闍波提)를 들이어 비
(妃)를 삼고 석가(그 때 이름 실달다=悉達多)를 키우게

하고, 뒤에 난타(難陀)를 낳았다. 79에 왕생(往生)했다 함.

새김

　세존이 미륵보살더러 말씀하시기를 "선남자들 대중이 알아 두라.

　바라나 대왕은 이제 내 아버님 열두단이시고 어머님은 이제의 내 어머님 마야이시고 인욕 태자는 이제의 내 몸이오."

×　　　　　×

> 大衆이흔소리로摩耶룰讚嘆ᄒᆞᅀᆞᆸ더디
>
> 됴ᄒᆞ실쎠摩耶ㅣ如來룰나ᄉᆞᆸᄫᆞ실쎠
>
> 天人世間에글ᄫᆞ리업스샷다ᄒᆞ더라

새김

　대중이 한 소리로 마야 부인을 찬탄하사옵기를 좋으시구나!(좋으신지고!) 마야가 여래를 낳사옵신지고!(나신지고!)

　하늘과 사람 세간에 나란히 겨룰 분이 없으시구나!
하였다.

※ 윗 글 "업스샷다"의 "샷다"는 "시었다"가 아니라 "시구나"의 느낌 존대의 말끝이다.

★ 大神의 發願이샷다　　　　　　　(處容歌)

萬人 비취실 즈이샷다　　　　　　　(動動歌)

天下ㅣ定ᄒᆞᆯ 느지르샷다　　　　　　(龍歌100)

微妙ㅣ둘 업스샷다　　　　　　　(永嘉集.下22)

————월인 석보————

금강경 국해(金剛經國解)

금강경은 원래 대반야경(大般若經) 제五백 七十七 권에 실린 제九 회(同)능단금강분(能斷金剛分)으로 범본(梵本)은 "Vajracchedikā Prajnāparamita" 라 하는 것이다. 내용은 사람의 본성(本性)을 비게 하여(空) 현상(現象)을 헤아리면 마음에 걸림이 없으니, 이 미묘 수승(微妙殊勝)의 이치로 꺼리낌 없는 지경에 이를 수 있다 하여 공무성(空無性)의 원리와 무소득(無所得)의 묘방을 설교한 것이다.

이 경은 선가(禪家)에서 오로지 오이는 것으로 한문으로 된 것은 다음 같은 여러 개가 있다.

	경 이 름	권	번 역 자	곳	시 대
1	금강반야경 (金剛般若經) 또는 금강반야파라 (金剛般若波羅 밀 경 密經)	1	도진 구마라습 (姚秦)鳩摩羅什 kuma rajiva 336.A.D— 409.A.D.	장안 (長安) 초당사 (草堂寺)	홍시 4 년 (弘始四年) 402.A.D.
2	금강반야파라밀 경	1	원, 위, 보리 (元, 魏) (菩提 유지 流支) Bodhi·ruci 508,A,D,—?	어호 상국 (於胡 相國 제 第)	북위(北魏) 영평 2 년 (永平二年) 509.A.D.
3	금강반야파라밀 경	1	진, 천축, (陳) (天竺) 진제 (眞諦) Pramartha 499.A.D.— 569.A.D.	?	진나라(陳) 천가 3 년 5월 (天嘉三年) 562.A.D.

경 이 름	권	번 역 자	곳	시 대
4	금강능단파라밀경	4	수 달마겁다 (隋)(達摩笈多) Dharma gupta ?—616. A.D.	?	수나라(隋) 대업 (大業) 605.A.D.— 616.A.D.
5	능단금강반야파라밀다경	1	현장 (玄奘) 599.A.D.— 664.A.D.	옥화궁 (玉華宮)	정관22년10월 (貞觀) 648.A.D.
6	대반야제구회	1	〃 〃	?	용삭 3년 (龍朔)663.A.D
7	능단금강반야파라밀다경	1	의정 (義淨) 635.A.D.— 713.A.D.	서명사 (西明寺)	당(唐)장안3년 (長安) 703.A.D.10월

이 곳에 추려 싣고 새긴 것은 조선 세조(世祖)＝(1456.A.D —1468.A.D.) 10년 (天順 8 年＝1465.A.D.) 4 월 7 일에 완성된 번역 책이다.

세조 실록(實錄) (32卷18丁) 10년 2 월 신묘(辛卯) 조(條)에 "공조판서 김 수온, 인순 부윤 한 계희, 도승지 노 사신, 들에게 명령하사 금강경을 번역하다" (◎辛卯日曇 ◎命 工曹判書 金守溫, 仁順府尹 韓繼禧, 郞承旨 盧思愼等 譯金剛經) 한 것으로 알 수 있다. 이 때 간행된 책은 지금 남아 있지 않고, 선조(宣祖)＝(1568.A.D,—1608.A.D,) 8년 (萬曆 3 年乙亥 1575.A.D.) 에 전라도(全羅道) 고산(高山) 운제현(雲梯縣) 대웅산(大雄山) 보은 자복 안심 광제원 (報恩 慈福 安心 廣濟院) 조계종(曹溪宗) 대선사(大禪師) 회암사(檜巖寺) 주지 (住持) 계은(戒誾)이 교정(校正)하여 간행한 판목(版木)이 전주(全州) 안심사(安心寺)에 지금도 남아 있는 바 돌아가신 만해(萬海) 한 용운 (韓 龍雲) 스님께서 1932.A.D. 손수 적어 내신 책이 지금 여기 싣는 금강경 국해다.

이 선조조 판엔 "진 금강경 심경전" (進金剛經心經箋), "번역 광전 사실" (飜譯廣轉事實), 발문 (跋文) 들이 있으니, 이를 보면 이 책은 세조가 등극 8년 (壬午, 天順六年 1463.A.D.) 9월 어느날 밤 꿈에 세종 임금과 죽은 세자 도원군(桃源君) (追尊=德宗)을 만나 마음에 크게 느끼어 마침내 금강경을 번역 간행할 것을 생각한 것임을 알 수 있다.

또 이 번역은 한 계희 (韓 繼禧)=(提調 嘉靖大夫, 仁順府尹) 가 으뜸으로 맡아 하고, 해초(海超)=(敎宗 判事), 홍일(弘一)=(檜巖寺 住持), 명신(明信)=(前 津寬寺 住持), 연희(演熙)=(前. 俗離寺 住持), 정심(正心)=(前 萬德寺住持) 과 효녕 대군(孝寧大君)=(補)들이 교정(校正)을 보아 천순(天順) 8년 (1465.A.D.) 2월에 초고를 맺어 황 수신(黃 守身)=(都提調 推忠 佐翼功臣 大匡輔國 崇祿大夫 議政府 右議政 南原 府院君)·이하 19명의 손으로 조각(雕刻)하여 천순 8년 4월 초 이렛날 완성한 것이다.

맨 첫장엔 "金剛般若波羅密經六祖解序"라 적혀 있고 장접이(板心)에는 "金剛經" 이라고 적히고 본문(本文) 첫 장에는 "金剛般若波羅密經" 이라고 적혀 있다.

이 금강경 세조 판본은 아직 나타나지 못했으며, 이 책은 연산군(燕山君)=(1495.A.D.—1506.A.D.) 원년에 또 중간(重刊) 됐고, 선조 8년(1575.A.D.)에 간행되고, 정조(正祖) (1777.A.D.—1800.A.D.) 20년(嘉慶丙辰)=(1795.A.D.)겨울 양주(楊州) 천보산(天寶山) 불암사(佛岩寺)에서 간행된 것이 있다. 이 것은 책 머리에 "金剛經 啓請"이 있고 본문 머리에는 "金剛經般若波羅密經" 이라 적히고 장접이에는 "金剛經"이라 적히고 뒤 끝에는 "金剛經般若波羅密纂經" "佛說壽生經抄" 들이 있고 본문 내용은 한문에다 한글로 소리를 달아 두 줄로 되었으며 번역문은 없다.

중국의 번역 사업과 겨주어 얼마나 우리 나라가 뒤졌던가를 아나니, 과연 조선은 문화적으로도 낙오자였음을 느끼겠다. 그런데 여기 추려낸 글은 원문 국해 또는 설명한 글 가운데 뽑은 것이다.

다만 원문은 띄어 쓰지 않았으나 우리 말의 띄어 쓰기가 절대 필요함을 알리기 위해 원문을 띄어 썼다.

×　　　　　　　　×

흔히 이 책은 "금강경언해 (金剛經諺解)"라고 하지만 나는 까닭 없는 이름이라고 생각한다.

이 책에는 아무 데도 "언해(諺解)"라는 글자가 없을 뿐 아니라 도리어 이 책 끝의 여러 글엔 국어(國語) 또는 번역(飜譯)이라는 말이 보인다.

"언문(諺文)" "언해(諺解)"니 하여 국어를 천대하던 버릇은 뒤에 생긴 사대 주의 사상의 결과임을 알 수 있다.

① 황 수신(黃 守身)의 "진금강경심경전 (進金剛經心經箋) 엔 "飜譯金剛經一卷……"

② 효녕 대군(孝寧 大君)의 금강경 발(金剛經跋)엔 "親定口訣命儒臣 韓繼禧 譯以國語"

③ 흥덕사(興德寺) 주지 해초(海超)의 발(跋)엔 "……親定口訣命儒臣……譯以國音……"

④ 김 수온(金 守溫)의 발(跋)엔 "……上 親定口訣命仁順府尹臣韓繼禧飜譯……"

⑤ 한 계희의 발(跋)엔 "於是 親定口訣臣敬依口訣宣譯…"

위의 사실로 나는 "금강경 국해" 라고 하는 것이 옳다고 생각한다.

세종 대왕은 둘론 세조도 모든 학자도 "언문"이란 말은 쓰지 않았던 것이다.

이는 계속하여 나오는 뒤에 실려 있는 글로 자세히 알 것이다.

> 衆生과 부톄왓 性이 本來 달오미 업건마른 四相
> ①
> 이슈믈브터 無餘 涅槃애 드디 몯ᄒᆞᄂᆞ니 四相 이시면
> 곧 이 衆生이오 四相 업스면 곧 이 부톄니
> 迷ᄒᆞ면 부톄 이 衆生이오 알면 衆生이 이 부톄라

①부여 열반, =부여의 열반(無餘依涅槃).
4열반의 하나. 번뇌장(煩惱障)을 끊고 얻은 열반.

새김

중생과 부처(佛)와의 본 성이 본디 다름이 **없**건마는 네 가지 상(相)이 **있**으므로부터 부여 열반에 들어 가지 못하나니 네 가지 상이 있으면 곧 이것이 "중생" 이오, 네 가지 **상**이 없으면 곧 이것이 "부처"니, 헤매면 "부처" 라도 이것이 "중생" 이오 깨달아 **알면** "중생" 이라도 이것이 "부처"다.

×　　　　　×

> 迷흔 사른믄 財寶와 學問과 族姓 두믈 미더 一切人을
> ② ①
> 므던히 너기ᄂᆞ니 일후미 我相이오
> 비록 仁義禮智信을 行ᄒᆞ나 ᄠᅳ디 노파 제 미더 너비
> 恭敬을 行티 아니ᄒᆞ야 닐오ᄃᆡ 내 仁義禮智信을
> 아라 行ᄒᆞ가니 너를 恭敬호미 맛당티 아니ᄒᆞ니라
> ᄒᆞᄂᆞ니 일후미 人相이오

①일체인 ②업수이★

므더니 너굘 무숨(憍慢心)(佛頂. 上3)
★ ★
므더니 너길 (輕慢)(金剛經. 上9)
★ ★

새김

헤매는 사람은 재산 보배와 배워 알음과 문벌 있음을
세쓰고 믿어 모든 사람을 깔보고 업수이여기(나)니 이름

이 아상이고, 비록 인, 의, 예, 지, 신을 몸소 행하나 뜻이
높아 잘난 체 빼기고 널리 여러 사람을 공경하는 수잉
을 쌓지 아니하고 입으로 말하기를 "내가 인, 의, 예, 지,
신, 을 잘" 알아서 힘써 행하고 있으니 (있거니) 네 따위를
공경함이 마땅하지 않다" 고 뽐내니, 이름이 "인상" 이고,

×　　　　　　　　　×

> 됴흔 일란 내게 보내오 구즌 일란 ᄂᆞ미게 주ᄂᆞ니
> 일후미　衆生相이오
> ①
> 境을　對ᄒᆞ야　取ᄒᆞ며　捨ᄒᆞ야　②分別ᄒᆞᄂᆞ니　일후미
> 壽者相이니
> 이룰　닐온　凡夫四相이라

①경(境)＝인식(認識)의　대상(對象)　보는　사리(事理)의　총
칭(總稱)　②분별＝번뇌(煩惱).

새김

　좋은 일은 제게 돌리고 (보내고) 궂은 일은 남에게 들
씨우니 (주나니) 이름이 "중생상" 이고 일을 만나서 이럴까
저럴까 번뇌하나니 이름이 "수자상" 이니 이것들을 이르되
범부의 네 가지 상이라 하는 것이다.

×　　　　　　　　　×

> 修行人도 ᄯᅩ 四相이 잇ᄂᆞ니 ᄆᆞᅀᆞ미 能所이셔 衆生을
> 므던히 너길씨 일후미　我相이오
> 제 持戒ᄅᆞᆯ 미더 破戒ᄒᆞᄂᆞᆯ 므던히 너길씨 일후미
> 人相이오
> 三塗ㅅ受苦ᄅᆞᆯ 슬ᄒᆞ야 諸天에 나고져 願홀씨 이 衆
> 生相이오

사람도 역시 네 가지 상이 있으니 마음에 제 믿어 중생을 깔보고 업수이 여기므로 이런 것 이라 이름하는 것이다. 제 지계 만을 기대어 믿 사람을 깔보고 업수이 여기므로 이것이 "인상" 하는 것이요, 삼도 수고를 싫어하여 제천에 태 원하므로 이런 것을 "중생상" 이라 이름하는 것

×   ×

布施 行호믄 ᄆᅀᆞ미 ᄇ라옴 업슬씨 그 어문
十方虛空ᄋ로ᄒ야 마초아 혜아리디 몯ᄒ리라

보시행을 함은 마음에 바라는 바 없으므로 그
이 시방 허공 같아서 겨주어 헤아리지 못할 것

×   ×

래 布ᄂᆞᆫ 너블 씨오, 施ᄂᆞᆫ 흐틀 씨니 能히
心中엣 忘念을 흐터 업게 ᄒ야 習氣와 煩
四相이 그처 업서 싸홈업수미 이 眞實ᄉ

메 "보(布)"는 널를 말씨요, "시(施)"는 흩을 말
ㄹ리 마음 속의 잡생각을 흩어 없게 하여 습기와 번
ㅏ지 상이 뚝 그치어 없어지고 쌓이음 없음이 이
참된 "보시" 대

×   ×

> ᄯᅩ 닐오디 布施ᄂᆞᆫ 六塵境界예 住티 아니ᄒᆞ
> ①漏잇ᄂᆞᆫ ②分別아니코 반ᄃᆞ기 本來淸淨에 도리
> 法이 空寂ᄒᆞᆫ둘 아롤ᄯᅵ니 ᄒᆞ다가 이 ᄠᅳ들
> ᄒᆞ면 한業을 더으릴ᄊᆡ 모로매 안ᄒᆞ로 貪愛
> 오 밧ᄀᆞ로 布施를 行ᄒᆞ야 안팟기 相應ᄒᆞ이
> 어두미 無量ᄒᆞ리라

①누(漏)＝번뇌(煩惱)의 딴 소리, ②나쁜 경험ᄋᆞ
아 생기는 후천적(後天的) 번뇌.

새김

또 말하되 보시는 육진 경계에 머물러 있기
또 번뇌 있는 이 생각 저 생각을 아니 하고 마땅
정으로 돌아가 만법이 비어 고요쓸쓸함을 알ᄋᆞ
에 이 뜻을 아지 못하면 여러 가지 업보를 더
로 모름지기 안으로 탐애를 떨어 제치고 밖ᄋᆞ
행하여 안팎이 서로 응하여야만 복을 얻음이
이다.

×   ×

> 사ᄅᆞ미 모딘일 ᄒᆞ욤보고 그 허므를 보디 아니
> 제 性에 分別 내디 아니ᄒᆞ미 이 일후미 相여희ᄋ
> 敎를 브터 修行ᄒᆞ야 ᄆᆞᅀᆞ미 能所 업수미 ᄃ
> 善法이오

새김

사람이 나쁜 일,함을 보고 그 허물을 보ᄌ
제 마음 속에 이럴까 저럴까 걱정 안함ᄭᅵ 이
여히음이며 교(敎)를 따라서 행적을 닦아 마음
動) 수동(受動) 없음이 곧 이것이 선법이다.

修行人이 ᄆᆞ수미 能所이시면 善法이라 일홈몯ᄒᆞ리니 能所心이 업디 아니ᄒᆞ면 ᄆᆞᄎᆞ내 解脫을 得디 몯ᄒᆞ리니 念念에 샹녜 般若智를 行ᄒᆞ면 그 福이 無量無邊ᄒᆞ리니 이 ᄀᆞᆮᄒᆞ믈 브터 修行ᄒᆞ면 一切人天의 恭敬供養호믈 感ᄒᆞ야 得ᄒᆞ리니 이 일후미 福得이라 샹녜 相애 住티 아니흔 布施를 行ᄒᆞ야 一切衆生을 너비 恭敬ᄒᆞ면 고 功德이 ᄀᆞ시 업서 들며 혜디 몯ᄒᆞ리라

새길

마음 닦는 사람이 마음에 능동 수동이 있으면 선법이라 이름하지 못할 것이니, 능동 수동의 마음이 아주 찌조차 없어지지 아니하면 끝끝내 해탈을 얻지 못할 것이니, 늘 생각에 항상 반야 지혜를 행하면 그 복이 그지없고 가없으리니, 이 같음을 따라서 마음 닦으면 일체 인천의 공경 공양함을 느끼어 얻으리니 이것의 이름이 복득이라 항상 상(相)에 사로잡히지 아니한 보시를 행하여 일체 함생을 널리 공경하면 그 공덕이 가이 없어 무게를 달며 셈을 헤지 못할 것이다.

×　　　　　×

須菩提여 ᄠᅳ데 엇뎌뇨 東方虛空을 어루 思量ᄒᆞ려 몯ᄒᆞ려,
아니이다 世尊하

새길

수보리여! 뜻에 어떻뇨? 동방 허공을 가히 생각하여 헤아리겠는가? 못하겠는가?

아니올시다, 부처님이시여! (헤아리지 못하겠나이다)

> 부톄 니르샤디 虛空이 ㄱ업서 혜아리디 몯ᄒ리니
> 菩薩ㅅ住相 업슨 布施의 得혼 功德도 ᄯ또 虛空이
> 혜아리디 몯ᄒ야 ㄱ업숨 ᄀᆮᄒ니라

새김

부처가 말씀하시되 허공이 가없어 헤아리지 못할 것이니, 보살의 주상 없은 보시의 얻은 공덕도 또한 허공의 헤아리지 못하여 가없음 같으니라.

> 世界中에 큰 거시 虛空애 너므니 업스며 一切性
> 中에 큰 거시 佛性에 너므니 업스니 엇뎨어뇨
> 믈읫 形相잇ᄂᆫ 거슨 크다 일훔 몯ᄒ려니와 虛空은 形
> 相 업슬ᄊᆡ 크다 일훔ᄒ며 一切ㅅ 한 性은 다 限量
> 이실ᄊᆡ 크다 일훔 몯ᄒ려니와 佛性은 限量 업슬ᄊᆡ
> 크다 일훔ᄒᄂᆞ니라

새김

세계 가운데 큰 것이 허공에 넘는 것 없으며 일체성중에 큰 것이 불성에 넘는 것 없으니, 어쩐 까닭이뇨?

무릇 꼴 모양 있는 것은 크다고 이름 못하려니와 허공은 꼴 모양 없으므로 크다 이름하며, 모든 것의 여러 속맘은 다 한량이 있으므로 크다고 이름 못하려니와 불성은 한량이 없으므로 크다고 이름 하나니라.

> 이 虛空中에 本來 東西南北 업스니 ᄒ다가 東西南
> 北을보면 ᄯ또 이 住相이라 解脫을 得디 몯ᄒ리며
> 佛性도 本來 我와 人과 衆生과 壽者왜 업스니
> ᄒ다가 이 四相 어루 보미 이시면 곧 이 衆生性
> 이라 佛性이라 일훔 몯ᄒ리니 ᄯ또 닐온 住相布施라

새김

이 허공 가운데 본래 동서남북 없으니 만약에 동서남북을 보면 역시 이것은 '주상'이라 해탈을 얻지 못할 것이며, 불성도 본래 나와 남과 중생과 수자와가 없으니 만약 이 네 가지 상을 가히 봄이 있으면 곧 이것이 이 중생성이라 (그를) 불성이라 이름 못할 것이니 또 이르되 "주상보시" 라(한다).

×　　　　　　×

> 비록 妄心中에 東西南北이 잇다 니르나 理예 이션 엇뎨 이시리오 닐온 東西 眞實아니오, 南北이 엇뎨 다르리오 自性이 本來 空寂ᄒᆞ야 모다 노가 分別홀 곧 업스니 이럴씨 如來 分別내디 아니호믈 기피 기리시니라

새김

비록 망녕된 마음 속에 동서남북이 있다고 말하나 어쳐에 있어서는 어찌 있으리요, 이른 바 동서 참된 사실 아니고, 남북이 어찌 다르리요, 스스로의 속맘이 본래 고요 쓸쓸하여 모두 섞여 녹아 번뇌할 곳이 없으니 이러므로 여래가 이럴까 저럴까 아니함을 깊이 칭찬하시니라.

×　　　　　　×

> 須菩提 부텻긔 솔오ᄃᆡ 世尊하 조모 衆生이 이 ᄀᆞᆮᄒᆞᆫ 말쏨章句 듣ᄌᆞᆸ고 實ᄒᆞᆫ 信을 내리 이시리잇가 몯ᄒᆞ리잇가

새김

수보리가 부처께 여쭈되 세존님이시여 ! 자못 중생이 이

같은 말씀의 글귀를 듣잡고 실속 있는 믿음을 낼 사람
이 있으리이까 못하리이까?

×　　　　　　　　　×

> 이럴씨 法을 取호미 맛당티 몯ᄒ며 非法을 取
> 호미 맛당티 몯ᄒ니 이 ᄠ던 젼ᄎ로 如來 샹녜
> 닐오디 너희ᄃᆞᆯ 比丘 내 說法이 뻬로 가즐뵴 ᄀᆞᆮ호
> ᄆᆞᆯ 알면 法도 오히려 반ᄃᆞ기 ᄇᆞ롤ᄯᅥ어니 ᄒᆞ몰며
> 非法이ᄯᆞ녀

새김

　이러므로 법을 취함이 마땅하지 못하며 비법을 취함이
마땅하지 못하니 이러한 뜻인 까닭으로 여래께서 항상 말
씀하시되 "너이들 비구들아! 나의 설법이 마치 물 위의
뗴로 겨줌 같음을 알면, 법도 오히려 응당 마땅히 버릴지
여니 (버리겠거든) 하물며 비법에서랴!"

×　　　　　　　　　×

> ᄆᆞᅀᆞ미 부텻 敎를 브터 行혀 부텻 行이 ᄀᆞᆮ하면
> 이 일후미 福德性이오 부텻 敎를 븓디 아니하야
> 能히 부텻 行을 넓디 몯하면 곧 福德性 아니라

새김

　마음이 부처의 가르침을 따라 행실이 부처의 행실과 같
으면 이것이 이름이 복덕성이요, 부처의 가르침을 따르지
아니하여 잘 부처 행실을 밟지 못하면 곧 복덕성이 아
니다.

> 이 經은 이 一卷ㅅ 그를 ᄀᆞᄅᆞ쳐산디 아니라
> 當ᄒᆞ 사ᄅᆞ미 佛性이 體를 브터 用을 니ᄅᆞ와다
> 微妙ᄒᆞ 利 無窮호ᄆᆞᆯ 나토려 ᄒᆞ시니라

새김

이 경은 이 한 권의 글을 가르치신 것이 아니라 당한 사람의 불성이 본체를 따라 묘용을 일으키어 미묘한 잇속 끝없음을 나타내려 하신 것이다

×   ×

> 一切時中에 아라 비취는 무슨미 이니 一切 諸佛와 阿耨多羅三藐三菩提法이 다 아라 비취욤브터 날쎄 니르샤딕 이經부터 나다 ᄒ시니라

새김

모든 시중에 깨달아 비취는 마음이 이것이니 모든 여러 부처와 아욕다라 삼 삼보리법이 다 깨달아 비취욤을 따라 나오므로 말씀하시되 이 경으로부터 나온다 하신 것이다.

×   ×

> 니르샨 一切 文字章句는 標곧ᄒ며 솑가락 ᄀ튼하니 標와 솑가라ᄀ 그리메와 뫼ᄉ라리왓 ᄠᄃ니 標를 브터 物을 取ᄒ고 솑가라ᄀ 브터 ᄃ를 볼 ᄲ니언뎡 ᄃ리 이 솑가락 아니며 標 이 法 아니니 오직 經을 브터 法을 取홀 ᄲ니언뎡 經이 이 法 아니니라

①그림자 ②메아리, 산울림,

새김

말씀하신 모든 글자 글귀는 표 같으며 손 가락 같으니 표와 손 가락은 그림자와 산울림과의 뜻이니 표를 따라 물건을 취하고 손 가락을 따라 달을 볼 뿐이언정 달이 그대로 손 가락 아니며, 표가 그대로 법이 아니니, 오직

경을 따라 법을 취할 뿐이언정 경이 그대로 법이 아닌 것이다.

×   ×

經文은 肉眼이 어루 보려니와 法은 慧眼이사 能히 보리니 ᄒᆞ다가 慧眼 업스닌 오직 그 文을 보고 그 法을 보디 몯ᄒᆞ리니 ᄒᆞ다가 法을 보디 몯ᄒᆞ면 곧 부텻 ᄠᅳ들 아디 몯ᄒᆞᅀᆞ오리니 부텻 ᄠᅳ들 아디 몯ᄒᆞᅀᆞ오면 經을 외와도 佛道ᄅᆞᆯ 일우디 몯ᄒᆞ리라

새김

경의 글은 육안으로 가히 보려니와 법은 혜안이라야 잘 보리니, 만약에 혜안 없는 사람은 오직 그 글을 보고 그 글 속의 법을 보지 못하리니, 만약에 법을 보지 못하면 곧 부처의 뜻을 아지 못하사오리니 부처의 뜻을 아지 못하사오면 경을 오여도 불도를 이루지 못할 것이다.

×   ×

須菩提여 가줄비건댄 사ᄅᆞ미 모미 須彌山 王 곧ᄒᆞ면 ᄠᅳ데 엇더뇨 이 모미 크녀 아니녀

須菩提 솔오디 甚히 크이다 世尊하

엇뎨어뇨 부톄 니른샤미 몸 아니라 이 일후미 큰 모미니이다

새김

"수보리여, 겸주건대 사람이 몸이 수미산 왕 같으면 그대 마음에 어떠한가? 우리의 이 몸뚱이가 큰 것인가? 아닌가?" 수보리 여쭙되 "아주 크나이다 세존 넘어시여," "무슨 까닭인가?" "부처가 말씀하심이 이 몸뚱이를 말씀

하심이 아닌지라 그래서 이 이름이 큰 몸이 올씨다."

×   ×

> 色身이 비록 크나 안 ᄆᅀᆞ미 量이 져그면 큰
> 모미라 일홈 몯ᄒᆞ리오 안 ᄆᅀᆞ미 量이 커사 비
> 로서 일후미 큰 모미리라

새김

색신이 비록 크지만 속 마음이 술이 적으면 큰 몸이라 이름 못할 것이요, 속 마음이 술이 커야만 비로소 이름이 큰 몸일 것이다,

×   ×

> 제 ᄆᅀᆞ매 이 經을 외오며 제 ᄆᅀᆞ매 經ㅅ 뜨들 알
> 며 제 ᄆᅀᆞ매 無著無相ㅅ 理를 體得ᄒᆞ야 잇논 고
> 대 샹녜 부텻 行을 닷가 念念애 ᄆᅀᆞ미 그처 歇
> 홈 업스면 제 ᄆᅀᆞ미 이 부톄론 젼ᄎᆞ로 니른
> 샤디 잇논고디 부톄 이슈미라 ᄒᆞ시니라

①모든 집착의 세계에서 떠난 경지(境地).

새김

제 마음에 이 경을 오이며 제 마음에 경의 **뜻**을 **알**며 제 마음에 무착 부상의 이치를 몸에 **지녀** 깨달아 몸 있는 곳에 항상 부처의 행실을 닦아 늘 생각에 마음이 '그쳐 쉬임 없으면 제 마음이 곧 이 부처인 **까닭**으로 말씀하시기를 몸 있는 **곳**이 부처 있음이라 하신 것이다.'

×   ×

> 부텨 니른산 般若波羅蜜은 한 비홀 싸른ᄆᆞ로
> 智慧를 뼈 어린 ᄆᅀᆞᆷ 生滅을 덜에 ᄒᆞ샤니 生

滅이 더러 업수미 곧 뎌 ᄀ새 가미니 ᄒ다가
ᄆᆞ미 得혼 곧 이시면 곧 뎌 ᄀ새 감 아니오
ᄆᆞ미 혼 法도 得홈 업스면 곧 이 뎌 ᄀᄉ니 이
베 니ᄅ고 ᄆᆞ매 行ᄒ야ᅀᅡ 이 뎌 ᄀ새 가미라

새김

부처 말씀하신 "반야바라밀"은 많은 배울 사람으로 지혜를 써서 어리석은 마음의 나고 죽음을 털어 제치게 하시니, 나고 죽음이 털어 제쳐져 없어짐이 곧 저, 갓에 (가장이에) 감이니, 만약에 마음이 잘 알았다고 믿어 얻는 곳이 있으면 곧 저 갓에 감이 아니요, 마음이 한개 법도 잘 안 바 없다 생각하면 곧 이것이 저 갓이니 입에 말하고 마음에 행하여야만 이것이 저 갓(가장이)에 감이다,

※ "저 갓에 감" 이란 "到彼岸"을 뜻함이다.

×　　　　　　　×

그 ᄢ 須菩提 이 經 니ᄅ샤ᄅ 듣ᄌᆞ고 ᄠ들 기 파 아라 눖믈 흘려 슬피 우러 부텻긔 술오ᄃᆡ 希有ᄒ신 世尊하 부톄 이 ᄀᆞᄒ 甚히 기픈 經典 니ᄅ샤ᄅ 내 녜부터 오매 得혼 慧眼으로 일쪽 이 ᄀᆞ 혼 經을 시러 듣ᄌᆞᆸ디 몯ᄒᆞ얫다니……

새김

그 때 수보리 이 경 말씀하심을 듣잡고 뜻을 깊이 깨달아 눈물 흘려 슬피 울어 부처께 사뢰되 다시 없이 높으신 세존님이시여, 부처께서 이와 같은 몹씨 깊은 경전 말씀하심을 내가 옛날부터 오늘날까지 살아 오는데 얻어 지닌 마음의 눈으로 일찌기 이 때까지 이 같은 경을 얻어 듣잡지 못하사왔더니……

世尊하 ᄒᆞ다가 ᄯᅩ 사ᄅᆞ미 이 經을 시러 듣줍고
信心이 淸淨ᄒᆞ면 곧 實相이 나리니 이 사ᄅᆞᆷ
第一 希有흔 功德 일울 똘 반ᄃᆞ기 알리로소이다

세긴

　세존님이시여, 만약에 또 사람이 이 경을 얻어 듣잡고
믿는 마음이 맑고 깨끗하면 곧 참됨 꼴이 나타나리니,
이 사람은 가장 귀한 공덕을 이룰 줄 마땅히 알 것이
로소이다.

×　　　　　　　×

오직 上根菩薩은 이 理 시러 듣줍고 歡喜ᄒᆞ야 受持
ᄒᆞ야 ᄆᆞᅀᆞ미 지허 믈리그우룸 업스니 이 ᄀᆞ튼
무리 甚히 希有ᄒᆞ니라

세긴

　오직 이 상근 보살은 이 이치를 얻어 듣자옵고 기뻐
즐겨하여 마음에 지녀 마음이 두려워 무서워서 뒤 걸음쳐
구울음(退轉) 없으니 이 같은 무리는 몹씨 드물은 것이다.

×　　　　　　　×

내 녜 歌利王의 身體를 버효미 ᄃᆞ외야 내 그
ᄢᅴ 我相 업스며, 人相 업스며 衆生相 업스며 壽者
相 업다니 엇뎨어뇨
내 녜 ᄒᆞ다가 我相, 人相, 衆生相, 壽者相 잇던
댄 반ᄃᆞ기 瞋心ᄒᆞ야 믜유믈 내리러니라

①석가 전생에 <u>석가를</u> 참혹하게 죽인 악독한 왕.

세긴

　내가 옛날 <u>가리왕</u>에게 몸둥이를 베이옴이 되어 내 그 때

아상 없으며 인상 없으며 중생상 없으며 수자상 없었으니 무슨 까닭이겠는가?

내가 옛날에 만약에 아상, 인상, 중생상, 수자상, 있었던들 마땅히 눈 부릅떠 골내어 미움을(憎惡) 내었을 것이었다

×　　　　　×

> 一切人의　過惡을　보디　아니ㅎ야　寃讎와　親을
> 平等히　ㅎ야　올홈　업스며　외옴　업서　느미　티며
> ①
> 구지저　殘害를　니버도　歡喜ㅎ야　바다　恭敬을
> 倍히　더ㅎᄂ니　이 곧흔　行을　行ㅎ리사　곧　能히
> 忍辱波羅密을　일우리라

① 구짖어★

★ 罵　구지즐 마.　詈　구지즐 리.　　　　(訓蒙. 下 15)
　譙　구지즐 쵸.　讁　구지즐 칙.　　　　(訓蒙. 下 29)

모든 사람의 허물과 잘못을 보지 아니하여 원수와 친함을 평등히 하여 옳음 없으며 그름 없어 남이 때리며 꾸짖어 잔해를 입어도 기뻐 즐겨하여 달게 받아 공경을 겹처 더하니 이 같은 행실을 행할 수 있어야만 곧 능히 "인욕바라밀"을 이룰 것이다.

×　　　　　×

> 이 六塵에 믜며 둏온 ᄆùᆷ 니른와다 이 妄心을
> 브텨 無量業 믜요믈 뫼화 佛性을 두퍼 비록
> ①
> 種種;로 勤苦히 修行ㅎ야도 ᄆùᆷ맷 ᄠᆡ를 더디
> 아니홀ᄊᆡ ᄆᄎᆞᆷ내 解脫홀 理 업스니 根本을 推尋
> 컨댄 다 色上애 ᄆùᆷ 住호믈 브트니라

①두퍼＝덮어. ★

★ 두푸믈 (所覆)（楞嚴經. 6:31) 蓋 두풀 개.（訓蒙. 中13）

새김

　이 육진에 미우며 사랑하는 마음 일어나서 이 망녕된 마음을 따라 무량업 매음을（맺음을） 모와 부처 마음을 덮어 비록 가지 가지로 애써 괴롭게 수행하여도 마음의 더러운 때를 덜어 씻지 아니하므로 마침내 해탈할 도리가 없으니 근본을 미루어 찾건대 다 색상에 마음 사로잡힘을 말미암아서다.

　　　　×　　　　　　　　　×

　大船若經에 닐오디 菩薩 摩訶薩이 밤나재 精勤 ᄒᆞ야 샹녜 般若波羅蜜多애 住ᄒᆞ야 서르 맛게 뜯 지서 잠간도 ᄇᆞ릴 쩨 업스니라 ᄒᆞ니라

새김

　대반야경에 말하되 보살 마하살이 밤낮에 힘써 일 잘하여 항상 반야바라밀다에 마음 두어 서로 맞게 뜻 지어 잠시도 버릴 때 없으니라 하였다.

　　　　×　　　　　　　　　×

　ᄒᆞ다가 므스미 涅槃애 住ᄒᆞ면 이 菩薩ㅅ住홀 ᄯᅡ 아니니 涅槃애 住티 아니ᄒᆞ며 諸法애 住티 아니ᄒᆞ며 一切處애 住티 아니ᄒᆞ야ᅀᅡ 비르서 이 菩薩 住홀 ᄯᅡ디니 웃 그레 니른샨 반ᄃᆞ기 住혼 ᄯᅡ 업시ᄒᆞ야 그 ᄆᆞᅀᆞᆷ 내요미 이라

새김

　만약에 마음이 열반에 늘 있으면 이것은 보살의 있을 곳이 아니니 열반에 늘 있지 아니하며 여러 법에 늘 있

지 아니하며 모든 곳에 늘 있지 아니하여야만 비로소
이 보살의 있을 곳이니 위의 글에 말씀하신 마땅히 마
음 팔린 곳 없이 하여 그 마음을 나타냄이라 하심이 이
것이다.

如來 니르시ᄂ 我人衆相이 ᄆᆞᄎᆞ매 어루 허롤띠라
眞實ㅅ體 아니며 一切衆生이 다 이 거즛 일후미
니 ᄒᆞ다가 妄心을 여희면 곧 衆生이 어루 得
홀 껏 업스릴ᄊᆡ 니르샤ᄃᆡ 곧 衆生 아니라 ᄒᆞ시니라

새김

여래 말씀하시는 우리들의 얼굴 모양이 필경은 가히 헐
어 흩어질지라, 참된 몸이 아니며 모든 중생이 다 이 거짓
이름이니 만약에 망녕된 마음을 떠나면 곧 중생이 가히
연을 것 없으므로 말씀하시기를 곧 중생도 중생아니라 하
신 것이다.

×   ×

實홈 엽수믄 法體 空寂ᄒᆞ야 相이 어루 得홀 껏 [1]
엽슬ᄊᆡ니 그러나 中에 恒沙性德이 뿌디 다ᄋᆞ디 [2]
아니홈이실ᄊᆡ 虛홈 엽다 니르시니라. 그 實을 닐오
려 ᄒᆞ야도 相이 어루 得홀 껏 엽스며 그 虛를
닐오려 ᄒᆞ야도 뿌디 굿디 아니ᄒᆞ니 이럴ᄊᆡ 엽다 닐
오미 몯ᄒᆞ리며 잇다 닐오미 몯ᄒᆞ리니 이쇼ᄃᆡ 잇
디 아니ᄒᆞ며 엽수ᄃᆡ 엽디 아니ᄒᆞ야 말ᄊᆞᆷ과 가줄
보ᄆᆞ로 밋디 몯홀 꺼시 그 眞實ㅅ智ㄴ며
ᄒᆞ다가 相 여흰 修行 아니면 이에 니로롤 쓸 엽 [3]
스니라

①제법(諸法)의 체성(體性), 만유(萬有)의 실체(實體). 타력종(他力宗)에서 중생(衆生)의 기상(機相)에 대하여 구원하시는 부처에게 따른 방편을 이르는 말. 중의 모양, ②恒河沙, 인도 간디스(Ganges)강의 모래. ③사람으로서의 할 일을 하고 착한 노릇을 쌓음.

새김

속이 가득함 없음은 법체가 고요쓸쓸하여 참된 모양이 가히 얻을 것 없으므로서니 그러나 그 가운데 항사 같은 성덕이 쓰되(用) 다 없어지지 아니함이 있으므로 히함 없다 말씀하신 것이다.

그 참된 것을 말하려고 하여도 모양이 가히 얻을 것 없으며 그 허한 것을 말하려고 하여도 자꾸 써도(用) 그치지 아니하니, 이러므로 없다고 말하지 못할 것이며, 또 있다고도 말하지 못할 것이니, 있으되 있지 아니하며 없으되 없지 아니하여 말과 겸줌으로 미치지 못할 것이 그 참된 지혜인저 (지혜인가 한다!)

만약에 모양을 떠난 수행이 아니면 이에 이룰 줄 없으리라.

×　　　　　　×

華嚴經애 닐오딕 聲聞이 如來ㅅ會中에 이셔 法 듣즈오딕 눈머니 굳ᄒ며 귀머그니 굳다 ᄒ니 諸 法相애 住호물 爲ᄒ 젼치라

①대방광불화엄경(大方廣佛華嚴經) = 석존(釋尊)이 성도(成道) 제27 일에 문수(文殊), 보현(普賢)들 성자(聖者)에게 자증(自證)의 경과를 설법한 경전이다. ②무량수 여래회(無量壽如來會) = [책] = (Amitāyuṣa Vūha), 두 권인데 당(唐) 보리유지(菩提留支)의 한역. 무량수경(無量壽經).48 원(願) 성

취(成就)의 아미타불(阿彌陀佛)을 설법함.

새김

화엄경에 이르되 소리 듣기 여랫회 가운데 있어 법을 듣자오되 눈 먼 사람 같으며 귀 먹은 사람 같다 하니,(그런 사람은) 모든 법상에 주착(住着)하기만 힘쓰는 까닭이다.

× ×

> 샹녜 行ᄒ면 사ᄅ미 눈 이셔 볼ᄀ 힛中에 處
> 홈 ᄀᆞᆮ거니 어딀 보디 몯ᄒ료

새김

항상 행하면 사람이 눈이 있어 밝은 햇 가운데 사는 것 같으니 어디를 보지 못하리오

× ×

> 濁惡ᄒᆞ 世예 邪ᄒᆞ 法이 난겻 니러 正法이 行
> ᄒᆞ미 어려우리니 이 時節ㅅ中에 ᄒᆞ다가 善男子 善①
> 女人이 이 經을 맛나 스스을② 조차바다 受ᄒᆞ야 讀
> 誦ᄒᆞ야 ᄆᆞᅀᆞ매 두어 精進ᄒᆞ야 거츠리 아니ᄒᆞ야
> ᄠᅳᆮ을 브터 修行ᄒᆞ야 부텻 知見에 아라 들면 能
> 히 阿耨菩提를③ 일우리니 이럴씨 三世諸佛이 모
> ᄅᆞ시리 업스시니라

①불도를 믿는 남자 ②스승을 ③아뇩 다라 삼막 삼보리 (阿耨多羅三藐三菩提)＝(Anuttarasamyaksambodhi)(無上正等正覺).부처님의 지혜.

새김

흐리고 나쁜 세상에 그릇된 법이 다투어 일어나 바론

법이 행함이 어려울 것이니 이런 시절 가운데 만약 선
남자 선여인이 이 경을 만나서 스승을 따라서 가르침
을 받아 읽어 오이어 마음에 두어 정진하여 함부로 아
니 하여 뜻을 붙여 수행하여 부처님의 지견에 깨달아 들
어서면 잘 "아뇩보리"를 이루리니, 이러하므로 삼세의 여
러 부처님이 모르지 않을 것이다.

金 剛 經 跋

金剛微妙흔譬喩와般若게여운議論이
이佛祖의닷ᄀ산고디며證ᄒ산고디니
네六祖能禪師ㅣ黃梅丈室에이經을드르샤
應無所住而生其心이라혼디니르러

①게여운=우렁찬, (雄大한) ②닷ᄀ산=닦으신, ③육조능선사
=당나라(唐)의 중. 선종(禪宗)의 혜능 대사(慧能大師)를 가
리킴. 초조(初祖) 달마(達磨)에서부터 육대조(六代祖)이므로
"육조대사"라 함. 남해(南海) 신흥(新興) 〔광동성 조경부
신흥현치(廣東省 肇慶府 新興縣治)〕사람. 당나라(唐) 정관
(貞觀)12년 (638.A.D.)탄생. 어려서 아버지를 잃고 섶(薪)
을 팔아 어머니를 봉양하였다. 저자(市)에서 "금강경" 읽는
소리를 듣고 출가(出家)의 뜻이 생기어 어머니에게 청하
여 함형년중(咸亨年中) (670.A,D.—675.A,D,) 소양(韶陽)
으로 가서 열반경(涅槃經)을 공부하고 함형(咸亨) 2년 제
오조(第五祖) 홍인(弘忍)을 황매산(黃梅山)으로 찾아가 선(禪)
을 3년간 배웠다. 의봉(儀鳳) 원년 (676,A,D,) 남방으로
설법하러 다니었다. 무태후(武太后). 효화 황제(孝和皇帝)가 글
을 보내어 불렀으나 병이라 하고 가지 않았다. 선천(先天) 2년
(713,A,D,) 입적(入寂)하니 나이 76세였다,
⑤황매=땅 이름, 중국음 "Huang-mei" 호북성(湖北省) 동남
단(東南端)의 도시(都市). 남조제(南朝齊) 이후의 영흥현(永
興縣), 수나라(隋) 때의 신채현(新蔡縣), 뒤에 황매현(黃梅
縣)이 되어 지금에 이르렀음. 지금의 위치는 원나라(元) 이
후 동남(東南)으로 옮겨졌음. 양자강(揚子江)에 가까운 요
지(要地)이니, 당나라(唐) 건중(建中) 4년 (783.A,D,) 강서

—(213)—

절도사(江西 節度使) 조 왕고(曹 王皐)가 이 희열(李 希烈)의 장수 한 상로(韓 霜露)를 대파(大破)하고, 건부(乾符) 5년 (878. A. D.) 증 원유(曾 元裕)가 황소(黃巢)의 난리 두목 왕 선지(王 仙芝)를 목 벤 곳. 지금은 둘레 30 리 가량의 성이 남았는데 농촌의 중심지가 되어 있으며 1938 년 8월 2일 일본 침략군(侵略軍)이 침입했었다. 이곳에 육조(六祖) 능선사의 스승 오조(五祖) 홍인(弘忍)이 살았던 것임. ⑤장실＝방장실(方丈室), 열자(十尺) 사방의 방, 좁은 승방(僧房)의 뜻이니, 천축(天竺)＝(인도)의 유마 거사(維摩居士)가 방 일장(方一丈)의 방 안에 3만 2천의 사자좌(獅子座)를 넣었다는 고사(故事)에서 나온 말임. 절(寺)의 주지(住持) 장로(長老)가 있는 곳, 또는 주지의 뜻으로도 쓰임. ⑥"응무소주"하여 "이생기심"하라＝잡 생각에 잡히지 말고 모든 맑은 마음을 나타내라' 곧 수도(修道)나 보시(布施)를 할 때 이익을 바라고 하지 말고 순수한 보리심(菩提心)으로 하라는 뜻이니, 이 한 마디에 수도(修道)의 철리(哲理)가 포함되었다 함.

새 경

　"금강"의 미묘한 비유와 "반야"의 우렁찬 이론이 이 불조의 닦으신 바이며 증명하신 바이니,
　옛날 육조 능선사가 황매 장실에서 이 경을 공부하며 "응무소주 이생기심"이라고한 구절에 이르러

> 微妙호 ᄠ들 ᄉ뭇볼기샤 衣鉢을傳ᄒ시고 ①
> 곧이經에그를조차ᄠ들사기샤後에
> 빛홀싸ᄅᆞᆯ여르시니이제우리 聖上이아린 ②
> 勝因을시므샤世에導師ᄃᆞ외샤 ③

①의발＝삼의(三依). 〔승가리(僧伽梨), 울다라승(鬱多羅僧) 안타회(安陀會)〕와 발(鉢).＝중의 밥 그릇. 뒤에는 가사(袈裟)와 철발(鐵鉢)의 뜻. 선종(禪宗)에서는 "가르침"의 뜻.
②아리＝일찍(夙, 曾)★. ③승인＝훌륭한 인연.

★ 아래 잇디 아니흔 이를 得과라 흐더니

(得未曾有) (楞嚴經 1：29)

아리 묻ㅈ온대 (嘗問) (〃 1：30)

아리 어느 법을 크다 니르시며

(向來에 說何法大ㅎ시며) (圓覺經.上1之2：15)

아리 萬年 天子ㅅ 목수를 비숩고

(曾祝萬年天子壽) (梵音集 41)

아리 닐오디 (嘗言) (內訓 2：17)

아라 오래 病ㅎ얫 거시늘 (嘗久疾) (〃 2：38)

아리 狼狽ㅎ던 처어믈 ᄉ랑ᄒ니

(憶昨狼狽初) (杜詩 1： 9)

囊 아리 낭 (訓蒙下 2) 素 아리 소 (類合, 下29)

아리 모딘 藥을 두어 (曾置毒藥) (佛頂, 下10)

아래 나를 됴흔 ᄆ를 줄 사ᄅ미 잇거늘

(昔與吾千里馬者) (翻譯小學10： 1)

아릿 習이 ᄆᄌ엽서 (了罔陳習) (楞嚴經10： 1)

아랫 習의 블로미라 (宿習之召也) (楞嚴經 7：40)

아릭브터 바다 쁘는 家風이며

(依前受用家風) (三家解 2：19)

※ "下"의 뜻으로도 "아래"가 쓰이는 것은 옛날이나 지금

이나 다름없다:

下는 아래라   (訓民正音 12)
  ★
城 아래 닐흔 살 쪼샤
  ★
                    (維城之下 矢七十發)、(龍歌 40)
                              ★
下 아래 하 (訓蒙下34) 아랫사롬 (下人)(老乞大．下41)
  ★   ★   ★

〔새김〕

　미묘한 뜻을 사무쳐 밝히시어 가르침을 받으시고 곧 이 경의 글을 따라서 뜻을 새기어(해석하여) 뒤에 배울 사람을 열으시니, 이제 우리 임금이 (또한) 일찍 훌륭한 인연을 심으시어 세상의 스승이 되시어

> 　부텻慧命을니스시며萬幾ㅅ겨르레이經을
> 　　　　　　　①
> 　ᄆᆞ장미드샤微妙혼理예기피마ᄌᆞ샤
> 　親히입겿一定ᄒᆞ시고
> 　　②

①혜명＝지혜의 생명, ⑫입겿＝구결(口訣), 한문 읽을 때의 귀절 연락의 토(吐)를 가리킴. 어조사(語助詞).

〔새김〕

　부처의 지혜 생명을 이으시며 임금 일이 바쁜 틈에 이 경을 가장 믿으시어 미묘한 이처에 깊이 맞추시어 몸소 토를 일정하시고

> 　　　　①　　　　　②　　　　　③
> 　儒臣韓繼禧를命ᄒᆞ샤國語로翻譯히시고
> 　　　④　　　　　⑤
> 　丄敎宗判事臣海超와檜嵓寺住持臣弘一과
> 　　　⑨　　　　　⑦
> 　前津寬寺住持臣明臣과前俗離寺住持臣演熙와
> 　　　⑧　　　　　⑥
> 　前萬德寺住持臣正心과臣補를命ᄒᆞ샤

① ※ ②국어＝우리 나라 말. ③희시고→ᄒᆞ이시고＝시키시고.

④교종 판사="교종"의 수직(首職). "교종"은 세종(世宗) 6 년에 자은종(慈恩宗), 화엄종(華嚴宗). 시흥종(始興宗), 중신종(中神宗)이 합하여 된 교파(教派), 선종(禪宗)의 대(對) ⑤회암사=경기도. 양주군(楊州郡) 회천면(檜泉面) 천보산(天寶山)에 있는 절. ⑥진관사=경기도 고양군(高陽郡) 진도면(神道面) 북한산(北漢山) 서쪽 아래에 있는 절. ⑦속리사 충청 북도 보은군(報恩郡) 속리면(俗離面) 속리산 법주사(法住寺)의 옛 이름. ⑧만덕사=전라 남도 강진군(康津郡) 도암면(道岩面) 백련사(白蓮寺)터의 옛 절.

새긴

유신 한 계희를 명하시어 국어로 번역시키고 또 교종 판사 신 해초와 회암사 주지 신 홍일과 전 진관사 주지 신 명신과 전 속리사 주지 신 연희와 전 만덕사 주지 신 정심과 신 보를 명하시어

※ 한 계희, 자는 자순(子順). 본은 청주(清州). 세종(　　) 신유(辛酉)1441, A.D, 진사(進士)가 되어 1447, 등제. 세조(世祖) 즉위하매 세자(世子)=(桃源君)에게 경학(經學)을 가르치게 하였다. 교리겸문학(校理兼文學), 좌필선(左弼善), 사헌집의(司憲執義)를 지나 1457. A,D. 예문관 직제학(藝文館 直提學), 세자우보덕(世子右輔德), 이조판서(吏曹判書)에 이르렀다.

세조의 신임(信任)이 지극하였으며 세조 승하(升遐) 전날 계희를 불러 예종(睿宗)에게 ①경천사신(敬天事神), ②봉선사효(奉先思孝) ③절용애민(節用愛民)의 유훈(遺訓)을 내리고 대보(大寶)를 전하였다.

뒤에 남이(南怡)의 사건 이후 추충정난 익대공신(推忠定難翊戴功臣)의 호(號)를 받고 서평군(西平君)에 봉함을 받았으며, 성종(成宗) 즉위하매 "순성 명량 경제 좌리공신(純

誠明亮經濟佐理功臣)"의 호(號)를 받고 무술(戊戌)1478, A,D,
의정부 좌찬성(議政府左贊成)이 되었다. 임인(壬寅) 1482,
A,D, 졸(卒)하니 나이 60세요, 시호(諡號)는 문정(文靖).
그는 타고나기를 맑고 빼어나서 겉은 부드러우며 속은 꼿
아서 처자(妻子)에게 대해서도 게으른 꼴을 안보였다. 창
졸(倉卒)한 일을 당해도 소리지르거나 당황하지 않았다.
누조(累朝)에 총우(寵遇)를 받되 근신(謹愼)하여 허물이 없
었다.

왕이 물음이 있으면 반드시 성현의 경서를 들어 말하
여 아첨하지 않았다.

집현전(集賢殿)에 있을 제는 동료가 떠들다가도 그가 오
기만하면 끽소리 없었다. 모두 그를 "성인(聖人)"이라고 하
였으며 세조도 한모(韓某)는 "정미 제일(精微第一)"이라고 평
하고 가장 가까이 하되 이름을 부르지 않고 관명(官名)
을 불렀다.

돈 벌이에 뜻 두지 않았으며 일찍 홀아비가 되어 자
녀가 수인 있었는데 혼가(婚嫁)를 정하지 못하였으므로 세조
승하할 즈음 정희 왕후(貞喜王后)에게 유촉하여 자부(子婦)의
장구(粧具)를 내렸다.

사관(史官)이 가로되 "계희는 천성이 깨끗하고 수수하여
겉치레를 좋와 안하고 방안은 고요하여 책만 가득하였다.

그가 이조 판서가 되어 인물을 전형(詮衡)하매 지공(至
公)으로 처리하여 군소리하는 사람 없었다. 평생 다병(多
病)하여 끝내 대석(臺席)에 오르지 못하니 물론(物論)이 이
를 아깝다 하였다".

노 사신(盧 思愼) 강 희맹들로 더부러 불교를 존신하였다.

성종 실록엔 "불씨(佛氏)의 찌꺼기를 훔치어 써 세조에게
알랑거리어 대신의 예(禮)를 잃었다" 하였으나 그들이 불

교를 믿어 번역 책을 남긴 것은 큰 공로라 아니할 수 없다.

> ①
> 마초뼈校正ᄒ라ᄒ야시ᄂᆞᆯ ②睿斷을듣ᄌᆞᆸ소니③
> 바켜流通ᄒ샤人人이議論을因ᄒ야道ᄅᆞᆯ
> 아라疑心ㅅ그므레ᄢᅥ디디아니ᄒ야二執④을
> ⑤
> 헐오三空을나토며⑥四心을住ᄒ야⑦六度ᄅᆞᆯ닷가

①대어 맞추어, 헤아리어, ②예단=임금의 결정. ③듣자왔는데 ④이집="나(我)"라는 실체(實體)가 있다는 생각과 "신심(身心)"이라는 진실체(眞實體)가 있다는 생각, 二我見. ⑤삼공=1."일체(一切) 만유(萬有)가 모두 공(空),"2."상대적(相對的) 차별(差別)의 모양이 없음,"3."구하는 바가 없음," "三解脫門"이라고도 함. 곧 해탈하는 세 가지 방법을 말함. ⑥사심=육단심(肉團心)=(心臟), 연려심(緣慮心)=(思慮心), 집기심(集起心)=(活動心), 견실심(堅實心)=(眞如) ⑦육도=보살 수행(修行)의 여섯 가지 덕목(德目). 보시(布施), 지계(持戒), 인욕(忍辱), 정진(精進), 선정(禪定), 지혜(智慧).

새김

맞추어 교정하라 하시거늘 모두 예단을 듣자왔는데 박혀서 유통하시어 사람사람이 이론(理論)을 말미암아 도(道)를 알아 의심의 그물(網)에 떨어지지 아니하여 "이집"을 헐고 "삼공"을 나타내며 "사심"을 지니어 "육도"를 닦아

> 흔가지로究竟ᄒ뎌ᄆᆞ새가게ᄒ시니①拳拳ᄒ신②
> ③④
> 法施ㅅ利益이嗚呼至極ᄒ샷다
> 天順八年二月 日에孝寧大君 臣補奉敎謹跋

①뎌가새=(彼岸), 깨달은 마음. ②권권=쉬지 않는 모양, 끊임 없음. ③법시=부처의 가르침을 폄. ④오호=아아!

새김

　한 가지로 끝끝내 한 저 갓에 가게 하시니 끊임 없으신 법시의 이익이 아아! 지극하시구나!

　천순 8년 2월 어느날 효녕 대군 신하 보는 임금 말씀 받들어 삼가 책 뒤에 씀. °

※ '2 월 어느날"이라 한 것은 함께 적힌 공조 판서 (工曹判書) 김 수온(金 守溫)의 발문엔 "二月一日"로 적힌 것으로 한 날인가 생각된다.

金 剛 經 事 實

壬午九月初九日에　上이꾸매　世宗이　上의金剛經四菩薩①

八金剛名字쁘들묻ㅈ오시며스ㄷ懿敬을꾸매보샤③　④

上이니르샤디桃源君아닌다

① 상＝임금, 이　글에서는　제조(世祖)．⑫사보살＝상행(上行),
무변(無邊), 정행(淨行), 안립행(安立行),의　네　보살. 또는　보
현(普賢), 문수(文殊), 관자재(觀自在), 미륵(彌勒)의　네보살.
③팔금강＝청제재(靑除災), 벽독(碧毒), 황수구(黃隨求), 백정
수(白淨水), 적성화(赤聲火). 정제재(定除災). 자현신(紫賢神).
대신력(大神力)의　여덟　금강　역사(力士)．　④의경＝도원군,(追
尊德宗)

새김

　임오년　구월　초　아흐렛　날에　임금이　꿈을　꾸니　세종이
임금께　금강경, 사보살, 팔　금강　명자의　뜻을　물으시며, 또
의경을　꿈에　보시어　임금이　말하시기를 "도원군　아닌가?"
※ "임오"년은　천순 6년 (세조　등극 8년, 1462, A.D.)이다.

對答ㅎ슨오디내로이다ㅎ숩고나사와　上을안ㅅ와

痛哭ㅎ야시늘　上이ㅅ또ㄱ장庸哭ㅎ시고生處를①

무르신대對答ㅎ슨오디다善處ㅣ이다ㅎ야시늘

①생처＝사는　곳　②좋은　곳

새김

　대답하시기를 "저올쎄다" 하숩고　나아와　임금을　안사와　통
곡하시거늘　임금이　또　가장　통곡하시고　사는　곳을　물으
시니　대답　여쭙기를 "모두　좋은　곳이　올쎄다" 하시거늘

上이佛道로더욱힘뻐우시고上이그양주를
仔細히보시고ᄉ랑ᄒᆞ샤ᄃᆡ常時예影子그리디
몯ᄒᆞ니이ᄀᆞᄐᆞᆫ明白ᄒᆞᆫ녯양주를내ᄉᆡᆼ각ᄒᆞ야그리려
반드기그리디몯ᄒᆞ리라

①쓰도록 하시고, 쓰이우시고(用力)　②생각하시기를　③그리겠는가(畵)

새김

　임금이 불도로 더욱 힘을 쓰이우시고 임금이 그 모양을 자세히 보시고 생각하시기를 평상 때에 맵씨를 그리지(畵) 못하니 이 같은 명백한 옛 모양을 내가 생각하여 그리겠는가, 반드시(必) 그리지 못할 것이다.

ᄭᅮ메보ᄆᆞᆫ엇뎨能히오라며ᄭᅮᆷ아니면
엇뎨能히맛나리오
ᄭᅮ미妄아니며平時ㅣ眞아니라ᄒᆞ시고
ᄯᅩ셜이우르샤서르슬허ᄒᆞ실저긔
中宮이듣ᄌᆞ오시고ᄢᆡ오ᄉᆞ오시니라

①셜이=아프게(痛)　②슬허=슬프게 그려(悲戀)　③중궁=왕후(王后) 中殿, 坤殿.

새김

　꿈에 봄은 어찌 능히 오래며 꿈 아니면 어찌 능히 만나 보리오.
　꿈이 헛됨 아니며 평시가 참됨 아니다 하시고 또 아프게 울으시어 서로 슬퍼하실 적에 왕비가 듣자오시고 깨워 드리셨다.

아촘믜 中宮이 上끠 ᄭᅮ믈 ᄉᆞᆯ오샤ᄃᆡ ᄭᅮ매
世宗ㅅ 일우샨 佛像 다ᄉᆞᆺ 幀과 諸菩薩이 圍繞ᄒᆞ샤
셔신像을 보ᅀᆞ오이다 ᄒᆞ야시ᄂᆞᆯ 上이 至極感動ᄒᆞ샤
鳴咽ᄒᆞ샤마ᄅᆞᆯ 能히 내디 몯ᄒᆞ시다가

①뎽=초상(肖像). ⑤위요=둘러쌈. ③오열=목메어 울음.

새김

　　아침에 왕비가 임금께 꿈을 여쭙기를 "꿈에 세종의 이루신 불상 다섯 탱과 여러 보살이 둘러 서계신 상을 뵈었습니다" 하시거늘 임금이 그지없이 감동하시어 목메어 울으시어 말을 능히 내지 못하시다가

오라ᅀᅡ 나ᄅᆞ 샤ᄃᆡ 내말 엇ᄂᆞ이다 ᄒᆞ시고
ᄯᅩ良久ᄐᆞ록 말 몯ᄒᆞ야 겨샤다가 ᄉᆞᆯ오샤ᄃᆡ
내말 엇ᄂᆞ니 中宮야ᄆᆞ ᅀᆞᆯ훤히 너기시면
ᄉᆞᆯ오리이다 ᄒᆞ야시ᄂᆞᆯ

①양구=한참　②훤히=널게★

★ 身心이 훤ᄒᆞ야　　　　（身心蕩然）（楞嚴經 3：63）
훤히 허믈 업스리라（廓無瑕玷矣）（楞嚴經 4：53）
훤하면 몰가　　　　　　（廓湛）（ 〃 　4：85）
가ᄉᆞᆯ 훤히 ᄒᆞ고　　　　（盪胸）．（杜詩13：1）

새김

　　오랜 다음 말하시기를 "내 할 말이 있습니다" 하시고 또 한참이나 말을 못하여 계시다가 말씀하시기를 "내 할 말이 있으니 왕비가 마음을 넓게 여기시면 말씀하리이다" 하시거늘

中宮이ᄯᅩ슬흐샤ᄆᆞᆯ즈개이긔디몯ᄒᆞ샤
셔르말업스시다가ᄒᆞ마오라거사　上이
알ᄑᆡᆺᄭᅮ믈솔와시ᄂᆞᆯ兩殿이슬허셜워ᄒᆞ야
눖므를ᄀᆞᄅᆞᆷᄀᆞ티흘리샤니블와벼개왜
저즈시니라

①슬퍼 아파하여　②이불(衾)

새김

　왕비가 또한 슬퍼하심을 스스로 이기지 못하여 서로 말
없으시다가 아미 오래서야 임금이 앞의 꿈을 말씀하시거
늘 두 분 마마가 슬퍼 애통하여 눈물을 강물 같이 흘
리시어 이불과 벼개와를 적시셨다.

上이니ᄅᆞ샤ᄃᆡ追薦ᄋᆞᆫ無餘蘊이라ᄆᆞ ᄉ매훤히
너굴ᄯᆞ니近日에舍利分身이곧그번득ᄒᆞᆫ보라미라
造像과그류미므스기사홀꼬
中宮이술오샤ᄃᆡᄒᆞ마爲ᄒᆞ야밍ᄀᆞ론像이겨시니
近日舍利ᄅᆞᆯ녓ᄉᆞᆸ고幀그리ᅀᆞ오미맛당ᄒᆞ이다

①무여온＝남김 없음. 유감 없음.　②사리 분신＝부처님 압적후
(入寂後) 그 뼈를 각국으로 나누었다. "사리"는 그 뼈,
③그림이, (幀)　④무엇이라야★

★ 얻논 藥이 므스것고　　　　　　(月印釋譜21：215)
므스게 ᄡᅳ시리★　　　　　　　　(〃　　　1：10)
므스기 부텻 境界ㅅ智잇고★
　　　　　　　　　　(何佛境智) (圓覺經1之2：58)
므스기 일후미 小法★ 즐기ᄂᆞ니오

　　　　　　　（何名樂小法者）　（金剛經．下97）

그　닐온　거슨　므스고
*

　　　　　　　（其所詮者何也）　（圓覺經序12）

므스글　ᄒ고져　ᄒ야　몯　일우리오마ᄂ
*

　　　　　　　（何欲不遂）　（內訓 3：52）
*

새김

　임금이　말씀하시기를　추천은　유감　없이　잘　되었다.　（마땅히）　마음에　널게　생각할지니　요즈음　나타난　사리　분신이　곧　그　번듯한　보람이다.

　초상을　만드는　일과　그림을　그림이　어떤　것이라야　할까?

　중궁이　여쭙기를　이미　위하여　만들은　상이　계시니　쉬　사리를　모시고　탱을　그리섬이　마땅합니다.

> 上이솔오샤딕됴ᄒ시이다
> 나도ᄯᅩ亡者爲ᄒ야金剛經을大轉ᄒ리이다

새김

　임금이　말씀하시되　좋으십니다.

　나도　또한　죽은　사람　위하여　"금강경"을　크게　깨우쳐　펼치리다.

※ 윗　글에서　말한　"사리　분신"이란　다음　이야기를　가리킨　것이다.　"세조　7년（辛巳, 天順五年, 1461, A, D,）　여름　오월　임자（壬子）에　석가　여래　사리　분신이　회암사에　계시어　효녕　대군　보（孝寧大君補）가　스물　다섯을　올렸다…"

（有七年辛巳夏五月壬子　釋迦如來舍利分身於檜岩寺孝寧大君補進二十五枚云云）

　이　이야기는　천순（天順）6년　임오（壬午）10월　이조　판서（東

曹判書) 한 계희(韓 繼禧) 봉교찬(奉敎撰) 흥천사 신주종명 병 서(興天寺新鑄鍾銘幷序)에 적힌 것이다.

곧 윗 글에서 세조가 말한 "요즈음"은 일년 전인 신사년 오월의 이야기다.

곧 꿈을 꾸고 이년 뒤인 천순 8년 (세조 10년 甲申146 4,A,D,) 2월에 명령을 내려 4 월 7 일 완성한 것이다. 참고로 금강경 번역을 낸 그 해 여름에 또 나타난 사리 분신 이야기를 다음에 기록한다.

갑신 십년 오월 갑인 초 이틀.

영순군 보에게 명하사 승전원에 말씀 내리시어 가라사대 요즈음 효녕 대군이 회암사에서 원각 법회(圓覺法會)를 배풀었었는데 여래가 나타나시고 감로가 내리며 누른 가 사를 입은 중이 탑을 세번 싸고 돌아 정근하니 그 빛 이 번개와 같고 또 빛을 쏘아 뿌리니 대낮과 같더라.

아롱안개가 하늘에 가득하며 사리 분신 수백이러니 곧 사리를 함원전에 받들어 이바지하니 또 분신 수십이러라, 이런 허한한 상서는 참으로 만나기 어려운 일이라.

내 다시 흥복사를 세워 원각사(圓覺寺)를 삼으리라. 승 전원어 여쭙기를 마땅하오니 하례하소서 청하매 그대로 하 다. ………

효녕 대군 보는 부처 받들기를 아주 두텁게 하여 젊어서 부터 늙음에 더욱 가장하여 회암사로 써 원찰을 삼고 노 냥 왔다 갔다 하여 재를 올리니 이에 이르러 여래가 나 타나고 선승이 탑을 돌은 것이다.

사람들은 모두 볼 수 없었는데 오직 보만이 자기는 보 았다고 말하더라.

(甲申 十年 五月甲寅初二日

命永順君溥 傳于承政院曰 近日 孝寧大君 於檜岩寺 設圓

覺法會　如來現相　甘露降　黃袈裟僧　三繞塔精勤　其光如電
又有放光如晝　彩霧滿空　舍利分身數百　卽以舍利　供奉於舍元殿
又分身　數十枚　如此奇祥　實爲難遇　予欲復立興福寺爲圓覺寺
承政院　啓曰　允當仍請行賀禮　從之……　孝寧大君補　奉佛甚篤
自少至老尤甚以檜岩寺爲願刹　常住來齋施　至是如來現相　神僧
繞塔　人皆不得見而惟補　自言見之．（世祖實錄十年條）

　　상현(尙玄) 이 능화(李 能和)씨 지은 "조선불교사"(朝鮮
佛敎史)에 위의 두 가지 "사리 분신"의 이야기에 대해 "실
록에 적힌 것과 햇 수가 같지 않으니 사리 분신은 이미 삼
년 전에 있었고 단지 여래 현신하고 신승이 탑을 돌은 일
이 이 때에 있었던 것인가?"(與今實錄所載年分不同則舍利
之分身已在於三年之前　而如來現相　神僧繞塔之事　在于是時者
歟) 한 것은 탁견(卓見)이다,

　　그리하여 1464 년부터 시작한 원각사는 3년 뒤에 완성하니
곧 오늘날 서울 종로 빠고다 공원 자리다, 지금은 절은
없어지고 10층 탑이 남아서 조선의 예술을 자랑하는 국
보(國寶)가 되어 있다.

※ 그런데 위의 세조 10년 (甲申,1464, A.D.)을 요세 "세조
9년"으로 적은 책이 있는 것은 역사 연표(年養)를 따른
것이다. 월인 석보 서른 뜰의 "天順三年"도 흔히 "세조
4년"으로 적는다.

　　이것도 연표를 따른 것인 듯하나 나는 실록(實錄)에 적
힌대로 하였다.

　　아무 편으로 치든지 간지(干支)와 서력(西曆) 햇 수는
똑 같다.

두공부지 언해 (杜工部詩諺解)

두시 언해는 성당(盛唐)시대의 다정 다한(多情多恨)한 시인 두보(杜甫)의 시를 성종(成宗) 12년 겨울 우리 말로 번역 출판한 25권 19책의 활자 인쇄 책이다.

중국 수천 년의 하고 한 시인 가운데, 이제 오히려 사람의 심금(心琴)을 흔들어 마음 애틋함에 이기지 못하게 하는 이 실로 두보로 써 첫 손을 꼽게 되나니, 그 나라를 슬퍼하여 꽃에 눈물을 뿌리며 세상을 근심하여 새에게 마음을 놀라 킨 진정(眞情)과 불 타는 정의감(正義感)은, 저 술과 자연 관을 노래하여 시대와 백성의 괴로움을 모르던 이 태백이 들의 미칠 바 아니다.

주리고 춥고 나무 그늘에 물을 마시며 헐벗고 헤매며 들판에 꿈을 찾는 사이에서도 창생(蒼生) 사 직(社稷)의 살 림을 근심하여 옷 소매 마를 겨를 없던 천성(天成)의 시 인 두보는 시대의 슬픔을 몸으로 느끼고 대중(大衆)의 땀 과 눈물과 피를 뼈저리게 읊은 대변자(代辯者)였다.

역대(歷代) 중국의 많은 학자 문인들의 찬사(讚辭) 가운 데 진 소유(秦 少游)의 말이 가장 요령이 있으니 가로되 "두 자미(杜 子美)의 시는 실로 중가(衆家)의 좋은 것을 다 모아 때에 꼭 맞었다. 옛날 소무(蘇武), 이릉(李陵)의 시는 높고 아리따움(高妙)에 뛰어났으며, 조식(曹植) 유정(劉楨)의 시는 씩씩하고 시원함(豪邁)에 뛰어났으며, 도잠(陶潛), 원적 (阮籍)의 시는 고요하고 느긋함(沖澹)에 빼났으며, 사 영운(謝 靈運) 포조(鮑照)의 시는 올차고 깨끗함(峻潔)에 빼났으며, 서능(徐陵) 유신(庾信)의 시는 멋지게 꾸밈(藻麗)에 빼났었 다.

그런데 자미(子美)=(두보)는 높고 아리따운 품격을 궁구

하고 씩씩하고 시원한 기운을 파 헤쳐 고요하고 느긋한 〔
을 싸안고 올차고 깨끗한 모양을 겸하여 멋지게 꾸미는 〔
자를 갖추었다. ……아아! 자미는 그 시의 대성(大成)을 〔
은 이로다!" 하였다.

옛 사람이 그를 평하되 "시사(詩史)"라 "시성(詩聖)"이〔
하니 억양 포폄(抑揚褒貶)의 뜻이 글자마다 두루 숨어서 〔
이백 여년의 세월, 동양 시단에 북두성(北斗星) 같이 빛〔
이 과연 우연 아님을 느끼게 한다.

그려면 두시 언해는 어떻게 된 것인가?

이제 그 서문을 보건대, 성종이 성화(成化) 신축(辛丑) 4년
가을 (1481, A, D,)에 홍문관 전한 (弘文舘 典翰) 유 윤〔
(柳 允謙)들에게 명하여 "이제까지의 두시 주석들이 더러 〔
으나 마땅하지 못하니 고쳐지으라" 하니, 이에 땅 이름, 사람
이름, 말귀들의 어려운 것을 잘 알게 풀이하고 우리 말로
번역하여 한 번 보매 밝히 알게 하여 올리었다.

그리하여 다시 홍문관 수찬(弘文舘 修撰) 조위(曹偉)에게
서문을 지어 붙이게 하여 간행시킨 것이다, 그 서문의 후〔
에 두보를 가리켜

"어즈러워 헤어지고 뛰고 쫓기는 즈음에도 때를 슬퍼하고
임금을 생각하는 말이 지극한 정성에서 나왔나니, 충분 격
렬은 족히 백세를 흔들어 움직일 것이다…… 어찌 뒷 세
상의 바람과 달을 읊조려 성정을 깎는 무리에게 얼추 견
주어 말할 바이리오!"

(至於亂離奔竄之際傷時愛君之言出於至誠忠憤激烈足以聳動百世……
…………豈後世嘲風詠月刻削性情者之所可擬議耶) 하였으며, 임금
이 이 시를 힘써 간행시키는 것은 공자(孔子)가 시 삼백편
을 추리고 주자(朱子)가 주석을 붙인 것과 마찬가지로 배
우는 이로 하여금 "거짓 없는 지경(無邪之域)"에 이르게 하

고자 함임을 말하고, 끝으로 "우리 임금의 따스하고 도타운 가르침이 또한 장차 일세를 도야하려니와 그 풍화를 도움에 과연 어떻다 하는가!

(我聖上溫柔敦厚之敎亦將陶冶一世其有補於風化也爲如何哉) 성화 십칠년 십이월 상한 승훈랑 홍문관 수찬 지제교 겸 경연 검토관 춘추관 기사관 승문원교검 신 조위 잡가 책 머리에 적노라.

(成化十七年十二月上澣承訓郎弘文館修撰知製敎兼經筵檢討官春秋館記事官承文院校檢臣曹偉謹序) 하였다.

이로 써 그 간행의 대강을 알 수 있거니와, 이와 함께 그 때 "연주시격"(聯珠詩格) "황 산곡 시집"(黃山谷詩集)들이 번역 간행되었으나 오늘날 모두 산질(散佚)되고 두시 언해 만이 남았는데 그나마 원간은 얼마 못 남고 알려져 있기로는 5,6,7,8, (연희 대학 간수), 9,10,16,17,22,23, (황 의돈 씨) 24 (방 종현 교수) 들이고 보통 알려진 두시 언해는 인조(仁祖) 10년(1632, A, D,) (崇禎五年)에 중간된 것이다.

이 중간 책에는 "원간 책이 없어져서 얻어 보기 어려우므로 다시 중간 한다"는 자헌 대부 신풍군 겸 홍문관 대제학 지춘추관성균관사 동지경연사 세자좌빈객 장유

(資憲大夫新豊君兼弘文館大提學藝文館大提學知春秋館成均館事同知經筵事 世子左賓客 張維) 의 서문이 있다.

그런데 원간의 맞춤법은 꽤 정연하게 되었으나 중간 (重刊) 책은 맞춤법과 번역문이 소홀하고 글씨도 졸렬(拙劣)한 것이 많다.

그러므로 이 곳에는 그 대강을 엿보는 정도로 우선 저자(著者)가 가지고 있는 중간 책들에서 몇 수를 뽑아 싣고 또 원간 16, 17권에서 몇 수를 실었으니 시의 제목에 ★표가 있는 것은 원간 책의 것이다.

끝으로 당부할 것은 이 곳에 두시 원문을 싣는 것은 순전히 우리 말과의 대조 연구를 위한 것인즉 결코 한시 선전을 하여서는 안된다. 한시는 배우되 흉내 내어서는 못 쓴다. 만약 한시 몇 수를 오이고 큰 자랑으로 아는 이가 있다면 어리석은 노릇이다.

오늘날 우리는 국어를 알기 위해 두시 언해를 배우는 것임을 자각해야 한다.

아래에 싣는 "北征"은 두보 46세 때에 지은 것이다. 때는 당나라(唐) 숙종(蕭宗)의 지덕(至德) 2년, 두보는 반란군 틈을 뚫고 도망하여 봉상(鳳翔)에서 숙종을 만나고 좌습유(左拾遺)의 벼슬을 받았다.

그런데 친구 방관(房琯)의 원죄(寃罪)를 말하다가 도리어 몰리어 임금 명령으로 집으로 돌아 갔다.

그 때 집은 부주(鄜州)에 있었다. 가는 길마다 도적이 많고 집안 살림은 간고하여 식구 가운데 굶어 죽은 아이까지 생겼다.

8월에 길을 떠나 걸어서 삼천(三川)에 이르러 처자(妻子)를 만났다.

그 때의 정경과 회포를 읊은 것이 다음의 귀글이다. 이 귀글은 가장 두보의 평생을 알기 쉬운 것으로 나라를 생각하고 임금을 근심하며 시대를 슬퍼하고 인민을 걱정하여 눈물지며 가족의 굶주림을 불상히 여기는 진정이 넘쳐 흐른다.

비록 곳과 때는 다르나 읽는 이로 하여금 저절로 솟아 오르는 감개를 누르지 못하게 한다.

건륭 황제(乾隆皇帝)가 이 "北征"을 비평하기를 "배천 간지(排天斡地)의 힘으로 써 속사 비사(屬詞比事)의 법을 행(行)하니, 만물을 갖추어 하늘에 횡절(橫絕)하다.

견줄 옛 사람 없고 따를 새 사람 없나니, 오언(五言) 있은 뒤로의 대문자(大文字)라 할 것이다". 하였다.

① 北　征

②皇帝卽位ᄒᆞ신이듬ᄒᆡ③ᄀᆞᅀᆞᆯ④	(皇帝二載秋
閏八月初吉④에	閏八月初吉
내장ᄎᆞ北으로갈제	杜子將北征
아ᄋᆞ라ᄒᆡ⑤지블무로라	蒼茫問家室)

①북쪽으로 감. 한나라(漢) 경시(更始)때 반퓨(班彪)가 난리를 피하여 양주(凉州)로 가다가 장안(長安)을 떠나 안정(安定)에 이르러 북정부(北征賦)를 지었다. 두보도 안 녹산(安祿山) 난리 끝에 북쪽 부주(鄜州)로 가는 고로 "북정"이라 한 것이다. ②숙종(肅宗). ③至德二年. ④가을 ⑤초길=삭일(朔日), 초하루.

★ ④ᄀᆞᅀᆞᆯ히★ 霜露와 草木이 이울어든……

(月印釋譜序16)

ᄀᆞᅀᆞᆯ히★ 洞庭엣 돌히 ᄆᆞᄅᆞ고

(秋★枯洞庭石) (杜詩 8 : 5)

ᄀᆞᅀᆞᆯ★ 나못 미틔셔 그를 닑놋다

(讀書秋★樹根) (杜詩21 : 33)

ᄀᆞᅀᆞᆯ★ ᄠᅳᆯ헤는 ᄇᆞᄅᆞ미 果實을 디오

(秋★庭風落果) (杜詩15 : 14)

ᄀᆞᅀᆞᆯ★ ᄃᆞᆯ와 봆고지 그지업슨 ᄠᅳ들

(秋★月春花無限意) (法語27)

⑤아득하게★

★ 아ᄋᆞ란★ 南國에 旌旗ㅣ하도다

　　　　　　　　　(杳杳南國多旌旗)　(杜詩25：28)

妖怪로왼　氣運ㅣ　믄듯　아ᅀᆞ라ᄒᆞ도다

　　　　　　　　(妖氣忽杳冥)　(杜詩原刊24：**5**)

樓엣　吹角ㅅ소리ᄂᆞᆫ　ᄇᆞᄅᆞᄆᆞᆯ　陵犯ᄒᆞ야　아ᅀᆞ라하고

　　　　　　　　　(樓角陵風逈)　(杜詩14：5)

봆비치　뮈너　므리　아ᅀᆞ라ᄒᆞ도다

　　　　　　　　(春動水茫茫)　(杜詩14：10)

臺ㅣ能히　아ᅀᆞ라ᄒᆞ니　　　(臺能逈)　(杜詩14：13)

몰앳　두들근　아ᅀᆞ라히　버무롓도다

　　　　　　　　(沙岸繞微茫)　(杜詩原刊16：　)

새김

　임금이　즉위하신　이듬햇　가을　윤　팔월　초하룻날　나는　장차　북쪽　내　고향　집을　찾아　가고자　아득한　길을　떠났다.

이時節ㅣ어려우믈맛나니	(維時遭艱虞
朝와野왜겨르른왼나리젹도다	朝野少暇日
내微賤호모ᄆᆞ로님긊恩私닙ᄉᆞ오믈	顧慚恩私被
도로혀붓그라읍노니	詔許歸蓬蓽)
치비가라詔許ᄒᆞ시나	

①지덕(至德) 2년　안 녹산(安 祿山)은　이미　아들　경서(慶緒)에게　죽고　사 사명(史 思明)들이　놀아나고　있었다.

②겨르른왼＝한기로운★　③방관(房琯)의　일로　집으로　내쫓긴　일을　말함.

★②閑暇ᄂᆞᆫ　겨르리라　　　　　　　(月印釋譜　序17)

—(233)—

討賊이 겨를업스샤딕　　　　　　　　（不遑討賊）（龍歌80）

香픠우고 겨르르이 이셔（燃香閑居）（楞嚴經7：6）

새김

이 시절이 어려운 때를 만나니 정부(政府)와 인민(人民)이 한가한 날이 적구나.

내가 미천한 몸으로 임금의 은혜를 입사옴을 도리어 부끄러워하니 집으로 돌아가라고 용서하셨으나

拜辭호리라闕下애가님금두읍고	（拜辭詣闕下
나가믈젓소와오라드록몯나오라	悢惕久未出
내비로諫諍홀姿質ㅣ업스나	雖乏諫諍姿
내나니거든님그미그르ᄒᆞ실이리	恐君有遺失）
겨실가젓습노라	

새김

뵈옵고 떠나 오리라 생각하고 궐하에 가서 임금을 두옵고 나감을 두려하와 오래가도록, 나오지 못하였다, 내가 비록 임금을 간쟁할 자질이 없으나 내가 나간 뒤에 임금이 그릇하는 일이 있을까 두려워한다.

님그믄진실로中興ᄒᆞ신主ㅣ시니	（君誠中興主
나라다ᄉᆞ리샤블진실로힘뻐ᄒᆞ시니라	經緯固密勿
東녁胡ㅣ背反ᄒᆞ믈마디아니ᄒᆞᄂᆞ니①	東胡反未已
이내이애와토블ᄀᆞ장ᄒᆞ논고디라	臣甫憤所切）

①安 慶緒, 史 思明 等,

새김

임금은 진실로 중흥하신 임자이시니 나라를 다스리시기를 진실로 힘써 하시었다.

동쪽의 오랑캐들이 배반함을 쉬지 않으니 이것이 나의 가장 분하게 생각하는 바이다.

> 눈믈쓰리고님금가겨신듸롤스랑호니　　(揮淚戀行在
> 길헤오히려ᄆᆞ미어즐호라　　　　　　道途猶恍惚
> ①
> 하놀과ᄯᅡ쾌헐므슨사ᄅᆞᆯ合ᄒᆞ얏ᄂᆞ니　乾坤合瘡痍
> 이시르믄언제ᄃᆞ추려뇨　　　　　　　憂虞何時畢)

①헐므슨＝瘡痍. 헐어믈은, ★

★ 瘡 헐므슬 창.　　　　　　　　　(訓蒙中34)
瘢, 허믈 반, 痕, 허믈 흔,　　　　　　(訓蒙中35)
맛난 사ᄅᆞ미 해 헐믜스니
　　　　　★
　　　　　　　　　(所遇多被傷)　(杜詩1：2)

새김

눈물 뿌리고 임금이 가서 계신 곳을 생각하니 가는 길 멀고 멀어 오히려 마음이 아득 아득 하구나, 하늘과 땅이 난리 판에 다친(傷) 사람을 싸안고 있으니, 이 시름은 언제나 끝마칠고!

> ①
> 날호야길흘너머가니겟사ᄅᆞ미　　　　（靡靡踰阡陌
> 　　　　　　　　　　　　　②
> 다避亂ᄒᆞ야나가니烟氣적어괴오ᄒᆞ도다　人煙眇蕭瑟
> ③　　　④
> 맛난사ᄅᆞ미해헐믜스니　　　　　　所遇多被傷
> ⑤
> 알ᄒᆞ며ᄉᆞ도피롤흘리놋다　　　　　呻吟更流血）

①날호야＝천천히★　②고요하도다★　③해＝많이　④다쳐서
⑤알ᄒᆞ며＝앓으며.

날호야셔 ᄆᆞ촘매 기리 嗟嘆ᄒᆞ노라
★
　　　　　　　　（遲佪竟長嘆）　(杜詩 4：10)
　　　　　　　★

다 날호야 거러오니　　　　　　（盡徐步）　（杜詩 9：22）

날호야 거러 곳다온 롨ᄀ쉬셔라

　　　　　　　　　　（徐步立芳洲）　（杜詩10：8）

두 매의 모된 頭腦예 미욘 노히 날회예 드리웟ᄂ니

　　　　　　（二鷹猛腦條徐墜）　（杜詩17：10）

날호야 거러　　　　　　　（徐步）　（楞嚴經 1：34）

鞭彎ᄅᆞᆯ 날호야 돌아와 노푼 이바디를 일워리아

　　　　　　（嬾廻鞭彎成高宴）　（杜詩15：45）

徐 날힐 셔　　　　　　　　　　（類合．下17）

날호야 거러 스싀로 娛樂호ᄆᆞᆯ 어두라

　　　　　　　　（徐行得自娛）　（杜詩15：48）

② 寥는 괴외홀씨라, 寂은 괴외홀씨라（月印釋譜序 1）

眞實入根源이 몱ᄀᆞ며 괴외ᄒᆞ야　　　（月印釋譜2：53）

寂滅은 괴오히 업슬씨니　　　　　（〃　　2：3）

넉슬 슬호니 뫼히 괴오ᄒᆞ얏도다

　　　　　　　　（魂傷山寂然）　（杜詩2：3）

文園이 내죵애 괴외ᄒᆞ고 （文園終寂實） （杜詩3：2）

괴외호믄 당당이버믜 굼거 니셋도다

　　　　　　　　（靜應連虎穴）　（杜詩 7：30）

뫼히 가싀여 괴외ᄒᆞ도다 （山更靜） （杜詩 9：14）

사ᄅᆞ믜 일와 音人信글월왜 쇽졀업시 괴외ᄒᆞ도다

　　　　　　（人事音信漫寂寥）　（杜詩14：19）

寂 괴오 젹, 寥 괴오 료,　　　　　（石峯，千字31）

寂 고요 젹, 寞고요 막　　　　　　　　　　　　　　　(類合20)
　★　　　　　　★
괴외흔 고대 호오사 안자 (獨坐靜處)　(佛頂上 5)
　★　　　　　　　　　　　★

새김

　천천히 길을 넘어가니 그 곳 사람이 모두 피란하여 가고 (밥 짓는) 연기가 적어 고요하다.

　만나는 사람이 많이 다치어 상하였으니 앓으며 또 피를 흘리는구나!

머리도로혀風翔①을보니	(回首鳳翔縣
旌旗②나조히③明滅호놋다	旌旗晚明滅
알푸로寒山이重疊④흔듸로오라가	前登寒山重
물머기던므를조조어더보라	屢得飲馬窟)

①봉상＝섬서(陝西)의 땅 이름, 숙종 피란했던 곳. ②정기＝모시고 지키는 위의(威儀). ③저녁에 ㉡앞으로,

새김

　머리를 돌리어 봉상을 바라보니 임금 모신 깃발이 저녁 어둠 속에 멀리 보일락 말락 하는구나.

　앞으로 찬 바람 부는 산이 첩첩한데 올라가니 적군(敵軍)이 말 먹이던 물을 볼 수 있었다.

邠郊①는 따아래②뻬덧고	(邠郊入地底
涇水③는두고욼스이④예붇피⑤놋다	涇水中蕩潏
모딘범이내알뼈셔이시니	猛虎立我前
蒼崖ㅣ우⑥름제⑦뼈려디놋다	蒼崖吼時裂)

①분교, 옹주(雍州)땅. 뒤의 서안(西安). ②꺼졌고, ③경수, 경하(涇河)의 물, 옹주의 경내(境內)에 있음. ⑤두 고을의 사이에 ⑤부피는구나, 싸우는구나 ⑥우를 제 ⑦떨어지는구나★

★ ②世上앳 션비는 해 뻐뎟느니

(世儒多汨沒) (杜詩21：13)

뻐듀미 하느니   (多淪墜) (金剛經上16)

오히려 뻐디디 아니타하시니

(尙未淪溺) (楞嚴經 1：35)

불의예 뻐디디 아니케흐라   (呂氏鄕約35)

陷 뻐딜 함   (訓蒙下17)

★ ⑦子規새 바미우니 묏대 뻐려더고

(子規夜啼山竹裂) (杜詩9：8)

온 조가개 뻐리도다   (百雜碎) (三家解 2：72)

째경

    분교는 땅 아래 꺼졌고 (적군에게 함락되고) 경수는 두 고을 〔분주(邠州, 경주(涇州)〕 사이에 부피는구나 (쌈철을 하는구나) 사나운 호랑이가 (도적들이) 나의 앞에 서있으니 푸른 산 기슭이 그 우름 소리에 깨져 부서지는구나.

※ 이 아래로는 가는 길의 고생스러움을 읊은 것이다.

<table>
<tr><td>菊花는 이제 ᄀᆞ을고지드리엿고</td><td>(菊垂今秋花</td></tr>
<tr><td>돌흔 옛술힛자최를실엣도다</td><td>石載古車轍</td></tr>
<tr><td>靑雲이내 잇노픈興을뮈우느니</td><td>靑雲動高興</td></tr>
<tr><td>幽事도ᄯᅩ즐겸즉흐도다</td><td>幽事亦可悅)</td></tr>
</table>

①국화 ②가을 ③수레(車)★ ④움직이니 ⑤유사, 상산(商山)의 사호(四皓)와 같이 산 골에 숨어 살음.

★ ③駕는 술위니   (月印釋譜序17)

輪은 술위뻐니   (〃 4)

軫은 술위우흿 앏뒤헷 빗근 남기니 (月印釋譜序24)

술위ﾍ글흐니를 가져　　　　　　(持如轉輪)　(佛頂上 3)

靈駕는 神靈 술위라 혼 마리니 (梵音集, 施食10)

車 술위 거, 輛술위 량, 輜 술위 치, 輿술위 여,

輅 술위 로, 輦술위 련.　　　　　　　　　(訓蒙,中26)

軸 술위 튝　　　　　　　　　　　　　　　(訓蒙,下23)

軌 술윗 ᄀ못 궤　　　　　　　　　　　　(類合,下36)

새김

　국화는 이 가을의 꽃으로 드리워 피고, 돌은 눌리어 지난 날 수레의 지나간 자취를 남기었구나 !

　구름이 높이 날라 나의 높은 흥취를 움직이니, 세상 일 잊고 숨어서 시는 일도 또한 즐겨 볼만하다 !

묏果實 ①혹뎌근거시하니	(山果多瑣細
②버러나도토리와밤쌔섯것도다	羅生雜橡栗
시혹블그니는③단새굳고	或紅如丹砂
시혹거므니는④더근⑤옷굳도소니	或黑如點漆)

①혹뎌근＝잘고 작은 (※126p) ②버러＝벌려(羅) ③단새＝丹砂, 빛나는 팡물, 천연적으로 나는 유화 수은(硫化水銀), 朱砂, ④더근＝찍은 ⑤옷＝옻

새김

　산의 과실이 잘고 작은 것이 많으니, 느러져 나서 도토리와 밤과가 섞였다.

　혹시 붉은 것은 단사 같고, 혹시 껌은 것은 찍은 옷 과 같더니.

> 비와ㄱ슬왜저쥬매　　　　　　　　　　　（雨露之所濡
> 둔거셔쁜거셔다흔가지로여르미민잣도다　甘苦齊結實
> ①
> 桃源ㅅ안흘아ᄋ라히ㅅ랑ᄒ고　　　　　　　緬思桃源內
> 내身世의疏拙혼고돌더옥슬허ᄒ노라　　　益歎身世拙）

①도원. 진나라(晉) 태원(太元)때 어떤 뱃군이 구경했다는 이상향(理想鄕). 진나라(秦) 때에 피란한 사람의 자손이 살았었다 함. 도 연명(陶 淵明)의 "도화원기(桃花源記)"에 자세히 있음. ※

새김

　비와 이슬이 내려 젖으매, 단 것이나 쓴 것이나 모두 한 가지로 열매가 맺었다.

　도원 같은 이상향을 아득하게 생각하고 나의 살이가 어리석은 것을 더욱 슬퍼하는 바이다.

※ 도 연명의 "도화원기"는 그의 이상 사회를 그린 것으로 자연(自然), 평등(平等), 자유(自由)를 그리워하는 뜻이 넘쳐 흐른다.

　한대(漢代) 이래로 싸움과 난리가 이어 사람들은 오직 몸 둘 곳을 찾아 헤매었다.

　시대는 바꾸어 진나라(晉)가 되었건만 흥망 성쇠 (興亡盛衰) 의 바람은 그치지 않고 인심은 귀일(歸一)할 바 없어 한나라(漢) 이래 400여년간 사람의 마음을 다스리던 유교(儒敎)도 시들어 이울고(枯) "무위 자연"(無爲自然)의 노장(老莊)사상이 시대의 앞에 매력을 풍기고, 인민의 새 풍조(風潮)는 세기 말적(世紀末的) 현상(現象)을 보였다,

　죽림 칠현(竹林七賢)이란 므리를 젓손으로 자연과 술 속에 청담(淸談)을 일삼는 파격(破格) 쾌락(快樂)주의가 시체(時體)＝(流行)가 되어 시끄러운 세상을 잊고 고요한 대

자연의 아름다운 품 속에 도피(逃避)하여 타고난 생명을 누리려 하였다.

　이러한 시대의 영향을 입은 도 연명도 또한 속세(俗世)를 떠나 술과 꽃, 글과 자연을 벗하였다. 봄이 오고 눈이 녹고 꽃이 웃으며 여름이 되어 푸른 잎기 성성하게 자라고 시원한 바람이 땀을 씻으며 무사 공평(無私公平)히 돌아오는 세월――흐르는 구름, 철 따라 오가는 새떼의 날개에 꿈을 실어 다정한 산하(山河)에 끝없는 동경(憧憬)과 사모(思慕)를 바치어 동쪽 울 밑의 국화를 따고 유연(悠然)히 남산(南山)을 바라보는 외롭고 깨끗한 전원(田園)의 평민(平民) 시인이었다.

　그의 시와 글은 육조(六朝)문학 사상(史上) 혁명적 새 길을 열었으니, 이는 호적(胡適)박사가 그 "백화문학사"(白話文學史)에서 말한 바와 같이 "그의 언어(言語)는 민간(民間)의 언어였고 그의 철학(哲學)은 또한 그가 참으로 경험하여 지나온 평생 실행의 자연 주의였다" (他的言語却是民間的言語。他的哲學又是他實地經驗過來的　平生實行的自然主義…)

　도 연명의 "도화원기"는 실로 그의 평생을 그리는 이상향(理想鄉)이었다.

桃 花 源 記

　진나라(晋) 태원(太元)시절 무릉(武陵)땅의 어떤 사람이 고기잡이로 생애를 잡았는데 하루는 시내를 따라 올라가다 길의 멀고 가까움을 잊었다.

　문득 바라보니 복사 꽃 수풀이 욱어져 양 쪽 언덕 수백보(數百步)인데 잡목(雜木)이 섞이지 않고 부드러운 풀이 시원하게 아름답고 날리는 꽃잎은 향기롭게 춤을 추니 어부(漁父)는 더욱 이상히 생각하여 자꾸 앞으로 올라가 그 수풀을 다 알아 보고자 했다.

수풀이 끝나고 샘터에 한 산이 있되 그 산에 작은 구멍이 있어 속이 환하게 보였다.

이에 배를 버리고 그 구멍으로 들어갔다.

처음엔 몹씨 좁아서 겨우 몸집이 빠져 나갔다. 다시 수십 걸음을 가니 훤!하게 열리어 땅이 넓고 집들이 우뚝 솟아 걸찬 밭과 아름다운 못(池)과 뽕나무 대숲 들이 있었다,

길이 열리어 교통하고 닭 소리 개 짖는 소리가 들리는데 그 사이를 왕래하며 농사짓는다. 남녀의 옷은 모두 외인(外人)과 같았다. 노란 머리를 따아 느러뜨리고 서로 즐거운 듯하였다. 어부를 보고 모두 놀라 따라와 온 곳을 물으매 자세히 대답하니 집으로 데리고 가서 술상을 차리고 닭을 잡아 대접하고 그들은 진나라(秦)때 난리를 피하여 이 곳에 숨었다 하며 지금이 어느 시절이냐고 묻는 것이었다. 한나라(漢)의 흥망과 위나라(魏), 진나라(晋)도 모르는 그들이었다.

어부의 이야기에 모두 놀라며 차례로 대접하매 며칠을 묵어 헤어져 돌아오니 가서 이런 이야기를 말라는 당부였다. 나시 그 배를 찾아 타고 돌아오며 곳곳에 표를 하고 고을에 이르러 태수(太守)에게 이 이야기를 아뢰었다.

태수가 사람을 보내어 먼저 표한 곳을 찾았으나 길을 찾지 못하였다. 남양(南陽)의 유 자기(劉 子驥)는 고상(高尙)한 선비인데 몸소 찾아 갔으나 찾지 못하고 앓아 죽고 뒤로 나루(津)를 찾는 이 없더라.　　　　(끝)

×　　　　　　　×

　물론 두보는 도 연명의 인생판(人生觀) 과는 전연 달밨다. 끝 까지 침통(沈痛)한 현실을 바로 잡고자 하는 뜨거운 정성은 두보로 하여금 이 같은 노래로 스스로의 아픈 마음을 달래도록 한 것이다.

두두특흔 鄜時를 ① 브라오니	(坡陀望鄜時
그스이 옛 谷巖 서르나며들며흐놋다	谷巖互出沒
나는 녀볼셔 믌ᄀ에 왯거늘	我行已水濱
내죵은 오히려순 지나모그테잇도다 ②	我僕猶木末)

①부치. 사기(史記) 진본기(秦本記)에 나옴. 부현 (鄜縣)은 풍익(馮翊)에 들음. 부지(鄜地)에 치(畤)를 만들므로 부치라 함. 한나라(漢) 때에도 효사(郊祀)하던 곳이었다 함.
②상기, 아직

새김

　높고 넓은 하늘 제사 지나던 곳을 바라보니 그 사이에 골(谷)과 바위가 서로 들락날락 험하구나. 나는 와서 벌써 물가에 왔는데 뒤 따라오는 종놈은 오히려 아직도 산 위에 있는 것이 나무 끝에 있는 것 처럼 멀리 작게 보인다.

쇠로기는 누른 뽕남긔 셔 울오 ①	(鵄鳥鳴黃桑
미햇쥐는 어즈러운 굼긔셔 拱手흐얏도다 ②	野鼠拱亂穴
바미 깁거늘 사홈사흐던 ᄃᆞᆯ흐로 디나오니 ③	夜深經戰場
사늘흔 ᄃᆞᆯ 비치 흰뼈에 비취엿도다	寒月照白骨)

①솔개★　②공수＝손을 고추 세움　③싸움.

★ 彈子는 쇠로기ᄀᆞᆮ흔 새를 디놋다
★

（彈落似鵄禽）　（杜詩3:14）
★

南 녀크로 녀 쇠로기 뜰듣는듸 다 가리라

(南征盡跐鳶) (杜詩20：13)

하늘히 더우니 뜰든는 쇠로기를 전노라

(天炎畏跐鳶) (杜詩23：11)

가마괴와 쇠로기트렛 모미로다　　　　(靈驗略抄15)

鳶소로기 연, 鴟쇠로기 치　　　　　　(訓蒙.上17)

새김

　솔개는 누른 뽕나무에서 울고, 다람쥐는 어지러운 구멍에서 놀고 있다.

　밤은 깊었는데 싸움 싸우던 땅으로 지나오니 써늘한 달빛이 (죽은 병정들의) 흰 뼈에 비치었다.

※ 위의 한 마디는 잘 그 때의 처량한 모양을 그렸다. 전쟁 뒤의 참혹한 모양이 눈 앞에 보이는듯 한번 읽으매 처량한 바람이 가슴을 써늘하게 한다.

①潼關앳百萬軍士ㅣ	(潼關百萬師
뎌ㅙ②敗③散호믈엇뎨셜리ᄒ뇨	往者散何卒
半맛④秦民으로히여곰	遂令半秦民
⑤거즛거시두외에ᄒ도다	殘害爲異物)

①동관. 서안부(西安府)안에 있음. 가 서한(哥 舒翰)이 군사 20만 명으로 이 곳을 지키다가 적군에게 패함. 두보도 그 막하(幕下)에 있었으므로 이를 탄식함. ②접 때. 그때, ③패덕 ④진민. 장안(長安)은 옛날 진나라 땅이므로 진민이라 함. 곧 장안 백성이 반이나 병정으로 뽑히어 죽었음. ⑤것것 ＝귀신★

★ 시혹 鬼ㅅ것도 브리며　　　　　　(月印釋譜2:71)

새 귓거슨 어즈러이 애와텨ᄒ고 녯귓거슨 우ᄂ니
（新來煩冤舊鬼哭） （杜詩4：3）

묏 귓거시 다든 門ㅅ안해 잇도다 （山鬼閉門中） （杜詩8：60）

노우희 비얌보며 杭木우희 귓것 봄 ᄀᆮᄒ야 （圓覺經上 2：61）

鬼 귓것 귀, 魔 귓것 마 （訓蒙中 2）

[새김]

　동관을 지키던 백만의 군사가 전번에 패산하기를 어찌 그리 빨리 하였던가！

　장안의 백성으로 하여금 반 이상이나 모두 귀신이 되게 하였다.

ᄒ믈며내胡塵에ᄲ텻다니	（況我墜胡塵
도라오매미천머리다쉐도다	及歸盡華髮
희다지나게아지븨오니	經年至茅屋
妻子이오시허러온고듸미잣도다	妻子衣百結）

①호진＝되놈 땅의 먼지. ②온＝백.

[새김]

　하물며 내가 도적놈 틈에 빠지었다가 （겨우 벗어나） 돌아온 때에는 나의 머리 털이 다 세었다！ 한 해가 다 지나간 뒤에야 고향 집으로 돌아오니 아내와 자식들의 입은 옷이 헐어서 온통 （백 군데） 꼬매서 맺었다！

셜워우루매松소리ᄂ멀오	（慟哭松聲廻
슬픈泉오다只幽咽ᄒ놋다	悲泉共幽咽
平生애일의놀이던아희	平生所驕兒
눗비치희요미누니라와더으더니	顔色白勝雪）

①더부러, 함께. ②놀리던 ③눈보다도

새김

슬퍼서 울으니 소나무의 바람 소리는 멀고 흘르는 샘물 소리도 함께 목메인 듯하구나!

나의 평생에 일찍 놀리던 아이들이 얼굴 빛이 (영양 부족으로) 눈보다도 희게 세었으니

아비보고븟그려ᄂᆞᆾ도라셔우ᄂᆞ니	(見爺背面啼
ᄣᅵ지고바래보셔니업도다	垢膩脚不襪
牀알ᄑᆡ두져믄ᄯᆞ리니븐	牀前兩少女
누비오시아야로시무루페디날만ᄒᆞ도다	補綻纔過膝)

①낯, (面) ②때(垢) ③겨우

새김

아비를 보고 부끄러워 낯을 돌려서 우니, 때 묻은 발엔 버선도 못 신었다.

상 앞에 두 어린 딸이 입은 누비 옷은 겨우 무릎을 지날 만하다!

바ᄅᆞᆯ그륜거시믌겨리ᄣᅥ뎨시며	(海圖拆波濤
녜繡ᄒᆞᆫ거시고ᄇᆡ돌히올마잇ᄂᆞ니	舊繡移曲折
海圖엣天吳와舊繡엣紫鳳ㅣ	天吳及紫鳳
엽더디며갓ᄀᆞ로미여뎌른오새누비엿도다	顚倒在裋褐)

①바다 ②고개 ③천오=물 귀신, 호랑이 몸에 사람 얼굴 손 발 여덟, 꼬리 여덟, 청황색. ④자봉=봉황의 종류.

새김

바다를 그린 것이 물결이 떨어지며, 옛날 수를 뜬 것이 고개들이 옮아 있으니, 바다 그림의 천오와 옛 수의 자봉

이 엎어지며 꺼꾸로 매달려 쩗은 옷에 누비었다 !

※ 해도를 오리어 옷을 만들어 입은 비참한 모양들이다.

늘근노미ㅁㆍ미측ㅎ야	(老夫情懷惡
吐ㅎ고두어나를누어쇼다	嘔泄臥數日
내이囊中엣布帛ㅣ	那無囊中帛
너희치위救홀거시엇디업스리오	救汝寒凜慄)

①괴롭고 슬퍼 ②낭중＝주머니 속 ③포백＝헝겊, "돈"의 뜻,

새김

　늙은 사람이 (내가) 마음이 괴롭고 슬퍼 토하고 (싸고) 며칠을 누었었다. 나의 이 주머니 속의 돈푼이 너희들의 추위를 살려줄 것쯤이 어찌 없겠느냐 !

粉과黛와반거슬ㄸ그르며	(紛黛亦解包
衾과裯와를졈졈버료니	衾裯稍羅列
여윈겨집비깃거나ㅊ도로빗나며	瘦妻面復光
어린ㄸ리머리ㄹ제빗ㄴ다	痴女頭自櫛)

①대＝눈섭 그리는 먹분. ②싼(包) ③금＝이불 ④주＝홑 이불

새김

　분과 대를 싼 것을 또한 그르며, 이불과 홑 이불을 플러 벌려 놓니 여윈 아내가 기뻐서 얼굴 빛이 다시 빛나며 못생긴 딸이 머리를 저 혼자 빗는다 !

어믜이를빗화아니홀일업시ㅎ야	(學母無不爲
새벽장식을손을조차그려	曉粧隨手抹
時ㅣ음ㄷ록불근것과紛과를ㅂ르니	移時施朱鉛
답사ㅎ그룬눈서비어위도다	狼藉畫眉闊)

①새벽★　②첩첩히, 두껍게☆　③넓다★

★ ①놀애와 우룸괘 다 새베 잇ᄂ니
　　　　　　　　(歌哭俱在曉)　(杜詩 1 : 5)

宮女ㅣ 새배 새야오믈 알오 (宮女曉知曙) (杜詩 6 : 17)

블근 새배 小園을 向ᄒ야 오라
　　　　　　　　(淸晨向小園)　(杜詩15 : 13)

블근 새배 그빅에 밥 머겨
　　　　　　　　(淸晨飯其腹)　(杜詩25 : 2)

새배 졍히 둘이 볼글이라
　　　　　　　　(五更頭正有月明)　(老乞大.上22)

曉 새배 효, 晨 새배 신　　　　　　　　(訓蒙 上1)

☆ ②石壁ㅅ 빗츤 답사흔 쇠ᄂ듯ᄒ도다
　　　　　　　　(壁色立積鐵)　(杜詩 1 : 17)

프른 도니 답사햇ᄂ듯 ᄒ도다
　　　　　　　　(疊靑錢)　(杜詩10 : 6)

★ ③ᄯ흔 平흔 몰앳 두들기 어위오
　　　　　　　　(地濶平沙岸)　(杜詩 3 : 11)

ᄀᄅ미 어위니 雲霧ㅣ 조치잇고
　　　　　　　　(湖濶兼雲霧)　(杜詩14 : 14)

프른시내ᄂ 빅를 이어오매 어위니
　　　　　　　　(碧溪搖艇濶)　(杜詩15 : 13)

因位 뭇 어월식　　(因位最寬)　(圓覺經上2之1:29)

헤낄

　어미 하는 일을 배워서 아니 하는 일 없이 흉내내어,

새벽 단장을 손에 묻쳐 그려 때가 지내도록 연지 (붉은 것) 와 분을 바르니 뭉개서 그린 눈섭이 넓다!

사라도라와아희룰마조안조니　　　　　　　　（生還對童稚
ᄆᆞ음이깃버주으림과목마르믈닛고져ᄒᆞ노라　　似欲忘飢渴
이룰묻고ᄃᆞ토와입거우즐잡ᄂᆞ니　　　　　　問事競挽鬚
아ᄆᆞᆫᄃᆞᆯ뉘能히곧怨ᄒᆞ야구지즈리오　　　　　誰能卽嗔喝）

①입거웆을, ＝수염을★　②아모인들, ＝아무인들
★ "수염"(鬚髥)이란 말을 쓰기 전엔 "입거웆"이라 했다.
곳 여의ᄂᆞ 버린 입거우제 오르놋다
　　　　　　　　（花蕊上蜂鬚） （杜詩3:27）
龍의 입거우즐 幸혀 다시 더위자브니라
　　　　　　　　（龍鬚幸再攀） （杜詩5:18）
구틔여 입거우지 쇠욜디 아니니라
　　　　　　　　（不必須白晳） （杜詩8:19）
髭 거웃 ᄌᆞ 髥 입거웃 슈 髥 거웃 염 （訓蒙.上28）

새김

　살아서 돌아와 아이들을 마주 앉어 보니, 마음이 기뻐서 주우림과 목말름을 잊을 지경이다.

　지나온 일을 자꾸 물으며 다투어 수염을 잡아다리니 아부인들 뉘 능히 곧 골을 내고 꾸짖을 것인가.

도ᄌᆞ기제뻐뎌실젯시름을도로혀ᄉᆞ랑ᄒᆞ고　　（翻思在賊愁
아희들에요볼돌히너겨ᄃᆞ노라　　　　　　甘受雜亂聒
새녀도라와내ᄠᅳᆮ을慰勞ᄒᆞ니　　　　　　新歸且慰意
사롬사리아어ᄂᆞ시러곰니르리오　　　　　　生理焉得說）

①뼈뎌＝꺼져(上注)　②ᄉ랑하고＝생각하고★　③들에요믈＝수션 피움을★　④돌히＝달게★　⑤득노라＝받는다★

★ ②뉘 아니 ᄉ랑ᄒᅀᄫᆞ리　（孰不思懷）（龍歌78）

思ᄂᆞᆫ ᄉ랑홀 씨라　　　　　　　（月印釋譜序11）

惟ᄂᆞᆫ ᄉ랑홀 씨라　　　　　　　（　〃　14）

그려기ᄂᆞᆫ 塞北에 ᄂᆞ로믈 ᄉ랑ᄒᆞ고

　　　　　　（雁思飛塞北）（三家解2：6）

故人의 故鄕ᄉ랑호믈 아ᅀᆞ라히슬노라

　　　　　　（遙隣故人思故鄕）（杜詩11:4）

※ 위와 같이 "ᄉ랑"은 옛말엔 "생각"의 뜻으로 쓰이다가 "愛"의 뜻으로 바꿔었다.

　嬖 ᄉ랑홀 폐, 寵 ᄉ랑홀 통, 偎 ᄉ랑홀 오,

　　　　　　（訓蒙下33）

愛 ᄉ랑이　　　　　（千字5）（類合下 3）

※ 옛말 "愛"의 뜻으로는 "ᄃᆞᅀᆞ며, ᄃᆞ온……들이 쓰였음은 이미 앞에서 설명했다.

★ ③들에ᄂᆞᆫ 뒤란 ᄒᆞ마 사ᄅᆞ미 무를 벙으믜왇도다

　　　　　　（喧己去人群）（杜詩7:31）

술위와 ᄆᆞᆯ왜 들에유미 엽도다

　　　　　　（而無車馬喧）（杜詩16:4）

★ ④땟 마시 ᄈᆞᆯᄀᆞ티 들오　　（月印釋譜 1：42）

醴 ᄃᆞᆫ술 례.　　　　　　（訓蒙中21）

甘 둘감. 甜둘렴　　　　　　（訓蒙下14）

둔果ᄂᆞᆫ 고고리예 ᄉᄆᆺ 둘오

　　　　　　（甜果徹蔕甜）（三家解2：50）

甘月同訓 皆云달　　　　　　（雅言覺非）

~ (250)~

★ ⑤이세 性을 트느니라
　　　　　　　　　　　★
　　　　　　　　　　(受性於此) (楞嚴經 1 : 89)
　　　　　　　　　　　　★
하놀 ᄯ 靈흔 긔운을 트며
　　　　　　　　　★
　　　　　　　　(禀天地之靈) (內訓 1 : 2)
　　　　　　　　　★

새김

　도젹에게 내가 꺼져 있을 젹 시름을 돌려 생각하고 아이가 들레고 수선 피움을 달게 여겨 받는다.

　새로 돌아 와서 (그런대로 우선) 나의 속 마음을 풀어 달래니, 살림살이야 어찌 들어 말할 거이 있으리요.

님그미 오히려 蒙塵ᄒ야겨시니 ①	(至尊尙蒙塵
어느나래아 軍卒練習호믈말려노	幾日休練卒
하ᄂᆯ 비치가시야ᄅ가가ᄂ줄을울워러보고 ②③	仰看天色改
妖怪흔氣運ㅣ훤히업서가믈ᄆᆞᄋᆞ로아노라 ④	旁覺妖氛豁)

①몽진＝임금의 피란(避亂). ②가시야＝새로 ③울워러＝우럴어 ④ᄆᆞᄋᆞ로＝한 옆으로, 함께.

새김

　임금이 아직도 피란하여 계시니, 어느 날에야 군사 조련함을 그만두려노!

　하늘의 빛이 새로 맑아기는 줄을 우럴어 보고 요괴한 (반란군) 기운이 훤히 없어져감을 함께 안다!

陰風ㅣ西北ᄋ로셔오니 ①	(陰風西北來
慘澹히回紇을조차오놋다 ②③	慘澹隨回紇
그王ㅣ天子ᄅ돕고져願ᄒᄂ니	其王願助順
그風俗은불들요블즐기ᄂ니라 ④	其俗喜馳突)

①음풍 ②참담 ③회흘＝“回鶻，高車部，” “靈武”의 동북방에 살던 종족. <u>위글 종족</u>.④ᄆᆞᆯ＝말(馬)★

★ 젼 ᄆᆞ리 현버늘 딘ᄃᆞᆯ
　　　　　　　　　　　（爰有蹇馬　雖則屢蹶）（龍歌31）

ᄆᆞᆯ 튼자히 건너시니이다　　　（乘馬載流）（龍歌34）
★
馬 ᄆᆞᆯ마　　　　　　　　（訓蒙, 上19）（類合, 上13）
　★
馬曰 末　　　　　　　　　　　　（鷄林類事）
　★
라민일홈과 ᄆᆞᆯ 일홈꽤 （驢名馬字）（三家解2：34）
공골 ᄆᆞᆯ(黃馬) 구렁 ᄆᆞᆯ(粟色馬) 가라 ᄆᆞᆯ(黑馬)
★
도화점ᄀᆞᆯᄆᆞᆯ(桃花馬) 고라 ᄆᆞᆯ(土黃馬)（老乞大, 下8）
★
ᄆᆞᆯ을 ᄀᆞᆯᄒᆡ여 뎡ᄒᆞ여라
★
　　　　　　　　　　（揀定了馬也）（朴通事, 中 8）
　　　　　　　　　　　★

새김

　꿎은 바람이 서북 편으로 불어 오니, 맵고 **차디차게** <u>위글 종족</u>의 뒤를 따라 몰아 오는구나!

　그 왕이 천자를 도와 드리겠다고 원하니, **그네들의** 풍속은 말 달리기를 즐기는 것이었다.

兵卒五千人을보내오	（送兵五千人
ᄆᆞᆯ一萬匹을모라보내놋다	驅馬一萬匹
이무른져거도貴ᄒᆞ니	此輩少爲貴
四方 ㅣ 다勇決호ᄆᆞᆯ降服ᄒᆞᄂᆞ니라	四方服勇決）

새김

　<u>위글 종족</u>이 군사 오천 명을 보내고, 말 **일만** 마리를 보내노나!

　이 무리들은 젊었어도 귀하게 여기니 사방이 모두 날

래고 썩씩함에 머리 숙이는 것이다.

> 쁜다핸다매ㄴ듯ᄒᄂ니　　　　　　　　（所用皆鷹騰
> 彼敵혜튜ᄂ 살가민셜오미라와더으니라　　破敵過箭鶩
> 時節人議論은뎌의志氣ᄆ츠매中原을　　聖心頗虛佇
> 侵奪홀가ᄒ노라　　　　　　　　　　　時議氣欲奪）

새김

　군사를 부리어 쓰는 땅엔 모두 매가 날르는 듯하니 저 적군을 헤쳐 부시기는 화살이 날라 가는데의 빠름보다도 더 빠른 것이다.

　임금은 가장 기가 질려서 기다리건만 여러 사람의 공론들은 저네들 (위글 종족)의 속 뜻이 마침내 **중국** 땅을 접어 먹지나 않나하여 어리둥절한 것이다.

> ①
> 伊洛을 손바당ᄀ르치닷收復ᄒ리니　　　（伊洛指掌收
> ②　　　③
> 京은이로이아니싸혀아으리로다　　　　西京不足拔
> 官軍ㅣ請호디기피드러가셔　　　　　官軍請深入
> 銳卒을뫼화回紇兵을伺候ᄒ야홈의發行ᄒ　菑銳伺俱發）
> 져ᄒᄂ다

①<u>이락</u>=<u>동도</u>(東都). ②<u>서경</u>=<u>장안</u>(長安). ③<u>이로이</u>=넉넉히.

새김

　<u>이락</u>을 손 바당 가리키듯 걷어 돌이키리니, <u>서경</u>은 넉넉히 뺏기지 않을 것이다.

　판군이 청하여 (임금께 여쭙기를) 깊이 들어가 힘센 군사를 모와 **위글** 군사를 눈치 보며 함께 떠나자고 한다.

> 이가매靑州徐州를휜히열리로소녀 　　(此擧開靑徐
> 　　①　　②　　　③
> 도르혀恒山碣石녀클아오믈보리로다 　　旋瞻略恒碣
> 　　④
> 昊天에이제霜露ㅣ사햇ᄂᆞ니 　　　　昊天積霜露
> 　　⑤
> 正氣肅殺萬物ᄒᆞᆯ時節ㅣ로다 　　　正氣有肅殺

①항산＝"五岳"의 가장 먼 곳 ②갈석＝"永平府"안 ③아오믈＝빼앗음을 ④호천＝하늘. ⑤ 숙살. (蕭殺＝소살)

풀이

　이번 가는 길에 <u>청주</u>, <u>서주</u>를 휜하게 모두 찾아 열을 것이니, 도리어 <u>항산 갈석</u> 방면을 빼앗아 찾음을 볼 것이다.

　그런데 하늘엔 이제 서릿 기운이 쌓였으니 천지의 기운과 만물이 함께 이울어 시들을 시절이로구나!

> 災禍는되밸히예올맷고 　　　　　　(禍轉亡胡歲
> 　　①　　　②
> 事勢는되를자볼득리이럿도다 　　　　勢成擒胡月
> 되의목수믄그能히오라리아 　　　　　胡命其能久
> 　　　　　③
> 님금紀綱은그추미맛당티아니커니ᄯ녀 　皇綱未宜絶)

①밸＝배할, 패배(敗北)할 "亡, 滅, 覆,"의 뜻★　②올맷고＝옮았고. ③오라리아＝오라랴.

★두 버디 빅 배얀마른 　　　(兩朋舟覆)(龍歌90)

나라히 배디 아니턴들 　　　(國不亡)(杜詩6：2)

勇猛흔 士卒은 되 배요믈 ᄉᆞ랑ᄒᆞ고

　　　　　(猛士思滅胡)(杜詩21：36)

모믈 배리니 　　　　　　(亡己)(內訓2：14)

　재앙과　앙화는　되놈이　패배하여　망하는　해에　옮았고　대세는　되놈을　잡을　달이　이루어졌다！

　되놈의　목숨은　그　어찌　잘　오래갈　것이랴，　임금의　기강은　그　그침이　마땅하지　아니함에서랴！

아릭狼狽ㅎ던처어믈ᄉ랑호니	（憶昨狼狽初
그젯이리녯님그믜政亂과다르니라	事與古先別
姦邪흔臣下를ᄆᄎ매주겨葅醢ᄒ니	姦臣競葅醢
ᄒ가지로모진사르미조차해여디니라	同惡隨蕩析）

①아릭＝전번에．일찍（甞）．②낭패＝실패（失敗）　※“당황（慌）”이　아님．③마첨내★　④조해＝원말　뜻은　소금에　저린　짠지와　고기　조림．죽여　없애는　뜻．⑤해여＝망하여

★ 목숨　ᄆᄎ리잇가　　　　　　　　　（性命爰戕）（龍歌51）

終은　ᄆ촌미라　　　　　　（正音解·2）（月印釋譜序 2）

잢간　여희오　ᄆᄎ매　머릴　도르혀　ᄇ라노라

　　　　　　　　（暫別終回首）（杜詩 9：21）

ᄆᄎᆷ내　地獄애　ᄲ리디여

　　　　　　　（終墮於地獄中）（佛頂，上 3）

終　ᄆᄎᆷ　죵（訓蒙，下35）．（千字，13）．（類合，下63）

竟　ᄆᄎᆷ경　（千字，13）．了　ᄆ출료，訖　ᄆ출　흘，

竣　일ᄆ출　쥰　　　　　　　　　　　（類合，下43）

盡食曰　打馬此　　　　　　　　　　（鷄林類事）

새김

　전번　실패하던　현종（玄宗）이　촉으로　도양하였을　때　처음을　생각하니　그　젯　일이　옛　임금의　정란과　다르다．간

사한 신하를 마침내 죽여 없애버리니 한 가지로 나쁜 사
람이 뒤 따라 망해버리었다.

---

① ②
夏殷衰亡홀제中間애   (不聞夏殷衰
③   ④
스스로褒似와妲已쥬규믈듣디몯ᄒ리로다   中自誅褒妲
周와漢과다시興ᄒ시니   周漢獲再興
⑤   ⑥
宣王과光武ㅣ진실로明哲ᄒ시니라   宣光果明哲)

---

①하(夏)=순(舜)이 죽은 뒤 우(禹)가 임금되어 **안읍**(安
邑)=〔지금 **산서성**(山西省) **하현**(夏縣)〕에 서울을 정하고
나라 이름을 **하**(夏)라 함. 2200. B. C. 중국에 국호(國號)
있음이 이 때부터다. 17대 왕 걸(桀)은 계집 **말히**(妹喜)
에게 반하여 난정(亂政)을 했으므로 **박**(毫)=〔지금 **하남성**
(河南省) **상구현**(商邱縣)〕의 **탕**(湯)이 혁명을 일으키어 걸
왕을 내쫓고 임금이 되어 나라 이름을 **상**(商)=(뒤에 은
이라 함)이라 했다. **걸왕**은 삼년 뒤 죽었다. **하**(夏) **17**
왕 440년. ②은(殷)=탕(湯)이 개국함. 1760. B. C. 20대 **주
왕**(紂王)이 계집 **달기**(妲妃)에게 반하여 난정(亂政)을 했
으므로 **주무왕**(周武王)이 혁명을 일으키어 **목야**(牧野)=(河
南省 洪縣)에서 **은군**을 격파하여 **은나라**를 멸망시켰다.
주(紂)는 불에 들어 자살하니 **은나라**도 마침내 28왕 640
년 만에 망했다. 때는 1120. B. C 였다. ③포사=주유왕(周
幽王)의 총희(寵姬), 유왕은 포사에게 반하여 악정을 했으
므로 원 왕후의 장인 **신후**(申侯)는 서이 (西夷) 견융 (犬
戎)을 끌고 쳐들어와 **여산**(驪山) 〔섬서성(陝西省) 호경(鎬
京)동쪽〕에서 유왕을 죽이고 **포사**도 잡았다. ④달기. ⑤선
왕=주나라 선왕(宣王), 주나라 중흥(中興)의 명군. ⑥광무
=한나라(漢) 광무제(光武帝). 한나라 중흥의 명군.

※ 이 글에서는 당 명황(唐 明皇)이 양 귀미 (楊 貴妃)를 죽인 것을 잘했다고 말한 것이다.

【풀이】

하와 은나라가 기울어 망할 때에 중간에 스스로 포사나 달기 같은 요사스런 계집을 죽였다는 소리를 듣지 못할 것이다.

주나라와 한나라가 다시 중흥하였으니 이것은 주선왕과 한 광무제가 참으로 밝고 슬기로운 까닭이다.

桓桓ᄒᆞᆫ陳將軍ㅣ斧鉞을디퍼　　　（桓桓陳將軍

忠烈흔ᄆᆞᆷ을니ᄅᆞ와ᄃᆞ니라　　　仗鉞舊忠烈

너옷아니면사ᄅᆞ미다외오ᄃᆞ외리려니　微爾人盡非

이제나라히오히려사랏도다　　　于今國猶活）

①환환한＝씩씩한　②진장군＝진 원례(陳 元禮), 양 귀비와 양 국충(楊 國忠)을 마외(馬嵬)에서 죽인 주모자(主謀者). ③부월＝도끼. 군권(軍權) ④니ᄅᆞ와ᄃᆞ니라＝일으켰었다. ⑤너옷＝너곳→너만 ⑥외오＝잘못.

【새김】

씩씩한 진 장군이 군권을 맡아 충렬한 마음을 일으켰었다.

그대만 아니더라면 사람이 모두 잘못되었을 것이니 이제 오히려 나라가 살아났다!

大同殿ㅣ凄凉ᄒᆞ며　　　（凄凉大同殿

白獸闥ㅣ寂寞ᄒᆞ얏도다　　　寂寞白獸闥

都邑ㅅ사ᄅᆞ미肅宗ㅅ收復京師ᄒᆞ야오시ᄂᆞᆫ翠華를ᄇᆞ라ᄂᆞ니

　　　都人望翠華

祥端로온氣運도金闕을向ᄒᆞ야오놋다　　　佳氣向金闕）

①대동전 ②백수달。①②둘 다 궁중의 전각의 이름. ③취
화＝임금의 기(旗)

새김

　　대동전이 처량하며 백수달이 고요쓸쓸하여졌다! 　서울
사람들이 숙종의 서울 돌이켜 돌아 오시는 깃발을 바라
니 상서로운 기운도 금궐을 향해서 오는구나!

> ①
> 園陵에 진실로神靈ㅣ겨샤　　　　　　　　（園陵固有神
> 子孫을도오실시비록危亂ㅣ이셔도
> 祭祀ᄒ샤ᄅᆯ조조闕티아니ᄒ시놋다　　　　　灑掃數不闕
> ②
> 빗나며빗난太宗基業ㅣ　　　　　　　　　　. 煌ㅅ太宗業
> 셰샤ᄅᆯ甚하크게ᄒ샷다　　　　　　　　　樹立甚宏遠）

①원릉＝원〔왕세자, 왕세손, 비(妃) 아닌 왕의 생모 (生母)
의 무덤.〕과 임금 무덤　②태종＝(唐太宗.李 世民.)고구
려를 침략하려다가 우리 양 만춘(楊 萬春)장군에게 눈을
한쪽 잃고 도망감. 당나라의 티를 닦았음.

새김

　　원과 능에 진실로 신령이 계시어 자손을 도와주시므로
비록 위태로운 난리 판에 있어도 제사하심을 자조 잊지
아니 하노나!
　　빗나며 빛난 태종의 기업이 세우심을 아주 크게 하셨
구나!

城　　　　上

> ①
> 프른巴西에ᄀ독ᄒ야프르고　　　　　　　（草滿巴西綠
> 뷘城에붉근나리기도다　　　　　　　　　空城白日長
> ᄇᆞ름미부니고지片片이오　　　　　　　　風吹花片片

봆비치뮈니므리아ᅌ라ᄒ도다	春動水茫茫
여듧駿馬ㅣ天子를졷줍고	八駿隨天子
群臣ㅣ武王을뫼ᅌᆸ도다	群臣從武王
나가巡守ᄒ야ᄂᆞᆯ아ᅌ라히듣노니	遙聞出巡守
어느저긔먼다해다오시려뇨	早晚遍遐荒)

①파서＝"成都"부근, ②주목왕(周穆王)이 팔준(八駿)을 타고 천하를 순행(巡行)하였고, 한무제(漢武帝)도 역시 순행하니 이 글은 대종(代宗)이 행섬(幸陜)함을 견줌이다. 뫼ᅌᆸ도다＝모셨다★

★ ③뫼ᅀᆞ오미 및오라 (侍立最久) (六祖法寶, 序 5)

藥을 뫼ᅀᆞ와　　　　　　　　　(侍藥) (內訓 2：64)

御 뫼실 어, 侍 뫼실 시　　　　　　(石峯千字, 35)

陪 뫼실 비, 侍 뫼실 시　　　　　　(類合, 下 14)

※ 뫼ᅀᆞ와→뫼ᅌᆞ와→뫼와
　→뫼ᅀᆞ와→뫼쇠→뫼시어→모시어→모셔

새김

　풀은 푸르러 <u>성도</u> 부근으로 기득하게 (하늘 가에까지) 닿았고, 사람 없는 빈 성에는 따스한 봄볕 만이 하염없이 길어간다. 바람이 고요히 불 때마다 소리 없이 꽃 잎이 한 조각 두 조각 날리며 봄빛이 움직이니 봄물도 아득하게 물결이 구비치는구나！

　그 옛날 팔준마는 (순행하는) <u>주목왕</u>을 쫓아 받들고 또 군신이 <u>한무제</u>를 (순행할 때) 모셨다.

　지금 임금께서도 나아가 순행하신다는 소식을 아득하게 들으니 어느 때에나 먼 땅에 두루 돌아 보시려는가？
※ "城上"은 "白帝城上"인 듯하다.

登 岳 陽 樓

녜 洞庭ㅅ므를 듣다니	(昔聞洞庭水
오늘 岳陽樓의 올오라	今上岳陽渼
吳와 楚왜 東南녀키 떠뗏고	吳楚東南坼
하늘과 따콰ᄂᆞ 日夜애 떳도다	乾坤日夜浮
親흔 버디 흔字ㅅ글월도 업스니	親朋無一字
늘거가 매 외른 윈비 옷잇도다	老去有孤舟
사호 멧므리 關山ㅅ北녀키 잇ᄂᆞ니	戎馬關山北
軒檻을 비겨셔 눖므를 흘리노라	馮軒涕泗流

※ 악양루(岳陽樓)= 지금 중국 호남성(湖南省) 악주부성(岳州府省) 서문루(西門樓). 동정호를 내려다 보는 풍광이 아름다운 곳임. 이 시는 두보가 그 후원자인 엄무(嚴武)의 졸후(卒後) 운남(雲南)에 노닐고 기주(夔州)를 휘돌아 대종(代宗)의 대력(大曆) 3년 촉(蜀)의 난리를 피하여 악양에 와서 지은 것이다. 곧 그가 죽기 전 두해인 57세 때의 작품이다.

새김

지난날 동정호를 이야기로만 들었더니, 오늘이야 정말 악양루에 올라 본다.

오나라, 초나라 옛 땅이 동남으로 버러지고, 하늘과 땅과는 밤낮으로 떠있다.

(이 크고 넓은 천지를 바라 보며 나의 일신을 몰아 보니 친한 벗에게서는 한 자의 소식도 없고 늙어 가는 나에게는 외로운 배 만이 있다,(배를 타고 방랑한다), 그런데 아직도 난리는 끝이 안 나고 싸우는 말이 관산 북쪽에 있으니 (어느 날에나 평화로운 세월이 오려나). 난간에 기대어

(홀로) 눈물을 흘린다.

※ 대력(大曆) 3년 토번(吐蕃)이 입구(入寇)하여 경사(京師)를 침범하였으므로 곽 자의(郭 子儀)가 5만의 군사로 이를 막았다.

두보는 호북(湖北) 양양(襄陽) 사람이니, 장안(長安)으로 성도(成都)로 또는 섬서(陝西)로 사천(四川)으로 살림을 옮겼은즉 북쪽이 고향이다. 건륭 황제(乾隆 皇帝)는 이 시를 "千古絶唱" 이라고 하였다.

이 글은 고향으로 돌아 가는 길에 지었을 것이어니와, 우리 중종 때의 시인 신 광수(申 光洙)는 두보의 심경을 헤아리어 "關山戎馬"라는 한시를 지었다. 이것이 유명하여 오늘날까지 내려 오는데 참고로 적어 둔다.

登岳陽樓	歎關山戎馬
秋江이寂寞魚龍冷하니	人在西風仲宣樓를
梅花萬國에聽暮笛이요	桃竹殘年에隨白鷗를
烏蠻落照倚檻恨은	直北兵塵이何日休오
春花故國濺淚後에	何處江山이非我愁오
新蒲細柳는曲江岸이요	玉露淸風은蘷子洲를
靑袍로一上萬里船하니	洞庭이如天코波始秋를
無邊草色七百里에	自古高樓가湖上浮를
秋聲은乍倚落木天이요	眼力은初窮芳草洲를
風烟이非不滿目來로되	不幸東南漂泊遊를
中原幾處에戰鼓多러뇨	臣甫가先憂天下憂를
靑山綠水에寡婦哭이요	苜宿葡萄에胡馬啾를
開元花鳥가鎖繡嶺하니	泣聽江南紅荳謳를
西垣梧竹舊拾遺는	楚戶霜砧에餘白頭를
蕭蕭孤棹로泛百蠻하니	暮年生涯가三峽舟를

風塵姉妹는淚欲枯하고　　湖海親朋은書不投를
如萍天地에此樓高하니　　亂代登臨이悲楚囚라
西京萬事奕碁坪에　　　　北望黃屋이平安否아
巴陵春酒를不成醉하니　　錦囊에無心風物收를

×　　　　　　　×

解　悶　(一)

①
혼번故園을여희요매열ᄀ을홀디내요니　(一辭故園十經秋
미양ᄀ옰외룰보고녜사던따홀ᄉ랑ᄒ노라　每見秋瓜憶故丘
②　　③
오ᄂᆞᆫ날南湖애셔고사리를키노니　今日南湖采薇蕨
④
어느사룸이날爲ᄒ야鄭瓜州룰어드려뇨　何人爲覔鄭瓜州)

①고원=장안(長安)의 고향, 진나라(秦) 때 소평(邵平)이가 외를 장안 동문(東門)에 심고 살은 고사(故事)를 따라 가을 외를 보고 고향을 생각하는 것임. ②남호=기주(蘷州)에 있음, 정심(鄭審)=(瓜州)의 옛집이 있음, 두보 본집(本集)에 "題審湖上亭"이란 시가 있고 그 주(註)에 "審宅이 있으니 蘷의 南湖에 있다"한 것이 보임. ③백이(伯夷), 숙제(叔齊)를 닮아 남호(南湖)의 산에 올라 고사리를 캐며, 이 곳에 옛집이 있던 정 과주를 생각한 것임. ④두보 자주(自註)에 "鄭秘監 審"을 이른 것"이라 적힘. "州"는 "洲"로 적힐 것으로, 정심이 장안 성 남쪽의 미과(美瓜)의 산지(産地)인 과주촌(瓜洲村)에 살며 과주를 호로 삼았음.

【대역】

　한 번 고향 동산을 떠나 온지 어느덧 열 가을이 지나 갔으니 매양 가을 외를 보고 옛날 살던 고향 땅을 생각한다. 오늘날엔 내가 남쪽 호숫 가에서 고사리를 캐고 있

으니 어느 사람이(이 곳에 살던)나의 지기(知己)인 <u>정 과주</u>를 찾아 줄 것인가,

(二)

①　　　②
先帝와貴妃왜다寂寞호딕　　　　　　（先帝貴妃俱寂寞
③
荔枝는도로혀써長安으로드러오놋다　　荔枝還復入長安
　　　　　　　　　④
더운〔다해셔미양이스라출니어進獻ᄒ더니　炎方每續朱櫻獻
⑤
玉座애셔당당이힌이스리도려오블슬ᄒ시니라

玉座應悲白露團）

①선제＝玄宗，①귀비＝楊貴妃．③예지＝즁국，福建，廣東，四川，지방에서　나는　세계적　명과(名果) ※ ④이스랏＝앵도★
⑤옥좌＝임금　자리．

★ 赤墀옛　이스랏가지　　（赤墀櫻桃枝）　（杜詩 4：23）
도라오샤ᄅ　이스랏薦홀　저글　미츠시리로다
　　　　　　（歸及薦櫻桃）　（杜詩 5：8）
西蜀앳　이스라치　ᄯ도　제　블그니
　　　　　　（西蜀櫻桃也自紅）（杜詩 15：20）
櫻桃　이스랏　　　　　　　　（湯液篇 2：19）
日本語 ‘ユズラ”도 ‘이스랏”의　옛말 “이ᅀᅳ랏”과　같다，

새김

　현종과 양귀비가 모두 적막한데, 예지 열매는 도리어 또다시 서울로 들어 오느구나!
　더운 남쪽 땅에서 매양 앵도를 이어서 올려 바치더니 옥좌에서 응당 흰 이슬이 동글 맺힘을 볼 적엔 슬퍼했을 것이다.
※ “흰 이슬이 동글 맺힘을 슬퍼한다”함은 임금이 <u>양귀비</u>

의 좋와하던 예지 열매의 이슬 같이 고은 것을 보고 슬퍼함을 말함이다.

윗 글의 뜻을 완전히 깨닫기 위해서 다음에 좀 길지만 예지 이야기를 적는다.

예지(荔枝)는 "荔支"라고도 쓰는 세계적 명과다. 예지와 그 맛을 다룰만한 과실은 오직 인도의 "망고스탄"이 있을 뿐이라 한다.

어떻게 맛이 좋은지 중국엔 옛날부터 이 예지에 대한 기록이 많다. 유명한 백 낙천(白 樂天)＝(香山, 居易)의 "荔支圖"의 서문엔 '예지는 파협(巴峽) 새에 나는데, 나무는 높고 둥글어 우산 같고, 잎은 동청(冬靑)같고 꽃은 귤(橘)과 비슷하고 봄에 피며 열매는 빨갛게 여름에 익는다. 송이는 포도와 같고 속은 비파(枇杷)와 같다. 꺼풀은 붉은 깁 같고 속 꺼풀은 자줏 빛 명주 같다. 살은 희고 깨끗하여 얼음 같고 국물은 달고 시어서 달술 꿀젓도 미치지 못한다' 한 것이 있다.

채양(蔡襄)이도 "荔支賦"를 지어 그 맛의 아름다움을 노래했으며, 소 동파(蘇 東坡)도 남쪽에 귀양 갔을 때에 지은 "四月十日 初食 荔枝"란 시가 있다.

海山仙人絳羅襦	항라 적삼 입으셨네 해산의 선인
紅紗中單白玉膚	붉은 삼팔 그 사이로 옥 같은 흰 살!
不須更待妃子笑	양 귀비 그 웃음을 바랄 것 없이
風骨自是傾城姝	요맵씨 멋이로고 마음 홀리네!
不知天公有意無	하늘의 속 마음을 누가 알소냐
遣此尤物生海隅………	외지게 이런 보배 감춰 두심을……
我生涉世本爲口	나는야 먹기 위해 떠도는 신세
一官久已輕蓴鱸	벼슬 길 도는 새에 모두 맛보니
人間何者非夢幻	사람의 온갖 일이 한판 꿈임을

南來萬里眞良圓　　　남쪽의 만리 길을 내 잘 왔구나.

곧 예지를 해남(海南)의 선인(仙人)에게 겨주어 그 모양이 마치 선인이 항라 속옷을 입고 빨간 잠팔 사이로 보이는 옥 같은 흰살을! 연상(聯想)시킨다는 뜻을 읊어 양귀비의 멋진 웃음 아니라도 사람의 마음을 홀리게 함을 이른 것이다. 그리하여 자기는 벼슬하는 동안 패 좋다는 것은 다 맛보고 옛날 장한(張翰) 같은 사람이 아주 맛나다고 천하(天下) 진미(珍味)라고한 강남(江南)의 순채(蓴菜)나 송강(松江)의 노어(鱸魚)도 다 먹어 보았지만 이 예지처럼 혀를 놀라게 하는 것은 참으로 없다. 남쪽 귀양살이로 불평도 많지만 예라! 예지나 먹어 보자! 하는 뜻이다. 그런데 어지간이 맛이 좋았든지 이 시 뒤에 "以此時食荔枝不至嶺南不得也"라고 적어 남쪽에 귀양간 판이 아니면 맛보지 못 했었으리라는 뜻을 말했다.

그는 다시

羅浮山下四時春　　　나부산 아랫 골은 사철 봄이니
盧橘楊梅次第新　　　노귤, 양매 맛난 것 처레 차레로
日啖荔枝三百顆　　　하루도 예지 열매 삼백을 먹네
不妨長作嶺南人　　　영남에 아주 산들 그 어떠하리

이렇게 읊으며 마음의 불평을 풀어본 오만(傲慢)한 동파였다. 고려의 외고 사절(外交 使節)이 갈 때마다 건방진 태도를 보이던 소 동파! 송나라(宋) 연호(年號)를 안썼다고 눈알을 부릅뜨고 물리치던 소 동파, 고려는, 야만(野蠻)이니 책을 보내지 말라고 한 되지못한 우월감과 천하의 글은 내 위에 없노라 곤댓짓한 동파, 귀양 가서도 억지로 흰소리 한 것이다.

이렇게 맛난 과실이매 일찍 한 무제(漢 武帝)도 이것을 궁정(宮庭)에 심으려고 "荔枝宮"을 지어 교지(交趾)에서 백

그루를 멀리 가져다가 섬었으나 다 죽고 한 대가 살았었는데 이것도 열리지 않은채 말라 죽었다.

이 일 때문에 담당(擔當) 벼슬아처의 잡혀 죽은 자가 수십 명이었다. 마침내 재배를 단념하고 연년 세세 남쪽에서 올려 바치도록 하였다.

그러나 예지는 나무에서 떠나 닷새면 다 변하므로 그 먼 남쪽 나라에서 한궁(漢宮)까지 밤낮을 이어 쉬지 않고 가져와야 되었다. 산 넘어 물 건너 맹수 독사의 해를 입어 죽는 자도 이로 헬 수 없었다. 예지 한 가지 때문에 인민의 고초(苦楚)가 얼마나 하였던가?

> “十里一置飛塵灰　　　五里一堠兵火催
> 顚坑仆谷相枕籍　　　知是荔枝龍眼來”

이 시 한 편이 잘 표현하였거니와 후한(後漢) 안제(安帝) 때에야 이를 폐하였다.

그리다가 당명황 때에 이르러 양귀비가 예지를 좋와하므로 길을 자오곡(子午谷)으로 잡아 부주(涪洲)의 예지를 진헌(進獻)시켰으므로 한 시대 이상으로 큰 소동이 난 것이다. 당서(唐書)에

“귀비는 촉에서 났으므로 예지를 즐겼다. 남해의 예지가 촉의 것보다 나았으므로 꼭 산채로 가지고 싶어 했다. 이에 역전(驛傳)을 두어 달려 이레째 밤에야 서울에 닿았는데, 사람과 말이 오는 길에 쓸어지니 백성들이 원망하였다” 이렇게 적혀 있으니 그 실상을 알 수 있다.

과연 “一騎紅塵妃子笑”라한 한 마디 당시(唐詩)는 당 천자의 어리석음을 냉조(冷嘲)한 인민의 원성(怨聲)이 아니었던가! 이에 인심은 이반(離叛)하고 큰 난리가 일어나고 양귀비는 마외(馬嵬)에서 죽게 되는 큰 비극이 일어나는 것이다.

　　"翠華搖搖行復止，西出都門百餘里，六軍不發無奈何，宛轉蛾
　眉馬前死，花鈿委地無人收，翠翹金雀玉搔頭，君王掩面救不得
　回看血淚相和流……" 라한

백 낙천(白 樂天)의 "長恨歌" 한 귀절은 그 날의 모양을 읊
어 보이는 듯하다.

　두보는 이 예지를 보고 위와 같은 감개 깊은 시를 지
었고 또 이 밖에 "憶昔南洲使, 奔騰獻荔枝, 百馬死山谷, 到今
着舊惡" 라고 당년의 포학(暴虐)한 난정(亂政)을 추억 장
탄 하였다.

　송나라 휘종(徽宗) 때 예지를 심어서 성공한 이야기가 있
다. "老學庵筆記" 에 "徽宗宣和中保和殿下種荔枝或實帝手擒以
賜燕帥王安中且賜以詩……詩曰"

　保和殿下荔枝丹, 文武衣冠被百蠻, 思與廷臣同此味, 紅塵飛馬
　過燕山,

이 기록으로 보면 꽤들 애써 재배한 듯하다 풍류 군왕
휘종은 뒤에 만주족의 침범으로 송군이 므너지고 잡히어
멀리 만주로 부뜰려 가서 귀양살이를 하였으니 운명의 번
롱이 무상함을 느끼겠다.

　예지는 나서 사오십 년을 지나야 꽃이 피고 열매가 맺
으며 늙은 나무는 오륙십 척으로 자라 삼사백 년이 되어
도 열매가 연거퍼 열린다 한다.

　소 동파가 탄식한대로 "飛車跨山鶻橫海, 風枝露葉如新株, 宮
中美人一破顏, 驚塵濺血流千載" 라 한 예지 한 가지! 당 나라의
천하를 망친 것은 과연 한 가지의 예지였던가? 남쪽 나
라 따스한 바닷 가로 지팡이를 끌고 사오백 년된 예지나무
그늘을 찾아 옛날의 풍진 어린 역사를 물어보며 예지 맛
을 누리려 가고도 싶다.

(三)

瀘戎을디나가荔枝ᄠ던이를ᄉ랑ᄒ니　　　（憶過瀘戎摘荔枝
프른싣남기비취엿고돌이니수취엿더니라　靑楓隱映石逶迤
셔울셔당당이보면비치업스리니　　　　　京華應見無顏色
블근나치싁오ᄃ로믈오직제아ᄂ니라　　　紅顆酸甜只自知）

①노, 융＝촉(蜀)의　두　고을, 예지의　산지.　②싣나무＝楓樹
③이어　계속되었었다★

★　③連은　니ᅀᅳᆯ씨라, 니ᅀᅥ쓰면
　　　　　　　　　　　　　（連書）（訓民正音 12）
니스취며　隱密ᄒ야　　　　　（綿綿密密）（法語 27）
니스취여 혼 일도업다　니ᄅᆞᆷ디말라
　　　　　　（莫謂綿綿無一事）（南明集, 下 7）
　　　　　　　　　　　　　　（訓, 蒙下 24）
每니ᅀᅳᆯ ᄆᆡ
承니ᅀᅳᆯ 승, 續나ᅀᅳᆯ 속, 繼니ᅀᅳᆯ 계, 紹니ᅀᅳᆯ 쇼 （類, 合下 9）

새김

　노융 땅을 지나 가며 예지를 따 올리던 일을 생각해 보니 (감개는 그지없고 산천을 돌아보니) 푸른 싣나무가 눈에 가득히 비취고 돌길이 굽이굽이 돌렸었다.
　서울서 응당 보면 빛이 변했을 것이니 붉은 얼굴 시큼한 맛 단맛을 오직 제가 알뿐! (어느 뉘 먹어 보았으랴)

<h3 align="center">醉　時　歌</h3>

諸公은니엄臺省애오르거놀　　　　　（諸公袞袞登臺省
廣文先生은벼스리ᄒ오아冷ᄒ도다　　　廣文先生官獨冷
위두흔지븐어즈러이梁肉을아쳐러커놀　甲第紛紛厭梁肉
廣文先生은밥도不足ᄒ도다　　　　　廣文先生飯不足）

①니엄＝이어서, 다름없이, ②대성＝御史臺, 門下省, 中書省, 尙書省 ③ᄒᆞ오아＝"ᄒᆞ오ᅀᅡ"의 바뀐 말, 홀로, ④위두＝으뜸. ⑤아쳐러커늘＝아쳘어하거늘＝싫도록 하거늘, ★ ⑥광문 선생 ＝廣文舘學士 鄭虔.

★ 므던히 너기며 아쳐로ᄅᆞᆯ 아니ᄒᆞ며

　　　　　　　　(不生輕厭) (金剛經, 上35)

女人모ᄅᆞᆯ 아쳘고　　　　(厭其女人身) (佛頂, 上4)

키 아쳐러 여희요려ᄒᆞᄆᆞᆯ 내야

　　　　　　　　(生大厭離) (楞嚴經 5：4)

ᄒᆞ오ᅀᅡ 셰야쇼ᄆᆞᆯ 時節ㅅ사ᄅᆞ미 아쳗논 배니

　　　　　　　　(獨醒時所媦) (杜詩21：35)

아쳗논 사ᄅᆞᆷ란 주기더니　　　　(內訓, 序3)

사ᄅᆞ미게 아쳗브디 아니호미

　　　　　　　　(不厭於人) 內訓, 1：13)

몬져 드르샤 아쳗게 ᄒᆞ시고

　　　　　　　　(先擧令厭) (般若心經 51)

三界生死ᄅᆞᆯ 아쳗ᄂᆞ니

　　　　　　　　(惡三界之生死) (永嘉集, 下40)

새김

　여러 벼슬하는 분네들은 다름없이 대성에 오르건만 광문관(廣文舘) 선생은 벼슬이 홀로 차다! 〔(냉대＝(冷待)받고 있다!)〕

　여러 벼슬아치의 으뜸가는 큰 집은 어지럽게 많은 살진 고기를 싫도록 먹건만 선생은 (고기는 말도 말고) 먹는 밥도 모자란다!

先生의둿노 道理노 義皇ㅅ우희나고　　　　（先生有道出義皇
先生의듯노 지조노 屈原宋玉의게넘도다　　　先生有才過屈宋
德ㅣ一代예尊호되 샹녜轗軻하니　　　　　　德尊一代常坎軻
일후미萬古애드려간들 아노라므스게쓰리오 名垂萬古知何用）

①희왕＝옛날 성왕인 복희(伏羲), ②감가＝때를 잘 못 만
나 고생함, ③드려간들＝드리워간들

새김

　선생의 지니신 도덕은 복희씨 보다도 위로 높고, 선생
의 가지신 재조는 굴원이나 송옥에게 넘어 간다, 덕이 한
세상에 높지만 늘 때를 못만나 고생하니 이름이 만고에
드리워간들 지식을 무엇에 쓰리오!

※ 웟 글의 "이름이 만고에……"의 귀절은 진나라(晋) 장한
(張翰)이 "나로 하여금 죽은 뒤 이름을 높여 주느니 차
라리 생전 한 잔의 술이 고맙다!"한 소리를 뜻함이다.

杜陵ㅅ野客을사ᄅ미ᄯ도웃노니　　　　（杜陵野客人更嗤
니븐누비뎌르며좁고귀밑터리실ᄀ호라　被褐短窄鬢如絲
나날太倉앳닷됫ᄡ를내야　　　　　　　日糴太倉五升米
時로老의게오니므ᄋ미호가지로다　　　時赴鄭老同襟期）

①두릉＝경조(京兆) 두릉, "두릉 야객"은 두보의 자칭, ②태
창＝광흥창(廣興倉), 벼슬 녹봉(綠俸)을 맡아 보는 관청, ③
쌀을.

새김

　두릉의 야객인 나를 사람들이 또 비웃으니, 나의 입은
누비 옷이 짧으며 좁고, 귀 밑의 수염이 희게 세어 실
갈다.

나날이 태창의 닷되 쌀을 내어서 때때로 노인에게 오
니 당신과 나와 회포가 한가지로다.

> 돈을어더든곳서르어더　　　　　　　　　（得錢即相覓
> 술사블쏘疑心아니호노라　　　　　　　　沽酒不復疑
> 얼구를니주미너나호매니르노니　　　　　　忘形到爾汝
> ᄀ장술머구미眞實로내스승이로다　　　　　痛飮眞吾師）

새김

　돈을 얻으면 곧 서로 찾아 가서, 술을 사는 것을 의심
하지 않는다 (그 처자들이 말리지나 안는가 하여 근심하
지 않는다) 서로 술 마시어 체면 잊고 "너"니 '나'니 막
불러 즐기니, 마시고 또 마시어도 굽히지 않는 그대는 참
으로 나의 스승이로군 !

> ①
> 몱근바미기픈듸셔앓술브어머구믈ᄒ오니　　　（淸夜沈沈動春酌
> ②　　　　③
> 븘알푓ᄀᄂ비예집기슬겟고지든놋다　　　　簷前細雨燈花落
> 오직노푼놀애예鬼神잇ᄂ둣ᄒ믈아니　　　　但覺高歌有鬼神
> 웨므스므라주려주거굴헝에멧귀욜이룰아리오焉知餓死塡溝壑）

① "몱은"으로 써야할 것. ②처마 끝의 ③든놋다＝떨어지노나★
★③흔사래 디니　　　　　　　　（隋於一縱）　（龍歌 23）
三有에 디디아니호믈　　　　　　（不落三有）　（楞嚴經 3）
고지 프며 고지 듀매　（花開花落）　（三家解2：6）
눖므를 비 디듯 흘리거시놀　　　　（月印釋譜 8：92）
※ 믈어디다, 눖믈디다, 한숨디다, 해가디다, …… 들의 "디다"
는 모두 "떨어진다"는 뜻이다. 오늘날은 모두 "지다"로 바
꿔었다,

해설

　맑은 밤이 깊은데서 봄의 술을 부어 먹음을 하니 (먹
으니) 등불 앞엣 가랑비에 집 기슭엣 꽃이 떨어지노나!
오직 높은 노래에 귀신의 도움이 있는 듯함을 아니, 왜 어
찌 주려 죽어서 구령에 메꾸일 일을 알리오!

※ 윗 글 "鬼神……"은 오숙(吳肅)이 취한 뒤 귀가 더우매
　봄 바람에 귀신이 돕는가부다" 고 호가(浩歌)했음을 밀
함이니 노래 소리 유원(幽怨)함을 이르는 소리라.

① 相如 ㅣ放逸혼 저조로도 親히 그르슬싯고　　（相如有才親滌器

② 子雲 ㅣ奇字를 아라도 내죵애 閣애셔 ㄴ려디니라

　　　　　　　　　　　　　　　　　　子雲識字終投閣

③ 先生은 일 歸去來를 지으라　　　　先生早賦歸去來

돌 받 꽈 띠집 븨 프른 이시 거츠럿ㄴ니라　　石田茅屋荒蒼苔）

①상여＝사마 상여 (司馬 相如)＝한대 (漢代) 사부(辭賦)의 대
가(大家). 문군(文君)과 사통(私通)하여 생활을 위해 술집
을 내고 술 그릇을 손수 씻었다. ②양웅(楊雄)이 박식(博
識) 으로 천록각(天祿閣) 위에서 교서(校書)하다가 왕망 (王
莽) 의 일에 걸리어 각에서 내려 뛰어 거이 죽을번 했다.
③진나라(晋) 때 도 연명 (陶 淵明)이 팽택령(彭澤令)이 되
었다가 느낀 바 있어 곧 그만두고 와서 „귀거래사" (歸去
來辭)를 지었다.

새김

　상여가 넘치는 재조를 품고도 손수 그릇을 씻었으며,
자운이 지식이 많아도 마침내 각 위에서 내려뛰었었다.
선생이여! 당신도 어서 "귀거래사"를 짓고 돌아 가지오
돌밭 띠풀 집에 푸른 이끼(苔)가 거칠게 욱어졌소!

儒術ㅣ내거긔므슴됴흔이리이시리오　　（儒術於我何有哉
孔丘와盜跖꾀다흔가지로드틀두외니라　　孔丘盜跖俱塵埃
구틔여이말듯고드틀슬허티말오　　　　　不須聞此意慘愴
사라신제긔서로마조매술을머굴디니라　　生前相遇且啣盃）

①유술＝유교　학문　②공구＝공자　③도척　④드틀＝먼지, 티끌

유술이 나에게 무슨 좋은 일이 있으리오. 공자와 도척이가 다 한가지로 티끌 되었다.구태어 이 말을 듣고 마음을 슬퍼하지 말고 살았을 적에 서로 마주 보거든 술을 먹을지니라.

※ 위의 "醉時歌"는 광문관(廣文舘) 학사(學士) 정전(鄭虔)에게 준 것이다.

　정전은 정주(鄭州) 형양(衡陽) 사람이다. 천보(天寶)의 처음 협률랑(協律郞)이 되었었는데, 정 상여(鄭 相如)가 정전에게 사사(師事)했다. 그런데 정전에게 이르기를 "개원(開元) 30년을 지나면 개원(改元)하리라' 15년을 지나면 천하가 난리 나고 적신(賊臣)이 자리를 함부로 차지하리니 공(公)은 까딱하면 위관(僞官)에 더럽힐지 모르니 원컨대 절개를 지키면 면할 수 있으리다' 하였다.

　그러므로 정전은 그 말을 생각하고 몸을 마치도록 적(賊)에게 붙지 않고 수년 뒤에 졸(卒)하였다.

★ 歸　　雁

보미왯는萬里옛나그내는　　　　　（春來萬里客
亂이긋거든어느히예도라가려뇨　　亂定幾年歸
江城옛그려기　　　　　　　　　斷腸江城雁
노피正히北으로느라가애를긋노라　高高正北飛）

새겨

봄에 온 말리 밖 나그네는 난리가 그쳐거든 어느 해에나 돌아가게 되려는가?

강성의 기러기는 북쪽으로 바로 날라 날라 높이 높이 가는데 (북쪽 고향 하늘만바라 보는 나는) 창자가 끊어지는 듯하구나!

★ 絕 句 (一)

庚信의 文章이늘거가시야이니 （庚信文章老更成
구루믈凌犯ㅎ는健壯ㅎ부데쁘디縱橫ㅎ도다　凌雲健筆意縱橫
이젯사른미流傳ㅎ야오는賦룰웃느니　　今人嗤點流傳賦
前賢의後生저탄이를아디몯ㅎ리로다　　不覺前賢畏後生）

①유신＝후주(後周) 때 문강가 "哀 江南賦"가 유명함. ②가시야＝새로, ③부데＝붇에→붓에, ④저탄이를＝저어하던 일을 무서워하던 일을.

유신의 문장이 늙어서 또 다시 훌륭히 이루었으니, 그 기상은 마치 (옛날 사마 상여 (司馬 相如)가 "대인부(大人賦)"를 지어 높이 떨치듯 구름을 넘보는듯 크고 씩씩한 붓에 뜻이 떨친다.

지금 사람들이 전해 내려 오는 시부(詩賦)를 무어 잘 되었느냐고 비웃지만 (그들은) 옛날 어진 사람이 "뒷날 세상의 사람이 두렵다"고 한 일을 아지 못할 것이다.

(二)

楊王盧駱이當時옛글體룰 （楊王盧駱當時體
輕薄히글홀사른미우수믈마디아니ㅎ느다　輕薄爲文哂未休
너회무론모미일홈과다믓ㅎ뻐엽스려니와　爾曹身與名俱滅
廢티몯홀江河느萬古애흐르리라　　　不廢江河萬古流）

①양·왕·노·낙, =양형(楊炯), 왕발(王勃), 노조린(盧照鄰), 낙빈왕(駱賓王)의 네 사람, 이 네 사람은 이 경현(李敬玄)이 중히 여기었으나, 배행검(裴行儉)이 말하기를 "선비의 대성은 기식(器識)을 먼저하고 문예(文藝)를 뒤로 해야 한다, 그네들이 글 재주가 있다 한들 달랑거리고 까불며 소견머리 없으니 어찌 작록(爵祿)을 받을 그릇이 되랴!"

양형은 좀 듬직하니 영장(令長)쯤은 할 것이나 딴 사람은 제 명에 죽으면 패다!"하였다.

그 뒤 왕발은 바다를 건느다 빠지고, 노조린은 악질(惡疾)이 낫지 않아 물에 들어 죽고, 낙빈왕은 반하여 잡혀 죽고 양형이 홀로 영천(盈川)의 영(令)으로 마처었다. 이 절귀는 원래 여섯으로 위 네 사람의 글을 밀하여, 부박(浮薄)을 경계한 것이다.

세결

양·왕·노·낙 네 사람의 옛날 글체를, 경박하게 글 짓는 사람은 비웃음을 마지 않는다.

이 네 사람들은 몸이 이름과 함께 없어진 듯하지만 없어지지 못할 강물 줄기 같은 그네의 글은 강물이 만고에 그치지 않고 흐르는 듯이 끝없이 전해 있다!

★ 贈 花 卿

① ② 錦城엣絲管ㅅ소리날마다어즈러우니	(錦城絲管日紛紛
半만ㄱ룮브르매드럿고半만구루메드럿도다	半入江風半入雲
이놀애는오직당당이하눌우희잇느니	此曲祗應天上有
人間애셔能히시러곰몃디위룰드르리오	人間能得幾回聞)

①금성="成都城" ②사관="絲竹管絃" 악기(樂器) ③디위=번

※ "花卿"＝성은 화 이름은 경정(敬定) 검남(劍南)의 절도(節度) 최 광원(崔 光遠)의 아장(牙將) 때에 자주(梓州)의 부사(副使) 단 자장(段 子障)이 반란하여 동천 절도 의환(李奐)이 패주(敗走)함에 이르렀다.

광원이 경정을 거느리고 이를 쳐 자장을 잡아 죽이였다. 경정이 이 공을 세쓰고 노략질을 함부로 하였다. 숙종이 이 말을 듣고 크게 노하여 알아주지 않았다. 그래서 벼슬이 높지 못하고 말았다.

두보는 이를 애석히 여겨 이 글을 지어준 것이다, 써 얼마나 사치스러웠는가를 상상할 수 있다.

새김

금성의 노래 가락 소리 날로 무르녹아 어지러우니, 그 소리 반은 강 바람 속에 들어 날르는 듯하고 반은 구름을 타고 두둥실 감도는 듯하구나! 이 노래 소리는 응당 하늘 위에나 있을 것이니 이 세상에서 능히 몇 번이나 얻어 들을 것인가?

江南 逢 李 龜年

①岐王ㅅ집안해샹녜보다니	(岐王宅裏尋常見
②崔九의집알픠몃디월드러뇨	崔九堂前幾度聞
正히이江南애風景이됴ᄒ니	正是江南好風景
곳디ᄂᆞ時節에ᄯᅥ너룰맛보과라	落花時節又逢君）

①기왕＝예종(睿宗)의 아들 융범(隆範), 개원(開元) 14년에 죽다. 기왕은 사자(嗣子)를 말함. ③최구＝전중감(殿中監) 최척(崔滌), 중서령(中書令) 온(溫)의 아우.

대력(大曆) 3년 정월 두보는 협(峽)을 나와 늦봄에 강릉(江陵)에서 이 귀년을 만났다.

천보(天寶)중에 명황(明皇)이 궁중(宮中)의 여자 수백 명에게 명하여 이원(梨園) 제자(弟子)를 삼았다.

때에 이 귀년, 마 천기(馬 僊期), 하 회지(賀 懷智) 들이 다 율도(律度)를 알아 귀년이 특히 고우(顧遇)를 받았다.

그리하여 동도(東都)에서 크게 제택(第宅)을 지으매 잠사(僭侈)의 제(制)가 공후(公侯)를 넘더니, 뒤에 강남(江南)에 유락(流落)하였다.

양신 가경(良辰 佳景)을 대할 때 마다 사람을 위하여 노래ᄒᆞ여 자주 그치니, 듣는 사람 모두 눈물 흘리어 술잔처를 그만두지 않음이 없었다 한다.

새김

당신을 기왕의 훌륭한 집안에서 노상 만나 보겠더니, 최구의 집 앞에서 당신 노래 소리를 몇번을 들었던가? 지금 바야흐로 강남의 풍경이 좋은데, 늦은 봄 지는 꽃철 쓸쓸히 헤매는 당신을 또 만나게 되는구려!

★官池 春鴈

녜로브터 稻粱이 해 足디 몯ᄒᆞ니　　　　　　（自古稻粱多不足
①
이제 니르리 ᄀᆞᆲ둙과 ᄒᆞ야 어즈러이 물ᄒᆞ얏도다　至今鷗鵝亂爲群
②
슬허 ᄇᆞ라셔 봄 므를 보디 말라　　　　　　　　且休悵望看春水
③　　　　④
누라가나 구루메 즈음츨가 다시 전로라　　　　　更恐歸飛隔暮雲）

①물닭, ="어즈러이 무리를 한다"함은 도적의 난리에 겸줌이다. ②봄물…=봄물이 동방으로 흐르는 것을 보고 동방을 생각함. ③나첫구름에…=기러기를 뜻함 자기와 형제의 헤어져 나님을 말함. ④즈슴츨가=헤어질가★

★④머리 河水를 즈슴ᄒᆞ얏도다

（迢々隔河水）（杜詩 4 : 4）

河水를 즈음ᄒ야 되 물타닐보니
☆
(隔河見胡騎) (杜詩 5：27)

니블 주시ᄂ 南宮이 즈음첏도다
☆
(賜被隔南宮) (杜詩 10：32)

히를 즈음쳐 도라올 고들, 아디 몯호라
☆
(不知隔年間) (杜詩 21：7)

楚ㅣ乾坤에 즈음쳐 머니
☆
(楚隔乾坤遠) (杜詩 21：23)

겨집과 子息괘 軍壘에 즈음첫ᄂ니
☆
(妻孥隔軍壘) (杜詩 22：4

즈음ᄒ야 마고미 두윌씨
☆
(遂成隔礙) (楞嚴經 4：24)

말을 즈음 아니ᄒ거든 (不隔語) (老乞大, 上15)
☆   ☆

새김

옛날로부터 벼와 양식이 많이 넉넉지 못하니, 이제에 이르기까지 물닭과 함께 무리를 하였다. 슬퍼하여 봄물이 흘러 동쪽으로 가는 것을 바라 보지 말아라, **날라가** 저녁 구름에 헤어질가 다시 두려워한다.

☆ 李潮 八分小篆歌

<table>
<tr><td>蒼頡의①鳥跡書ㅣᄒ마아 ᅀ라ᄒ야昧滅ᄒ니</td><td>(蒼頡鳥跡旣茫昧</td></tr>
<tr><td>字體의②變化호미른구롬ᄀ도다</td><td>字體變化如浮雲</td></tr>
<tr><td>陳倉ㅅ③石鼓앳글지ᄉ도ᄒ마訛傳ᄒ니</td><td>陳倉石鼓又已訛</td></tr>
<tr><td>크며져근④두篆字애⑤八分書ㅣ나니라</td><td>大小二篆生八分)</td></tr>
</table>

①창힐＝황제(黃帝)의 신(臣), 새 발 자취를 보고 글자를

지었다는 사람. ②진창＝섬서(陝西)의 봉상부(鳳翔府)에 있는 산 이름, ③신창산 옆에 있는 산, 산 기슭에 돌북(石鼓)같은 것 열개가 있는데, 주선왕(周宣王)이 수렵(狩獵)한 이야기를 적었다 함. ④한(漢)의 채옹(蔡邕)이 육경(六經)을 대학(大學)의 석벽에 사기니 옹의 대전(大篆)은 묘품(妙品)에 들었다. 소전(小篆)은 진(秦)의 이사(李斯)의 시작 진(秦)의 왕 차중(王次仲)이 예서(隷書)를 꾸미어 이를 시작함. 방광(方廣)이 각 팔푼임. "팔분"이라고 이름함.

새김

창힐이의 새 발 글찌는 벌써 아득하여 매멸하니 (없어졌으니) 글찌 체의 바꿈이 뜬 구름 같다.

진창산의 돌북에 쓴 글자는 또 이미 잘못 전하니 크며 작은 두 전자와 팔분체 글씨가 나타난 것이다,

秦ㅅ저긔李斯ㅣ잇고漢ㅅ저긔蔡邕이니	（秦有李斯漢蔡邕
中間애니러나니는괴오ᄒ야들지몯ᄒ리로다	中間作者寂不聞
嶧山ㅅ碑를믜햇브리스니	嶧山之碑野火焚
棗木애옮겨사곤거시술져眞本을일ᄒ니라	棗木傳刻肥失眞）

①역산＝추역산(鄒嶧山), 산동(山東), 연주(兗州)에 있음, 진시왕(秦始皇)28 년 동방의 군국(郡國)을 순행하고 추역산에 올라 이사(李斯)로 하여금 송덕비를 써 세우게 하니 그 때 돌에 사긴 것을 소전(小篆)이라 함. ②믜＝들(野)★ ③ㅅ니＝살르니, 역산의 이사가 세운 비석이 유명하므로 역대(歷代)의 정부는 자꾸 그것을 본떠 올리라고 명령했다. 이에 읍인(邑人)은 공명(供命)에 지치어 이를 싫어하여 섶(薪)을 쌓고 불을 질러 태웠다. 그리하여 부서져서 대고 뜰 수 없게 만들어버린 것이다.

★ ②미햇 興의 疎放함물 지즈로 브르노라
★
　　　　　　　　(因歌野興疎) (杜詩 15：16)
　　　　　　　★
미해 구루믄 ᄂᆞᄌ기 믈로 건나가ᄂᆞ
★
　　　　　　　　(野雲低度水) (杜詩 14：12)
　　　　　　★
미햇 늘그늬 졋다미 ᄂᆞᆺ기오나 도로혀 이 지비로다
★
　　　　　　　　(野老墻低還是家) (杜詩 10：6)
　　　　　　★
미햇 사ᄅᆞᆷ은 半만 깃ᄒᆞ야 사놋다
★
　　　　　　　　(野人半巢居) (杜詩 1：31)
　　　　　★
野 미야　　　　　　　　　　(訓蒙上 4)
※ "野"를 "미"라 했는데 또 "드르"와도 겸해 쓰였다.
★ 비르서 드르히 휨 호ᄆᆞᆯ 깃노라
　　　　　　　　(始喜原野闊) (杜詩 1：36)
　　　　　　★
기리 이퍼서 드르흘 ᄇᆞ라ᄂᆞ 빼로다
　　　　　★
　　　　　　　　(長吟野望時) (杜詩 14：38)
　　　　　★

새김

　진나라 때에는 이사가 있고, 한나라 때에는 채옹이니, 중간에 일어난 사람은 쓸쓸하여 들어나지 못하였다' 역산 위의 비석을 들판의 불이 살라버렸으니, 뒷 사람들이 대추 나무에 옮겨 사기어 본 것이 (있으나) 살이 쪄서 (획이 굵어서) 참 모양을 잃었다.

---

①苦縣ㅅ②光和ㅅ저것그리오히려써셧ᄂᆞ니　　　(苦縣光和尙骨立

글字ᄂᆞᆫ여위오셰요미貴ᄒᆞ야보야ᄒᆞ로③神妙ᄒᆞ매通ᄒᆞᄂᆞ니라
　　　　　　　　　　　　　　　　書貴瘦硬方通神

④슬프다李斯蔡邕을다시엇디몯ᄒᆞ리로소니　　惜哉李蔡不復得

우리아촌⑤아들李潮이⑥글수미親近ᄒᆞ도다　　吾甥李潮下筆親)

①고현=봉양부(鳳陽府) 박현(亳縣), 노자(老子)의 사당이 있음. 한나라 환제(桓帝) 연희(延熹)사이에 하명하여 노자의 사당을 세우게 하고 변소(邊韶)에게 글을 짓게 하고 글씨는 채옹의 팔분체로 쓰게 하였음. ②광화=한나라 영제(靈帝)의 연호(年號). 연희 년간에 세운 사당의 비석은 광화 년간에 세운듯 함. ③부야흐로=바야흐로 ④아!※반드시 "슬프다(悲)"의 뜻 만이 아님 ⑤아촌 아들=조카, (前注102P) ⑥수미=씀이, (書).

풀이

　고현의 "광화 년간"에 글이 오히려 뼈가 셨으니, 글자는 여위고 군셈이 바야흐로 신묘함에 통하여야 귀하게 여기는 것이다.

　아깝다! 그런데 이사, 채옹의 글씨 같은 훌륭한 글씨를 다시 얻어 보지 못하겠구나!

　그리더니 나의 조카 이조의 글씨가 옛날 이사, 채옹의 글씨에 가깝다.

尙書韓擇木파 ①	(尙 書 韓 擇 木
騎曺蔡有鄰을 ②	騎 曺 蔡 有 鄰
開元브터오매八分수를혜더니	開 元 己 來 數 八 分
李潮ㅣ믄드시二子로다못ㅎ야세사름미두의얏도다 ③	潮也奄有二子成三人)

①상서, 한 택목=여예(呂黎)사람. 벼슬이 공부 상서(工部尙書)에 이르다. 팔분을 잘함. ②기조. 채 유린=제양(濟陽)사람. 벼슬이 유조 참군(由曹叅軍)에 이르다. 역시 팔분을 잘함. ③다못ㅎ야=더불어★

★ 俗人과 다못잡디 묻ㅎ리라
★

（未與俗人操） （杜詩 7：30）

너와 다못 두 늘그니 두외야시면

（與子成二老） （杜詩 9：16）

도로 雲路로 다못기도다 （復與雲路永） （杜詩25：40）

與 다못 여 （類合下63）

새김

　상서 벼슬의 한 택목과, 기조 벼슬의 채 유린을 개원 년간 이래로 팔분 씀을 쳐서 꼽더니, 이조가 문득 이 두 사람으로 더불어 세사람이 되었다.

ᄒᆞ물며 潮의 져근 篆字ㅣ 秦人丞相의게 近ᄒᆞ니

（沉潮小篆逼秦相

ᄃᆞᄂᆞᆫ갈과긴 戈戟이 森然히 서르 向ᄒᆞ얫ᄂᆞᆫ 둧도다

快劍長戟森相向

八分ᄒᆞᆫ字ㅣ 비디 百金이 ᄊᆞ니 八分一字直百金

蛟龍이 서리여고기 세워ᄃᆞᆫ 둧ᄒᆞ도다　蛟龍蟠挐肉屈強）

①갈＝칼　②비디＝빋이→값이　③ᄊᆞ니＝싸니　④교룡＝네 개의 넓고 짧은 발이 달렸다는 큰 용　⑤세워＝세우어→튼튼히

새김

　하물며 이조의 작은 전자가 진나라 승상（이사）의 글씨에 바싹 가까우니, 잘 드는 칼과 긴 창이 어마어마하게 서로 마주 보는 듯하다.

　팔분 한 글자에 값이 백금이라도 싸니（적으니） 그 글씨야말로 교룡이 서리서리 서리어 고기를（근육을） 튼튼히 힘주어 뻗친 듯하다.

吳郡옛 張顚이草書호를쟈랑ᄒ더니　　　　（吳郡張顚誇草書
草書는녯거시아니라속졀업시雄壯ᄒ도다　　草書非古空雄壯
우리아촌아ᄃ리流宕티아니ᄒ야　　　　　豈知吾甥不流宕
丞相中郎丈人의行輩ᄃ외올고돌 어ᄂ알리오　丞相中郎丈人行）

①장전＝음중 팔선가(飮中八仙歌)에 나오는 장욱(張旭)
②속졀업시＝속절없이→헛되이　③유탕＝방탕　④승상＝이사를
뜻함. ⑤중랑＝채옹을 뜻함. ⑥장인＝경로(敬老)의 일컬음.

새김

　오군의 장전이가 초서를 잘 쓴다고 자랑하였지만,그 사
람의 초서는 옛날 것이 아니고 헛되이 힘만 뻗친 것이
었다.

　우리 조카가 허랑 방탕하지 않아서, 승상 이사나 중랑
채옹 어른 들의 행배가 될 것을 어찌 알리오!

巴東애李潮를맛보니　　　　　（巴東逢李潮
ᄃ리남ᄃ록내놀애를求ᄒᄂ다　　　逾月求我歌
내이제늘거ᄐ거才力이사오나오니　我今衰老才力薄
潮아潮아네게엇뎨ᄒ료　　　　潮乎潮乎奈汝何）

①파동＝옛날 파국(巴國) 기주(虁州)　②사오나오니＝얇으니
※ "정신이 사납다"＝정신이 흐리다. ★

★ 아들 長生이 사오납고 (月印釋譜2:40) (※104.P)
비록 므디라도 사오나ᄇᆯ씨 (　〃　) (※105.P)
엇디ᄒ야 이런 사오나온 사ᄅᆷ이 잇ᄂ고
　　　　(甚麽有這般的万人) (老乞大上24)

새김

　파동에서 이조를 만나보니, 달이 넘도록 나에게 노래를 구하누나.

　내가 이제는 늙어서 재력이 흐려졌으니, 조여! 조여! 어찌 하면 좋을 것인가!

☆　戲韋偃爲雙松圖歌

天下애몃사르미늘근소를그리느니오　（天下幾人畵古松
①　　　　　　　②
畢宏ㅣ은히마늙고韋偃이져멧도다　　畢宏已老韋偃少
絕等호부든긴부르미그테니렛느니　絕筆長風起纖㲼
③
지븨マ득기안존사르미비츨뮈워神妙호믈嗟嘆ᄒᄂ다
滿堂動色嗟神妙）

①필굉=대력（大曆）년 간에 급사중（給事中）이 됨. 그림을 잘 함. ②위언=명화（名畵）. 필력이 씩씩하고 힘차며 말을 잘 그렸는데 송석（松石）을 더 잘 그렸다 함 ③뮈워=움직이어.

새김

　천하에 몇 사람이 늙은 솔울（소나무를） 그리느뇨, 필굉은 이미 늙고 위언은 젊었다.

　뛰어난 붓은 긴 바람이 가는 끝에 일어났으니 집에 가득히 앉은 사람이 얼굴 빛을 움직이어 신묘함을 찬탄하노나.

두남기슬피잇무든거프리뼈디니　　（兩株慘裂苔蘚皮
①
구븐쇠섯거노픈가지예횟도랫도다　　屈鐵交錯廻高枝
②
서근뼈허어ᄒ야믈어뎨시니龍과버미주겟느듯ᄒ고
白摧朽骨龍虎死
③
거믄비치룰어득ᄒ딛드니雷雨ㅣ드리옛느듯ᄒ도다
黑入太陰雷雨垂）

①잇＝이끼(苔, 蘿)　②허여ᄒᆞ야＝허영게　③큰　어둑흔ᄃᆡ＝크게　어둑한데

[새김]

　두 나무가 슬프게 이끼 묻은 꺼풀이 떨어지니, 굽은 쇠가 섞여서 높은 가지에 휘 둘렀다.

　썩은 뼈가 허영게 되어 무너졌으니 용과 범이 죽었는 듯하고 (죽은 듯하고) 검은 빛이 크게 어둑한데 들으니 천둥치는 빗물이 드리워 내리는 듯하다.

솔미틧되즁이寂寞ᄒᆞ디셔쉬ᄂᆞ니	（松根胡僧愒寂寞
눈섭겨츨오머리세오住著ᄒᆞᄆᆞ수미업도다	厖眉皓首無住著
올ᄒᆞ엇게ᄅᆞᆯ메왯고두허튀ᄅᆞᆯ내얏ᄂᆞ니	偏袒右肩露雙脚
닙소뱃ᄉᆞ방오리즁의알ᄑᆡ드렛도다	葉裡松子僧前落）

①허튀＝정갱이★　②소뱃＝솝앳→속의★

★①病든　허튀ᄅᆞᆯ　몯쁠가　시름ᄒᆞ야
　　　　　　　（臥愁病脚瘲）（杜詩 6：50）

허튀ᄅᆞᆯ　ᄀᆞ리오디　몯ᄒᆞ리로다
　　　　　　　（不掩脛）（杜詩25：27）

허튀와　발와　　　　　（脚足）（圓覺經9：118）
뫼ㅅ귓거슨　ᄒᆞ오아　흔　허튀오
　　　　　　　（山鬼獨一脚）（杜詩21：38）

脚은　허튀　각　　　　　（月印釋譜21：76）
腓　허튀　비　　　　　　（訓蒙上26）
脛　허튀ᄲᅥ　형　　　　　（　〃　）
蹄　허튀　긔　　　　　　（　〃　）

★②ᄀᆞ마니　根쏘배　수멧도소이다

　　　　　　　　　　　　　　（潛伏根裏）　（楞嚴經1：56）

舍元殿　소배셔　　　　　　　　（舍元殿裏）　（三家解2：22）

흔가지　들　소배　天香을　가젯도다

　　　　　　　　　　　　　（一技月裏占天香）　（梵音集45）

瓶ㄱ소배　ᄆ초아　뒷더시니　　　　　　　　（※53.P）

精　솝　졍，　　　　　　　　　　　　（訓蒙，上33）

裏　솝　릉，裏　솝　리　　　　　　　　（訓蒙，下34）

【역】

　소나무 밑의 되중이 고요쓸쓸한 속에서 쉬고 있으니, 눈섶은 거칠고 머리털은 세고 아무 데도 사로잡혀 마음 빠지는 곳이 없다.

　오른쪽 어깨를 한편 옷으로 매어 내놓고 두 정갱이를 내놓았으니.

　욱어진 솔잎 속의 솔방울이 중 앞에 내려졌구나,

韋侯韋侯아ᄌ조서르보노니　　　　　　（韋侯韋侯數相見

내흔四ㅅ됴흔東녁기블뒤쇼딕앗교블　　我有一匹好東絹

錦繡段애디우아니너기노라　　　　　　重之不滅錦繡段

ᄒ마희여ᄠᆞ며스저비치어즈러우니　　已令拂拭光凌亂

請흔든그듸부들노하고든옷드믈밍글라　請公放筆爲直幹）

①동녁 깁을＝동천(潼川)의 염정현(鹽亭縣)에서 나는 좋은 비단. ②금수단＝비단 수단.

【석】

　위후여, 위후여, 그대를 자주 만나 보거니와, 내가 한 필의 좋은 동녁 비단을 두었는데 아끼기를 금수단에 못하지 않게 생각한다.

이미 다듬고 손질 하도록 하여서 그 빛이 번쩍번쩍 눈이 어즈럽게 아름다우니, 청하건대 그대여! 붓을 놓아 이 비단에 곧게 뻗은 줄기를 그려다구!

※ 다음 시는 진실로 마음을 아프게 하는 글이다. 읽는 이는 이에서 깊은 배움이 있을 것이다.

石　壕　吏

나조히 石壕村애가니 　　① 잇느吏ㅣ바믜와사름믈잡더라 늘근한아비는담불너머돋거늘 늘근겨지비門의나보더라	（暮投石壕村 有吏夜捉人 老翁踰墻走 老婦出門看）

① 석호촌＝땅 이름. 서안부 영녕현(西安府　永寧縣)북쪽. 동효(東崤)와 서효(西崤)의 사이 서로 헤어지기 350리인데 길이 험하고 고뢸. "서효" 가 곧 "석호" 임.

새김

저녁 때 석호촌에 가니,
그 곳 벼슬아치가 밤에 와서 사람을 잡아 가더라,
늙은 할아범은 담을 넘어 달아나거늘 늙은 계집이 문에 나가 보더라,

吏의블로믄흐글ᄋ티ᄌᄆ怒ᄒ야커늘	（吏呼一何怒
겨지븨우루믄흐글ᄋ티ᄌᄆ苦를외도다	婦啼一何苦
겨지븨나아가말솜ᄒ불드로니 　　　①	聽婦前致詞
세아ᄃᆞ리鄴城에가防戍ᄒ더니	三男鄴城戍）

① 엽성＝땅 이름. 하남(河南) 창덕부(彰德府)에 있음.

새김

벼슬아치의 불르는 소리는 한결같이 자못 노히엿거늘

계집의 울음은 한결같이 자못 애처럽구나!

계집의 나아가 말하는 것을 들으니 세 아들이 **엽성**에
가서 수자리 살마가,

혼아두린보촌글워리오니①	(一男附書至
두아두리새려사호다가죽도다	二男新戰死
사랫느니도또사라쇼믈일버어잇고②	存者且偸生
주그닌기리말리로다	死者長已矣)

①글월 ②일벗어→일버어

세김

한 아들의 부친 편지가 오니 두 아들이 새로 전쟁 판
에서 싸우다가 다 죽었다!

지금 살아 있는 이도 또 살았음을 훔치어 있고 (언제
죽을지 모르며)

죽은 사람은 길이 끝나고 말았구나!

집안해또사르미업고	(室中更無人
오직졋먹는孫子옷잇느니	唯有乳下孫
져믄孫子ㅣ이셔어미브리고가디몯하리오	孫有母未去
또드나드로매암근①ᄀᆞ외②도업스니라	出入無完裙)

①암근=아물은, 완전한, 똑똑한. ②ᄀᆞ외=치마★

★ 니벳는 옷 ᄀᆞ외로 두르면

　　　　(着衣裳盖覆) (佛頂. 中 7)

어미 나흘 ᄀᆞ외오　　(孃生袴子) (三家解 2：61)

繡혼 노옷고외 暮春에 비취엿느니　　(※291P)

세김

집안에 또 사람이 없고, 오직 젓 먹는 손자만 있으니,

젊은 손자가 있으니 어미는 버리고 가지 못할 것이오! 또 드나들기에 똑똑한 치마 하나도 없읍니다!

늘근할미히미비록衰殘ᄒ나	(老嫗力雖衰
請ᄒ든吏를조차바미가	請從吏夜歸
젤리河陽役事를對答ᄒ면	急應河陽役
오히려시러곰새뱃밥지일ᄀ초ᄒ리라	猶得備晨炊)

①하양＝땅 이름. 회경부 맹현(孟縣). 구절도사(九節度使)가 패하여, 곽 자의(郭 子儀)의 간함을 듣고 하양을 지키게 되매 병정을 석호에서 뽑고 백성을 몰아서 모주리 사지(死地)에 두고 노약(老弱)을 들복은 것이다.

새김

늙은 할미 힘이 비록 쇠잔하나 청하건대 벼슬아치를 좇아서 밤에 가서 빨리 하양의 일을 맡아하면 오히려 새벽 밥 짓는 일이라도 갖출 수 있사오리이다!

바미오라아말씀소리그츠니	(夜久語聲絕
우러그으기셔수우워류믈듯노듯ᄒ더니	如聞泣幽咽
하놀히붉거늘앏길흐로올아올제	天明登前途
ᄒ오아늘근한아비와로여희요라	獨與老翁別)

①수우워류믈→수수워룸을＝시끄러움을, 울음을★

★ 엇뎨 져비새 수수어리미 업스리오

　　　　　(寧無燕雀喧)　(杜詩21：10)

짐즛 서르 숫어리ᄂ다　　(故相喧)　(杜詩10：6)

수수워려 늘그니를 慰勞ᄒᄂ다

　　　　　(喧鬧慰衰老)　(杜詩22：3)

새김

　밤이 오래서야 말 소리가 그치니, 목메어 우는 소리를 듣는 듯하더니, 하늘이 밝거늘 (내가 다시 떠나) 앞길로 올라올 제 홀로 늙은 할아비와만 작별하였다!

恨　　　別

①洛城을 흔번여희요니 머로미 四千里로소니	（洛城一別四千里
②胡騎느기리돌여글외오미 다엿희로다	胡騎長驅五六年
草木 l 改變ᄒ야 衰殘ᄒ거늘 ④劍閣밧긔와 녀노니	草木變衰行劍外
⑤干戈애길히벙으러ᄀ출서ᄀ롫ᄀ이와늙노라	兵戈阻絕老江邊）

①낙성＝낙양. ②호기＝안 녹산의 군병. ③첨범함이, 흔들음이, 대적함이★　④겸각＝겸문（劍門） 촉（蜀）에서 한중（漢中）으로 나오는 천하 제일 험한 곳. ※두보의 "겸문（劍門）" 이란 시가 따로 있음. ⑤간과＝병기（兵器）.

★ 狄人이 글외어늘　　　　　　　（狄人于侵） （龍歌 4）

豪族이 져기 뮈여 글외면 （豪族小動搖）（杜詩4:27）

敵 글올 뎍　　　　　　　　　　　　　　（訓蒙下24）

伉 글올 항. 儷 글올 려　　　　　　　（訓蒙下33）

새김

　낙양성을 한번 이별하니 멀음이 사천리로니 되놈의 말은 멀리 달려 쳐들어 옴이 대여섯 해나 되었다.

　그동안 풀과 나무는 철 따라 바뀌어 이울어 시드는데 나는 겸각 밖 외진 곳에 와서 나그네 되어 오늘도 길을 가고 있으니,

　난리 판에 길이 막히어 끊어지므로 강가에 와서 배를 기다리며 나의 인생은 늙어가는 것이다!

> 지블ᄉ랑ᄒ야셔ᄃ래건녀블근바미셰고　(思家步月淸宵立
>
> 아을ᄉ랑ᄒ야구루믈보고블근나래조오노라　憶弟看雲白日眠
> ①
> 河陽애요ᄉ이사홈乘勝ᄒ믈니르거놀듣노니　聞道河陽近乘勝
> ②　　　　　　　　③
> 司徒ㅣ샐리爲ᄒ야幽燕을혜티리로다　　　司徒急爲破幽燕)

①하양＝(※288p)　②사도＝이 광필　④유연＝사 사명의 소굴
(巢窟)

고향 집을 생각하여서 달빛에 거닐어 맑은 밤에 (제 그림자를 보며) 홀로 섰고, 아우를 생각하여 흘러가는 구름을 바라보고 한낮에 조은다.

하양서의 요세 싸움에 이겼다는 말을 들었으니, 아! 사도여! 빨리 나라를 위하여 유연을 쳐부시어라.

※ 당명황(唐明皇) 때의 양 국충(楊 國忠)은 괵국 부인 (虢國夫人) 과 거제(居第)를 이웃하여 노냥 왕래하였다.

때로 말(馬)을 나란히 하여 입조(入朝)함에 장막(障幕)을 베풀지 않으니, 길 가는 사람은 눈을 돌리었다.

임금 수레가 화청궁(華淸宮)에 노닐매 괵국 부인이 국충의 집에서 만나니, 두보는 이를 쾌씸히 여겨 다음의 "여인행"을 지어 양귀비 형자(兄姊)들의 교만 방자(驕漫放恣)함을 비꼬았다.

첫 네귀는 물가 여인의 아리따운 용질(容質)을 말하고 다음 여덟 귀는 그 옷치레의 호사스러움을 말하고, 다음 여섯 귀는 그들이 고기 반찬을 배가 터지도록 먹는 모양과 임금 사랑의 간절함을 말하고, 끝의 여덟 귀는 음악(音樂)의 풍성함과 손님 심부름군 들의 많은 것을 말해 은근히 뽑내고 배가는 기운을 형용하여 "승상 앞에서 어물쩡거리지 말라!"고 비꼬고 경계한 것이다.

麗　人　行

三月三日에하늘 氣運이새로오니　　　　　(三月三日天氣新
長安ㅅ▽이고온사ᄅ미하도다　　　　　　　　長安水邊多麗人
양ᄌᆞᆯ돗잡고ᄠᅳ디 멀오묽고眞實ᄒᆞ니　　態濃意遠淑且眞
ᄉᆞᆯ햇그미ᄀᆞᄂᆞᆯ고ᄉᆞᆯ지고ᄲᅧ와ᄉᆞᆯ괘고로도다　肌理細膩骨肉勻)

①삼월 삼질은 그 시절에 <u>장안</u>의 곡강(曲江)에 유상 (遊賞) 하는 이 많으므로 물가에 고운 사람이 많음. ②"맑고 진실하니"의 한 마디는 모양과 속 마음이 다름을 비꼬운 소리다.

새김

　삼월 삼질에 하늘 기운이 새로우니, 서울 물가에 고운 사람이 많다.

　모양이 멋지고 뜻이 멀고 맑고 진실하니, 살의 금이 가늘고 살지고 뼈와 살이 고루다.

繡혼노옷고의暮春에 비취엿ᄂᆞ니　　　　　(繡羅衣裳照暮春
金孔雀과銀麒麟ᄭᅢ뎡긔엿도다　　　　　　蹙金孔雀銀麒麟
머리우흔므스거시잇ᄂᆞ니오　　　　　　　　頭上何所有
프른거스로劚葉을밍그라구밋과이베드리엿도다

　　　　　　　　　　　　　　　　　翠爲劚葉垂鬢脣)

①노＝비단. (羅)★　②옷과 치마. (※287P)　③금공작　④은기린＝③④모두 금,은의 목돌이. ⑤압엽＝여자의 목돌이 취우(翠羽)로 꽃 처럼 만들음. ⑥구밋＝귀밑.

★ 곳다온 노ᄂᆞᆫ 疊疊흔 누니 가빅야온ᄃᆞᆺ도다

　　　　　　　　　　(香羅疊箏輕)　(杜詩11：23)

羅　놋라 (訓蒙，中30)　　　노보션 (羅襪)(杜詩11：39)
　★　　　　　　　　　　　★

　수 놓은 비단 옷 치마가 지는 봄 볕에 멋지게 비취었으니, 금공작과 은기린의 목들이가 함께 찡기었구나!
　머리 위에는 무슨 것이 있는가!
　푸른 것으로 압엽을 만들어 귀 밑과 입에 느러뜨렸구나!

등어리옛므스거슬보기오	(背後何所見
구슬을바갓는腰祇이편안ᄒ야몸애맛도다	珠壓腰祇穩稱身
그中에구눔굿ᄒ지븐椒房애아ᄋ미니	就中雲幕椒房親
일후믈큰나라ᄒᆞ주시니號과다못秦이로다	賜名大國號與秦)

①요겹＝허리 가장이 옷. ②구눔＝구름. ③초방＝왕비의 궁 ④아ᄋ미니＝아음이니, (※102P) ⑤괵 ⑥진 ※⑤⑥양 귀비의 세 형제가 다 이뻤으므로 괵, 진, 한(韓) 삼국 부인의 칭호를 받았다.

　등어리에는 무슨 것을 보는가?
　구슬을 박은 허리띠가 편안하게 몸에 맞어 어울린다.
　그 가운데 구름 같은 집은 왕비의 겨레붙이니 이름을 주시기 큰 나라로 써 하시니, 괵국과 더부러 한국이다.

블근약대의고기를프른가매애숢마내오	(紫駝之峯出翠釜
水精盤ᄋ로힌비느를다마녜놋다	水精之盤行素鱗
犀角ᄋ로밍ᄀ론筋룰빚브려오래ᄂ리오디아니커놀	犀筋厭飫久未下
鸞刀로실굿티버휴믈ᄒ갓어즈러이ᄒ놋다	鸞刀縷切空紛綸)

①약대의 등어리 솟은 곳의 고기가 아주 진미(珍味)라 함

②수정반 "水晶"으로 쓰기도 함. 수정으로 만든 소반,
③서각＝물소의 뿔. ④근＝젓가락(箸) ⑤난도＝방울 단 칼.

킹킹

붉은 약대의 고기를 푸른 가마에 삶아 내고 **수정** 소반으로 흰 비늘을 담아 가는구나!

물小 뼈로 만든 젓가락을 배들이 불러서 **오래도록** 내려오지 않거늘,

난도로 실처럼 베기를 한갓 어지럽게 하는구나!

①黃門의톤ᄂᆞᆫᄆ리드트리뮈지아니ᄒᆞᄂ니 （黃門飛鞚不動塵
②御廚에셔실ᄂᆞᆺᄃ시八珍을보내놋다　　御厨絲絡送八珍
④피리와붑괘슬피입퍼鬼神을感動ᄒᆞ요ᄂ니　③簫鼓哀吟感鬼神
뫼니어즈러이왓ᄂ니眞實로조ᄋᆞᆫ⑥⑦왼늘인사ᄅᆞᆷ이로다
賓從雜遝實要津）

① 황문＝엄관(閹官). 내시(內待). 누른 문 안에 있으므로 "황문 이라 함. ②어주＝궁중의 부엌 ③팔진＝팔진미, 순오 (淳熬), 순모(淳母), 포양（炮胖), 포돈（炮豚), 도진(擣珍), 오(熬) 궤(潰), 간앵(肝膋). ④붑＝북. ⑤입퍼＝읊어★ ⑥죵요로운★ ⑦나루(津)의★나라의(※)

★ ④붑소리 다ᄋᆞ니 저즈로 坐床애우렛도다

　　　　　（鍾殘仍殷床） （杜詩 9：21）

붑과 吹角ㅅ 소리는 하ᄂᆞᆯ소리를 凌犯ᄒᆞ고

　　　　　（戍鼓凌天籟） （杜詩16：24）

鼓 붑고 （訓蒙, 中28）　　鍾쇠붑 죵 （訓蒙中, 32）

鼓曰 漢 （鷄林類事）

★ ⑤굽고 서린 남ᄀ란 기피 입노라

(沉吟屈蟠樹) （杜詩 9：14)

ᄒ오아 셔셔 괴외히 내 그를 입노라

(蒼茫自詠詩) （杜詩15： 2)

그를 이프며 안자서 머리를 도르혀 ᄇ라고

(吟詩坐回首) （杜詩15：17)

篇마다 이퍼 의왐즥ᄒ도소니

(每篇堪風誦) （杜詩21：18)

블근 ᄀ술히 귓돌와미 입주릴 저굴 디내디말라

(莫度淸秋吟蟋蟀) （杜詩23：10)

吟 이플 음 (訓蒙, 下32) 吟 이플 음 (類合, 下39)

★ ⑥조 ᅀᆞᆸ디 아니ᄒᆞᆫ 말　　　　　　（月印釋譜, 序 4)

覺心 조히ᄋᆞᆯ 조ᅀᆞ리라(淨覺心之要也)（楞嚴經2：83)

서르도보미 조ᅀᆞᄅ빙니라　　　(相資爲妙) （法語 9)

조ᄋᆞᆯ윈 길헤 어느 나래아 긴戈戰을 말꾜

(要路何日罷長戰) （杜詩10：27)

★ ⑦熊津 고마ᄂᆞᄅ也　　　　　　　　　（龍歌 3：15)

중나루　　　　　　（中津) （江原道　春川　西面)

개나리　　　　　（尺川洞) （ 〃　平昌　珍富面)

①
達率餘自進據中部久麻怒利城。或本云都都岐留山

(日本書紀, 齊明紀)

②
阿利那禮河　　　　　　　　（ 〃　　仲哀紀)

※ 위의 ①은 "고마ᄂᆞᄅ"(熊津, 熊川)곧 "公州"요, ②는 "ᄋᆞ
리ᄂᆞᄅ" (閼川) 곧 "慶州"다.

"國"의 뜻 "나라"도 원시 시대 우리 선민(先民)이 물가기

름진 터에 그 서울을 정하였던 까닭에 역시 "느른→나ㄹ(津→國)로 바뀐 말일 것이다.

새김

내ㅅ들 타고 뛰는 말이 먼지 하나 움직이지 아니하니 궁중 부엌에서 실 나오듯이 팔진미 요리를 보내는구나! 피리 소리와 북 소리가 슬피 울리어(읊어) 귀신을 감동시키니 모인 사람 어지럽게 오고 가며 참으로 종요로운 나라의 훌륭한 사람들이구나! (※"그 참 훌륭하다!" 비교는 말이다).

後에오는몰ㅌ니는엇제어물리오　　　（後來鞍馬何逡巡
　①　　　　②　③
軒檻을當ㅎ야몰브려錦茵에드놋다　　　當軒下馬入錦茵
　④　　　　　　⑤
버들고지눈더듯ㅎ야흰말왜매두펏ㄴ니　楊花雪落覆白蘋
　⑥　　　⑦
프른새ㄴ라가불근건을므렛도다　　　青鳥飛去衛紅巾）

①헌함=궁전의 처마와 난간. ②내려서 ③금인=땅에 깔은 비단 요. ④<u>양귀비</u> 일족을 가리킴. ⑤마람풀에,(인민을 뜻함.)⑥<u>서왕모</u>(西王母)의 시종(侍從) ⑦여자의 장식.

새김

뒤에 오는 말 탄 사람은 어찌하여 어물쩡거리는가? 궁전 처마 끝과 난간에 코가 닿을 지경이 되어서야 말에서 내려 비단 요를 밟고 들어가는구나!

버들 꽃이 눈 떨어지듯하여 흰 마람풀을 덮었으니 푸른 새 날라가 붉은 건을 물었다!

소늘뼈면어루더울덧흔權勢ㅣ무레그츠니　（炙手可熱勢絶倫
　①
삼가알지갓가이말라丞相이믜리라　　　　愼莫近前丞相嗔）
　　　　　　③

①쩌면 ②비길 데 없으니 ③미워하리라

해설

　손을 쬐면 가히 뜨거울 만한 권세가 모든 무리에게 뛰어나 견줄 데 없으니,

　삼가 앞에 가까이 가지 말라, 어물쩍거리면 승상이 호령한다！

※ 양 귀비가 임금의 총애를 입어 그 오뉘들의 세도가 천하를 흔들어 불길 처럼 뜨거웠다.

　양 국충이 이 임보(李林甫)를 대신하여 승상이 된 것을 비꼬고 한편 천하 인민에게 서뿔리 그 패를 비평하면 혼이 날 지경임을 경계하여 부패 타락하는 국정(國政)을 통매(痛罵)한 것이다.

貧 交 行

①
소놀두위혀구루믈짓고소놀업더리혀비롤ᄒᆞᄂᆞ니

（飜手作雲覆手雨

②
어즈러운가비얍고열운사ᄅᆞᆷᄋᆞᆯ엇뎨구틔여혜리오

紛紛輕薄何須數

③　④
그듸ᄂᆞᆫ管仲鮑叔의가난ᄒᆞᆫ제사괴요ᄅᆞᆯ보디아니ᄒᆞᄂᆞ다

君不見管鮑貧時交

이道ᄅᆞᆯ이제사ᄅᆞᄆᆞᆫᄇ료ᄅᆞᆯ흙ᄀᆞ티ᄒᆞᄂᆞ다　此道今人棄如土）

① 두집어★　② 옅은★　③ 관중※　④ 포숙※

★ ① 廻ᄂᆞᆫ 두르혈 씨라　　　　　　　（月印釋譜序23）

셜ᄫᅥ 드위텨디게 ᄒᆞ고　　　　　　（※83P ★④）

光을 두르혀 도라비취여 (廻光反照)　（蒙山法語49）

★ ② 열ᄫᅳᆫ 어르믈　　　　　　（有薄氷之水）　（龍歌30）

소리예서 열보니　　　　　　　　　（正音15）

열ᄫᅳᆫ ᄠᅥᆨᄀᆞ든 ᄣᅥᆺ거처나니　　　　（月印釋譜 1：42）

배경

손을 두집어 구름을 짓고 손을 엎어서 비를 만드니 어지러운 가볍고 엷은 (이 따위) 사람을 어찌 구태어 헤어 보리오.

그대는 관중과 포숙의 가난할 때의 사귐을 보지 못하였는가?

그 훌륭한 우정(友情)! 그 사괴던 뜻을 지금 사람은 버리기를 흙 처럼 하는구나!

※ 관중 이오(夷吾)는 영상(穎上) 사람이며 젊어서부터 늘 포숙아(鮑叔牙)와 함께 사괴었다.

포숙은 관중의 잘난 것을 잘 알았다. 관중은 늘 가난하므로 포숙을 속이었으나 다름없이 사괴어 말하지 않았다………

관중이 말하기를 "내가 처음 고생할 때 일찍 포숙과 함께 장사를 하여 이익을 나눌 때 내가 많이 가졌으나 포숙은 나를 욕심쟁이라고 안했다. 나의 가난함을 잘 앎으로 써다. 내 일찍 포숙의 일을 꾀하여 낭패했으나 포숙은 나를 어리석다고 안했다. 때의 이(利)로움과 불리(不利)함을 앎으로 써다. 내 일찍 두 번 벼슬하여 세 번 쫓기되 포숙은 나를 불초(不肖)하다 안했다. 내 때를 못 만난 것을 앎으로 써다. 내 일찍 세 번 싸움 터에 나가 세 번 모두 뛰었으나 포숙은 나를 비겁하다 안했다. 내게 늙은 어머니가 계심을 앎으로 써다. 공자규(公子糾) 패하여 소홀(召忽) 이에 죽으니, 내 갇기어 욕을 받았으되 포숙은 나를 부끄러움을 모른다 안했다. 내 소절(小節)을 수치로 아니 여기고 공명(功名)이 천하에 나타나지 않음을 부끄러워함을 앎으로 써다. 나를 낳은 이는 부모요, 나를 아는 이는 포숙이다.' 하였다.

　　포숙은 이미 관중을 내 세우고 몸으로 써 이에 겸양
하였다.

　　자손이 세세로 제나라(齊)의 녹(祿)을 입어 봉읍(封邑)
을 갖는 자 십여세(十餘世)로 늘 명대부(名大夫)였다.

　　천하는 관중의 현명(賢明)을 일컫지 않고 포숙이 잘 사
람을 알아봄을 칭송하였다. (史記, 管仲傳)

春 夜 喜 雨

```
됴흔비時節을아니            (好雨知時節
    ①
보믈當ᄒ야베퍼나게ᄒ놋다      當春乃發生
      ②
ᄇᄅᆷ을조차ᄀ마니바믹드ᄂ니    隨風潛入夜
物을저뎌ᄀᄂ라소리업도다      潤物細無聲)
```

①배퍼나게＝베풀어나게★　②가늘어

★ 타리기 기리 性을 베프ᄂ니
　　　　　　　　　★
　　　　　　(醍醐長發生) (杜詩 9 : 22)

發 베플 발 (類合下, 55)　　發 베플 발 (千字 5)
　★　　　　　　　　　　　　★

[해]

　　좋은 비 시절을 아는 듯이 내려니 봄을 맞이하여 피
어 나게 하는구나!

　　바람을 따라서 고요한 밤은 깊어 가는데 온갖 것을 적
시어 가늘은 소리조차 없구나!

```
    ①
믜해낄헌구루미다어듭고        (野徑雲俱黑
      ②
ᄀ름비옌브리ᄒ오아붉도다      江船火獨明
새배불근저즌다홀보니          曉春紅濕處
錦官城예고지ᄒ얫도다          花重錦官城)
```

①믈(野)★

★ 野믜야 (訓蒙, 上 4)　　　　믜햇쥐 (野鼠)(杜詩1 : 4)

믜밧긔 지비 댓수흘 브텟고

　　　　　　　　　(野外堂依竹)　(杜詩10 : 2)

믜햇 비츤 거츤듸 볼갯고

　　　　　　　　　(野日荒荒白)　(杜詩10 : 4)

믜햇 므리 드리예 平흔 길헤

　　　　　　　　　(野水平橋路)　(杜詩21 : 6)

믜햇 늘그니　　　　　　(野老)　(杜詩10 : 6)

믜햇 브룸 ᄀ을히로다　　(野風秋)　(杜詩24 : 61)

들길엔 구름이 다 어둡고 강배엔 불이 홀로 밝구나! 새벽에 붉게 젖은 땅을 바라보니 금관성에 꽃이 많이 피었구나!

春　　歸

<table>
<tr><td>①
잇신길해ᄀᆞᄅᆞᆷ몰디랜ᄂᆞ대오</td><td>(苔徑臨江竹</td></tr>
<tr><td>②
새집기슬겐ᄯᅡ홀두폐ᄂᆞ고지로다</td><td>茅簷覆地花</td></tr>
<tr><td>여희여오매랄ᄃᆞ리존더니</td><td>別來頻甲子</td></tr>
<tr><td>도라오니忽然이봄비치로다</td><td>歸到忽春華)</td></tr>
</table>

①잇 = 이끼(苔)　※苔 잇틱 (訓蒙, 上8)　②새 = 띠풀 ★

★ 새 지블 지셋도다　　　　(結茅屋)　(杜詩 9 : 8)

西ㅅ녀긔 흔새지비로소니 (西小草堂)　(杜詩 7 : 2)

새지비 ᄀᆞ장 놋갑고 져고몰

　　　　　　　　　(茅齋絕低小)　(杜詩10：7)
　　　　　　　　　　★
새　지블　사디　따홀　조쳐호리니
　★
　　　　　　　　　(茅屋買兼土)　(杜詩 9：15)
　　　　　　　　　　★
새김

　이끼 낀 길에 강을 들인 대요, 띠풀 집 기슭엔 땅을 덮은 꽃이로다, 헤어져 오매 날과 달이 잦터니 돌아오니 문득 이 봄 빛을 맞이하는구나！

> 막대를지여셔외로왼돌흘보고 　　　　　　　　(倚杖看孤石
> 酒壺룰기우려머구리라여튼몰애예나아가라 　　　　　傾壺就淺沙
> 머리굴며기느브레써ㄱ마니잇고 　　　　　　　　　遠鷗浮水靜
> 가비야온져비는브ᄅᆞ믈바다빗기느놋다 　　　　　輕燕受風斜)

①진나라(晉)　사안(謝安)이 있는 곳의 돌을 좋와하고 늘 상대(相對)하어 음소(吟嘯)했다 함.

새김

　·막대기를 의지하여서 외로운 돌을 보고 술단지를 기울여 먹으리라 생각하고 열은 모래에 나갔다. 밀리 갈매기는 물에 떠서 고요히(놀고)있고 가벼운 제비는 바람을 받아서 빗기(橫斜)나르는구나！

> 世上애길히비록해어즈러우나 　　　　　　　　(世路雖多梗
> 내의사름도ᄯᅩᄒᆞᆫㄱ이인ᄂᆞ니라 　　　　　　吾生亦有涯
> 이모미ᄭᆡᆨ락도로醉ᄒᆞᆨ락ᄒᆞ야 　　　　　　此身醒復醉
> 興을ᄐᆞ니곧지비ᄃᆞ외얏도다 　　　　　　　乘興卽歸家)

①ᄀᆞ이→ㄱ이　※“吾生有涯”--莊子

새김

세상에 살아가는 길이 비록 많이 어지러우나 내 삶도

또한 끝이 있는 것이다.

이 몸ㅣ 술 마시고 깨락 도루 취하락 하여 흥을 타니 곧 집에 돌아왔구나!

春　　望

나라히破亡ᄒᆞ니뫼콰ᄀᆞᄅᆞᆷ뿐잇고	(國破山河在
잣앉보미플와나모뿐기펫도다	城春草木深
時節을感嘆호니고지눉므를쓰리게코	感時花濺淚
여희여슈믈호니새ᄆᆞᅀᆞᄆᆞᆯ놀래노라	恨別鳥驚心)

새김

나라가 흩어져 망하니 (오직) 메하고(산과) 강 뿐이 있고, 성의 안 봄에(주인은 없고) 풀과 나무 뿐 우어져 깊었구나!

"아아! 이 세월이 야속하구나" 한탄하니 피는 꽃이 눈물을 뿌리게 하고, 서로 헤어졌음을 슬퍼하니 (부모 처자 친구들이 그리워라! 나무 위에서 노는) 새들의 노래 소리 내 마음을 놀라게 하는구나!

烽火ㅣ석ᄃᆞᄅᆞᆯ니어지니	(烽火連三月
지빗音書는萬金이ᄉᆞ도다	家書抵萬金
센머리를글구니ᄯᅩ뎌르니①	白頭搔更短
다빈②허를이긔디몯홀 ᄃᆞᆺᄒᆞ도다	渾欲不勝簪)

①짧으니 ②비녀

새김

난리를 알리는 횃불이 석달을 이어 끊일 새 없으니 고향 집의 소식은 만금을 주어도 싸리만큼 얻어 보기 어렵구나!

늙어가는 센 머리를 긁으매 점점 짧아가니 모두 모아

도 비녀를 이기지 못하리 만치 드물어가는구나!
※이 시는 일본 통치 시절 우리가 읽을 때 마다 가슴
저리던 시다. 이 시를 읊으며 뜨거운 눈물을 꽃과 새 노
래에 뿌린 사람이 그 얼마랴!

　이 한 편의 시 속엔 두보의 시인으로서의 인격이 잘
나타나 있다. 맨 끝 귀를 보면 꽤 늙은 듯하지만 나이
는 마흔을 좀 넘은 때인 듯하다,

蜀　　相

丞相①의 祠堂을 어듸가 추즈리오　　　　　（丞相祠堂何處尋
錦官城②ㅅ잿밧긔 잣남기 森列흔 듸로다　　　錦官城外柏森森
버텅③에비취옛느프른프른절로봄비치드외옛고

　　　　　　　　　　　　　　　　　映階碧草自春色
니플ㅅ④이흐햇느곳고리느속졀업시됴흔소리로다

　　　　　　　　　　　　　　　隔葉黄鸝空好音）

①승상＝제갈 공명(諸葛 孔明).※ ②금관성＝사천성(四川省)
성도(成都)　③충대(層臺), 담. ★　④다니고 있는
★ 버텅에 서리던 버드른 브르메 부처놋다

　　　　　　　　　（飄飄委墀柳）　（杜詩 9 : 21）
　　　　　　　　　　　　★
階 버텅폐. 砧 버텅침　　　　　　　（訓蒙中, 6）

새김

　승상 제갈 양의 사당을 어듸 가서 찾으리오, 금관성
성 밖의 잣나무가 첨첨하게 욱어진 곳이로구나!
　충대에 비친 푸른 풀은 절로 봄 빛이 되었고 나무 잎
사이 노니는 꾀꼬리는 속절없이 좋은 소리로(홀로) 노래
하는구나!

세번도라보믈어즈러이호믄天下를爲호야혜아료미니

(三顧頻煩天下計

두朝를거리츄믄늘근臣下ᄋᆡ ᄆᆞᄋᆞ미니라　　兩朝開濟老臣心

軍師를내야가이긔디몯ᄒᆞ야셔모미몬져쥬그니

出師未捷身先死

기리英雄으로히여눈므리옷기제ᄀᆞ독게ᄒᆞᄂᆞ다

長使英雄淚滿襟)

①거리츄믄＝구제함은, 살려 줌은, ★

★ 주오린 사ᄅᆞᆷ믈 거리쳐며　　　　（月印釋譜 2：31）

時節을 ᄐᆞ샤 거리쳐 引導ᄒᆞ샤

（乘時濟導） （法華經 1：188）

時世 거리칠 쐬를 베프고져ᄒᆞ나

（欲陳濟世策） （杜詩 7：15）

時世를 거리쳐 몸 주글·이를 肯許ᄒᆞ놋다

（濟時肯殺身） （杜詩 8：52）

時節 거리츄매 敢히 주그믈 앗기련마ᄅᆞᆫ

（濟時敢愛死） （杜詩 10：47）

새김

　세 번이나 몸소 찾아와 어지러이 함은 천하를 위하여 헤아림이니, 두 임금을 도와드림은 늙은 신하 제갈 양의 거룩하고 충성스런 마음이로구나！

　군사를 내어가 이기지 못하여서 제 몸이 먼저 죽으니 (그 슬픈 사정은) 영웅으로 하여금 길이 눈물이 옷 깃에 가득하게 하는구나！

※ 제갈 양(諸葛 亮), 자(字)는 공명(孔明), 처음 양양（襄

陽) 의 서쪽 20리 남양(南陽) 초려(草蘆)에 몸소 밭갈며 숨어 있어 세상 사람은 그를 "와룡 선생(臥龍先生)"이라고 불렀다.

때는 천하가 어지러워 한조(漢朝)는 거의 망하려 하는 즈음이었다.

"대몽수선각(大夢誰先覺)고 평생아자지(平生我自知)라, 초당춘수족(草堂春睡足)하니, 창외일지지(窓外日遲遲) 라" 공명은 이런 시를 읊으며 고요히 천하의 형세를 살피고 있을 제 촉한(蜀漢)의 선주(先主) 유비(劉備)=(玄德) (뒤의 소열 황제=昭烈皇帝)가 세 번이나 몸소 찾아와 천하를 위하여 출려(出蘆)하기를 간청(懇請)하였다.

공명이 말하기를 "지금 조조(曹操)는 백만의 대군을 거느리고 천자(天子)를 모시고 제후(諸侯)에게 호령하고 있으며, 손권(孫權)은 강동(江東)에서 빼기어 나라는 험요(險要)롭고 백성은 귀복(歸服)하였나니 마땅이 편을 삼을 만하오,

그대는 형주(荊州)=(湖北, 湖南二省)와 익주(益州)=(四川省)의 땅을 손에 넣어 앞날의 터를 닦아 시세를 보아 중원(中原)으로 나가면 백성이 환영할 것이오,

그러면 패업(覇業)을 이룰 수 있고 한실(漢室)도 중흥(中興)할 수 있으리다!"

유비는 이 말을 듣고 기뻐하여 공명을 모셔가니 지기(知己)가 되었다. 그리하여 "나에게 공명이 있는 것은 물고기에게 물이 있는 것과 같다' 이 처럼 말했다.

후한(後漢)이 망하매 유비는 파촉(巴蜀)에서 한통(漢統)을 이어 왕위에 올라 성도(成都)를 서울로 정하니 때는 서기 221년 그를 소열 황제라 한다.

뒤에 소열 황제는 오나라(吳)와 싸우다가 백제성 (白帝

城) =(四川省奉節縣)에서 죽을 제 국가의 큰 일을 공명에게 부탁하고 "내 아들을 도울 만하면 도우라. 만약 못 생겨서 임금 노릇 못하겠거든 그대가 대신 차지하라!" 하며 후주 유선(劉禪)에게는 "너는 승상을 어버이로 섬기라" 하였다. 이에 공명은 그지없이 감격하여 한실 부흥(漢室復興)을 필생(畢生)의 직분으로 삼고 충절(忠節)을 다 하였다.

전후 7년 내치 외교(內治 外交)에 성공하고 서남(西南)의 오랑캐를 치고 위문제(魏文帝) 죽고 명제(明帝) 서매 출정(出征)하고자 유명한 "출사표(出師表)"를 올렸다.

그 글월의 한 귀절에 이르되,

"선제(先帝)는 신(臣)의 근신(謹愼)함을 아시므로 붕(崩)하심에 즈음하사 맡기심을 대사(大事)로 써 하셨나이다. 명(命)을 받들어 이래 밤낮으로 근심하며 두려워하여 부탁하신 보람없이 써 선제의 밝으심을 더럽힐까 저어하나이다.

그런고로 오월(五月)에 도려(渡瀘)하여 깊이 불모(不毛)에 들었었나이다. 이제 이미 남쪽은 평정하고 병갑(兵甲)은 넉넉하니 바야흐로 삼군(三軍)을 이끌어 북쪽 중원 천지를 도리킬지라! 한실을 흥복하여 옛 서울로 돌아감이야말로 이 진실로 신이 선제에게 보답함이며 폐하께 충성된 직분이로소이다!"

지극한 충성에서 우러나온 이 글은 읽는 이의 가슴을 찔러 흔든다. "출사표"를 읽고 울지 않는 자는 충신이 아니라 하던 것도 지나친 소리가 아니다.

그러나 후주(後主)는 어리석은 임금이었다. "후출사표(後出師表)"에서 공명은 "신은 국궁 진취(鞠躬盡瘁)하여 죽은 뒤에야 그치리니, 성패 이둔(成敗利鈍)에 이르러서는 신의 생각으로 능히 미리부터 헤아릴 수 없나이다" 하여 비장(悲壯)한 결심으로 위나라(魏)를 쳤으나 성공 못하고, 건흥(建興) 12년(2 3 4 A, D,) 10만 대군을 이끌고 또 위(魏)를 공벌하니. 위군의 사마 의(司馬 懿) 능히 잘 지키어 나오지 않으매 이기지 못한채. 위수(渭水)의 남쪽 오장원(五丈原)＝(陝西省 郿縣西南)에서 석달이나 싸우다가 병깊어 마침내 진몰(陣沒)하니, 나이 54세였다.

후세의 천하 영웅을 말하는 자 삼국지(三國誌)를 논하지 않는 이 없고 삼국지를 말하여 제갈 공명에게 이르지 않는 이 없나니, 그 공명을 말하여 일찍 눈물지지 않는 이 또한 없음은 진실로 그 평생의 붉은 마음을 다하여 대의(大義)라 믿는 자기 신념(信念)에 순(殉)함을 찬양(讚揚)하는 인류(人類)의 양심인 것이다.

다정 다한(多情 多恨)한 혈성 시인(血性 詩人) 두보는 "대색 참천 이천 척(黛色 參天二千尺)" 이라 별시(別詩)로 읊은 울창한 공명의 사당을 찾아 흥망 성쇠의 옛 역사를 생각하고 도탄(塗炭)에 든 민생 천억(民生千億)을 근심하며, 나라를 건지고 백성을 살려내일 참된 영웅을 그리어 "영웅으로 하여금 옷 깃을 적시게 하는구나!"하는 시를 읊었던 것이니, 고요히 생각하면 금판성 밖 봄풀 욱어진 곳 꾀꼬리 노래 속의 시인 두보가 아련히 보이는 듯하다.

옛글 연구 참고서

高麗史
三國遺事
三國史記
樂章歌詞
樂學軌範
訓民正音原本
訓民正音註解本
龍飛御天歌
月印釋譜
圓覺經國解
金剛經國解
楞嚴經國解
阿彌陀經國解
禪宗永嘉集國解
杜詩諺解(原刊, 重刊)
正俗諺解
佛頂心陀羅尼經
法語
蒙山和尙法語略錄
牧牛子修心訣
金剛經三家解
六祖法寶壇經
證道南明泉禪師繼頌
三綱行實圖
二倫行實圖
呂氏鄕約
鄕藥救急方
鄕藥集成方

村家救急方
上院寺重創勸善文
詩傳諺解
書傳諺解
論語諺解
小學諺解
實錄(朝鮮)
佩文韻府
耳溪集
芝山集
燃藜室記述
日本書記
慵齋叢話
大明律直解
陶山十二曲
松江歌辭
蘆溪先生文集
孤山遺稿別集
詩餘
海東樂府
靑丘永言
海東歌謠
歌曲源流
捷解新語
譯語類解
訓蒙字會
四聲通解
類合

石峯千字文

華東正音通釋韻考

三韻聲彙

吏讀便覽

雅言覺非

倭漢三才圖會

退溪集

鷄林類事(說郛所收)

鷄林類事(海東繹史所收)

東京雜記

大東韻府群玉

東國文獻備考

增補東國文獻備考

海行摠載

譚家鼎鑾

帝王韻記

內訓

一切經

世宗實錄地理志

大東輿地圖

儒胥必知

京都雜誌

芝峰類說

老乞大諺解

朴通事諺解

經國大典

無寃錄諺解

鄕歌及吏讀研究

朝鮮古歌研究

醫談文

바 로 잡 기

쪽	줄		틀 린 것	바 른 것
2	↑	13	말 했도다	말했도다
4	↓	11	사름머다	사름마다
16	↓	3	德패	德괘
17	↓	10	그를○ᄀ라	그를밍ᄀ라
23	↓	6.7	걸러바처(濾)	건져살려(攄)
25	↑	10	869. A. C.	869 A. D.
30	↑	11	닐은◯지 。	닐은거지 ,
31	↑	2	우파재. 우파이	우·바재, 우바이
42	↓	6	일굽	일곱
61	↓	7	但夷	俱夷
81	↓	6	말은 한	말은
101	↓	5	시었다	시구나 !
105	↑	9	이에넘는(딴)	놀아나는
158	↓	12	모숪ᄀ장	모숪ᄀ장
161	↑	6	煩惱賊를	煩惱賊을
175	↑	12	宗鄉	宗卿 ,
186	↓	10	前○	前生
226	↑	11	빠고다 공원	탑골 공원
230	↓	9	蕭宗	肅宗
〃	↑	5	배천간지	배천알지
245	↓	1	②놀리던	②까불던
〃	↓	5	일찍놀리던	재롱 피우던
〃	↑	7	紫風 1	紫鳳 1
246	↑	2	紛꽈	粉꽈
254	↓	10	④조해	④저해

259	↓	4	뾰엇고	뾰덧고
"	↓	5	덧도다	엇도다
260	↓	10	중종(中宗)	영조(英祖)
264	↓	1	良圓	良圖
280	↑	10	…木파	…木과
286	↑	5	져지븨	겨지븨
"	↑	6	격지븨	겨지븨
301	↓	7	쓰리게코	쓰리게코
"	↓	8	…호니	…슬호니

芺 芠 新 襪 고 문 신 석

2026년 4월 25일 인쇄
2026년 4월 30일 발행

저　　자 | 신영철
발행인 | 윤영수
발행처 | 한국학자료원
등　　록 | 제12-1999-074호

주　　소 | 서울 은평구 연서로 37길 40-1
팩　　스 | 02.3159.8051
E-mail | eksung@naver.com

ISBN 979-11-7417-149-8(93820)

정가　33,000원